오노레 드 발자크

세기의 창조자

오노레 드 발자크

Honoré de Balzac

세기의 창조자

송기정 지음

페이퍼로드
paperroad

차례

서문 9

제1장 발자크와 파리 19

파리는 완벽한 괴물이다.

『페라귀스』

- 근대화 과정의 파리 26
- 『페라귀스』와 근대화 과정의 파리 30
- 공간의 변화와 권력의 이동 57

제2장 발자크와 프랑스 대혁명 63

프랑스는 혁명의 빛을 전달하는 임무를 지닌 여행자와 같다.

『올빼미당원들 그리고 1799년 브르타뉴』

- 『올빼미당원들』의 탄생 68
- 역사는 어떻게 허구와 만나는가? 74
- 올빼미당 반란의 원인 84
- 발자크의 역사관 : 90
  프랑스 대혁명과 반혁명 운동에 대한 발자크의 평가
- 역사가 발자크 96

제3장 발자크의 정치관 101

오늘날의 군주는 국민이다.

『랑제 공작부인』

- 1830년 이후 발자크의 정치적 행보 104
- 『랑제 공작부인』의 탄생 111
- 『랑제 공작부인』과 발자크의 정치관 124

제4장 발자크와 19세기 과학 137

그것은 과학에 대한 도전장이었다.

『루이 랑베르』

- 과학의 시대 19세기 139
- 『절대 탐구』와 화학 142
- 동물자기와 형이상학 153
- 『위르쉴 미루에』와 동물자기 161
- 『루이 랑베르』와 자기론 164

제5장 발자크와 돈 171

돈은 사람처럼 살아 움직인다.
그것은 오고 가고 밤 흘리면서 스스로 생산한다.

『으제니 그랑데』

- 펠릭스 그랑데의 재산 축적과정 :『으제니 그랑데』 176
- 19세기 초 프랑스의 경제 구조 · 신용 거래와 금융 시스템 182
- 어음의 유통과 은행 :『세자르 비로토』 184
- 결혼과 지참금 201
- 결혼은 계약이다 :『결혼 계약』 202
- 몰락한 귀족과 부르주아의 결합 :『골동품 진열실』 212
- 전통 부르주아와 신흥 부르주아의 결합 :『노처녀』 216

제6장 발자크와 법 223

아무리 사소한 사건도 정치적이 된다.

『잃어버린 환상』

민사 사건의 예 229

- 금치산 선고 청구 사건 :『금치산』 229
- 유산 상속 :『위르쉴 미루에』 236
- 부재자의 신원 회복 :『샤베르 대령』 250

상사 사건의 예 261

- 『세자르 비로토』와 파산법 261
- 채무자의 신병 구속과 과도한 소송 비용 :『잃어버린 환상』 275

형사 사건의 예 286

- 『골동품 진열실』과 위조죄 288
- 『매음 세계의 영욕』과 살인 · 절도 협의 299

제7장 〈철학연구〉의 초기 소설들 311

나의 어머니는 내 삶에서 모든 불행의 원인입니다.

『한스카 부인에게 보낸 편지』

- 발자크의 가족 소설과 가족 내 폭력 : 314
  『엘베르뒤고』, 『영생의 묘약』, 『바닷가의 비극』, 『저주받은 아이』
- 인간의 한계 극복 의지 : 327
  『루이 랑베르』,『미지의 걸작』, 『강비라』, 『절대 탐구』
- 〈철학연구〉에서 〈풍속연구〉로 : 『나귀 가죽』 333

『인간극』 인물들 339

책을 마치며 396

참고문헌 401
오노레 드 발자크 연보 409
『인간극』 목록 417
찾아보기 421

서문

발자크라는 거대한 숲을 헤매고 다닌 지 30년이 넘었다. 대학에서 19세기 프랑스 소설을 강의하면서 발자크의 『잃어버린 환상』을 읽었다. 처음으로 밤을 새웠다. 밤잠이 많아 아무리 바빠도 12시를 넘기지 못하던 나였다. 그러나 도저히 책을 놓을 수 없었다. 사랑과 질투, 배신과 복수, 대혁명 이후 권력의 이동, 자본주의의 도래, 출판·언론·극장의 타락상, 어음 위조, 과학적 발명과 그 성과를 가로채기 위한 대자본의 음모까지. 19세기 프랑스 사회의 모든 것이 그 소설에 담겨 있었다. 나는 발자크라는 작가에 매료되었고, 발자크를 읽기 시작했다. 그가 창조해 낸 작품 세계는 경이로움 그 자체였다. 드라마 같은 그의 삶도 흥미로웠다. 발자크를 연구하고, 발자크를 강의하고, 발자크를 번역하면서 30년이란 세월이 흘렀다. 오랜 시간 발자크를 읽으면서 끊임없이 나 자신에게 질문을 던졌다. '나는 왜 발자크를 읽는가?', '21세기 대한민국 독자에게 발자크는 어떤 의미가 있을까?' 이 책은 그 질문에 대한 고민의 흔적이다.

발자크는 1799년에 출생하여 1850년에 사망했다. 그중 발자크가 글을 쓴 기간은 20년에 불과하다. 길지 않은 기간 동안 그는 그 누구와도 비교할 수 없을 만큼 많은 양의 글을 남겼다. 90여 편에 이르는 소설이 담긴 『인간극』 총서, 20편이 넘는 미완성 소설, 9편의 희곡 작품, 신문과 잡지 기사, 그리고 지인과 연인들에게 보낸 수많은 편지까지! 이 엄청난 양의 글쓰기는 인간의 한계를 넘어선다. 보통 사람이 평생 읽지도 못할 분량의 작품을 그는 불과 20년 동안 창조해냈다. 어떻게 그것이 가능했을까?

영원한 빚이 발자크 창작의 원동력이었음은 널리 알려진 사실이다. 위대한 작가를 꿈꾸던 그가 돌연 사업에 뛰어들면서 생긴 빚이었다. 생계를 위해 익명으로 싸구려 소설을 써대던 그는 사업을 통해 자유와 독립을 얻고자 했다. 자신의 이름을 건 진짜 소설을 쓰기 위해서였다. 그러나 출판업, 인쇄업, 활자주조업이라는 세 가지 사업의 연이은 실패는 그에게 엄청난 빚만 안겨주었다. 작가로 성공한 이후에도 사치와 낭비, 부동산 투기와 잡지 경영의 실패 등으로 그의 부채는 늘어만 갔다. 그는 일생 채무자 신세를 벗어나지 못했다. 빚을 갚을 방법은 오로지 글쓰기뿐이었다. 그는 하루에 16시간 이상 글을 썼다. 이러한 극한에 가까운 노동이 그토록 많은 양의 주옥같은 작품을 남긴 기적의 비밀이다. 이때 커피는 발자크라는 기계가 작동을 멈추려 할 때 필요한 윤활유와도 같았다. 그는 손수 원두를 골랐고, 커피를 내렸다. 긴장을 유지하기 위해서 커피 마시는 빈도수를 늘려야 했고, 카페인의 강도를 높여야 했다. 어느 통계학자는 발자크가 평생 5만 잔의 커피를 마셨다고 추정했다. 그렇게 많은 양의 커피를 마시고도 견뎌낼 심장이 있을까? 결국, 과도한 노동과 커피 복용은 쉰하나의 발자크를 죽음으로 몰아넣었다.

이렇게 자신을 혹사하면서 만들어낸 결과물이 『인간극』이다.

90여 편의 소설이 담긴 『인간극』 총서는 아무리 퍼내도 마르지 않는 샘물처럼 무궁무진한 이야기를 독자들에게 제공한다. 『인간극』에는 귀족, 부르주아, 노동자, 농민, 고리대금업자, 법관, 상인, 은행가, 예술가, 과학자, 사기꾼, 그리고 살인자에 이르기까지 다양한 유형의 인간이 살아 숨쉰다. 총 등장인물은 2천5백 명에 달하며, 그중 5백 명 이상은 '인물재등장' 기법을 통해 여러 소설에 다시 등장한다. 〈풍속연구〉, 〈철학연구〉, 〈분석연구〉로 구성된 『인간극』은 하나의 거대한 사회를 이룬다. 그리고 그 안에서 인물들은 서로 그물망처럼 연결되어 있다. 인물들 간의 유기적 관계는 너무도 복잡해서 독자들은 끊임없이 그 관계를 확인해야 한다. 그러나 발자크의 머릿속에는 여러 인물에 대한 관계도가 완벽하게 그려져 있었다. 가히 그를 천재라 부를 수밖에 없는 이유다.

주제 또한 다양하다. 역사, 정치, 경제, 문화, 과학, 예술, 법 등 19세기 프랑스의 모든 것이 담긴 『인간극』은 일종의 '백과사전'이라 할 수 있다. 『인간극』을 읽다 보면 19세기 당시 사람들이 사는 모습을 생생하게 느낄 수 있을 뿐 아니라, 그 시대의 모든 지식을 습득하게 된다. 발자크 소설을 통해 당시의 정치 상황, 과학 수준, 금융 시스템을 알 수 있고, 결혼 제도를 이해하게 된다. 19세기 초반의 파리 모습을 그려볼 수 있는가 하면, 소송을 통한 법적 다툼의 현장도 목격하게 된다. 마치 요술 만화경처럼 발자크의 『인간극』은 독자들을 19세기 프랑스로 안내한다. 나는 발자크가 창조한 그 만화경의 세계를 그려보고 싶었다. 그 모습이 결코 200년 전 프랑스 사회에 그치지 않고, 오늘날 우리의 삶의 양상과 크게 다르지 않음을 말하고 싶었다. 발자크가 창조한 인물들은 21세기를 살아가는 우리 사이에서 여전히 살아 숨쉰다.

이 책은 모두 7장으로 구성되어 있다. 우선 발자크 작품의 주요 무대인 파리 이야기로 첫 장을 시작하려 한다. 『13인당 이야기』와 함께 근대화가 시작되던 19세기 초반의 파리를 여행하면서 도시 구석구석에 담긴 역사의 흔적을 따라가 보았다. 굴곡진 역사가 고스란히 담겨 있는 팔레 루아얄, 흥망성쇠의 공간인 마레 지구, 파리에서 가장 낙후된 생마르셀 지구 등을 탐색하는 여정은 흥미로웠다. 파리의 구역들을 연구하면서 나는 공간의 역사는 권력의 역사와 만난다는 사실을 발견할 수 있었다.

2장은 발자크의 역사관에 관한 연구다. 프랑스 대혁명 이후 태어난 발자크는 나폴레옹제국과 복고왕정, 그리고 7월왕정을 몸소 경험했다. 나는 지난한 역사의 과정을 낱낱이 지켜본 그가 어떤 역사관을 가지고 대혁명을 평가했을지 궁금했다. 『인간극』의 첫 소설 『올빼미당원들 그리고 1799년 브르타뉴』는 그 질문에 대한 답을 제공해주었다. 작가는 이 소설을 통해 반혁명 운동의 부정적인 면을 부각함으로써 대혁명의 의미를 강조한다.

3장에서는 발자크 정치관이 변화하는 과정을 살펴보았다. 구체제의 풍습과 제도를 신랄하게 비판하면서 공화국 이념에 동조했던 발자크는 1831년 정통왕당파로 전향한다. 그리고 여러 지면을 통해 자신의 정치적 견해를 밝힌다. 그중에서도 『랑제 공작부인』은 전향 이후 발자크의 정치 이념을 이해하는 데 매우 중요한 작품이다. 발자크가 보수주의자인가 진보주의자인가에 대한 논쟁은 끊임없이 이어져 왔다. 하지만 사실 발자크에게 정통왕정주의냐 자유주의냐, 보수냐 진보냐 등의 논쟁은 별 의미가 없다. 그는 오로지 문학을 통해 보수도 진보도 아닌 자신만의 목소리를 내고자 했기 때문이다.

4장에서는 발자크 소설에 등장하는 과학에 관해 다루었다. 19세기는 과학의 시대였다. 모두가 과학을 말했고 과학을 연구했다. 『인간극』에 수록된 작품들을 읽다 보면 19세기 당시의 과학적 성과가 훤히 보인다. 발자크는 동물자기론에도 관심이 많았다. 그는 자기론이 초월적인 신의 존재를 증명하는 과학 이론이라 믿었다. 자기론적 치유의 방법인 최면을 신과의 직접적인 소통 수단으로 생각했기 때문이다. 21세기를 사는 우리에게는 과학과 종교의 이 이상한 결합이 대단히 모순적으로 보인다. 하지만 19세기의 세계관은 지금과 달랐다. 오늘날에는 과학이 아니지만, 당시에는 훌륭한 과학이었던 이론들에는 흥미 이상의 시사점이 있었다.

5장의 주제는 돈이다. 발자크는 끊임없이 돈을 말했고, 돈의 메커니즘을 연구했다. 그의 소설은 당시 사람들이 어떻게 돈을 벌었는지부터 파산 과정이나 금융 사기의 양상이 어떠했는지까지 생생하게 알려준다. 산업화 초기의 신용 거래 현황과 그 경제 구조도 이해할 수 있다. 금융 사기가 판치는 현실을 생각할 때, 19세기 금융 구조의 문제점에 대한 발자크의 비판이 여전히 유효하다는 사실은 놀랍고도 통렬하다.

6장은 법에 관한 것이다. 발자크 소설에는 법적 소송을 다룬 사례가 많다. 그는 법과 대학을 다녔고, 소송대리인과 공증인 사무실에서 수습 과정을 거치기도 했다. 그의 소설이 법 지식으로 가득한 이유다. 『인간극』에 등장하는 법관들의 다양한 초상을 통해 나는 법적 사건이 정치화되는 현상을 목격했다. 그런데도 법의 공정성과 정의에 대한 믿음으로 사회가 유지된다는 사실 역시 확인할 수 있었다.

마지막 장에서는 〈철학연구〉에 속하는 초기 소설들을 살펴보았다. 발자크는 사실주의 작가로 알려졌지만, 초기 작품을 보면 존재론적 회의와 환상적인 요소로 가득하다. 죽고 죽이는 폭력도 빈번하게 등장한다. 인간의 한계를 극복하려다 파멸하는 과학자, 철학자, 예술가들의 이야기도 있다. 무엇보다 발자크의 초기 소설에는 청년 시절 발자크의 심리를 엿볼 수 있는 단서가 발견된다. 그는 "나는 한 번도 어머니를 가져본 적이 없습니다."라고 절규할 만큼 어머니의 따뜻한 사랑을 받지 못했다. 〈철학연구〉에 속하는 발자크의 초기 소설에는 그러한 유년기의 상처가 고스란히 담겨 있다.

대혁명 이후 혈통에 따른 기존의 가치는 무너졌고 사회 계급도 파괴되었다. 그리고 자본주의의 도래와 함께 돈에 의해 결정되는 새로운 계급이 형성되었다. 발자크는 누구보다 먼저 그러한 사회적 변화를 감지했다. 그런 점에서 그는 사회주의 비평가들의 찬사를 받았다. 마르크스는 발자크를 19세기 최고의 작가라고 평가했으며, 엥겔스는 그 어떤 역사가나 경제학자 그리고 통계학자의 책보다 발자크의 작품에서 경제를 더 많이 배운다고 주장했다. 스스로 왕정주의자임을 표방하면서도 귀족의 몰락을 예견했던 위대한 작가라며 찬사를 보냈던 루카치도 있다. 최근에는 토마 피케티가 19세기 초 노동 소득과 상속 소득 사이의 불균형을 언급하면서 발자크의 『고리오 영감』을 소환하기도 했다. 반면, 보들레르는 사회에 대한 예리한 관찰자로서의 발자크가 아닌 내적 시선의 소유자, 즉 통찰자로서의 발자크를 찬양하면서 그에게 경의를 표했다. 고티에, 네르발 같은 작가들 역시 발자크의 신비주의적이고 철학적인 사유의 중요성을 강조했다.

내가 주목한 발자크라는 작가의 놀라움은 인간의 이중성과 허위의식에 대한 폭로에 있다. 그는 안정이 보장된 법률가의 삶을 버리고 미래가 불확실한 작가의 삶을 선택했다. 그러나 그는 돈을 추구했고 부자가 되고 싶었다. 일확천금을 꿈꾸면서 사업을 했고 부동산 투기를 했다. 그는 돈을 숭배하는 동시에 철저히 경멸했다. 온갖 사치품과 쓸데없는 장식품, 진짜인지 아닌지도 모르는 골동품을 사느라 돈을 펑펑 썼고 닥치는 대로 빚을 졌다. 돈을 우상화하는 동시에 경멸하는 이 철저한 이중성!

한편, 젊은 시절 발자크는 프랑스 최초의 사회주의자인 생시몽에 심취했고 진보적인 자유주의자들과 어울렸다. 그러나 귀족이 되고 싶었던 그는 아버지가 도용했던 귀족 이름을 달고 살았으며, 마차 휘장에 그 가문의 문장을 달았다. 심지어 커피포트에도 그 문장을 새겼다. 그는 정통왕당파임을 자처했다. 그러나 진보적인 그의 목소리는 당원들을 불편하게 했고, 결국 당으로부터 버림받았다. 정당 정치의 폐해를 보는 듯하다.

문학에 대한 태도는 어떠한가? 빚을 갚기 위해 무서운 속도로 글을 썼음에도 원고는 늘 밀렸고, 그는 거짓을 말해야 했다. 구상에 불과한 소설에 대해 이미 완성되었다고 했고, 제목만 정해놓고 선금을 받았다. 그러나 그는 교정 작업에 엄청난 열정과 노력을 쏟아부었다. 때로는 이미 인쇄된 원고를 수정하기 위해 추가 비용을 지불하느라 원고료를 전부 다 날리기도 했다. 그는 많은 작품을 열다섯 번에서 열여섯 번까지 고쳤다. 교정쇄들을 모아 사랑하는 여인들에게 선물하기도 했다. 그런가 하면, 발자크는 역사상 처음으로 저작권을 위한 법적 투쟁을 벌인 작가이기도 하다. 작가들을 모아 작가협회를 결성하기도 했다. 이 다양한 얼굴의 소유자가 바로 발자크다.

그의 삶이 그러하듯 『인간극』 역시 모순과 허위의식으로 가득하다. 발자크의 작품 세계는 착한 사람이 보상받는 권선징악의 세계가 아니다.

금융 사기꾼은 프랑스 최고 부자가 되고, 권력과 결탁한 법관은 출세한다. 거짓과 음모는 승리하고 진실과 순수는 패한다. 교활하고 용렬한 인간은 출세하고 아름다운 영혼의 소유자가 고통받는 경우가 허다하다. 그래서 독서를 마치고 책을 덮을 때면 종종 씁쓸할 느낌을 지울 수 없다. 발자크만큼 냉소적이고 비관적인 시선으로 사회를 꿰뚫어 본 작가는 아무도 없을 것이다.

발자크는 가장 아름답고 성스러운 사랑에도 냉소적인 시선을 던진다. 사실 발자크가 쓴 대부분의 소설은 연애소설이다. 그는 지치지도 않고 사랑을 노래한다. 소설뿐 아니라 그가 보낸 수많은 편지도 사랑으로 넘쳐난다. 그러나 사랑은 없다. 사랑은 판타지에 불과하다. 발자크는 사랑의 환상이 깨지는 현실을 보여준다. 인간은 절대적 사랑을 노래하지만, 그 안에 사랑은 없다는 이 지독한 역설을 말함에 있어 거침이 없다.

발자크가 활동하던 시기는 낭만주의가 대세를 이루었다. 작가들은 아름다움, 숭고함, 열정을 노래했고, 이상적 사랑을 꿈꾸었다. 독자들은 빅토르 위고의 세계에서 사회악을 고발하고 맞서 싸우는 숭고한 영웅 장발장에 열광했다. 그러나 발자크의 세계에는 숭고함도 세상을 구원할 영웅도 없었다. 『인간극』은 모순덩어리인 진짜 인간들의 진열장이다. 그가 그린 세상은 명료하지 않다. 정답도 없고, 해결책도 없다. 그래서 독자들은 종종 혼란스럽다. 그러나 바로 그것이 발자크 문학의 정수다. 인간의 희망과 실제가 다르고 이상과 현실이 다르듯, 그는 우리의 삶이 그렇게 간단치 않음을 말해주는 듯하다.

발자크의 위대함은 인간 본질에 대한 자각과 폭로에 있다. 그것이 바로 발자크의 현대성이기도 하다. 대놓고 돈을 숭배할 용기도 대놓고 경멸할 용기도 없는 현대인, 거짓과 위선과 기만을 감추고 사는 이들은 발자크가 묘사한 모순적인 인간에게서 자신의 모습을 목격할 것이다. 자, 이제 발자크의 작품 세계로 들어가 보자. 숨겨진 우리 자신의 모습과 대면하게 될 것이다.

제1장

발자크와 파리

파리는 완벽한 괴물이다.

『페라귀스』

파리는 구석구석마다 역사의 숨결이 살아 숨쉬는 도시다. 우리가 걷는 길, 우리가 오르는 계단, 우리가 머무는 건물은 수백 년 동안 변화를 거듭하면서 그 자리에 있었다. 그렇다면 200년 전 파리의 모습은 어땠을까? 지금까지 남아 있는 건물과 길에는 어떤 역사가 담겨 있을까? 우리는 풍속 역사가 발자크의 소설에서 19세기 파리를 생생하게 보고 느낄 수 있다. 그는 파리를 증오했고 파리를 사랑했다. 발자크만큼 파리를 미워하고 파리를 찬미했던 작가가 또 있을까? 발자크가 파리 구석구석을 말할 수 있었던 것은, 빚쟁이들을 피해 이곳저곳을 옮겨 다니며 여러 구역을 몸소 경험했기 때문이다. 발자크는 주로 어느 구역에 살았을까? 19세기 초반에 만들어진 파리 지도에 그가 머물렀던 곳을 표시해보았다.

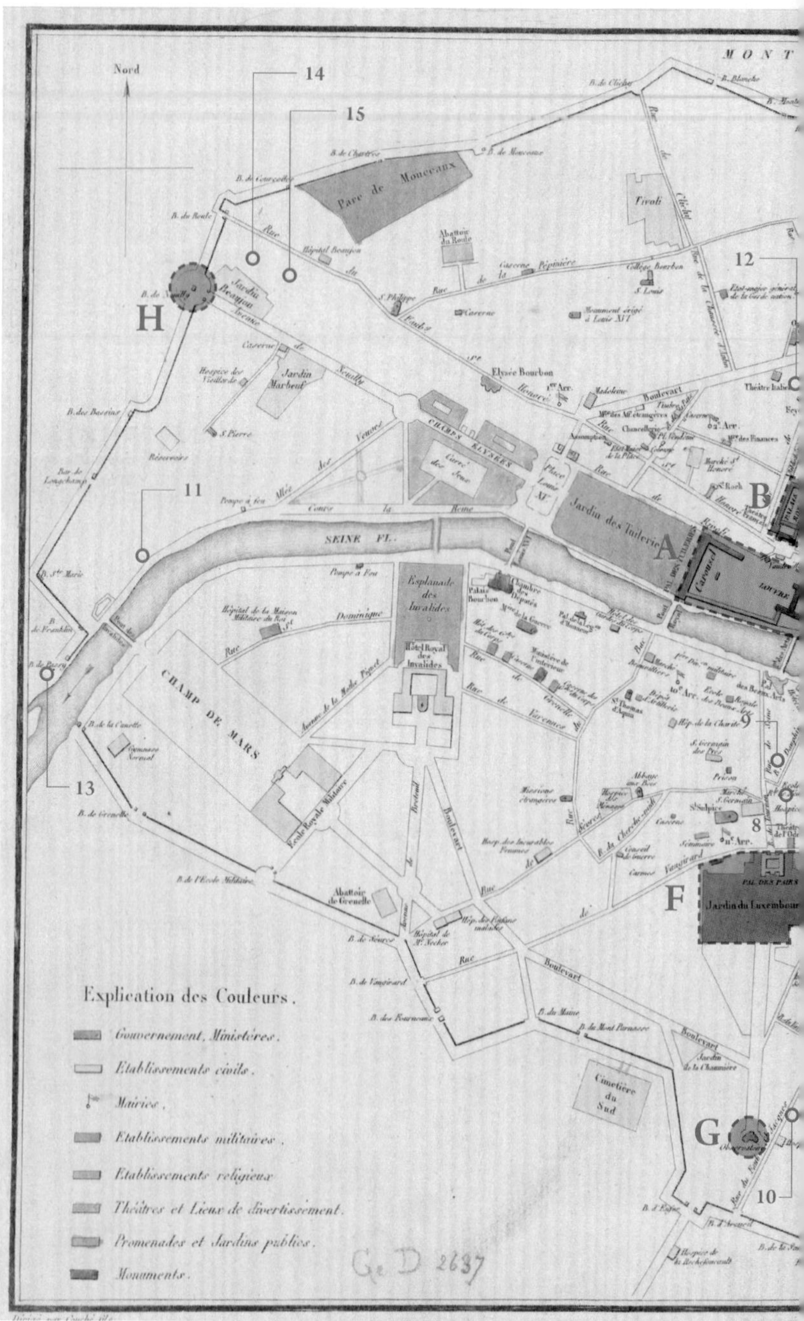
Nord
14
15
12
11
13
9
8
10
H
A
B
F
G
Parc de Monceaux
Tivoli
Jardin Marbeuf
Elysée Bourbon
CHAMPS ELYSÉES
Jardin des Tuileries
SEINE FL.
Esplanade des Invalides
Hôtel Royal des Invalides
CHAMP DE MARS
Ecole Royale Militaire
Chambre des Députés
Jardin du Luxembourg
Cimetière du Sud
Explication des Couleurs.
Gouvernement, Ministères.
Etablissements civils.
Mairies.
Etablissements militaires.
Etablissements religieux.
Théâtres et Lieux de divertissement.
Promenades et Jardins publics.
Monuments.

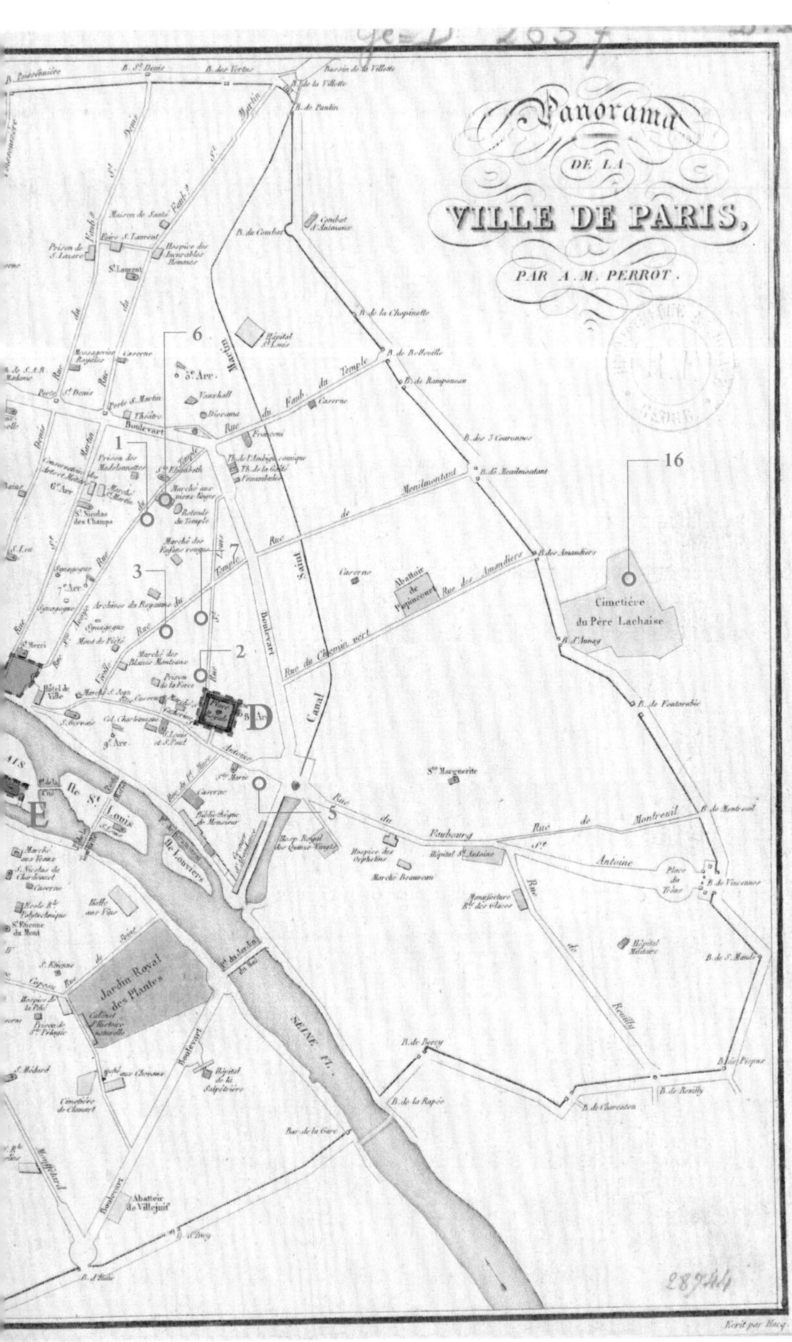

지도 출처: Panorama de la ville de Paris par Aristide-Michel Perrot, 1826. Bnf Gallica.

A 루브르궁

B 팔레 루아얄

C 시청

D 보주 광장

E 노트르담 성당

F 뤽상부르궁

G 천문대

H 개선문

1 탕플가 40번지 (현 탕플가 122번지), 3구, 마레 지구. 발자크 가족, 투르에서 파리로 이사. (1814~1819).

2 튀랭가 37번지, 4구, 마레 지구. 르페트르 기숙학교. (1814).

3 토리니가 5번지 (현 피카소 박물관), 3구, 마레 지구. 강세르 신부 학교. (1815).

4 코키에르가 42번지, 1구, 팔레 루아얄 근처. 소송대리인 사무소 서기로 근무. (1816~1818).

1 탕플가 40번지 (현 탕플가 122번지), 3구, 발자크 가족과 같은 건물. 공증인 사무소 서기로 근무. (1818).

5 레디기에르가 9번지, 4구, 바스티유 근처, 마레 지구. 작가가 되기로 결심하고 다락방을 구함. (1819~1821).

6 포르트푸엥가 17번지 (탕플가 바로 옆). 3구, 마레 지구. 빌파리지로 이사하면서 남겨둔 파리의 임시 거처. 베르니 가족과 이웃. (1819~1822).

7 루아 도레가 7번지 (피카소 박물관 옆), 3구 마레 지구. 발자크 가족 파리 거주지. (1822~1825).

8 투르농가 2번지, 6구, 생제르맹 지구. (1824~1826).

9 마레 생제르맹가 17번지 (현 비스콩티가 17번지), 6구, 생제르맹 지구. 1층 인쇄소, 2층 거주. (1826~1828).

10 카시니가 1번지, 14구, 천문대 근처. 빚쟁이들을 피해 누이동생의 남편 쉬르빌의 이름으로 계약. (1828~1836).

11 바스티유가 13번지 (현 이에나 대로 9번지), 16구, 기메 아시아 박물관 근처. 빚쟁이들을 피하기 위한 은신처. (1835~?).

12 리슐리외가 108번지, 2구, 팔레 루아얄 근처의 임시거처. (주로 파리 근교 세브르의 자르디에 거주). (1837~?) .

13 바스가 19번지 (현 레이누아르가 47번지), 16구, 파시. 빚쟁이들을 피해 가정부 브뢰뇰 부인 이름으로 계약. 두 개의 출입구. 현 발자크 박물관. (1840~?).

14 포르튀네가 14번지 (현 발자크가 22번지), 8구, 샹젤리제 근처. 한스카 부인을 맞이하기 위해 준비한 저택. 1850년 8월 18일 사망. (1846~1850).

15 쿠르셀가 9번지, 생 필립 뒤 룰 교회, 장례식.

16 페르 라셰즈 묘지 안장. (1850.8.29. ~).

지도에서 보듯, 발자크는 마레 지구, 생제르맹, 팔레 루아얄, 천문대 그리고 파시와 샹젤리제 근처 등 파리 곳곳에서 살았다. 따라서 발자크에게 파리는 막연한 동경이나 찬미의 대상이 아닌 살아 숨쉬는 구체적인 공간이다.

근대 도시 파리를 연구한 도시 사회학자 데이비드 하비는 파리의 근대화가 1850년 이후 갑자기 이루어진 것이 아님을 주장한다. 이미 19세기 전반부터 근대화가 서서히 이루어졌다는 것이다.[1] 그 증거로 발자크가 묘사한 19세기 초반의 파리를 제시한다. 하비에 따르면 도시 연구가의 입장에서 『인간극』을 읽는 것은 아주 놀라운 경험이다. 발자크 소설이 아니었다면 복고왕정 시대의 파리는 계속 숨겨져 있었을 것이기 때문이다. 실제로 19세기 후반의 근대 도시 파리에 관한 연구는 활발하게 이루어졌을 뿐 아니라, 지금의 파리는 그 당시와 크게 달라진 게 없다. 그에 비해 1820년대와 1830년대의 파리에 대해서는 역사적 사료가 귀한 편이다. 그런 점에서 발자크의 『인간극』은 도시 역사 연구 자료로도 가치가 크다. 그렇다면 19세기 초반 파리의 모습은 어땠을까?

근대화 과정의 파리

19세기 파리는 한마디로 변화의 공간이었다. 19세기 초까지만 해도 중세 도시의 틀을 벗어나지 못했던 파리는 나폴레옹 3세가 집권하던 1850년 이후 근대 도시로 탈바꿈했다. 그러나 근대화의 움직임은 이미 19세기 초부터 시작되고 있었다. 그것은 일종의 불가피한 사회적 요구였다. 1793년, 국민의회가 파리 시민의 향상된 삶을 위해 설립한 '예술가위원회'가 남긴 보고서는 당시 파리의 문제점을 잘 지적하고 있다. 보고서는 상업 시설과 교통 시설의 부족, 공공 광장이나 시장의 부족, 공기가 안 통하는 좁고 을씨년스런 골목 등을 언급하면서 망가진 집과 비위생적인 공간을 모두 헐어버릴 것을 요구했다.[2] 나폴레옹제국 시대

1 데이비드 하비, 김병화 옮김, 『모더니티의 수도 파리』, 글항아리, 2019.

2 Bernard Marchand, *Paris, histoire d'une ville (XIX~XXe siècle)*, Editions du Seuil, 〈Points〉, 1993, p. 22.

이후 급격한 인구 증가는 공간 부족, 위생 문제, 폭력과 범죄 유발, 매춘 성행 등의 문제를 더 악화시켰다. 1801년 54만 6천 명이던 파리 인구는 1811년 62만 2천 명, 1831년 78만 5천 명, 1841년 93만 6천 명, 그리고 1851년에는 105만 5천 명이 되었다. 반세기 만에 파리 인구가 두 배로 늘어난 것이다.[3]

왜 이렇게 많은 인구가 도시로 유입되었을까? 우선 산업 발달을 그 이유로 들 수 있다. 파리는 프랑스 산업의 중심지였다. 하지만 대규모 인구 유입을 설명하기에는 그것만으로 부족하다. 영국과 달리 프랑스 산업은 가내수공업이 주를 이루었기 때문이다. 파리 인구 증가의 또 다른 요인은 20년에 걸친 전쟁에 있다. 전쟁을 위해 동원된 수백만의 농부는 뿌리 뽑힌 존재가 되었다. 그들은 전쟁이 끝나고 난 후에도 고향으로 돌아가지 않은 채 대도시로 유입되었다. 대규모 건축 붐도 파리 인구 증가의 주요 원인이었다. 나폴레옹의 도시 근대화 계획에 따라 건설 붐이 일면서 지방으로부터 수많은 노동자가 파리로 몰려들었다.

급격한 인구 증가로 인해 도시에는 수많은 사회적 문제가 발생했다. 인구는 계속 늘었지만 공간은 제한적이었으므로 수십만 이주자들의 주거 환경은 열악하기 그지없었다. 파리의 거리는 더럽고 위험했다. 사람들은 아무데나 쓰레기를 버렸다. 거리는 비가 오면 진흙이 무릎까지 빠지는 시궁창이 되었다. 사람들은 주로 센강과 센강 우안의 구시가지, 노트르담 성당이 있는 시테섬, 시청 부근, 레 알 시장 주변 등의 건물에 겹겹이 모여 살았다. 레 알 시장에는 전국에서 모여드는 야채, 과일, 생선뿐 아니라 푸줏간과 도살장에서 나오는 피 등으로 악취가 끊이

3 Alfred Fierro, *Histoire et dictionnaire de Paris*, Robert Lafont, 1996, p.279.

지 않았다. 하수 시설을 제대로 갖추지 못한 탓에 사람들은 요강에 담긴 분비물을 그냥 길 위에 버리거나 각 건물 밑에 있는 분뇨 구멍에 버렸다. 나중에 분뇨 수거인이 그 구멍을 비웠다고 하니, 그로 인한 악취와 공기 오염, 그에 따른 도시 위생 상태를 가히 짐작할 수 있다.

나폴레옹은 파리를 세계의 중심으로 만들고, 그곳에 질서와 영광을 부여하고자 했다. 실제로 그는 도시 근대화를 위해 많은 정책을 수립하고 시행했다. 그러나 계속되는 전쟁으로 재정도 시간도 부족했기에 계획 중 많은 부분이 복고왕정 시절에 수행되었다. 파리의 도시 개발은 도시 외곽이 아닌 내부에서 주로 이루어졌다. 국가 부채를 해결하기 위해 혁명정부가 국유화하여 분할 매각한 망명 귀족의 저택과 교회 부지가 시내 중심에 많았기에, 굳이 외곽을 개발할 필요가 없었다. 특히 1793년 당시 국유화한 교회 부지는 파리 전체 3370헥타르 중 400헥타르로 전체 토지의 1/10 이상이었다.[4] 이러한 상황은 그다음 세대에 도시 개발이 가능한 토양을 만들어 주었다. 나폴레옹제국과 복고왕정 시절에는 부동산 투기 열풍이 거세게 불면서 파리가 건설 열기에 휩싸인다. 부동산 업자들은 은행가와 건축가들과 연합해 건물을 건축하고 분양했다. 발자크는 이 변화를 감지했다. 근대화 과정의 파리, 성장 열기에 놓인 파리, 확장되는 도시 파리, 그것이야말로 『인간극』의 주된 테마다. 발자크는 말한다.

> 당시 파리는 건축열에 휩싸여 있었다. … 당시 파리에서는 누구나 부지런히 뭔가를 짓고 허물곤 했다. … 어디를 가나 건물 밖에 긴 막대기들을 설치한

4 Frantz Jourdain, "Vers un Paris nouveau", in *Cahiers de la République des Lettres et des Arts*, Paris, François Loyer, *Paris XIXe siècle*, *L'Immeuble et la rue*, Hazan, 1994, p. 19에서 재인용.

> 후, 벽에 뚫은 구멍에 가로대를 고정시키고, 사람들이 다닐 수 있도록 널빤지를 댄 비계(飛階)를 볼 수 있었다. 『페라귀스』

부동산 투기 열풍은 생제르맹과 생라자르역 근처 쇼세 당탱의 고급 주택가에 집중되었던 반면, 가난한 사람들이 밀집해 있는 레 알이나 시청 부근의 구시가지는 투기업자들의 관심 대상이 아니었다. 모든 투기가 그렇듯이, 당시 건축 열기는 사회적 요구에 부응하기 위한 게 아니었기 때문이다. 정작 개선이 필요한 파리 중심부는 늘어가는 인구로 인해 점점 더 열악해졌다. 당시 48구역 중 중앙에 있는 28구역이 차지한 공간은 파리 토지의 20%밖에 되지 않았지만, 파리 전체 인구의 절반이 그곳에 살았다. 인구 밀도는 높아졌고 오염도는 더 심해졌다. 각 구역의 환경과 삶의 격차는 점점 더 벌어졌다.

나폴레옹제국과 복고왕정 시대에도 파리의 공공시설에 대한 개발 정책이 있었다. 그러나 그 목적은 주로 도시 미화에 있었고, 도시 위생은 고려 대상이 아니었다. 정책 입안자들이 공중 위생이나 보건에 관심을 보인 것은 1830년 이후인 7월왕정에 이르러서다. 19세기 초 파리 사람들은 대부분 센강에서 끌어온 물을 마셨다고 한다. 발자크는 센강의 물이 정화 과정을 거쳐 식수가 되는 것을 다음과 같이 냉소적으로 묘사한다.

> … 센강의 물이 커다란 탱크 안에서 정화된다. 그 물탱크에 담긴 물은 공장에서의 작업을 통해 십여 번 걸러진 후에 여러 형태의 물병에 담긴다. 그리하여 진흙투성이였던 물은 물병 속에서 반짝반짝 빛나고 맑고 순수해진다.
>
> 『페라귀스』

발자크는 파리 시민이 식수로 마시는 물의 수질 상태를 지적하거나, 그로 인한 피해를 언급하지 않는다. 단지 식수가 만들어지는 과정을 묘사함으로써 병 속에 담긴 깨끗한 식수가 실은 쓰레기와 오물을 걸러낸 후 소독한 더러운 센강 물이라는 사실을 환기시킨다. 1832년에 발생한 콜레라는 6개월 동안 파리에서만 1만 8천 명의 희생자를 냈다. 당시 파리 인구가 80만이었으니 이는 도시 인구의 2.5%에 해당하는 엄청난 수였다. 전염병은 부촌까지 위협하면서 파리 전체를 공포에 떨게 했다. 이후 부자들은 위생 문제가 더는 빈민촌만의 문제가 아님을 인식하기 시작했다. 7월왕정 때부터 진정한 의미에서의 근대화가 시작되었고, 그 이후 나폴레옹 3세와 센 지방 지사였던 오스망에 의해 파리는 근대 도시로 탈바꿈한다. 도시 계획의 목적이 전염병을 예방하고 폭동을 진압하기 위한 것으로서 철저히 부르주아의 안녕을 목표로 했다 할지라도, 도시 근대화를 통해 도시민의 생활 여건이 향상되었음은 의심의 여지가 없다. 이제 『인간극』 중 파리 이야기가 가장 많이 나오는 소설 『페라귀스』[5]와 함께 19세기 초반 근대화 과정에 있는 파리로 시간 여행을 떠나보자.

『페라귀스』와 근대화 과정의 파리

『페라귀스』는 이야기의 흐름을 방해하는 여담 때문에 종종 비난을 받았던 소설이다. 여담을 따라가다 보면, 사랑과 질투, 의심과 복수 등의

5 『페라귀스』는 『13인당 이야기』(송기정 역, 문학동네)에 수록된 첫 번째 소설이다. 13인당은 나폴레옹제국 시대부터 파리에서 활동했던 13인의 비밀 조직이다.

흥미로운 이야기로부터 멀어지기 십상이기 때문이다. 그러나 작가 자신이 소설 후기에서 밝혔듯이 이 여담이야말로 『페라귀스』의 핵심 요소다. 작가는 소설 곳곳에서 기본 서사와 무관한 여담을 통해 1820년과 1830년 당시의 파리를 현실감 있게 그려낸다. 그는 파리의 거리를 묘사하고, 행인들의 발걸음을 추적하고, 그들의 심리를 분석한다. 『페라귀스』는 본질적으로 파리의 드라마다.

풍속연구가 발자크에게 파리는 인격과 감정, 그리고 육체가 존재하는 하나의 생명체다. "여기는 아름다운 여인인가 하면, 저기는 늙고 가난한 남자"인 파리, "여기는 새로운 왕조의 화폐처럼 아주 새것인가 하면, 이쪽 구석은 유행을 따르는 여인처럼 우아한" 파리는 "완벽한 괴물"이다. 그런가 하면 파리는 "슬프거나 쾌활하고, 추하거나 아름다우며, 생명이 넘치거나 죽은 것과도 같은" 고급 화류계 여인이기도 하다. 각각의 집과 거리는 고유한 특징을 지닌다. 큰길과 골목들, 거리의 건물들, 행인들, 마차들, 서 있는 사람들, 상점들, 이 모든 것은 파리를 이해하기 위해 읽어야 할 기호이다. 『페라귀스』의 첫 페이지는 인간의 자질과 유사한 파리의 길에 대한 분석으로 시작된다.

> 파렴치한 죄를 저지르는 수치스러운 인간이 존재하듯이 파리에는 불명예스러운 길이 존재한다. 그런가 하면 고상한 길도 있고, 정직한 길도 있으며, 아직 그 길이 도덕적으로 어떤지에 대한 평판이 형성되지 않은 새로운 길도 있다. 또한 암살자의 길도, 상속받은 늙은 과부보다 더 늙어 보이는 길도, 존경받을 만한 길도 있으며, 늘 깨끗한 길이 있는가 하면 늘 더러운 길도 있다. 노동자의 길도, 근로자의 길도, 장사꾼의 길도 있다. 다시 말해서 파리의 길은 인간의 속성을 지닌다. 『페라귀스』

자, 이제 이야기 속으로 들어가 보자. 『페라귀스』의 비극은 복고왕정 시절이던 1819년 2월의 어느 날 저녁, 왕실근위대 장교인 오귀스트 드 몰랭쿠르가 좁고 어두침침한 골목에서 한 여인을 발견함으로써 시작된다. 오귀스트는 여염집 여자라면 절대 들어서지 않을 솔리가의 허름한 집으로 누군가 들어가는 것을 목격한다. 솔리가에서 나온 그 여인은 비유 오귀스탱가에 세워진 마차를 타고 리슐리외가에 있는 꽃집에 들러 황색 꽁지깃을 산다. 그러고는 메나르가에 있는 그녀의 아름다운 저택으로 들어간다. 그 여인은 증권거래인의 아내인 클레망스 데마레로 오귀스트가 남몰래 사랑하는 여인이다. 도대체 무슨 비밀이 있기에 사교계에서 가장 정숙한 여인이 이런 음침한 길에 있는 것일까? 그날 저녁 오귀스트는 은행가 뉘싱겐이 주최하는 무도회에 참석하여 그 여인을 만난다. 황색 꽁지깃을 달고 있는 클레망스를 본 오귀스트는 위협적인 어조로 그날 오후 솔리가에 갔었냐고 묻는다. 하지만 클레망스는 외출한 적이 없노라 시치미를 뗀다. 오귀스트는 여인의 비밀을 알아내기 위해 솔리가의 집을 염탐한다. 그리고 마침내 그녀가 어떤 수상한 남자와 함께 그 집에 있는 것을 목격한다. 그 남자는 사실 클레망스의 아버지 페라귀스다. 그는 비밀결사대인 13인당의 수장인 동시에 옛 도형수로, 신분을 숨기기 위해 가난하고 음침한 동네를 옮겨 다니던 중이었다. 그런 사실을 모르는 오귀스트는 클레망스에 대한 염탐을 계속하지만 끝내 비밀을 밝히지 못한다. 한편 그날 이후 오귀스트는 여러 차례에 걸쳐 죽음의 위기를 넘기다가, 결국 페라귀스에 의해 독살당한다. 죽기 전 그는 클레망스의 남편인 쥘 데마레에게 페라귀스와 클레망스의 의심스러운 관계를 고해바친다. 행복하기만 했던 부부 사이에 균열이 생긴다. 쥘은 페라귀스가 숨어지내던 집주인 노파를 매수함으로써 모든 비밀을 밝혀낸다. 그는 신분 세탁 후 사위에게 떳떳한 모습으로 나타나려는 페라귀스의 노력도, 아버지 뜻을 존중하느라 비밀을 지킬 수밖에 없었던 아내의 고통도 이해하게 된다. 하지만 이미 늦었다. 남편의 의심을 받고 있음에도 진실을 말할 수 없었던 클레망스가 슬픔과 함께 죽어가고 있었던 것이다. 클레망스는 페르 라셰즈 묘지에 묻히고, 쥘은 파리를 떠난다. 딸을 잃은 페라귀스는 삶의 의미를 잃은 채 영락한 노인으로 전락한다.

이 작품에서 작가는 파리의 신화를 창조한다. 『페라귀스』는 파리의 모험 이야기이며, 파리의 길과 구역 그리고 건물은 소설의 배경에 그치지 않는다. 소설의 진정한 주인공은 바로 이 모든 게 존재하는 파리 그 자체다. 따라서 당시의 수많은 길과 구역에 대한 공간적 이해와 그 공간에 얽힌 이야기를 알지 못하고는 작품을 제대로 이해할 수 없다. 『페라귀스』의 주요 무대는 팔레 루아얄 주변, 생제르맹 구역, 생라자르와 쇼세 당탱 구역, 마레 지구, 파리 남쪽 경계에 위치한 천문대 광장과 생마르셀 구역, 그리고 파리의 북동쪽에 있는 페르 라셰즈 묘지 등이다. 19세기 지도를 펼쳐 놓고 그 구역들을 표시해보자.

Nord
Parc de Monceaux
Tivoli
Jardin Beaujon
Jardin Marbeuf
Elysée Bourbon
CHAMPS ELYSEES
Jardin des Tuileries
SEINE FL.
Esplanade des Invalides
Hôtel Royal des Invalides
CHAMP DE MARS
Ecole Royale Militaire
Abattoir de Grenelle
Jardin du Luxembourg
Cimetière du Sud
3
2
Explication des Couleurs.
Gouvernement, Ministères.
Etablissements civils.
Mairies.
Etablissements militaires.
Etablissements religieux.
Théâtres et Lieux de divertissement.
Promenades et Jardins publics.
Monuments.

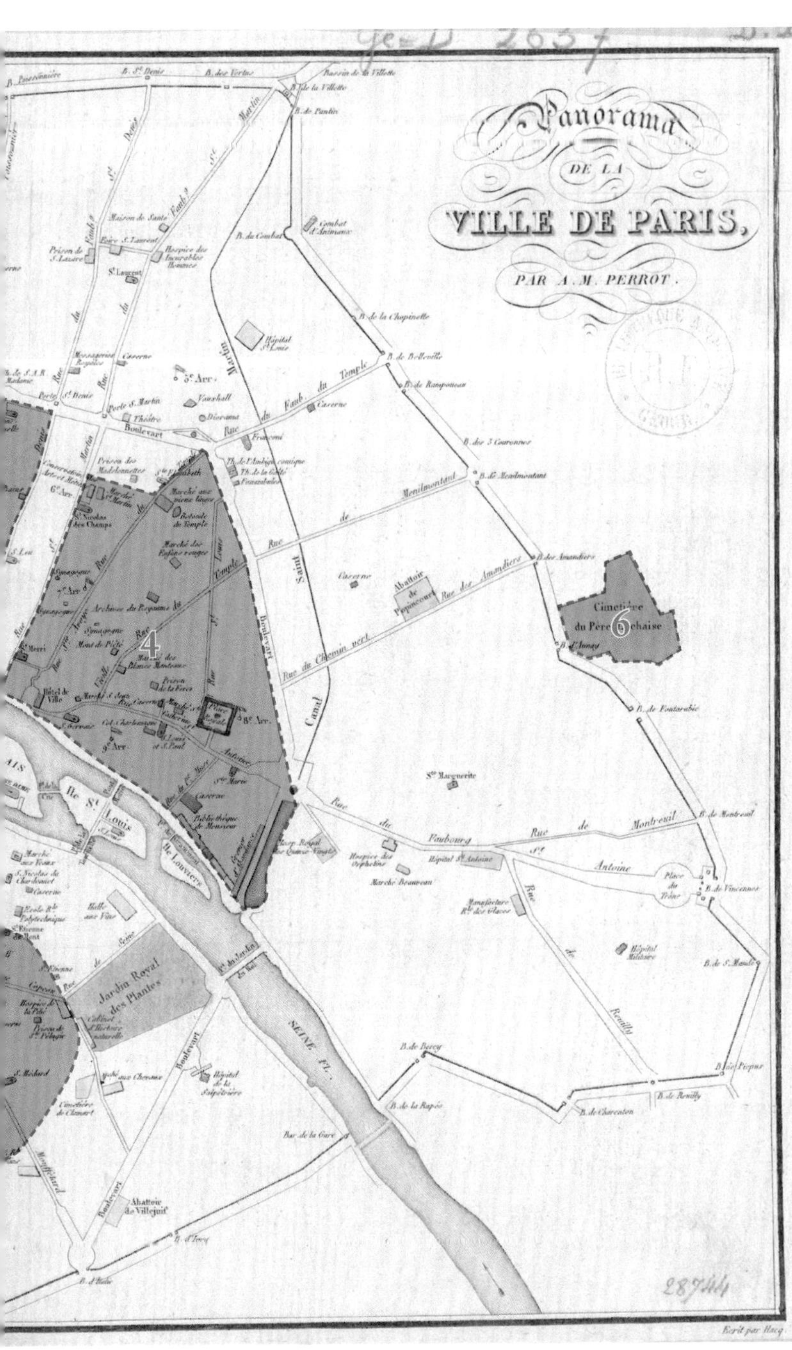
Panorama
DE LA
VILLE DE PARIS,
PAR A. M. PERROT.
Cimetière du Père Lachaise
6
4
Jardin Royal des Plantes
SEINE FL.
Canal
Boulevart
Rue du Faubourg St Antoine
Rue de Montreuil
Rue de Menilmontant
Rue du Chemin vert
Rue des Amandiers
Abattoir de Popincourt
Ile St Louis
Ile Louviers
Hôpital St Antoine
Place du Trône
B. de Vincennes
B. de Montreuil
B. de Bercy
B. de la Rapée
B. de Charenton
B. de Reuilly
B. de Picpus
B. de Belleville
B. de la Chopinette
B. du Combat
Hôpital St Louis
Abattoir de Villejuif
Hôpital Militaire
St Marguerite
Porte St Martin
Porte St Denis
3e Arr.
6e Arr.
7e Arr.
8e Arr.
9e Arr.
Ecrit par Hacq

1 팔레 루아얄 주변

2 생제르맹 구역

3 생라자르와 쇼세 당탱 구역

4 마레 지구

5 천문대 광장과 생마르셀 구역

6 페르 라셰즈 묘지

§ 아름다움과 추함이 공존하는 곳, 사치와 환락의 중심지 팔레 루아얄과 그 주변

오귀스트가 우연히 클레망스를 발견한 솔리가는 '쓰레기 거리'라고 불렸을 정도로 더럽고 악취 나는 파주뱅가 옆에 있다. 솔리가와 파주뱅가는 팔레 루아얄에서 도보로 불과 10분 거리다. 이 길들은 파리의 근대화 과정과 함께 1880년에 사라졌다. 지금은 에티엔 마르셀 대로가 뻗어 있는 그곳에 그렇게 좁고 음침한 골목이 있었다고 상상하기는 쉽지 않다. 클레망스는 신분을 감추고 숨어 다니는 아버지를 만나기 위해 "사교계에 속한 여성이라면 더없이 잔인하고 치욕적인 소문이 돌 위험을 감수하지 않고는 절대 갈 수 없는" 그 길을 드나든다.

돈을 상징하는 증권거래소에서 팔레 루아얄로 이어지는 이 구역이 흥미로운 것은 그곳에 가난과 부, 아름다움과 추함, 미덕과 범죄, 정숙과 타락이 공존하기 때문이다. 고급 저택이 들어서 있는 메나르가 옆에 "시끌벅적하고 활기차고 타락한" 부르스 증권거래소 광장이 있는가 하면, 그로부터 불과 몇백 미터 거리에 있는 팔레 루아얄에는 도박장과 유곽이 즐비하다. 밤이 되면 거리의 여인들은 먹잇감을 찾아 그곳을 어슬렁거린다.

발자크는 팔레 루아얄에서 루브르궁에 이르는 공간이 위험 지역

에티엔 마르셀 대로

이었음을 상기시킨다. 사기꾼들이 활개치는 그곳에는 악과 범죄가 우글거린다. 팔레 루아얄과 튈르리 공원 사이에 비스듬히 나 있는 트라벨시에르 생토노레가는 "추악한 거리"다. 사람들의 왕래도 없고 빛도 들지 않는 그 길은 음습하고 음침하다. 살인이 많이 발생하고 타락이 만연한 그곳은 경찰마저 방관하는 우범 지역이다. 루브르궁과 튈르리궁 사이에 위치한 프로망토가에는 "방탕한 사람들이 많이 살고 살인사건도 비일비재"하다. 1800년경부터 이 지역의 좁은 골목을 정비하려는 움직임이 있었다. 나폴레옹의 계획에 따라 두 궁을 잇는 프로젝트가 본격화되면서 1808년부터 작은 집들이 헐리기 시작했다. 두 궁 사이에 앵페리알가[6]가 생기면서 좁은 골목과 작은 집이 많이 사라졌지만, 소설의 시간적 배경이 된 1819년까지도 그곳은 안전을 보장할 수 없는 위험 지역이었다. 루브르 박물관 앞, 지금은 피라미드가 우뚝 서 있는 광장의 200년 전 모습이다. 이런 길들은 19세기 후반의 파리 근대화 작업에 따라 사라졌다. 프로망토가는 1850년 루브르궁의 보수 과정에서, 트라벨시에르 생토노레가는 1873년 오페라 대로가 나면서 사라졌다.

여기서 팔레 루아얄이라는 공간에 주목해 보자. 파리를 찾는 여행객이라면 누구나 루브르 박물관을 방문한다. 그러나 길 하나만 건너면 바로 만날 수 있는 또 하나의 왕궁, 팔레 루아얄에 주목하는 여행자는 그리 많지 않다. 팔레 루아얄은 부귀와 영화를 누렸던 만큼 타락과 쇠락의 과정을 거쳐온 굴곡진 역사의 현장이다. 팔레 루아얄은 루이 13세 때 재상을 지낸 리슐리외 추기경의 저택으로 당시 명칭은 추기경

6 앵페리알가는 황제의 길이라는 의미다. 이 길은 황제 퇴위 후인 1815년 카루젤가로 바뀐다.

궁이었다. 그는 루이 13세의 왕권 강화를 통해 절대왕정의 기초를 다진 인물이다. 1642년 12월에 사망한 그는 자신의 궁을 부르봉 왕가에 증여한다. 그리하여 추기경궁은 왕궁, 즉 팔레 루아얄이 된다.

1643년, 루이 13세의 죽음과 더불어 다섯 살밖에 안 된 루이 14세가 왕좌에 오른다. 왕비는 늘 공사 중이고 불편한 루브르궁을 떠나 어린 두 아들을 데리고 정원이 넓은 팔레 루아얄로 이사한다. 그러나 왕이 열 살도 되기 전인 1648년부터 시작된 귀족들의 반란인 프롱드 난을 겪은 뒤 왕가는 1650년 1월 5일 밤과 6일 새벽 사이 그곳을 떠난다. 루이 14세는 어린 시절에 겪었던 귀족들의 반란을 평생 잊지 못했다. 왕권 강화에 대한 그의 집착은 그 사건으로부터 시작되었다고 볼 수 있다.

1692년, 루이 14세는 팔레 루아얄을 동생 오를레앙공에게 증여한다. 그리하여 팔레 루아얄은 오를레앙 가문의 소유가 된다. 1715년 루이 14세가 죽자 당시 다섯 살에 불과했던 그의 증손자 루이 15세가 즉위했고, 루이 14세의 조카인 필립 도를레앙은 섭정왕이 된다. 이때부터 섭정왕의 궁인 팔레 루아얄은 정치, 외교, 문화, 예술의 중심지가 된다. 갤러리에는 5백 점에 달하는 예술품이 전시되어 있었으며, 일주일에 세 번에 걸쳐 무도회가 열렸다고 한다. 1723년 섭정왕의 죽음 이후 그의 증손자 루이 필립 조제프 도를레앙은 과도한 빚을 해결하기 위해 임대업을 계획한 후, 정원 가장자리에 건물과 회랑을 짓고 상가를 만들었다. 그리하여 팔레 루아얄은 파리의 상업과 유흥의 중심지가 되었다. 아케이드 180개에는 가게, 식당, 카페 등이 들어섰고, 밤이면 가로등이 환하게 켜졌다. 그러나 공사비 지급을 위해 과도한 빚을 지게 됨으로써, 루이 필립은 부채 정리를 위해 영지의 일부를 매각했을 뿐 아니라 섭정왕의 소장품 5백 점도 모두 팔아야 했다. 대혁명 소용돌이 속에서 그는 매각대금을 제대로 받지 못한 채, 1793년 혁명군에 의해 처형된다.

대혁명 당시 팔레 루아얄은 정치적 공간이었다. 1789년 7월 12일, 카미유 데물랭은 팔레 루아얄에서 시민들을 선동하는 연설을 하여 14일의 바스티유 함락을 성공적으로 이끌었다. 1793년에는 왕의 처형에 찬성했던 생파르조가 팔레 루아얄의 한 카페에서 왕당파에게 암살당하기도 했다. 그런가 하면 1791년 성직자의 세속화 법안에 반대한 교황을 인형으로 만든 후 화형식을 거행한 곳도 바로 이곳이다. 왕궁이 민중 항거의 장으로 바뀌는가 하면, 추기경이 지은 건물에서 교황의 화형식이 거행되었으니, 역사의 아이러니가 아닐 수 없다.

대혁명 이후 팔레 루아얄은 국유화된다. 총재정부는 팔레 루아얄을 매각하고자 했으나 500인회의 반대로 매각하지 못한 채, 국가가 상점과 아파트를 임대함으로써 갤러리와 궁의 내부는 세입자들에 의해 분할되고 훼손된다. 그럼에도 그곳은 여전히 파리의 사치와 환락의 중심지로 명소 중 하나였으며 극장, 갤러리, 식당과 카페, 도박장 일곱 군데, 그리고 상점 4백여 곳이 즐비했다. 상점으로는 주로 보석이나 시계 등의 사치품 상점, 양복점과 양품점, 그리고 서점과 출판사가 있었다. 신문기자 루스토에 이끌려 팔레 루아얄의 갤러리로 들어간 『잃어버린 환상』의 주인공 뤼시앵은 과거 영화의 흔적을 간직한 그 장소가 타락한 파리 전체를 집약하고 있음을 본다. 그곳에서는 돈과 정치와 여론과 명성, 그리고 도박과 유행이 만들어지기도 하고 없어지기도 했다.

> 기분 나쁜 진흙더미, 비와 먼지로 때가 잔뜩 낀 유리창, 바깥은 누더기로 덮인 납작한 오두막집들, 칠하다 만 벽면들의 더러움, 집시의 천막과 유사한 모든 것들, 시장의 가건물들, … 그곳에서는 1789년 대혁명으로부터 1830년의

> 혁명까지 엄청난 거래가 이루어졌다. … 거기에서는 정치와 재정 사업은 물론 여론과 명성이 만들어졌다가 사라지곤 했다. … 이곳에는 시와 정치와 산문을 파는 서석 상인들, 의상실 점원들, 그리고 밤에만 오는 매춘부들 외에는 아무도 없었다. 이곳에는 소문과 서적들, 새롭거나 낡은 명성, 의회 연단의 음모와 출판계의 거짓말이 무성했다. 『잃어버린 환상』

1789년 혁명기부터 1830년 7월왕정이 들어설 때까지 팔레 루아얄은 도박과 매춘의 중심지였다. 저녁이면 꼭대기 층에 사는 여인들이 내려와 호객 행위를 했다. 특히 전쟁이 끊이지 않던 나폴레옹제국 시절 군인들에게 그곳은 환락의 장소였다. 『샤베르 대령』의 주인공인 나폴레옹 시대의 전쟁 영웅 샤베르 대령이 바로 이곳에서 화류계 출신의 아내를 만났다. 『고리오 영감』의 라스티냑은 팔레 루아얄의 도박장에서 돈을 따고, 『나귀 가죽』의 라파엘은 그곳에서 마지막 금화 한 닢을 날린 후 자살하기 위해 센강으로 향한다. 페라귀스도 종종 팔레 루아얄 129번지에서 도박을 한다. 게다가 팔레 루아얄은 부르스 증권거래소 건물이 생기기 전 1807년부터 1816년까지 증권거래소가 있던 곳이기도 하다. 돈이 있는 곳에는 도박과 매춘이 따르기 마련이니, 팔레 루아얄이 타락의 장소가 된 것은 자연스러운 현상인지도 모른다. 7월왕정 정부는 1830년 매춘을 금하고, 1836년에는 도박장을 완전히 폐쇄했다.

1830년 7월혁명 이후 태어난 7월왕정 시기는 팔레 루아얄의 새로운 황금기다. 오를레앙 가문의 후손인 루이 필립이 왕이 됨으로써 팔레 루아얄은 왕가 소유가 되었기 때문이다. 그러나 1848년 혁명 당시 팔레 루아얄은 약탈과 방화 등의 수난을 겪은 후 다시 국유화된다. 이후 집권한 나폴레옹 3세는 궁을 몰수해 가족의 거처로 사용했다. 하지만 그의 몰락과 더불어 팔레 루아얄은 또다시 국가 소유가 된다. 이렇듯 팔레 루아얄은 파리의 굴곡진 역사에 대한 생생한 증거다. 현재 이곳에는 헌법재판소와 문화부 등의 공공기관이 자리한다. 갤러리에는 극장, 상점, 식당, 그리고 카페가 있다.

§ 특권층의 공간 생제르맹 구역과 쇼세 당탱 구역

18세기 초반까지만 해도 귀족들은 마레 지구에 모여 살았다. 그러나 그곳에 상권이 형성되고 사람이 많아지자 그들은 넓은 공간을 찾아 파리 강남 좌안의 생제르맹으로 이동했다. 유명 카페와 식당, 상점이 즐비한 지금의 생제르맹은 파리의 중심이다. 그러나 17세기 이전의 생제르맹은 파리의 교외에 속했으며, 그곳에는 농경지와 수도원이 있을 뿐이었다. 그곳은 '포부르 생제르맹'이라 불렸는데, 여기서 '포부르'는 외곽을 의미한다. 복고왕정 당시 생제르맹 구역은 귀족들의 특권적인 공간이 됨으로써 파리 사교의 중심이 된다. 『랑제 공작부인』[7]에서 발자크는 마레 지구로부터 생제르맹 구역으로 이동한 귀족들에 대해 이렇게 말한다.

> 루아얄 광장(현 보주 광장)이나 파리 중심부에 거주하던 귀족들은 주변에 많은 상점이 들어서는 바람에 구역의 평판이 나빠지자 그곳을 떠났고, 여유로운 공간을 찾아 강 건너 생제르맹 구역으로 이동했다. … 호사스러운 삶에 익숙한 사람들에게 서민들이 떠들어대는 소란스럽고 악취 나는 진흙 묻은 좁은 길만큼 역겨운 것이 또 어디 있겠는가? 귀족의 관습은 상가 지역이나 공장 지대의 관습과 절대로 조화를 이룰 수 없는 것이 아닐까?
>
> 『랑제 공작부인』

7 『랑제 공작부인』은 『13인당 이야기』의 두 번째 소설이다.

호화로운 대저택과 넓은 정원, 고요함이 깃든 생제르맹 구역은 귀족 계급과 일반 도시민 사이의 정신적 격차를 물질적으로 공고히 드러낸다. 『페라귀스』에 등장하는 오귀스트 드 몰랭쿠르의 저택은 지금의 릴가에 해당하는 부르봉가에 있다. 그가 돌덩어리에 깔릴 뻔한 사고를 당했던 곳은 자신의 저택 근처 공사 현장이며, 마차 사고가 났던 곳은 프랑스 국회 건물 앞 부르곤뉴가다. 모두 생제르맹 구역이다. 오귀스트의 생활 공간이 생제르맹 구역이라는 사실은 그가 정통 귀족 계급에 속함을 드러낸다.

한편, 왕정복고 시절 투기 열풍이 일면서 대부분 밭이거나 늪지였던 서북쪽의 생라자르와 쇼세 당탱 구역이 개발된다. 고급 주택이 들어서고 고급 임대아파트가 늘어나면서 이곳은 상류 부르주아들의 구역이 된다. 그러나 쇼세 당탱의 부르주아들은 생제르맹 구역으로의 진입을 꿈꾸었고, 배타적인 귀족들은 그들을 받아들이려 하지 않았다. 『고리오 영감』의 라스티냑이 은행가의 아내 델핀 드 뉘싱겐과 가까워질 수 있었던 것은 그가 생제르맹 구역의 살롱으로 그녀를 인도했기 때문이다. 그곳에 출입하기 위해서라면 생라자르가와 생제르맹 구역 사이에 있는 "모든 진흙이라도 다 핥을 수 있을" 만큼 그녀는 귀족 사회로의 진입을 간절히 원했던 것이다.

정통 귀족 구역인 좌안의 생제르맹 구역과 신흥 부르주아가 많이 살던 우안의 쇼세 당탱은 조명이 밝고 거리가 깨끗하며 호화와 사치와 향락이 넘친다. 그러나 『페라귀스』에는 이 찬란한 구역에 대한 묘사가 별로 없다. 발자크의 관심은 가난으로 찌든 곳, 더럽고 구역질 나는 동북쪽으로 향한다.

§ 흥망성쇠의 공간 마레 지구

옛 도형수 페라귀스는 신분을 감추기 위해 주기적으로 거주지를 옮긴다. 솔리가에 있던 그는 더 가난한 동네인 동북쪽으로 이동해 생트 푸아가, 그리고 앙팡 루즈가에 살게 된다. 페라귀스가 마지막으로 머물렀던 곳이 마레 지구 앙팡 루즈가에 있는 그뤼제 부인의 집이다. 사실 이 구역은 발자크에게 가장 친숙한 곳이다. 발자크의 파리 거주지를 표시한 지도에서 보았듯이, 투르에서 파리로 이사한 발자크 가족은 처음 마레 지구의 탕플가에 정착한 이후 그 지역을 떠난 적이 없다.

'마레'라는 단어는 늪지라는 의미의 '마레카주'에서 파생되었다. 그곳은 9세기에서 11세기까지는 목축지와 농지로 사용되던 곳이었다. 1129년 결성된 성직자 민병대 탕플 기사단은 당시 파리 성곽 밖이던 마레카주에 탕플 기사단 본부를 건설했다. 이곳에 세운 탑은 감옥으로 사용되었는데, 바로 그곳에 대혁명 때 체포된 루이 16세의 가족이 감금되어 있었다. 루이 16세의 아들 루이 샤를은 열 살의 나이에 그곳에서 죽었다. 왕당파들이 루이 17세라 부르던 세자의 죽음 후 그곳은 왕당파 지지자들의 순례지가 되었다. 황제가 된 나폴레옹은 부르봉 왕가의 흔적을 지우기 위해 1808년 탑의 철거를 명했다. 탑이 사라진 그곳은 작은 공원이 되어 시민들에게 휴식 공간을 제공한다. 공원 입구에는 비극적 역사가 기록된 팻말이 세워져 있다.

쥘 데마레는 아내를 사랑하고 신뢰하지만 그녀를 향한 의심을 멈출 수 없었다. 결국 그는 아내의 비밀을 캐고자 페라귀스가 거주하던 그뤼제 부인 집을 찾아간다. 작은 골목에 있는 그녀의 집으로 가기 위해 그는 로통드 뒤 탕플 앞에서 마차를 세워야 했다. 로통드는 원형건물이란 뜻으로 로통드 뒤 탕플은 1788년부터 1790년 사이 탕플 지구에 신축된 상가 건물이다. 1863년, 둥근 원 모양의 로통드 뒤 탕플은 철물

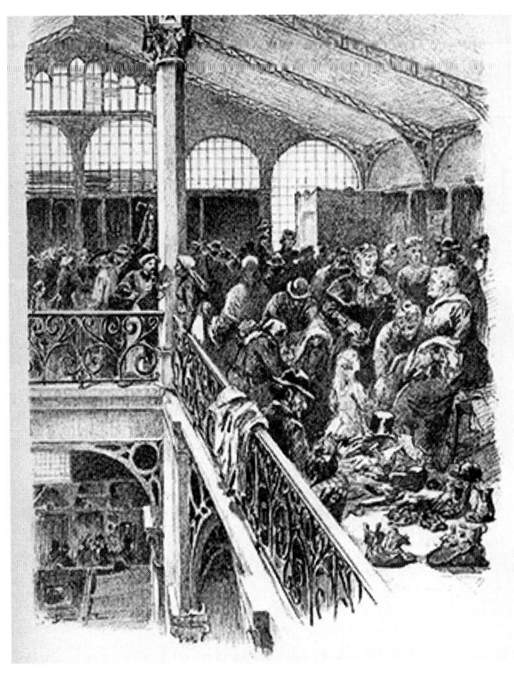

카로 뒤 탕플

로 된 사각형 모양의 건축물 카로 뒤 탕플로 다시 태어난다. 의류 시장으로 인기를 끌었던 이 상가는 1892년 이후 쇠퇴하면서 일부가 사라진다. 2007년부터 2013년까지의 재생 프로젝트를 통해 다시 태어난 이 건물은 현재 각종 행사가 열리는 문화체육관으로 사용된다.

마레 지구가 활성화된 것은 14세기 무렵이다. 그 지역이 파리 성곽 안으로 편입되면서 귀족들의 저택이 들어섰기 때문이다. 14세기 중엽, 백년전쟁 중이던 샤를 5세는 여러 개의 저택을 통합해 생폴 저택을 건축한 후 그곳에 거주했다. 그러자 왕가의 가족들도 그 주변으로 이주했다. 샤를 6세의 죽음 이후 생폴 저택은 황폐해졌고 왕가는 투르넬 저택을 선호하게 된다. 1559년 앙리 2세가 사망한 곳이 바로 이곳이다. 투르넬 저택은 모두 허물어졌고 남은 것은 아무것도 없다. 마레 지구에는 아직도 15세기와 16세기에 지어진 건물들이 남아 있다. 현재 포르네 도서관으로 사용되는 중세 양식의 상스 대주교 저택은 15세기에 지어졌다. 16세기의 르네상스식 저택으로는 앙굴렘 저택과 카르나발레 저택 등 저택 7개가 남아 있다. 앙굴렘 저택은 현재 파리 역사 도서관으로, 카르나발레 저택은 파리 역사 박물관으로 사용된다.

1605년, 앙리 4세가 투르넬 저택이 있던 자리에 루아얄 광장 건설을 시작하면서부터 마레 지구는 더욱 활기를 띤다. 광장은 기마행렬, 혹은 결투의 장으로 사용되었다. 그 후 광장에 잔디를 심었고 18세기에는 나무를 심었다. 광장 주변에는 대귀족들의 저택이 들어섰고, 그 중에는 왕과 왕비의 거처도 있었다. 하지만 실제로 그곳에 살았던 왕은 없다. 빅토르 위고 기념관이 된 로한 게므네 저택 역시 루아얄 광장 주변에 지어진 저택 중 하나다. 위고는 1832년부터 1848년까지 16년간 이 저택 3층에 세 들어 살았다. 그는 그곳에서 『레미제라블』을 구상하고 집필했다. 광장은 앙리 4세 서거 2년 후인 1612년에 완성되었고, 그 기념으로 그의 아들 루이 13세는 안 도트리슈와 그곳에서 약혼식을 올렸다. 당시 열 살이었던 왕과 왕비는 3년 후인 1615년에 결혼한다. 루아얄 광장은 혁명 당시 여러 이름으로 불리다가 1800년 보주 광장이 된다. 처음으로 세금을 자진 납부했을 뿐 아니라, 국가가 위기에 처했을 때 제일 먼저 의용군을 보낸 지방의 이름을 딴 것이다. 왕정을 상징하던 공간이 민중의 공간으로 변화한 또 하나의 사례다. 이 광장은 공원이 되어 많은 사람에게 휴식 공간을 제공하고 있다. 루아얄 광장의 건립은 귀족들의 저택 건설 붐을 일으켰다. 루이 13세 당시 재상이던 쉴리의 저택은 1625년부터 1630년 사이에 지어졌다. 현재 피카소 박물관으로 사용되고 있는 살레 저택은 징세 청부인이었던 퐁트네의 영주 피에르 오베르가 1656년에 지은 것이다.

17세기에 최고의 영광을 누리던 마레 지구는 18세기 이후 귀족들이 생제르맹 구역으로 이동하면서 점차 낙후된다. 시청과 시테섬의 가난한 사람들, 그리고 주변의 수공업자들과 가까이 사는 것에 염증을 느낀 귀족들은 하나둘씩 마레 지역을 떠났다. 그리하여 사교계의 중심은 생제르맹으로 이동했다. 마레 지구 귀족들의 저택과 안마당은 분할되어 수공업자들의 거주지와 작업장으로 변했다. 대혁명 이후에는 그나마 남아 있던 귀족들도 추방됨으로써, 19세기 전반기 마레 지구는 주로 수공업자들과 노동자들의 거주지가 되었다. 그뤼제 부인이 장식끈 만드는 여자라는 사실은 발자크의 소설이 사회적 현실과 밀접한 관계가 있음을 증명한다. 추락하고 침체된 곳, 이것이 발자크가 살았던 19세기 당시 마레 지구에 대한 일반적인 인상이다. 파리의 온갖 잡동사니가 다 모이던 거대한 시장 로통드 뒤 탕플 아래쪽에 그뤼제 부인이 사는 앙팡 루즈가가 있다. 그리고 바로 그 옆에서는 앙팡 루즈 시장이 열린다. 지붕 덮인 앙팡 루즈 시장에는 지금도 사람들이 모여든다.

『인간극』에는 공공건물뿐 아니라 역사에 기록되지 않은 건물도 많이 등장한다. 지금은 변형되었거나 사라진 길과 건물, 그리고 당시 삶의 모습을 발자크의 작품 속에서 그려볼 수 있다. 그뤼제 부인을 방문하는 쥘 데마레의 시선을 통해 묘사되는 '카바주티스'는 몇 세기에 걸쳐 추락해 간 마레 지역을, 그리고 그곳에 사는 이들의 가난한 살림을 보여주는 한 예다. 하층민의 언어로, 오래된 집을 의미하는 카바주티스는 1862년에 가서야 아카데미 사전에 수록된다.

> 그 집은 카바주티스라 불리는 집 중 하나였다. 이 의미심장한 이름은 파리의 서민들이 붙인 것으로, 말하자면 시간과 더불어 계속해서 덧붙여진 집들이었다. 대부분의 경우 원래는 각각 분리되어 있던 주거지였는데 여러 소유자가 변덕에 따라 점차 집을 늘리는 바람에 합해진 집들이었다. 혹은 짓다 말다 다시 짓고 그러면서 완성된 집들이었다. … 서로 어울리는 것은 아무것도 없다. … 파리 건축에 존재하는 카바주티스를 만일 아파트의 방들과 비교한다면, 사람들이 눈에 거슬리는 물건들을 아무렇게나 던져버려 뒤죽박죽된 잡동사니가 가득 쌓인 창고 방, 즉 가버나움 같은 것이리라. 『페라귀스』

카바주티스는 세월의 흐름과 더불어 수난의 흔적이 고스란히 담긴 건물이다. 각 층과 창문의 비율은 전혀 맞지 않고, 벽은 축축하고 계단의 난간은 헐어빠졌으며, 공간은 비좁고 통풍도 안 된다. 어두컴컴한 계단은 오가는 사람들이 묻힌 진흙이 굳어지면서 울퉁불퉁해졌다. 좁고 추하고 불결하고 악취가 나는 그곳에는 "가난한 삶의 온갖 궁핍함"이 그대로 드러나 있다. 유리창 외벽에 놓인 형편없는 화분은 그들의 삶을 더욱더 초라해 보이게 한다. 아파트 내부는 외관보다 더 비극적이다.

> 그곳에는 온갖 상자와 살림 도구, 화덕, 가구, 개와 고양이에게 줄 사료와 물이 가득 담긴 토기, 나무로 된 벽시계, 이불, 심지어 아이젠의 복제화까지 어지럽게 흩어져 있었으며, 진짜로 괴기스러운 그림에서처럼 서로 뒤섞이고 엉클어진 채 겹겹이 쌓인 낡은 철판도 볼 수 있었다. … 심지어 『입헌제』라는 정치일간지까지도 몇 부 굴러다니고 있었다. … 벽난로 선반을 장식한 … 네모난 유리 상자 안에는 밀랍으로 만든 예수가 들어 있었다. 『페라귀스』

온갖 살림살이는 물론 개와 고양이의 사료가 어지럽게 흩어진 가운데 1815년에 창간된 『입헌제』라는 자유주의 정치신문까지 굴러다닌다. 심지어 아이젠의 복제화도 걸려 있다. 장식끈 제작에 필요한 물품이 어지럽게 널린 벽난로 위에는 유리 상자에 담긴 예수상도 있다. 독자들은 그뤼제 부인의 아파트 내부에 대한 묘사를 통해 가난한 사람들의 삶과 신앙, 그리고 정치적 성향까지 엿볼 수 있다.

19세기 후반 도시 근대화에 따른 개발에도 불구하고 마레 지구에는 좁은 골목들이 많이 남아 있다. 여기저기 남아 있는 과거의 흔적은 이곳에서 살았던 사람들의 숨결을 느끼게 한다. 1960년대 문화부 장관을 지낸 『인간의 조건』의 작가 앙드레 말로는 마레 지구 보존 계획을 세우고 쇠락해 가는 지역을 복원했고, 마레 지구는 다시 태어났다. 도시재생의 대표적인 사례라고 할 수 있다. 오늘도 파리 여행객들은 타박타박 걸으면서 마레 지구 구석구석에 숨어 있는 역사의 숨결을 느낀다.

§ 파리의 어두운 그림자 생마르셀 구역

파리의 동남쪽에 해당하는 생마르셀 구역은 비교적 도시 근대화의 영향을 받지 않은 곳이다. 그곳에는 지금도 오래된 골목들이 많이 남아 있다. 사치와 호사가 없는 친근하고 다정한 곳이 바로 여기다. 생마르셀 구역은 포부르 수프랑, 즉 '고통스러운 변두리'라 불렸을 만큼 파리에서 가장 더럽고 가난한 곳이었다. 18세기 작가이자 풍속연구가인 루이 세바스티앵 메르시에는 이 구역을 다음과 같이 묘사했다.

> 파리의 하층민 가운데서도 가장 가난하고 수선스럽고 규율이 없는 자들이 사는 곳이 바로 생마르셀 구역이다. 생토노레 구역의 한 집이 가진 돈이 생마르셀 지역의 모든 집이 가진 것보다 더 많다. 도시 중심부에서 멀리 떨어진 바로 이 주거지역에는 파산한 사람들, 염세주의자들, 연금술사들, 편집광들, 속좁은 금리생활자들, 그리고 진정한 고독을 찾아 구경거리로 시끌벅적한 곳을 피해 완전히 잊혀진 채 살기를 원하는 몇몇 학구적인 현인들이 숨어 산다.
>
> 『파리의 풍경』 제1권 85장

그런가 하면 장 자크 루소는 『참회록』에서 생마르셀 구역의 비참함에 놀라움을 금치 못한다. 자신이 그리던 웅장한 파리의 모습과는 너무도 달랐기 때문이다.

> 파리에 도착해 보니 이렇게 예상과 어긋날 줄이야! … 웅장한 거리, 대리석과 황금의 궁전 같은 것만이 눈에 보이는, 참으로 당당한 외관을 가진 크고 아름다운 도시를 머리에 그리고 있었다. 포부르 생마르셀을 통해 시내로 들어가면서 내가 본 것은 지저분하고 악취 나는 작은 골목, 거뭇거뭇하게 더러워진 집, 불결과 빈곤이 서려 있는 분위기, 거지, 짐마차꾼, 누더기를 입은 여인, 차와 헌 모자를 사라고 외치는 여자, 이런 것들뿐이었다.
>
> 『참회록』, 1부 4권

13세기에는 수도원 건립과 더불어 도시 외곽인 이곳에 비에브르강을 따라 귀족들의 저택이 들어섰다. 하지만 그 유행은 금세 지나고 15세기부터 생마르셀은 수공업자들의 구역이 되었다. 특히 피혁제조인과 염색업자들이 강변에 정착하면서 강이 오염됐다. 당시 비에브르강의 사진을 보면 강이라기보단 개천 수준이어서 1960년대 서울의 청계천을 연상케 한다. 지금은 강의 흔적을 찾아볼 수 없다. 1601년, 앙리 4세는 이곳에 고블랭 태피스트리 공장을 세웠다. 공장에서는 왕실에 들어가는 태피스트리부터 은그릇, 촛대, 가구 등을 생산했다. 1682년 루이 14세의 왕궁이 베르사유로 이전됨으로써 지역은 쇠락했고, 노동자들은 비참한 생활을 하게 된다. 오염된 비에브르강은 나폴레옹 3세 시절의 파리 근대화 계획에 따라 복개되었다. 18세기 이후 파리시로 편입된 이 지역은 산업혁명에 따라 늘어난 가난한 노동자들의 거주지가 된다.

4세기부터 공동묘지가 길을 따라 이어진 이곳은 한때 '죽음의 땅'이라고도 불렸다. 18세기경 파리의 지하 무덤에서 나온 유골을 보관하는 지하 납골당 카타콤베가 세워졌는데, 그 지역에는 유골 6백만 개가 안치되어 있다.

『페라귀스』의 마지막 무대가 바로 이곳 생마르셀 구역이다. 딸의 죽음 후 초라한 노인으로 전락한 페라귀스는 뤽상부르 공원과 천문대 사이에 있는 공터에서 공놀이를 하면서 세월을 보낸다. 이는 세계 최초의 천문대로 1666년 루이 14세 시절에 세워졌다. 그곳에 천문대가 있다는 사실은 당시 그 구역이 파리 외곽이었음을 의미한다.

> … 뤽상부르 공원 남쪽의 철문과 파리천문대 북쪽의 철문 사이에 있는 막힌 공간, 어떤 유형에도 속하지 않는, 파리의 생동감 없는 공간 …. 사실, 더 이상

> 그곳에 파리는 없다. 그렇지만 그곳은 여전히 파리이기도 하다. … 그곳은 일종의 사막이다. 『페라귀스』

이 지역이 다른 지역에 비해 낙후된 이유는 도시 개발의 열풍을 비켜갈 수 있었기 때문이다. 파리 외곽인데다 워낙 가난한 동네라 개발업자들의 관심을 끌지 못했던 것이다. 그러다 보니 대혁명 이후 국유화된 교회 토지들은 매각되지 않은 채 남아 있었다. 그 지역을 차지하고 있던 종교 단체들은 병원이나 자선 기관으로 변신함으로써 대혁명 이후에도 살아남았고, 이로써 그 지역은 과거 모습을 간직할 수 있었다. 특히 고아와 미혼모를 위한 병원 건립은 사회적 요구에 따른 것이었다. 19세기 당시 전체 신생아의 1/3 정도가 불법적으로 출생했으며 산모의 10%가 아이를 버렸다고 하니, 고아와 사생아 문제가 심각한 사회 문제로 대두되었던 것이다. 이 공간은 갈 곳 없는 미혼모, 여자 사형수, 농아, 거지, 가난한 노동자, 그리고 고아들을 위한 병원과 구빈원이 산재하는 불행한 사람들의 안식처였다. 그 바로 옆에는 초라한 장례 행렬을 끌어들이는 몽파르나스 묘지가 있다. 이렇게 그 지역은 삶과 죽음의 경계가 되었다.

> 이름 없는 그 장소 주변에는 고아원, 부르브 병원, 코생 병원, 카퓌생 병원, 로슈푸코 병원, 농아들을 위한 병원, 발 드 그라스 병원이 있다. 다시 말해 파리의 타락한 사람들과 불행한 사람들 모두가 그곳에서 안식처를 구한다. … 다양한 형태의 삶의 모습은 이 사막에서 끊임없이 울려대는 종소리를 통해 나타난다. 출산하는 어머니를 위해, 태어나는 아기를 위해, 궤멸되는 악행을 위해, 죽어가는 노동자를 위해, 기도하는 처녀를 위해, 추위에 떠는 노인을 위해, 엉뚱한 짓만 하는 천재를 위해 쉴 새 없이 종은 울린다. 『페라귀스』

파리의 남쪽 끝에 위치한 이곳은 일종의 '사막'이다. 딸을 잃은 후 삶의 의미를 잃은 페라귀스에게 이곳보다 더 적합한 장소가 있을까?

1828년부터 1836년까지 8년간 천문대 옆 카시니가에 살았던 발자크는 여러 작품을 통해 이 지역의 낙후된 모습을 묘사한다. 『고리오 영감』에 나오는 보케르 하숙집은 생마르셀 구역의 뇌브 생트주느비에브가에 위치한다. 그 길의 이름은 투르느포르가로 바뀌었다. 무려 8페이지에 걸쳐 묘사하는 거리와 하숙집의 풍경은 작가의 말대로 "이야기에 어울리는 유일한 청동의 그림틀"과도 같다. 일부만 인용해보자.

> 두 기념물(발 드 그라스 병원과 팡테옹)은 그 거리에 누런빛을 던지고, 둥근 지붕들이 투사하는 엄격한 색조로 모든 것을 음울하게 만들면서 분위기를 변화시킨다. … 거기서는 더없이 무심한 사람일지라도 모든 통행인과 마찬가지로 울적해지며, 지나가는 소리만으로도 그곳에서는 하나의 사건이 된다. 그곳의 집들은 음침하고, 벽들은 감옥의 느낌을 자아낸다. … 파리의 어떤 구역도 이보다 더 끔찍하고, 이보다 더 생소한 곳은 없으리라. …
> 건물 뒤편에는 폭이 20피트쯤 되는 마당이 있는데 거기에서는 돼지, 닭, 토끼들이 사이좋게 살고 있고, 그 안쪽에는 장작을 쌓아놓은 헛간이 우뚝 서 있다. … 좁은 문이 하나 나 있는데, 식모는 악취를 풍길까 봐 물을 잔뜩 퍼부어 더러운 곳을 쓸어 내면서 그 문을 통해 집안 쓰레기를 버린다. … 여기에는 시정이라고는 없는 비참, 인색하고, 농축되고, 꾀죄죄한 비참이 도사리고 있다.
>
> 『고리오 영감』

이렇듯 작가의 시선은 음울한 색조, 음침한 분위기, 울적한 느낌을 주는 거리로부터 악취 나고 가난에 찌들어 악취가 진동하는 보케르 하숙집으로 이어지면서, 마치 카메라가 이동하듯이 세밀하게 그 공간을 묘사한다. 삶과 죽음이 만나는 생마르셀 구역에 대한 사색은 파리 공동묘지로 이어진다.

§ 축소된 파리, 페르 라셰즈 묘지

발자크는 묘지에도 관심이 많았다. 그중에서도 훗날 발자크 자신이 묻히게 될 페르 라셰즈 묘지는 발자크 독자들에게 친숙한 공간이다. 『인간극』에 수록된 작품들 중 처음으로 이 묘지가 등장하는 소설은 『페라귀스』다.

18세기 말까지만 해도 파리에는 성곽 내부의 교회에 부속된 묘지들이 있었다. 파리 한복판의 레 알 시장 바로 옆에 있던 이노상 묘지, 생마르셀 구역의 클라마르 묘지와 생트카트린 묘지 등이 그것이다. 파리 인구가 늘어나면서 성곽 내 묘지는 많은 위생 문제를 야기했다. 특히 이노상 묘지의 공동 묘혈에 버려진 썩은 시체들은 도시 위생에 결정적인 해악을 끼쳤다. 1790년 법령은 위생과 안전을 이유로 성곽 내의 묘지 매장을 금하고, 파리의 모든 묘지를 폐쇄했다. 1790년 법령 이후, 파리에는 시체를 매장할 공간이 절대적으로 부족했다. 게다가 파리시는 교회와의 끊임없는 갈등으로 묘지 문제를 해결하지 못했다. 1801년 나폴레옹은 대대적인 묘지 건립을 계획하고 도시 외곽에 묘지 세 곳을 만들겠다는 법령을 공포한다. 파리 북쪽의 몽마르트르 묘지, 동쪽의 페르 라셰즈 묘지, 그리고 남쪽의 몽파르나스 묘지가 그것이다. 페르 라셰즈 묘지는 황제 법령에 따라 1804년 파리 외곽에 세워진 첫 번째 공동묘지다. 그곳은 원래 예수회 신부들의 휴양지였으며, 묘지 이름은 루이 14세의 고해신부 라셰즈 신부의 이름에서 유래했다. 이 묘지는 을씨년스런 죽음의 공간이 아닌 밝은 정원 같은 따뜻한 공간을 추구하는 새로운 개념의 공동묘지였다. 이후 몽파르나스 묘지는

1824년, 몽마르트르 묘지는 1825년에 만들어졌다.

당시 페르 라셰즈의 무덤 유형은 세 가지였다. 영구임대묘지, 임시임대묘지, 그리고 공동묘혈이 그것이다. 1805년부터 시행된 영구임대 제도는 특히 1813년부터 1824년 사이에 절정을 이루었다. 어느 구역 주민이라도 영구임대묘지권을 사면 페르 라셰즈 묘지에 묻힐 수 있었다. 페르 라셰즈 묘지는 1804년에 처음 개방되었을 당시만 해도 파리에서 멀고 지대가 높다는 이유로 별다른 호응을 얻지 못했다. 하지만 영구임대 제도가 생긴 이후에는 파리의 특권층이 선호하는 묘지가 되었다. 부유한 은행가의 아내 클레망스가 이곳에 묻힌 이유다. 그런가 하면 한 푼도 남기지 못하고 죽은 고리오 영감은 라스티냐과 비앙숑의 도움으로 이곳의 5년 계약 임시임대묘지에 묻힌다.

페르 라셰즈 묘지는 "작은 규모로 축소된 아주 작은 파리"다. 발자크는 당시 부자들이 취향에 따라 다양하게 장식된 무덤을 다음과 같이 묘사한다.

> 무덤이 있는 공간들은 철책으로 구획 지어져 바둑판 모양을 하고 있었고 나름대로 모두 외관이 근사했다. … 무덤에는 멋진 말들이 검게 새겨져 있었다. … 무어 양식, 그리스 양식, 고딕 양식 등 온갖 양식이 존재했다. … 길이 있고, 간판이 있고, 공장과 저택이 있는 그 묘지는 파리 자체였다. 하지만 축소경을 통해 바라본 작아진 파리, 어둠과 망령들과 망자들이 작은 규모로 축소된 아주 작은 파리였다. 허영심밖에 남지 않은 인류의 모습이 거기 있었다.
>
> 『페라귀스』

코메디 프랑세즈의 유명한 배우였던 로크로 양의 무덤에는 흉상이 세워져 있고, 사업 수완이 좋았던 정육점 주인 말뱅 씨의 묘비는 고

페르 라셰즈 묘지(1804)

급 대리석으로 되어 있다. 이처럼 돈은 죽음 이후에도 위력을 발휘한다. 발자크의 냉소적인 시선은 법적으로 장례 등급이 일곱 개로 나뉘는 걸 인정하는 도시, 돈의 액수에 따라 기도가 정해지고, 코러스의 크기도 달라지며, 망자를 덮는 흙의 두께마저 달라지는 도시가 바로 파리임을 놓치지 않는다. 돈이 죽음을 넘어서까지 따라다닌다는 사실을 지적하면서 자본주의의 속성을 신랄하게 비판하는 것이다.

공간의 변화와 권력의 이동

파리의 모든 구역은 고유의 계급적 특성을 지닌다. 생제르맹 구역에는 정통 귀족이 살고, 쇼세 당탱 구역에는 신흥 부르주아가 살며, 탕플가 근처의 마레 지구에는 가난한 수공업자들이 모여 산다.

『페라귀스』의 비극은 주인공들이 공간의 규칙을 어김으로써 발생한다. 생제르맹 부르봉가에 사는 왕실근위대 장교 오귀스트 드 몰랭쿠르 남작이 "일생 중 한 번 있을까 말까 하는 우연"에 의해 어둡고 불결한 솔리가에 가지 않았더라면 살해당하는 비극은 없었을 것이다. 쥘의 경우 아내에 대한 의심 때문에 앙팡 루즈가의 하층민 구역을 들락거리다 사랑하는 아내를 잃는다. 클레망스 역시 아버지 때문에 자신의 사회적 지위와 어울리지 않는 길을 돌아다니지 않았더라면 죽지 않았을 것이다. 이처럼 파리에는 공간의 법칙이 존재했고, 이를 어길 경우 대가를 치러야만 했다.

공간의 이동은 윤리 의식의 변화를 초래하기도 한다. 소중한 보물을 사랑하듯 순수하게 쥘 부인을 사랑했던 오귀스트는 진창 같은 더러운 길에서 "은밀한 발걸음으로 서성거리는" 그녀를 보는 순간, 몸이 뜨

거워지면서 추악한 행위를 상상한다. 정숙하다고 믿었던 사랑의 대상은 추락하고, 순수했던 그의 사랑은 육체적 욕망으로 변한다. 그는 이제 새로운 형태의 사랑을 꿈꾼다.

> 그는 질투 때문에 분노했고, 희망을 가질 수 있다는 생각으로 미칠 것 같이 번민했다. 그러나 분노와 번민 속에서 그는 이제 새로운 방식으로 쥘 부인을 사랑하게 되었다. 남편을 배신했으니 이제 그녀는 품행이 단정치 못한 여인이 되었다. 따라서 오귀스트는 행복한 사랑이 줄 온갖 기쁨을 마음껏 즐길 수 있었고, 그녀를 소유함으로써 느낄 엄청난 쾌락을 상상할 수 있었다. 요컨대, 천사를 잃은 대신 감미로운 악마를 얻었던 것이다. 『페라귀스』

게다가 오귀스트는 비굴하게도 쥘 부인의 비밀을 캐기 위해 그녀를 '염탐'함으로써 도덕적으로 타락한 존재가 된다. 그것은 귀족의 명예를 훼손시키는 신사답지 못한 행동이다. 다른 인물들도 마찬가지다. 고매한 인격의 소유자인 쥘은 아내의 비밀을 캐기 위해 그뤼제 부인의 집을 드나들면서 존엄성을 상실한다. 그는 거짓말과 속임수도 마다하지 않는다. 천사 같은 클레망스 역시 비밀을 숨기기 위해 거짓말을 한다. 고귀한 영혼을 가졌던 그들은 모두 파리라는 도시에서 타락함으로써 파멸의 길로 들어선다.

도시의 특성은 역사를 반영한다. 소설의 배경인 복고왕정 시대는 역사적으로 변화가 많았던 시기이며, 파리 역시 이 과정에서 큰 변화를 겪었다. 도시가 변화하듯이 그 내부에 존재하는 공간의 법칙도 달라진다. 『페라귀스』는 파리라는 도시의 권력 이동 양상을 보여준다. 생라자르가에 있는 뉘싱겐 저택 무도회의 찬란함은 부르주아 계급이 경제뿐 아니라 정치 권력까지도 차지하게 될 것임을 예고한다.

> 그것은 은행가의 무도회로, 대단히 과시적인 파티 중 하나였다. 그처럼 근사한 파티를 통해 아직 광택 처리가 안 된 금이 지배하는 부르주아의 사교계는 가루가 된 금이 지배하는 귀족의 살롱, 즉 뤽상부르궁전에 자리한 의회를 언젠가는 은행이 점령하고 권좌를 차지하리라는 사실을 알지 못한 채 웃고 떠드는 생제르맹 사교계의 살롱을 비웃었다. 『페라귀스』

실제로 파리의 중심은 이미 부르주아의 구역인 서북쪽으로 이동하고 있었다. 귀족으로부터 부르주아로의 권력 이동은 오귀스트 드 몰랭쿠르와 쥘 데마레의 대결을 통해서도 드러난다. 좋은 집안 출신이었던 오귀스트가 구체제의 귀족 정신에 합당한 삶을 살기를 원하는 가족들 사이에서 할 수 있는 일은 아무것도 없었다. 무기력한 젊은이 오귀스트 드 몰랭쿠르는 근대화의 뒤편에서 조용히 몰락해가는 귀족 계급을 상징한다. 적절하지 않은 장소에서 쥘 부인을 본 그는 염탐꾼이 되어 부인의 비밀을 파헤치고자 한다. 그러나 무능한 젊은 귀족의 기호 체계로는 그 비밀에 대한 해석이 불가능하다. 두 달 반 동안의 노력에도 불구하고 진실에 이르지 못한 오귀스트는 그 임무를 여인의 남편인 쥘 데마레에게 넘긴 후 죽고 만다. 이제 비밀을 파헤치는 것은 부르주아인 데마레의 몫이다. 두 달 반 동안 진실의 주변에만 머물렀던 오귀스트와 달리 쥘 데마레는 단 사흘 만에 진실을 알아낸다. 진실에 다가가기 위한 쥘의 방식은 오귀스트의 방식과는 차원이 달랐다. 그는 염탐하거나 탐구하고 않고 자신의 생각을 행동으로 옮겼다. 돈으로 그뤼제 부인을 매수한 뒤 아내의 비밀을 밝혀낸 것이다. 결국, 돈의 위력으로 진실이 드러나지만 그는 이중으로 추락한다. 우선 아내에 대한 신뢰를 저버림으로써 부부 사이의 사랑에 금이 가고, 그로 인해 아내 클레망스는 죽게 된다. 그리고 무일푼이던 자신이 엄청난 재산을 축적할 수 있었던 것은 페라귀스의 보이지 않는 도움 덕분이었음을 뒤늦게 알게 된다.

오귀스트와 쥘이 각각 정통 귀족과 부르주아를 상징한다면, 나폴레옹제국 시대에 절대적인 권력을 가지고 활동했던 13인당의 수장 페라귀스는 나폴레옹을 상기시킨다. 이렇듯 『페라귀스』에 등장하는 세 인물은 19세기 전반부에 존재했던 각각의 정치 권력을 상징한다. 그러나 이 모든 권력은 어떤 형태로든 무대에서 사라지고 만다. 오귀스트는 죽임을 당하고 페라귀스는 시체와 다름없는 노인으로 전락하며, 쥘은 파리를 떠나기 때문이다. 발자크가 『페라귀스』를 집필한 당시는 부르주아가 이제 막 권력을 차지한 7월왕정의 시작 단계였으니, 그가 훗날의 1848년 혁명과 루이 필립의 추락을 예고했다고 말하기는 어렵다. 그러나 작가는 대혁명 이후에는 그 어떤 권력도 영원히 지속될 수 없음을 예견했던 것이리라.

*

『페라귀스』는 내용과 기법의 측면에서 『고리오 영감』을, 나아가 『인간극』을 예고한다는 점에서 전환점이 된 작품이다. 무엇보다도 『고리오 영감』에서 체계화되는 인물재등장 기법이 이 소설에서 처음 사용되었으며, 훗날 『인간극』의 핵심 무대인 파리가 처음으로 소설 한가운데 놓였다. 그뿐만 아니라 페라귀스의 부성애는 고리오 영감의 부성애와 만나며, 범죄자 페라귀스는 19세기를 대표하는 미래의 불한당 보트랭을 예고한다. 그런가 하면 아내의 무덤을 방문한 후 페르 라셰즈의 언덕에서 파리를 내려다보는 쥘의 모습은 고리오 영감을 묻고 난 후의 라스티냑을 떠올리게 한다. 그러나 파리를 향해 “이제 너와 나의 대결이다.”라고 외치면서 파리 정복을 다짐하는 라스티냑과 달리, 쥘은 파멸의 원인이 이 도시에 있음을 깨닫고 파리를 떠난다.

발자크가 『페라귀스』를 발표한 다음 해에 한스카 부인에게 보낸 편지에는 자신의 작품 전체에 대한 구상이 담겨 있다. 인간사의 모든 결과를 담은 〈풍속연구〉, 그 결과의 원인에 대한 탐구인 〈철학연구〉, 결과와 원인의 탐구에 이은 원칙의 수립인 〈분석연구〉라는 『인간극』의 큰 틀을 이미 생각하고 제시한 것이다. 그로부터 1년 후인 1835년 발자크는 『고리오 영감』을 발표한다.

제2장

발자크와 프랑스 대혁명

프랑스는 혁명의 빛을 전달하는
임무를 지닌 여행자와도 같다.

『올빼미당원들 혹은 1799년의 브르타뉴』

19세기 프랑스는 그야말로 격동의 시기였다. 1789년 프랑스 대혁명을 시작으로 1870년 제3공화국이 탄생하기까지 프랑스의 정치 체제는 수없이 바뀌면서 혼란을 거듭했다. 그 어떤 체제도 20년을 넘기지 못했으니, 당시 사회가 얼마나 혼란스러웠을지 짐작하기란 어렵지 않다. 인권 선언 제1조에 명시된 '인간의 평등권'을 획득하기 위한 길은 이토록 길고도 험난했다. 당시 정치 체제의 변화를 연대순으로 나열하면 다음과 같다.

1789년	대혁명	
	↓	
1792~1804년	제1공화국	공포정치 1793~1794년 총재정부 1794~1799년 통령정부 1799~1804년
	↓	
1804~1814년	나폴레옹제국	
	↓	

1814~1830년	복고왕정	백일천하 1815년
	⇣	
1830~1848년	7월왕정	7월혁명 1830년
	⇣	
1848~1852년	제2공화국	2월혁명 1848년
	⇣	
1852~1870년	제2제정	
	⇣	
1870~1940년	제3공화국	

발자크는 대혁명이 일어난 후 10년이 지난 1799년에 출생하여, 제2공화국 시절인 1850년 쉰하나의 나이로 사망했다. 나폴레옹 치하에서 유년기를, 복고왕정 체제하에서는 청년기를 보냈다. 그의 창작 활동은 주로 7월왕정 시기에 이루어졌으니 그는 대혁명 이후의 정치·사회적 변화를 몸소 체험한 시대의 증인인 것이다.

발자크는 19세기 전반 굴곡진 역사의 순간들, 그리고 그 시기를 살았던 사람들의 삶을 생생하게 그려냈다. 때문에 발자크가 처음으로 자신의 이름을 걸고 쓴 소설 『올빼미당원들 혹은 1799년의 브르타뉴』[1]

1 1829년 3월 28일 위르뱅 출판사에서 나온 초판의 제목은 『마지막 올빼미당원 혹은 1800년의 브르타뉴』였다. 이 제목은 1835년 비몽 출판사의 두 번째 판본에서 『올빼미당원들 혹은 1799년의 브르타뉴』로 바뀐다. 1845년 퓌른 출판사가 『인간극』 전집을 발행할 당시 이 소설은 〈군대생활풍경〉에 포함된다. 『올빼미당원들 혹은 1799년의 브르타뉴』는 이후 『올빼미당원들』로 표기할 것이다.

가 프랑스 대혁명 당시의 반혁명 운동을 주제로 한다는 사실에 주목하지 않을 수 없었다. 그는 이 소설을 통해 프랑스 대혁명에 대한 자신의 역사관을 피력했던 것이다.

프랑스 대혁명에 관한 역사학자들의 견해는 다양하다. 공화주의자 미슐레에게 대혁명은 무지에서 벗어나 빛으로 가는 길이다. 티에르와 미그네 같은 자유주의자들에게는 고통스럽지만 반드시 필요했던 역사적 사건이다. 빅토르 쿠쟁도 헤겔주의적 관점에서 합리주의로 가는 결정적인 과정으로 본다. 반면, 조세프 드 메스트르 같은 우파 역사가에게 대혁명은 구체제의 악덕을 처벌하기 위해 신이 내린 재앙이다.[2] 이렇듯 대혁명을 찬양하건 저주하건 프랑스 역사에서 대혁명은 역사를 가르는 하나의 전환점임에 틀림없다. 그렇기에 풍속 역사가를 자처했던 발자크는 어떤 방식으로든 그 사건에 대한 입장을 정리한 후에야 비로소 19세기 프랑스 사회를 이야기할 수 있었을 것이다.

발자크가 작품에서 대혁명을 직접 언급하는 경우는 거의 없다. 그러나 『인간극』 전체를 통해 대혁명은 간접적으로 집요하게 존재한다. 대혁명이 일어나지 않았더라면, 대혁명의 단절로 인한 정치·사회·풍속의 변화가 없었더라면, 발자크의 『인간극』은 지금 우리에게 남겨진 것과 완전히 달랐을 것이다. 아니, 어쩌면 아예 탄생하지 않았으리라. 그렇다면 대혁명에 대한 발자크의 역사적 관점은 무엇이었을까? 『인간극』의 첫 소설 『올빼미당원들』을 통해 그 질문에 대한 답을 찾아보려 한다.

2 Claudie Bernard, *Le Chouan romanesque : Balzac, Barbey d'Aurevilly*, Hugo, Presses Universitaires de France, 1989, p. 45~46.

『올빼미당원들』의 탄생

1828년, 발자크는 서른을 바라보고 있었다. 위대한 작가가 되겠노라 호언장담한 지도 10년이 지났다. 그사이 이룬 것은 아무것도 없었다. 익명으로 싸구려 소설을 쓰면서 생계를 유지했을 뿐이다. 그 시절 얼마나 많은 엉터리 소설이 그의 손을 거쳐 갔는지는 알 수 없다. 그는 돈을 벌기 위해 무서운 속도로 글을 써댔다. 훗날 발자크의 넘치는 생산력은 아마도 이 시절의 폭포 같은 글쓰기 훈련 덕분일 것이다. 이렇게 그는 살아남았다. 그러나 당시 자신이 쓴 소설을 경멸했다. 누이에게 보낸 편지에서 그것을 '쓰레기'라 불렀다. 수치의 나날을 보내면서도 그는 막연하게 자신이 위대한 목적에 도달할 것임을 의심치 않았다. 궁핍에서 벗어나 위대한 작가가 되려면 돈이 필요했다. 그는 이제 허접한 삼류 소설 쓰기를 거부했다. 초라한 삶도 끝내고 싶었다. 사업을 통해 한 번에 큰돈을 벌자. 그러고 나서 진짜 소설을 쓰자. 그는 친지들을 설득해 투자금을 마련하고 사업을 시작했다. 그러나 그는 출판업, 인쇄업, 활자주조업 등 모든 사업에서 실패하고 만다. 그에게 남은 것은 빚뿐이었다. 하지만 발자크는 절망의 늪에서 희망을 보았다. 그에게는 세상을 보는 눈이 생겼다. 빚은 그에게 자극제가 되었고 다시 그는 문학으로 돌아갔다. 이제 더 이상 실패하지 않으리라. 나폴레옹이 칼 하나로 세상을 정복했듯이 나는 펜으로 이 시대의 주인공이 되리라. 10년 동안의 습작으로 글쓰기 연습은 끝났다. 이제 내 이름을 걸고 진짜 소설을 쓰리라.

오래전부터 발자크는 월터 스콧을 능가하는 역사 소설가로 이름을 날리고자 했다. 어떤 이야기를 소재로 할 것인가? 16세기 종교전쟁? 대혁명 이후의 공포정치? 작품의 소재를 찾던 그에게 브르타뉴 지방에서 일어난 올빼미당의 반혁명 운동은 흥미로운 주제로 다가왔다. 역사를 다루되 너무 오래되지 않은 역사, 동시대인들의 머릿속에 남아 있는 역사! 바로 이것이다! 사실 그것은 이미 오래전부터 발자크 머릿속에 있던 주제였다. 그는 브르타뉴의 브레스트에 부임했던 아버지로부터 방데전쟁과 올빼미당에 대한 다양한 이야기를 들은 바 있다. 무엇보다도 1825년 당시 연인이었던 아브랑테스 공작부인으로부터 들은 일화, 한 여인의 음모와 배신으로 경찰에 넘겨진 로베르 다셰 남작과 관련된 마차 약탈 사건은 그의 상상력을 자극했다. 그렇다면 아브랑테스 공작부인은 누구인가?

1784년생인 그녀는 나폴레옹의 측근이었던 쥐노 장군의 미망인이었다. 이탈리아, 이집트, 오스트리아, 스페인, 러시아 등의 원정에 참여했던 쥐노 장군은 제국이 멸망하기도 전인 1813년 정신이상으로 자살한 비극적 인물이다. 남편의 죽음 이후 그녀는 생활비가 적게 드는 베르사유로 이사했고, 딸 조제핀을 통해 발자크의 누이동생 부부와 친분을 맺고 있었다. 1825년, 베르사유의 동생 집에 체류하던 발자크는 그곳에서 공작부인을 만나게 된다.

아브랑테스 공작부인은 뛰어난 재치와 언변으로 총재정부 시절과 제국 시대의 사교계에서 이름을 날렸다. 그녀는 당시 파리 주재 오스트리아 대사였던 메테르니히의 연인으로도 알려져 있다. 나폴레옹을 가까이 알았던 그녀는 통령정부 시절과 제국 시절의 기억을 담은 회고록[3]을 집필하고 있었다. 회고록 집필과 출판을 위해 그녀는 청년 작가

3 회고록은 『아브랑테스 공작부인의 회고록 혹은 나폴레옹, 통령정부, 제국, 그리고 복고왕정에 대한 추억들』이라는 제목으로 1831년부터 1835년까지 5년에 걸쳐 18권으로 출판되었다.

아브랑테스 공작부인

1784~1838년

발자크에게 도움을 청했고, 그는 그 제안을 기꺼이 받아들였다. 그에게는 거절할 이유가 없었다. 제국 시대의 귀족이긴 하지만, 그래도 공작부인이 아닌가! 사십 줄에 접어들었지만 스물두 살 연상의 연인 베르니 부인[4]에 비하면 일곱 살이나 젊다. 발자크는 그녀가 쏟아내는 역사의 비밀에 매료되었다. 그녀의 증언들은 소설의 훌륭한 소재거리였다. 게다가 그녀는 빛나는 역사적 인물들의 연인이 아니었던가! 그들 사이에 편지 교환이 시작되었고, 마흔한 살의 미망인과 스물여섯 살 청년 작가의 우정이 사랑으로 변하는 데는 많은 시간이 필요치 않았다. 무엇보다도 그들은 문학의 동지로 서로를 도왔다. 발자크는 부인의 회고록 출판을 도왔고, 부인은 발자크를 파리 사교계에 소개했다.

글의 소재를 정한 후 그는 몇 달 동안 읽고 또 읽었다. 공화국 군인이었던 사바리의 『방데전쟁과 올빼미당원들』을 읽었고, 방데군 지휘관이었던 로쉬자클랭 후작의 부인이 쓴 회고록도 읽었다. 그러나 소설을 쓰기 위해서는 독서를 통한 상상력만으로 부족했다. 해당 지역에 대한 이해와 더불어 당시 전투에 참여했던 사람들의 증언이 절실히 필요했다. 이때 발자크 가족의 오랜 친구인 질베르 드 포므뢸 남작이 브르타뉴의 푸제르에 살고 있었던 것은 발자크에게 큰 행운이었다. 1828년 9월 1일, 발자크는 포므뢸 남작에게 자신을 초대해달라는 편지를 쓴다. 그는 올빼미당과 방데전쟁에 대한 역사소설 집필 계획을 알린 후, 가난한 소설가에게 보름 동안 방 하나를 제공해주기를 간곡히 부탁한다. 올빼미당 반란에 대해 잘 알고 있는 포므뢸 남작은 기꺼이 그를 초대했다. 1828년 9월 17일 발자크는 푸제르로 향했고, 나흘에

4 발자크 가족이 파리에서 동북쪽으로 21km 떨어진 빌파리지로 이주했을 때 이웃이었던 발자크의 첫 연인으로 그에게 헌식적인 사랑을 베풀었다.

걸친 여행 끝에 포므뢸 남작의 저택[5]에 도착한다. 그곳에는 정원으로 창이 난 아름다운 방이 그를 기다리고 있었다.

보름 정도 머물 예정이었던 발자크는 포므뢸 부부의 환대를 받으며 두 달 동안 체류했다. 이리저리 돌아다니며 지역의 특성을 살폈고, 소설의 무대가 될 장소들을 방문했다. 포므뢸 남작은 기쁜 마음으로 자신의 옛 기억을 되살렸고, 전투에 참여했던 사람들을 소개해 주었다. 발자크는 방데전쟁과 올빼미당 반란에 참여했던 사람들의 증언을 듣고 자신이 느낀 것을 메모했다. 파리로부터 그리움이 담긴 베르니 부인의 편지들이 이어졌다. 두 달 후 발자크는 푸제르를 떠났다. 그러나 발자크가 돌아간 곳은 베르니 부인이 기다리는 파리가 아닌 베르사유에 있는 누이의 집이었다. 아브랑테스 공작부인이 그곳에 있기 때문일 것이라 짐작하기는 어렵지 않다.

몇 달의 집필 끝에 『올빼미당원들』이 탄생한다. 이 소설은 발자크가 자신의 이름을 걸고 야심차게 세상에 내놓은 첫 작품이다. 출판 후 8개월 동안 450부밖에 팔리지 않았다고 하니, 흥행에 성공했다고는 볼 수 없다. 그러나 그로부터 몇 달 후인 1829년 12월에 발표한 『결혼 생리학』의 성공과 더불어 이 책이 작가 발자크를 세상에 알리는 데 큰 역할을 했음은 의심의 여지가 없다.

5 제네랄 드 라리부아지에 광장 19번지에 위치한 그 저택은 현재 목사관으로 사용되고 있다.

푸제르 성

역사는 어떻게 허구와 만나는가?

우선, 왜 올빼미당인가? 이 질문에 답하기 위해서는 소금세에 대한 이해가 선행되어야 한다. 당시 소금은 프랑스뿐만 아니라 전 세계적으로 국가의 전매품으로 민간에서 사사로이 생산·판매할 수 없는 귀한 물품이었다. 비싼 세금 때문에 소금 판매 가격이 생산 가격의 몇 배가 되는 경우도 허다했다. 특히 국가 재정이 어려워지면 쉽게 세금을 거두어들이기 위해 소금세를 올리곤 했다. 1789년 대혁명 당시 소금값은 천정부지로 치솟았고, 높은 소금값은 대혁명의 원인 중 하나였다. 1790년 12월 1일, 국민헌법의회는 소금세를 철폐했다. 그러자 세금을 내지 않고 여러 지역을 돌아다니며 불법으로 소금을 판매하던 소금밀매업자들은 불법 이득을 취할 수 없게 되었다. 이 법은 2천 명이 넘는 사람들을 가난으로 몰아넣었고 그들은 자연스레 혁명과 공화국의 적이 되었다. 소금밀매업자 장 코트로는 1792년 반란의 선봉에 섰다. 그리고 농민, 영세수공업자, 하층 귀족 등과 함께 혁명정부에 대항했다. 올빼미당이라는 이름은 소금밀매업자들이 밤에 매복이나 위험을 알릴 때 암호로 올빼미 소리를 내는 데서 유래한다.

올빼미당의 반란은 1793년부터 루아르강 북쪽의 브르타뉴와 노르망디 지역에서 일어난 반혁명 운동으로, 루아르강 이남의 방데전쟁과 함께 '서부전쟁'이라 불린다. 19세기 대문자 역사에서 서부전쟁은 귀족과 사제들이 순진한 민중을 선동하여 봉기를 일으킨 반혁명 운동으로 기록되었다. 대혁명을 근현대 프랑스 역사의 시작으로 보는 혁명사가들에게 서부전쟁은 '역사에 역행하는' 사건이며, 혁명이라는 거대한 사건의 부수적인 요소일 뿐이다. 그것은 또한 "중심에 대한 주변의 잠식, 미래에 대한 구시대의 잠식, 문명에 대한 야만의 습격"[6]으로 규정되었다. 물론 19세기 당시에도 대중적 자발성을 강조하면서 귀족과 성직자의 음모론을 부정하는 목소리가 없었던 것은 아니다. 예를 들어 로쉬자클랭 후작부인이 1814년에 출간하고 그녀의 손자가 혁명 100주년인 1889년에 재출간한 『로쉬자클랭 후작부인의 회고록』이 있다. 전쟁을 직접 목격한 이 책의 저자는 방데전쟁이 귀족과 성직자들의 선동에 의한 것이 아니라 농민들의 자발적인 저항이었음을 강조한다. 서부지역 주민들도 자신들의 땅에서 전개된 투쟁과 항전의 기억을 보존하고 전승했다.

그러나 프랑스인들에게 서부전쟁은 떠올리고 싶지 않은 수치스러운 기억으로 남았다. 전쟁은 수십만 명의 희생자를 냈을 뿐 아니라 양 진영의 잔인함이 극치에 달했었기 때문이다. 반혁명 운동에 가까웠던 이 사건이 공화국이나 나폴레옹제국 시대에 폄하된 것은 당연할 수 있다. 그러나 복고왕정 시기의 왕들조차 왕정을 지지하는 반혁명 운동에 관심을 보이지 않았다. 그 지역 하층 귀족인 서부전쟁 지휘관들에게 손해배상을 할 생각이 없었기 때문이다. 그나마 정치적이고 조직적이었던 방데전쟁에는 명예로운 반항의 의미를 부여했다. 하지만 소금 밀매업자들이 주동한 올빼미당은 반란군이라는 이미지를 벗어나지 못했다. 올빼미당의 운동에 굳이 반란이라는 용어를 사용하는 것도 그런 이유에서다. 그러나 소설가는 방데전쟁에 비해 역사적 자료가 부족하고, 대문자 역사에서 지워지다시피 한 이 사건에 주목했다. 그리고 사료의 부족으로 생긴 빈칸을 상상력으로 채운다. 소설의 내용을 따라가 보자.

6 Claudie Bernard, 앞의 책, p.51.

때는 1799년 9월 말, 혁명력[7]으로 8년이 되는 해의 초엽이었다. 윌로 장군이 지휘하는 혁명군은 올빼미당의 반란을 진압하기 위해 징집병들과 함께 브르타뉴의 푸제르에서 마옌으로 가고 있었다. 윌로 장군은 매복한 올빼미당의 습격을 받지만, 뛰어난 전략으로 그들을 물리친다. 그로부터 두 달 후인 1799년 11월 20일, 나폴레옹이 권력을 잡는 계기가 된 브뤼메르 18일의 쿠데타[8]가 마무리되어 가고 있었다. 윌로 장군의 군대는 두 여인이 탄 마차를 호송하라는 명령을 받고 알랑송으로 간다. 마차에는 비밀 임무를 부여받은 마리 드 베르네유 양과 그녀의 하녀가 타고 있었다. 베르네유 양은 비밀경찰 코랑탱으로부터 30만 프랑을 받고 올빼미당의 지휘관 몽토랑 후작을 유혹하라는 제안을 받아들였다.

알랑송의 트루아 모르 호텔[9] 식당에서 마리와 윌로 장군은 우연히 공화국 해군 장교와 동석한다. 해군 장교로 변장한 그 남자는 마리가 유혹해야 하는 몽토랑 후작이었다. 자신을 공화파라 소개하고 혁명가를 흥얼거림에도, 마리는 바로 그 사람이 몽토랑 후작임을 직감적으로 알아챘다. 후작과 마리는 처음 본 순간 사랑에 빠지고, 마리는 혁명군으로부터 의심을 받는 후작을 위기에서 구해준다. 후작의 일행 중에

7 프랑스 대혁명 당시 혁명정부는 그레고리안 달력을 폐지하고 10진법에 의거한 새로운 달력을 도입했다. 1806년까지 사용된 이 달력은 공화제 선언일인 1792년 9월 22일을 원년으로 한다.

8 흔히 브뤼메르 18일의 쿠데타를 나폴레옹의 쿠데타로 이해한다. 하지만 그 사건의 주체는 총재정부 시절 5인 총재 중 하나인 시에이에스다. 그는 혼란한 정국을 안정시키기 위해 강력한 정부가 필요하다고 판단, 헌법 개정을 추진하기 위해 이집트 원정에서 막 돌아온 나폴레옹을 이용하여 군사 쿠데타를 획책했다. 그러나 쿠데타 성공 후에는 나폴레옹이 모든 권력을 가지게 된다.

9 이 호텔의 실제 모델은 모르 호텔로, 발자크는 1825년 처음으로 알랑송을 방문했을 때 이곳에 머문 바 있다. 오늘날 그 자리에는 르네상스 카페가 있다.

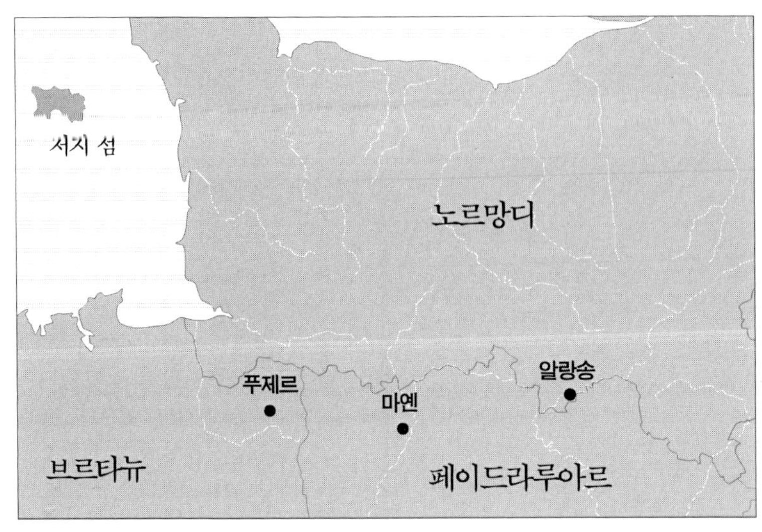

는 올빼미당의 주요 인물 중 한 명인 귀아 백작부인이 있었다. 그녀는 후작의 어머니로 가장했지만, 실은 후작을 사랑하고 있었다. 그녀는 마리에 대해 강렬한 질투를 느낀 나머지 흉계를 꾸민다. 마리가 밀정임을 폭로할 뿐만 아니라, 올빼미당의 난폭한 병사 말쉬 아 테르에게 그녀를 살해하라는 명령을 내린다. 후작은 밀정으로 밝혀진 마리를 쫓아낸다. 사랑하는 사람으로부터 버림받은 마리는 후작에게 복수할 것을 맹세한다. 그러나 마리는 몽토랑 후작과 재회하고, 두 사람은 서로의 사랑을 확인한다. 그들은 푸제르에서 만나 결혼을 약속한다. 그러나 그 사실을 알게 된 코랑탱은 공화국 군대가 탈취한 편지라며 후작의 가짜 편지를 마리에게 전한다. 귀아 부인에게 쓴 걸로 위조된 그 편지에는 다음 날 함께 영국으로 가자는 내용과 함께 마리와는 하룻저녁을 즐길 뿐이라고 적혀 있었다. 복수심에 불타는 마리는 후작의 푸제르 도착 시간을 코랑탱에게 알린다. 마침내 그녀는 계략의 희생자임을 알아챈다. 하지만 이미 늦었다. 두 사람은 그들만의 결혼식을 올린 후

혁명군의 총에 맞아 죽는다. 인물들을 한눈에 파악하기 위해 관계도를 그려보자. 화살표는 사랑의 관계를 나타낸다.

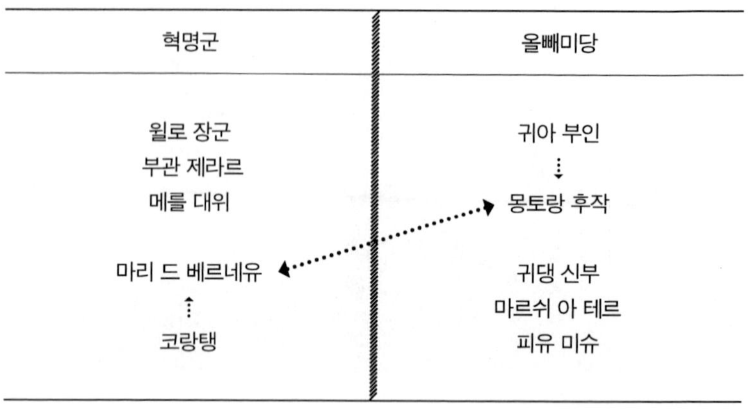

『올빼미당원들』은 연애 소설이지만 작가는 사랑 이야기 속에 구체적인 역사적 사건을 녹여낸다. 대혁명 당시 주요 사건들, 즉 교회·귀족 재산 국유화, 성직자 민사기본법, 왕의 시해, 테르미도르 9일의 로베스피에르 실각, 영국군과 망명귀족 연합군의 키베롱만 상륙, 오쉬 장군에 의한 서부 지역의 평화협정, 10만 명을 징집하는 메시도르 10일 법령, 유럽의 반불동맹, 이탈리아 북부에서의 연이은 패전, 이집트에 참전했던 나폴레옹의 귀환과 브뤼메르 18일 쿠데타 등이 역사적 배경으로 등장한다. 이 사건들을 도표화 하면 다음과 같다.

1789	교회와 귀족 재산 국유화
1790	성직자 민사기본법: 교회 재산 몰수와 사제의 공무원화
1793.01.21	왕의 시해: 루이 16세 처형

1794.7	테르미도르 9일: 로베스피에르 실각
1795	영국군과 망명 귀족 연합군의 키베롱만 상륙
1796	오쉬 장군에 의한 서부 지역의 평화 협정
1799.06	징집령 10만 명
1799.11.09	브뤼메르 18일: 나폴레옹이 참여한 쿠데타

아브랑테스 공작부인으로부터 전해 들은 마차 약탈 사건은 소설의 소재를 제공했고, 1799년 9월 14일 종세르성에서 이루어진 방데군과 올빼미당 지휘관들의 회합은 비브티에르성의 회합으로 변형된다.

소설의 첫 장에서 작가는 브르타뉴 지방의 특징과 역사적 상황을 설명한다. 브르타뉴는 지리적, 민속적, 문화적으로 아주 독특한 지방이다. 지리적으로는 영국과 가까운 국경 지대에 위치한다. 민족적으로는 켈트족에 가까우며 그들만의 고유한 언어를 사용한다. 역사적으로 프랑스에 완전히 편입된 것은 1532년이지만, 그 이후에도 브르타뉴 사람들은 오랜 시간 동안 고유의 풍습과 전통을 고수하며 독립적으로 살아왔다. 브르타뉴는 경제적으로나 문화적으로 다른 지역에 비해 낙후되어 있었다. 땅은 척박했고, 협곡과 급류와 호수와 늪으로 둘러싸여 제대로 된 길도 운하도 없었다. 폐쇄적인 그곳 사람들은 거칠고 사납고 무식하고 광신적이었다. 미신적이기도 했다. 공화국 장교 제라르는 "빛으로 둘러싸여 있으면서도 열기를 받지 못하는 그 지방은 불타는 화로 한가운데에 있는 검게 얼어붙은 석탄과도 같다."라고 말한다. 그의 입을 빌려 작가는 계몽주의와 혁명의 빛에도 불구하고 여전히 봉

소설 속 비브티에르성의 무대가 된 마리니성

샤토브리앙의 매형인 마리니 백작의 저택이었다. 현 주소 샤토브리앙가 18번지.

건적 풍습을 유지하면서 무지몽매한 상태에 있는 브르타뉴에 대한 안타까움을 표현한다. 지형적 특성과 열악한 도로망 때문에 혁명군은 일시에 반란군을 도빌릴 수 없었다. 험한 숲과 매복이 쉬운 자연, 늪지로 가득한 지형, 그리고 집의 독특한 배치는 올빼미당의 게릴라전에 유리했다. 혁명군에게는 정규군의 전투가 아닌 외교술이 필요했다. 군사만으로는 이길 수 없었기 때문이다. 무기가 아닌 전략을 통한 전투의 필요성으로부터 『올빼미당원들』의 일화가 탄생한다.

브르타뉴라는 공간적 배경과 더불어 소설의 시간적 배경은 총재정부[10] 말기인 1799년 9월 말에서 1800년 1월 초에 이르는 3개월 남짓이다. 쿠데타가 일어나기 직전인 1799년 6월 28일, 총재정부는 이탈리아와 오스트리아 전선에서 패배한 군에 보충병을 보내기 위해 10만 명을 징집하기 위한 법령을 공표한다. 한편, 올빼미당은 어지러운 전선의 상황을 이용해 1796년 평화협정 이후 3년 동안 지속된 평화를 깨고 다시 투쟁을 시작한다. 이러한 위기 속에서 돈도 없고 내전에 투입할 군대도 없던 정부는 서부 지역의 징집병들을 전쟁터로 보내는 대신 내전에 투입한다. 서부 지역의 반란군을 서부 지역 현지에서 징집한 병사들로 구성된 군대로 진압하라니 얼마나 어리석은 발상인가!

발자크는 올빼미당의 일화를 전개하면서 치열한 전투가 벌어졌던 1793년이나 1794년이 아닌 1799년을 택했다. 이때는 올빼미당이 마지막 안간힘을 쓰며 투쟁하던 해인 반면, 혁명군도 점차 동력을 잃어

10 총재정부는 1795년 11월 2일부터 1799년 11월 9일까지 존속한 프랑스의 정부다. 1794년 7월 로베스피에르가 처형된 후, 500인회의와 원로원의 2원제 의회가 구성되었고 행정부에는 총재 5명이 취임했다. 바로 이 체제를 총재정부라 부른다. 1799년 11월, 브뤼메르 18일의 쿠데타 이후 나폴레옹 보나파르트가 정권을 장악하고 의회에서 반대파를 몰아낸 후 통령정부를 구성함으로써 총재정부는 막을 내린다. 통령정부는 나폴레옹이 황제가 되고 제국을 건설하는 1804년까지 존속한다.

가던 시기였다. 10년에 가까운 혁명과 내전은 양측 모두를 지치게 했다. 혁명의 이념은 사라질 위기에 처했고, 국가는 멸망하기에 이르렀다. 발자크는 혁명의 원동력이 점차 약화되어 가고 있음을 한탄한다. 그 원인이 총재정부의 무능에 있다고 여긴 발자크는 다음과 같이 말한다. "혁명의 원동력은 미숙한 사람들의 손에서 쇠퇴하고 있었다." 브르타뉴에 파견된 혁명군 총사령관 윌로 장군은 신념을 잃어가는 병사들을 걱정했다. 반불동맹으로 유럽 전체가 프랑스와 적대관계에 있을 뿐 아니라 국제 정세는 점점 프랑스에 불리하게 돌아간다. 그런 상황에서 총재정부는 내부 갈등 때문에 군대에 아무런 도움을 주지 못한다. 이탈리아 북부 전선에서의 연이은 패배가 그 결과라 할 수 있다. 윌로는 국가의 위기를 구해 줄 유일한 인물로 보나파르트 장군을 지목한다. 윌로를 비롯한 군인들뿐 아니라 일반 시민들도 보나파르트 장군에게서 희망을 본다. 혁명 이후의 혼란에 지친 프랑스 국민은 나라를 바로 세울 수 있는 강력한 리더십을 원했던 것이다.

1799년 11월 9일, 결국 나폴레옹이 참여한 브뤼메르 18일의 쿠데타로 총재정부는 막을 내리고 통령정부가 탄생한다. 나폴레옹은 제1통령이 되어 실권을 장악하고 바야흐로 프랑스는 새로운 권력 하에 안정을 찾아간다. 침체되어 있던 나라는 기쁨에 들뜨고 다시 생동감으로 넘쳤다. 나폴레옹은 국민의 지지를 받기 위해 종교뿐 아니라 귀족과의 화해를 시도한다. 발자크가 약간의 각색을 거쳐 인용한, 서부 지역에 보내는 제1통령 보나파르트의 선언문은 다음과 같다.

> 주민들이여!
>
> 불경한 전쟁이 또다시 서부 지역을 붉게 물들였습니다.
>
> 이 소요의 주인공들은 … 불한당들입니다. …

> 그러나 그들의 책략에 넘어간 시민들이 있습니다. 그들은 국가에 소중한 사람들입니다. 그런 시민들에게는 빛과 진리가 필요합니다.
>
> 부당한 법이 선포되었고 시행되었습니다. 터무니없는 법령이 시민들의 안전과 의식의 자유를 위협했습니다. 임의로 작성된 망명 귀족들의 명단이 시민들에게 타격을 주었습니다. 사회질서를 위한 대원칙이 유린되었습니다.
>
> 통령들은 헌법에 의해 보장된 신앙의 자유를 보장할 것이며, 시민들이 자유롭게 종교의식을 거행할 수 있게 한 혁명력 3년의 프레리알 11일 법이 올바로 이행될 것임을 선언합니다.
>
> 정부는 용서할 것입니다. 잘못을 뉘우치는 자들에게 사면을 베풀 것입니다. 관용은 완전하고 절대적일 것입니다. 하지만 이 선언 이후에도 감히 국가의 통치권자에게 저항하는 이가 있다면 그가 누구건 절대 용서하지 않을 것입니다.
>
> 『올빼미당원들』

위 선언문에서 보듯, 나폴레옹은 망명자 리스트의 부당함을 인정하면서, 사형 선고를 받은 귀족의 이름이 명단에서 용의하게 삭제될 수 있게 했다. 또한, 법에 명시된 대로 종교와 예배의 자유를 보장했다.

1799년이라는 연도에 주목해 보자. 1799년은 18세기의 마지막 해인 동시에 나폴레옹 집권을 통해 10년의 혁명이 막을 내리는 시기이기도 하다. 다시 말해 새로운 시대의 시작을 알리는 해다. 뿐만 아니라 발자크가 태어난 해기도 하다. 『인간극』을 여는 소설의 시간적 배경이 새로운 역사가 시작되는 해인 동시에 작가의 출생연도이기도 하다는 사실이 단순한 우연일까? 그것은 작가의 새로운 탄생을 상징적으로 나타내는 것은 아닐까?

올빼미당 반란의 원인

대혁명이 발발하고 1792년에 최초의 공화국이 들어선 이후, 혁명과 공화국에 대한 적대적인 움직임은 프랑스 전역에서 일어났다. 그런데 유독 브르타뉴 지역에서 10년 가까운 긴 세월 동안 반혁명 운동이 그치지 않았던 이유는 무엇일까? 직접적인 원인은 1793년부터 실시된 '모병제'와 1790년의 '성직자 민사기본법'에 있다. 그러나 근본적인 요인은 무엇보다도 사회경제적 구조에서 찾아야 한다.

§ 사회경제적 요인: 만성적 가난과 지역의 낙후성

서부전쟁은 혁명에 기대를 걸었으나 더욱 비참한 생활고에 시달리게 된 민중들의 분노가 분출된 것이다. 그 점에서 서부전쟁을 귀족과 교회가 이끈 왕정복고 운동으로 보는 공화주의 역사가들의 시각은 재고되어야 한다. 1960년 이후, 공화파 역사가들과는 다른 입장에서 서부전쟁을 해석하는 역사학자들이 주목받기 시작했다. 그들은 서부전쟁이 단순히 구체제를 수호하기 위한 귀족과 교회의 반란이 아님을 강조했다. 이는 대혁명에 의해 더욱 가난해진 농민들이 주동이 되어 부르주아에 대항한 농민저항운동이라는 것이다.[11]

혁명 이후 곡가는 폭등했고, 공화국 지폐인 아시냐[12]의 가치가 폭

11 서부전쟁의 사회경제적 요인에 대해서는 민유기, 「국가기억 대 민간기억의 갈등과 대안적 기념문화의 모색 — 프랑스 방데 퓌뒤푸의 경우」, 『사회와 역사』, 제78집, 2008, pp. 76-77; 오광호, 「방데전쟁: 배부른 전쟁인가? 배고픈 전쟁인가?」, 『프랑스사 연구』, 제12호, 2005, pp. 153-154; 오광호 「방데전쟁과 집단학살」, 『역사와 담론』 제53집, 2009, pp. 535-562 등을 참조했다.

12 혁명정부가 발행한 신용 화폐. 프랑스 대혁명 직후인 1789년 12월, 프랑스 정부는 수도원과 귀족으로부터 몰수한 토지를 담보로 아시냐 국채를 발행했다. 1791년 이후 아시냐는 유통 화폐가 되었다. 발행 초기에는 아시냐의 가치가 안정되었으나, 잇따른 남발

락하는 등 전국적으로 경제적 혼란이 야기되었다. 특히 척박한 자연환경 탓에 만성적인 빈곤 상태에 있던 브르타뉴는 혁명 체제하에서 더욱 가난해졌다. 발자크는 브르타뉴 시망의 낙후성에 대해 놀라움을 금치 못한다. 그 고장 사람들은 척박한 농토를 두고도 산업화에 반대하고, 근대적 농사법을 거부하며, 경제 발전을 주도하는 중앙 세력을 배척한다. 양가죽을 뒤집어쓴 올빼미당원들의 모습은 그들의 야만적인 삶을 드러내는 하나의 기호이다. 베르네유 양이 목격한 오두막집에 대한 묘사는 농가의 비참한 현실을 여실히 드러낸다.

> 지붕의 반쪽은 지푸라기 대신 금작화로 덮여 있고 나머지 반쪽은 청석돌 모양으로 자른 널빤지로 덮여 있는 것으로 보아, 집의 내부가 두 부분으로 나뉘어 있음을 알 수 있었다. 실제로 거친 울타리로 둘러싸인 한쪽은 외양간으로 사용되고 있었고 집주인들은 다른 쪽에서 살고 있었다. … 베르네유 양이 삐거덕 소리 나는 문의 돌쩌귀를 밀자, 그 초가집에서 내뿜는 연기로 인해 알칼리성 가득한 역겨운 수증기가 뿜어져 나오는 것이 느껴졌다. 그리고 네발 달린 짐승들이 발로 차는 바람에 동물들과 방을 분리하는 내부 벽이 무너져 있는 것을 보았다. … 베르네유 양은 인간이 어떻게 이런 진창 속에서 살 수 있을까 하고 생각했다. 『올빼미당원들』

발자크는 이처럼 브르타뉴 농가의 비참함을 묘사하면서 봉건 제도와 그에 따른 농노 제도의 문제점을 지적한다. 혁명은 사회의 모순을 타파하고 귀족의 특권을 없애기 위한 것이었지만 민중의 삶은 나아

로 인하여 발행 총액이 담보 토지가를 넘자 가치가 폭락하고 심각한 인플레이션을 초래했다. 1797년 총재정부는 이를 폐지했다.

지지 않았다. 세금은 줄지 않았고, 살림은 더욱 궁핍해졌다. 귀족과 교회로부터 몰수한 국가 재산을 살 수 있는 사람은 몇몇 부르주아에 국한되었다. 결국, 공화국이 부여한 특권은 소수 부르주아만이 누릴 뿐, 대부분 농민은 혁명으로부터 아무런 혜택도 받지 못했다. 농민들의 증오는 대토지를 소유한 부농과 상인, 자본가 등 새로 등장한 부르주아를 향했다. 올빼미당의 반란은 결국 혁명의 덕을 본 부르주아에 대한 민중의 증오가 표출된 민중 봉기였던 것이다.

국민은 빵을 원했지만, 혁명정부는 경제적 개혁 대신 행정을 개편했다.[13] 프랑스에는 역사와 전통을 이어가는 '지방'이라는 단위가 존재했다. 프로방스 지방, 노르망디 지방, 브르타뉴 지방 등이 그 예다. 각각의 지방은 고유의 풍속과 법, 그리고 언어로 독자적인 문화 공동체를 형성했다. 그것은 행정 구역은 아니었지만, 봉건주의의 아성으로 중앙 집권적 권력의 팽창을 방해하고 왕국의 통일을 저해하는 요인으로 작용했다. 게다가 지방 행정 조직은 통합적이지 않았다. 새로운 정부는 혁명 이전의 무질서한 행정 조직을 개편하고 체계적인 통일을 실현하였다. 전국의 행정 구역을 83개의 도로 나눈 후, 그 밑에 군, 면, 읍을 두었다. 그러나 브르타뉴에서는 여전히 교구 단위의 회합만이 존재했고 교구장인 신부가 민중들의 정신을 지배했다.

계몽주의 사상의 영향을 받은 청년 발자크가 볼 때, 중앙 집권적 행정 개편은 경제 발전과 국가 통합을 위해 필요한 조치였다. 1829년에 출판된 『올빼미당원들』 서문에서 발자크는 지방주의의 폐해를 강조한다. 구체제의 왕정은 개혁을 시행하기에 너무도 나약했다. 그러나

13 노명식, 『프랑스 혁명에서 파리 코뮌까지, 1789-1871』, 책과 함께, 2011, p. 37, p. 113 참조.

"혁명은 필요한 개혁을 강요하는 데 성공한다."[14]

§ 성직지 민사기본법과 기독교 박해

서부전쟁의 근본적인 원인이 만성적 가난과 지역적 낙후에 있다면, 그것이 촉발된 직접적인 원인으로는 성직자 민사기본법을 들 수 있다. 교구를 중심으로 성직자의 지배하에 있던 브르타뉴 사람들은 공화국이 교회 재산을 박탈하고 기독교를 박해하자 국가에 분노했다.

1790년 7월 12일, 국민의회는 강력한 반대를 물리치고 성직자 민사기본법을 가결했고 8월 24일 루이 16세의 비준을 받았다. 흥미로운 것은, 법을 제의한 탈레랑 자신이 성직자였다는 사실이다. 1791년 3월 10일, 교황 피우스 6세는 이 헌장에 유죄 판결을 내렸다. 오툉의 주교였던 탈레랑은 바티칸으로부터 파문되었다. 종교 헌장은 구체제 하에서의 교구를 83개 도에 일치시켰고, 교회 재산을 몰수했으며, 사제는 일반 공무원 신분이 되어 국가로부터 봉급을 받게 했다. 모든 성직자는 법을 준수한다는 서약을 해야 했다. 혁명의 평등사상에서 초기 기독교 평등사상과의 유사점을 발견하고 기꺼이 선서에 서명했던 성직자들도 있었다.[15] 그러나 많은 성직자가 서약을 거부했다. 그러자 국민의회는 1790년 11월 27일 법령을 통해 선서 거부 성직자에게 결혼식, 세례식, 장례식, 성체수여식 등 공공의식의 집례뿐 아니라 고해성사와 설교도 금지시켰다. 그로 인해 국가 전체에 대혼란을 야기했음은 물론이다.

14 Jean-Hervé Donnard, "Les intuitions révolutionnaires de Balzac", in *L'Année balzacienne*, Presses Universitaires de France, 1990, p. 428.

15 René Alexandre Courteix, *Balzac et la Révolution française*, Presses Universitaires de France, 1997, p. 252.

혁명정부는 선서 거부 성직자들을 무자비하게 박해했다. 그들은 결혼을 강요당했을 뿐만 아니라 해외로 추방되거나 10년 이하의 징역을 살기도 했다. 성직자 민사기본법이 생각보다 심각한 혼란을 초래하자, 혁명정부는 1791년 4월 21일 법령과 5월 7일 법령을 통해 선서를 거부한 성직자에 대한 관용적 조치를 취했다. 그러나 이 타협책은 오히려 혼란을 가중시켰다. 이제 선서 거부 성직자는 박해를 견뎌낸 승리자가 된 반면, 선서를 서명한 성직자는 배교자 취급을 받게 된 것이다. 그들은 박해와 모욕과 구타, 심지어 살해를 당하기도 했다. 발자크는 성직자 민사기본법으로 인해 프랑스가 겪었던 분열을 폭로한다. 『올빼미당원들』의 고리대금업자 올주몽은 선서에 서명한 형을 자신의 집에 숨겨준다. 그런데 그는 형이 죽은 후에도 박해자들이 시체를 파헤칠까 두려워 시신을 땅에 묻을 수 없었다. 선서에 서명한 『루이 랑베르』의 르페브르 신부 역시 박해를 당하자 시골에서 은거하며 조용히 살아간다. 반면 『잃어버린 환상』에서 선서를 거부한 자크 신부는 신분을 숨기고 혁명기를 넘긴 후 복고왕정 시기에 주교와 귀족원 의원이 된다.

선서 거부 성직자들은 신도들을 광신으로 이끌면서 반란을 선동했다. 귀댕 신부가 주관하는 야외 예배는 무지한 백성을 선동해 학살을 부추기는 "저주받은 예배"[16]였다. 귀댕 신부의 설교 내용을 들어보자.

> "청군이 우리의 제단을 뒤집어엎었습니다. 그들은 신부들을 죽였고, 왕과 왕비를 살해했지요. 그들은 브르타뉴의 모든 교구민을 징집하여 자기네들처럼

16 Claudie Bernard, 앞의 책, p. 112.

> 청군으로 만들고, 교구에서 먼 곳으로 보내 싸우게 했습니다. 그곳에서 고해성사도 못 하고 죽을지도 모르고, 그렇게 되면 영원히 지옥에 떨어질 수도 있는데 말입니다. … 저주받은 공화국은 신의 재산을 팔아먹고 성주들의 재산도 팔았습니다. … 종교와 국왕을 위해 싸울 때 당신들의 영혼은 구원받을 것입니다. … 공화국 병사들의 주머니에서 그들이 훔쳐 간 돈은 다시 빼앗아도 좋습니다. … 신성한 전쟁을 위해 모든 것을 버리십시오."
>
> 『올빼미당원들』

귀댕 신부는 징집에 대한 대중의 불만을 이용해 약탈을 정당화하면서 학살을 부추긴다. 선동당한 광신도들은 혁명군 한 명을 죽이면 면죄부 한 장을 부여받는다고 믿었다. 신부의 설교는 성녀의 출현이나 중풍 환자의 기적, 부활에 대한 확신에서 절정을 이루면서 올빼미당 반란에 성전의 의미를 부여했다. 예배 장면을 목격한 마리는 신부가 정치적 목적을 위해 교회를 타락시키고 있음에 분노했다. 그러나 동시에 무지한 백성들에 대한 사제의 영향력에 대해 놀라움을 금치 못한다.

§ 불합리한 모병제

모병제는 서부전쟁의 가장 직접적인 원인이다. 1791년과 1792년에 군대에 자원입대한 병사들은 일정 기간 복무를 마치면 집으로 돌아갈 수 있었다. 그러나 전선에서는 병력 강화가 절실했다. 이에 국민공회는 1793년 2월 23일 30만 명을 징집하는 모병제를 결의한다. 프랑스 전역의 18세에서 25세까지의 남자는 제비뽑기를 통해 강제 동원되었다. 이때 돈이 있는 부르주아들은 대리인을 샀지만, 가난한 민중들은 강제로 끌려가야만 했다. 민중의 분노는 대리인을 사서 징용을 면제받을 수 있는 부르주아에게 향했다. 특히 1793년의 모병제는 서부 지역의 반란을 촉발했다. 대부분이 농민인 브르타뉴 사람들은 자신의 농토로부터 멀리 가기를 원치 않았다. 그들은 고향을 떠나 전쟁터로 끌려가느니 차라리 탈주하여 반란에 참여하기를 원했다. 그리하여 브르타뉴가 아닌 프랑스를 위해 싸우기를 거부한 이들을 중심으로 올빼미당 무리가 형성되었다. 그런 와중에 1799년 또다시 징집령이 선포되었으니 농민들의 불만은 이만저만이 아니었다.

『올빼미당원들』은 브르타뉴에서 징집된 병사들이 푸제르에서 에르네를 거쳐 마옌으로 이송되는 장면으로 시작된다. 대부분이 농부인 그들은 군복도 없이 옷 대신 목에서 무릎까지 내려오는 양가죽을 걸치고 있었으며, 목에는 묵주를 걸고 있었다. 맨발로 걷는 그들의 모습은 문명과는 거리가 멀었다. 게다가 이 군단은 총재정부의 결정에 따라 "특별히 올빼미당과 싸우는 데 투입될 것이며, 어떤 경우에도 전선에 투입되지 않을 것이다." 자기 고장 사람들과 싸우러 가는 그들은 마치 감옥에 끌려가는 죄수와도 같았다. 윌로 장군이 현장에서 징집된 그들을 믿을 수 없는 이유다. 병사들의 느린 발걸음을 재촉하는 윌로 장군에게 징집병으로 위장한 올빼미당원 말쉬 아 테르는 이렇게 말한다.

> "왜 그러냐고 물었소?" … 음침한 느낌을 주는 그 사내가 프랑스어를 말하는 데 무척 어려움을 느끼는 어투로 대답했다. 그는 커다란 거친 손으로 에르네 쪽을 가리키면서 말했다. "저기는 멘 지방이오. 여기에서 브르타뉴가 끝나지요."
>
> 『올빼미당원들』

자신의 땅을 떠나려 하지 않았던 브르타뉴 사람들에게는 바로 옆 동네인 멘 지방조차 낯설기만 했다. 고향을 떠나지 않으려는 그들은 왕을 죽이고 교회 재산을 탈취한 자들을 위해 전선에 나가 싸우기를 거부했다.

발자크의 역사관

프랑스 대혁명과 반혁명 운동에 대한 발자크의 평가

발자크가 『올빼미당원들』을 세상에 내놓은 것은 복고왕정이 막바지였던 1829년이었다. 당시 독자들, 특히 귀족 계급은 발자크가 반혁명 운동의 가치를 높이 평가할 거라 기대했을지도 모른다. 그러나 누가 봐도 공화주의자의 입장에서 쓴 이 소설은 반혁명 운동의 부정적인 면을 부각시킴으로써, 대혁명의 의미를 강조하는 것처럼 보인다.

§ 올빼미당과 공화국 군대의 대립

우선 작가는 공화국 군대와 올빼미당을 비교한다. 발자크가 볼 때, 두 집단의 대립은 단지 정치적 갈등에서 비롯된 것이 아니었다. 그것은 "빛과 과학과 발전이 무지와 미신과 광신과 대립하는 영원한 투쟁"이다. 한마디로 문명과 야만의 대립이었다. 발자크는 1829년 서문에서 여전히 낙후된 브르타뉴를 언급한다.

> 약 30년 전부터 내전은 끝났다. 그러나 무지는 여전하다. 농업, 교육, 상업 등은 반세기 전부터 하나도 발전한 것이 없다. 시골의 가난은 봉건주의 시대와 다르지 않으며 미신이 기독교 정신을 대체한다. 『올빼미당원들』

대혁명은 빛과 희망을 전하고자 했다. 윌로 장군의 부관인 제라르가 말하듯 공화국 군대는 단지 적을 물리치고 프랑스 땅을 지키기 위해 존재하는 게 아니다. 공화국 군대는 "자유와 독립이라는 보편적인 원칙"과 "의회에 의해 깨우쳐진 인간의 이성"을 전파하는 고귀한 임무를 수행하고자 한다. 그는 "프랑스는 혁명의 빛을 전하는 임무를 지닌 여행자와도 같다."라고 말하지 않았던가.

반면 발자크가 묘사한 올빼미당의 반란에서는 고귀함이라고는 찾아볼 수 없다. 도둑질과 약탈뿐이다. 몇 년에 걸친 서부전쟁 동안 공화국 진영에서도 약탈이 성했으며, 잔혹하고 야만적인 행위가 이어졌다. 특히 1793년과 1794년에 걸쳐 혁명정부는 방데의 근절 정책을 수행하면서 포로와 민간인 2천여 명을 산채로 루아르강에 수장시키는가 하면, '지옥 종대'를 파견하여 집단 학살을 자행하기도 했다. 이렇듯 공화국 군대의 잔혹 행위는 방데군이나 올빼미당과는 비교도 되지 않을 만큼 잔인했고 규모도 컸다. 그러나 발자크는 공화국 진영의 잔혹한 행위에 대해서는 눈을 감은 채, 올빼미당원들의 야만성만 강조한다. 방데군에 대해서는 그나마 명예로운 도전의 의미를 부여한다. 하지만 올빼미당원들에 대해서는 가혹하기 짝이 없다.

§ 인물 묘사를 통해 본 발자크의 시대 인식

발자크의 시대 인식은 각 진영 인물들에 대한 묘사에서도 확연히 드러난다. 말쉬 아 테르는 미개하고 광신적인 올빼미당원의 대표적인 인물이다. 말쉬 아 테르, 즉 '땅바닥 걷기'라는 별명은 야만적인 그의 본질을 잘 요약한다. 땅바닥에 딱 붙어 있는 그는 바위와 혼동되면서, 언뜻 보아 "움직이지 않는 자연의 모습"이다. 이름도 돌이라는 의미의 피에르다. 게다가 염소 가죽을 걸치고 있어 동물과도 구분되지 않는다. 말쉬 아 테르는 '빵 도둑'이라는 뜻의 피유 미쉬와 더불어 미개하고 잔인하고 광신적인 올빼미당을 대표한다. 그들은 마차를 약탈하고 시체를 뒤져 전리품을 챙긴다. 동료에게 배신자의 죄를 씌워 죽인 후 그 목을 집 앞 장대에 걸어 놓고는 노래를 흥얼거리기까지 한다. 눈을 뜯어내기 위해 수전노 올주몽의 발을 태우는 잔인한 고문도 한다. 그들의 잔혹 행위는 신도들을 선동하는 귀댕 신부에 의해 정당화된다. 그가 "배교자는 아무 회한 없이 불태워도 된다."라고 말했던 것이다.

귀댕 신부는 성직자 민사기본법에 강하게 저항한 선서 거부 성직자이자 종교를 도구로 이용하는 선동가이다. 그의 설교는 광신을 부추긴다. 혁명정부가 빼앗아 간 교회 재산을 되찾기 위해 구역의 신도들을 선동하기도 한다. 그가 말한 신앙 뒤에는 세속적인 이해관계가 숨어 있었던 것이다. 프랑스를 지키고자 공화국 군대에 봉사하는 조카에게 그는 말한다.

> "바보 같으니. … 너의 공화국이 네게 수도원을 준다더냐? 공화국은 모든 것을 다 뒤엎었다. 무엇이 되려고 그러니? 우리와 함께 있자. 언젠가는 우리가 승리할 것이다. 그러면 너는 어디서건 국회의원이 될 것이다."
>
> 『올빼미당원들』

올빼미당의 지휘관 샤레트의 정부인 귀아 부인은 어떠한가? 그녀는 자신이 믿는 신념에 헌신하기 위해 살인이나 약탈 같은 비열한 짓도 마다하지 않는다. 마차 약탈 행위를 수치스럽게 생각하는 후작과 달리 그녀는 아무런 양심의 가책도 느끼지 않는다. 교회와 귀족의 재산을 몰수해 간 혁명정부의 재산을 빼앗는 것은 마땅히 정당한 행위이기 때문이다.

발자크는 특히 귀족들의 시대착오적인 생각과 탐욕을 고발한다.

회합에 모인 올빼미당의 귀족들은 왕정복고에 대한 기대를 버리지 않은 채, 자신들이 왕에게 바친 봉사의 대가를 요구한다. 어떤 이는 자신의 공적을 과장하면서 높은 직책을 바라는가 하면, 어떤 이는 브르타뉴를 통치하기를 원한다. 누군가는 남작의 작위를, 누군가는 승진을, 누군가는 장군의 지위를 요구한다. 그런데 그들 모두가 공통적으로 요구하는 것은 연금, 즉 돈이다. 몽토랑은 귀족들의 탐욕에 경악을 금치 못한다. 그들에게 혁명은 일시적인 소요에 불과했다. 그들은 혁명으로부터 아무것도 배우지 못했던 것이다.

이렇듯 발자크는 올빼미당 측 인물들에 대해 가혹한 평가를 하는 반면, 공화국 병사들에 대해서는 지나칠 정도로 호의적이다. 그가 공화국 장교들을 묘사한 대목을 보면, 마치 자부심 강하고 충실한 공화국 군대에 경의를 표하고 있는 것처럼 보인다. 우선 윌로 장군을 보자. 공화국에 헌신하는 그는 애국주의자의 전형으로 공화국의 생생한 에너지를 상징한다. 용감하지만 신중하며, 부하들에게는 무한한 애정과 신뢰를 보낸다. 전선 경험이 풍부한 그는 적군의 속임수에 빠지지 않는다. 교육 수준이 높지 않음에도 지적이며, 도덕적인 이상을 구현한다. 그뿐만 아니라 적군의 명예도 소중히 지킬 줄 아는 고귀한 영혼의 소유자이기도 하다.

윌로 주변의 인물로는 부관 제라르와 메를 대위가 있다. 그들은 공화국 이념에 충실한 애국자들이다. 그들은 프랑스를 위해 기꺼이 자신을 희생한다. 게다가 그들은 프랑스 영토를 수호할 뿐 아니라 문명과 빛과 자유라는 고귀한 이상을 전파한다는 사명감도 지니고 있다. 공화국 장교들의 우월성은 비브티에르성에서 만난 귀족들과 비교할 때 더욱 두드러진다. 그들의 당당한 태도는 "귀족적이고 관례적인 문구와 예절로 인해 왜소해진" 귀족들의 모습과 대조를 이룬다. 에너지

넘치는 젊은 공화국을 상징하는 그들을 보면서 마리는 생각한다.

> "오! 여기에는 국가와 자유가 있나." 그러고 나서 그녀는 왕당파들을 바라보았다. "저기에는 한 남자, 국왕과 특권이 있다. … 그들(공화국 장교들)은 자신들이 지배하는 현재에 기대어 과거를 파괴한다. 그러나 그것은 미래를 위해서다. … 한 사람은 한 남자를 위해 싸웠고, 다른 사람은 국가를 위해 싸웠다."
>
> 『올빼미당원들』

그러나 사랑에 빠진 마리는 이성을 잃고 감정에 몸을 맡긴다. 그녀는 "국왕이 바로 국가"라고 생각하기에 이른다. 이 부분은 1834년에 수정된 것으로 왕당파 발자크의 신념을 드러내는 동시에, 이상보다 사랑이 우선하는 마리의 캐릭터를 보여준다. 역사가이기 이전에 소설가였던 발자크에게 마리는 이 작품에 낭만성을 부여하는 인물이다. 베르네유 공작의 사생아인 마리 드 베르네유는 경찰부 장관 푸셰가 보낸 밀정이다. 그녀의 임무는 몽토랑 후작을 제거하는 것이다. 그녀의 무기는 총이나 칼이 아닌 유혹이라는 전략이다. 그런데 공화주의에 대한 신념에도 불구하고 그녀에게는 정치보다 사랑이 더 중요했다. 그녀가 표면적으로 그 임무를 수락한 것은 30만 프랑의 돈 때문이었지만, 그 이면에는 열정적인 사랑에 대한 막연한 기대도 있었다. 그녀는 이미 그를 사랑할 준비가 되어 있었다. 첫 만남부터 그녀는 후작을 사랑하게 된다. 이제 그녀는 그를 경찰에 넘기기 위해서가 아니라, 사랑을 받기 위해 후작을 유혹한다. 이렇듯 그녀에게는 사랑이 이념에 우선한다. 몽토랑 후작 역시 마리에 대한 사랑으로 인해 신념을 버린다. 그는 "국민에게 대항하는 왕의 싸움은 버려야 한다."는 마리의 애국주의에 감화되어 투쟁을 포기했던 것이다. 결국, 국가라는 공통된 사랑 속에서 두 사람은 손을 꼭 마주잡고 함께 죽는다.

발자크는 왜 올빼미당의 반혁명 운동에 대해 가혹한 평가를 내렸던 것일까? 앞서 언급한 대로 발자크는 중앙 집권적인 권력의 효율적 통치를 통해 프랑스라는 국가의 발전을 추구해야 한다고 믿었다. 그것이야말로 대혁명의 정신이었다. 당시 자유주의자들이 품고 있던 이상에 동의하는 발자크의 이러한 역사관은 1832년 그가 정통왕당파로 전향한 이후에도 크게 변하지 않은 것처럼 보인다. 큰 틀에서 보아 1829년의 첫 판본과 정치적 전향 이후인 1834년, 그리고 1845년의 판본 사이에 달라진 것이 없기 때문이다.[17] 단지 1845년 판본의 마지막 장면에 몽토랑 후작의 애국주의적인 담론이 추가되었을 뿐이다. 발자크에게 올빼미당의 반란은 여전히 무식하고 야만적이다. 다만 왕당파 독자들을 의식한 듯, 1845년 서문에서 발자크는 명예로운 방데전쟁에 대한 새로운 소설을 쓸 것을 약속한다. 그러나 발자크는 결국 이 약속을 지키지 못한 채, 그로부터 5년 후 세상을 떠난다. 시간이 허락되었더라면 그는 이 계획을 실행에 옮겼을까? 그것은 아무도 모른다.

역사가 발자크

1827년, 발자크는 『올빼미당원들』을 집필하기 일 년 전에 이미 올빼미당의 반란에 관한 소설을 구상한 바 있었다. 그는 『르 가』, 즉 '호탕한 사내'라는 제목의 소설을 빅토르 모리옹이라는 가명으로 출판할 예정

17 Lucienne Frappier-Mazur, Introduction *des Chouans ou la Bretagne en 1799*, Gallimard, Pleiade Tome VIII, p. 869-870.

이었다. 그 소설이 완성되었는지는 알 수 없지만 『르 가』의 머리말이 남아 있어 소설에 대한 작가의 계획을 엿볼 수 있다. 발자크는 이 글에서 역사에 대한 작가의 생각을 피력한다. 그에 따르면 역사란 날짜와 사건을 편집한 자료가 아니라 과거에 대한 포괄적인 재현이어야 한다. 그에게 역사 쓰기는 단지 특정한 사건으로부터 교훈을 얻기 위한 것이 아니다. 그것은 과거에 대한 연구를 통해 어떤 체제를 만들어가야 할지를 진지하게 고민하기 위한 것이다.

발자크가 역사 쓰기에 대한 야망을 키운 배경은 무엇일까? 그리고 그에게 영향을 준 역사가들은 누구일까? 베르나르 귀용은 발자크가 염두에 둔 역사가들로 티에리, 기조, 미그네, 티에르, 미슐레, 키네 등의 진보적인 역사학자들을 꼽는다.[18] 그러나 발자크는 그 역사가들 각각의 공통점에 주목하면서 그들을 넘어서고자 했다. 발자크는 『올빼미당원들』의 1829년 첫 판본의 서문에서 자신의 역사 쓰기에 대한 방향을 명확히 제시한다.

> 작가는 각각의 뼈에 세심한 주의를 기울이면서 기록하는 해골 같은 역사가 되기 위해 사실들을 하나하나 메마르게 열거할 의무가 없다. … 몇 년 전부터 재능 있는 작가들에 의해 시도된 이러한 체계에 따라 작가는 이 책에서 한 시대의 정신을 담고자 했다. 『올빼미당원들』

발자크는 해골처럼 뼈만 남은 연대기적 역사 쓰기를 거부하고 시대정신이 담긴 역사를 쓰고자 했다. 역사 연구 결과를 실제 정치에 적용하고 동시대인들에게 교훈을 주고자 했던 것이다. 그러한 발자크 생

18 Bernard Guyon, *La pensée politique et sociale*, Armand Colin, 1967, p. 252.

각의 이면에는 당시 발자크가 교류하던 자유주의 성향의 지식인들이나 역사가들의 목소리가 숨어 있다.

그렇다면 발자크가 『올빼미당원들』에서 표현하고 싶었던 시대정신은 무엇인가? 그것은 애국심과 국가주의다. 그리고 그것은 국가의 통합이라는 주제와 만난다. 그런 점에서 후작이 자신의 적군인 월로 장군을 통해 런던에 있는 동생에게 유언을 전하는 마지막 장면은 의미심장하다.

> 후작은 마리의 손을 꼭 잡은 채 마지막 힘을 다해 말했다. "장군님, 당신은 정직한 분이시니 런던에 있는 내 아우에게 내 죽음을 알려 주시리라 믿습니다. 내 마지막 말을 듣고자 한다면, 왕에 대한 충성을 절대 포기하지 말라고, 그러나 프랑스에 대항하기 위해 무기를 들지 말라고 편지를 써 주십시오."
>
> 『올빼미당원들』

발자크가 왕당파로 전향한 이후인 1845년에 이 문장을 추가한 걸 보면, 그가 왕정에 대한 충성을 의도적으로 드러냈다는 것을 알 수 있다. 그러나 여기에서 발자크가 진정 말하고 싶은 것은 무엇보다도 국가 통합의 필요성이다. 그가 1832년 왕당파로 전향한 것도 왕정을 지지해서라기보다는 국가의 분열과 그로 인한 무질서를 두려워했기 때문일 것이다.[19] 그것은 그가 중앙집권적 정치 체계를 선호한 까닭이기도 하다. 이제 우리는 발자크가 나폴레옹에 열광한 이유를 이해하게 된다. 그에게는 무엇보다도 국가의 통합이 중요했고, 이를 위해서는 권력과 힘이 필요했다. 공화주의자든 나폴레옹이든, 부르봉 왕가의 국

19 Claudie Bernard, 앞의 책, p. 221.

왕이든 상관없다. 발자크에게 중요한 것은 이념이 아니라 강력한 힘을 가진 위대한 국가 프랑스였던 것이다.

제3장

발자크의 정치관

오늘날의 군주는 국민이다.

『랑제 공작부인』

『올빼미당원들』을 통해 보았듯이, 젊은 시절 발자크는 프랑스 대혁명과 공화국 이념에 동조하는 공화주의자이자 자유주의자였다. 그러나 그는 1831년 12월, 왕당파 잡지인 『에메랄드』에 「출발」이라는 기사를 게재한 것을 계기로 돌연 정통왕당파로 전향한다. 그런가 하면 1842년에 쓴 『인간극』 서문에서는 "왕정주의와 가톨릭이라는 두 영원한 진리의 빛 아래 글을 쓴다."라고 주장할 만큼 자신의 보수성을 강조하기도 한다. 그는 왜 정치적 입장을 바꾸었을까? 전향 이후에는 기존 정통왕정주의자들의 주장에 완전히 동조했을까? 그렇지 않았다면 발자크의 생각과 그들의 생각은 어떻게 달랐을까?

발자크가 표명한 정치관은 분명 당시 정치적 상황에 대한 나름의 대응이었을 것이며, 소설은 그것을 담는 하나의 그릇이었을 것이다. 그런 의미에서 1834년에 발표한 『랑제 공작부인』은 정치적 전향 이후 작가의 정치 이념을 이해하는 데 매우 중요한 소설이다. 『랑제 공작부인』에 담긴 발자크의 정치관을 이해하기 위해서는 1830년 이후 발자크의 정치적 행보를 살펴볼 필요가 있다. 이 시기는 발자크가 정치의 전면에 서서 자신의 정치관을 피력한 시기다. 특히 저널리스트로서의 활동을 추적해 보면 발자크 정치사상이 어떻게 변화했는지 가늠할 수 있다.

1830년 이후 발자크의 정치적 행보

1829년 이후 명성을 얻은 발자크는 1830년 4월부터 일 년 넘게 신문과 잡지에 많은 글을 썼다. 당시 그가 주로 관여했던 잡지는 '언론계의 나폴레옹'이라 불리던 에밀 드 지라르댕이 주도하는 『르 볼레르』, 『라 실루엣』, 『라 모드』 등이었다. 발자크는 지라르댕과 더불어 정부에 반대하는 젊은 지식인 그룹에 속했으며, 주로 자유주의 성향의 잡지에 글을 썼다. 그렇다고 해서 그의 정치관이 자유주의적이었다고 단정할 수는 없다. 그가 참여했던 잡지는 대부분 문예지였다. 『라 코디디엔』이나 『주르날 드 데바』 등의 왕당파 신문이나 『르 쿠리에 프랑세』와 『르 콩스티튀시오넬』 같은 자유주의 신문 등 정치적 색채가 짙은 신문에는 참여하지 않았던 걸로 보아 의도적으로 정치와 거리를 두었던 것으로 보인다.

그런데 7월혁명 당시만 해도 정치에 무관심해 보이던 발자크는 돌연 정치 무대의 전면에 나선다. 무엇이 그를 정치에 뛰어들게 했을까? 아마도 7월혁명 이후의 상황에 대한 절망감 때문이었을 것이다. 발자크에게 부르주아가 지배하는 7월왕정은 최악의 체제로 보였다. 그는 푸제르나 투르, 혹은 캉브레에서 출마할 생각을 했지만, 어디에서도 출마하지 못했다. 당시 발자크가 포므뢸 남작 등 현지 지인들과 주고받은 편지의 내용으로 미루어, 그는 그들의 충고에 따라 스스로 선거를 포기했던 것으로 보인다. 정치에 입문하고자 하는 그의 첫 시도는 이렇게 실패로 끝난다. 그러나 이 실패는 자신을 지원해 줄 정당이 꼭 필요하다는 중요한 교훈을 남겼다. 이것은 발자크가 정통왕당파로 진향하게 된 정황을 이해하는 데 매우 중요한 요소다.

7월왕정 당시 프랑스에는 보수주의적 정통왕당파, 진보적 공화파, 집권당인 오를레앙파, 그리고 나폴레옹을 지지하는 보나파르트파까지 총 네 개의 당파가 존재했다. 어느 당을 지지할 것인가? 우선 그는 집권당에 적대적이었다. 따라서 오를레앙파에 가담할 수는 없었다. 젊은 시절에 겪었던 극우 왕당파에 대해서는 반감이 컸다. 혁명으로 인한 혼돈과 공포정치는 끔찍했다. 진보 공화파를 지지할 수 없는 이유였다. 외부와의 전쟁도 싫었다. 물론 그는 나폴레옹에 대해 깊은 존경과 신뢰를 표한 작가다. 그러나 그가 찬양한 것은 나폴레옹이라는 최고의 권력자지 그를 추종하는 당파가 아니었다. 결국, 지지하고 싶은 당이 없는 셈이었다. 그럼에도 그에게는 정당의 지원이 필요했다. 무엇보다도 평화와 안정을 가져다줄 정당을 원했고, 강한 권력이 필요했다. 그런 이유로 야당 중에서 그나마 정권에 가장 위협적인 세력으로 보이는 정통왕당파를 선택한 것으로 보인다. 그가 정통왕당파를 선택한 것은 당 지지자들의 이념에 동조했기 때문이라기보다는 일종의 타협책이었던 것이다. 그것이 바로 현실정치의 한계가 아닐까?

1831년 말, 그는 정통왕정주의를 표방한다. 발자크가 적극적으로 정통왕당파에 가담하게 된 데에는 카스트리 후작부인과의 만남이 큰 역할을 했으리라는 추측이 가능하다. 그러나 처음으로 전향 의사를 밝히던 시기에는 아직 그녀를 알지 못했고, 그녀와 가까워진 것은 그 이듬해인 1832년 2월 이후다. 따라서 발자크가 후작부인 때문에 왕당파로 전향했다고는 볼 수 없다. 하지만 후작부인을 알고부터 그의 정치적 입장이 확고해진 것은 사실이다. 게다가 카스트리 후작부인의 삼촌 에두아르 드 피츠 제임스 공작은 정통왕당파 수뇌부의 일원이었다.

1832년 3월 31일에 왕당파 잡지 『르 레노바테르』가 창간되었고, 발자크는 그 저널의 주된 협력자가 된다. 『르 레노바테르』의 왕당파 편집인들이나 피츠 제임스 공작은 당시 최고의 인기를 누리며 상승세를 타고 있는 작가를 저널에 끌어들이는 것이 당의 선전용으로 나쁘지 않다고 생각했을 것이다. 새로운 잡지는 질서와 권력, 그리고 국민의 자유 회복을 위한 새로운 개념의 왕정주의를 지향할 것을 천명했다. 그 목표를 위해 민족주의와 국가주의가 강조되었다. 잡지의 방향은 발자크가 추구하는 정치적 사상과 크게 다르지 않았다.

『르 레노바테르』 창간호는 1832년 3월 31일에 출간된다. 발자크는 여기에 「베리 공작을 위한 기념물의 철거계획에 관하여」라는 기사를 기고한다. 같은 해 5월 12일에 발간된 두 번째 호에는 루이 16세와 마리 앙투아네트의 딸인 앙굴렘 공작부인을 찬미하는 「한 여인의 삶」을 싣는다. 앙굴렘 공작은 샤를 10세의 장남이다. 두 기사는 기본적으로 왕당파를 지지하지만, 노골적으로 자신의 정치적 입장을 드러낸 글이라고는 볼 수 없다. 그러나 『르 레노바테르』 2호에 실린 두 편의 「왕당파의 현 상황에 대한 소고」에서 그는 정통왕당파를 지지하는 자신의 정치적 입장을 분명히 밝힌다. 그것은 6월에 있을 선거를 위한 일종의 선언문이었다. 실제로 이 글을 실은 『르 레노바테르』 2호는 발자크가 왕당파 후보로 쉬농에서 출마할 것임을 알리기도 했다. 하지만 5월 말 마차 사고로 머리를 다치면서 이번에도 선거에 나가지 못한다. 그는 정녕 정치와 인연이 없었나 보다.

발자크는 「왕당파의 현 상황에 대한 소고」 두 편에서 왕당파가 처한 문제점을 지적하고 정통왕당파가 앞으로 나가야 할 방향을 제시한다. 첫 기사에서 발자크는 프랑스 당파의 역사를 고찰한 후, 1830년의 혁명은 불필요한 혁명이었다는 결론을 내린다. 그에 따르면, 1830년 혁명을 주도한 자유주의자들은 자유와 평등이라는 모호한 원칙으로 인해 멸망할 것이다. 왜냐하면 "사회 계급 없이는 아무것도 지속될 수 없으며, 평등에 대한 그들의 환상은 권력 관계 형성에 장애가 되기 때문이다." 따라서 왕정주의자들에게는 지금이 기회이며, 시대정신에 부합하는 정치적 구상에 따라 새로운 정치를 향해 전진해야 한다. 1부의 역사적 고찰에 이어 「왕당파의 현 상황에 대한 소고」 2부에서는 실제적인 해결책을 제시한다. 발자크에게 있어서 정통왕정주의는 왕이 아닌 "국민의 행복을 위해 고안된 제도"이며, 소유권과 계급 제도를 기반으로 질서를 추구하는 정치다. 그리고 종교는 국민으로 하여금 고통과 노동을 받아들이게 하는 강력한 수단이다. 이 글에서 발자크가 강조하는 점은 대중을 설득하기 위해 "19세기에 걸맞은 새로운 이념으로 무장하고 싸워야 한다."는 것이다. 그러기 위해 왕당파는 이미 이루어진 대혁명의 결과를 받아들여야 했다.

발자크의 정치관과 부르봉 왕가의 복귀를 주장하는 정통왕당파의 정치적 입장 사이에는 상당한 괴리가 있다. 발자크 자신도 이에 대해 모르지 않았다. 그의 정통왕정주의는 교조적이지 않으며, 그의 전향은 당의 지원을 받기 위한 전략이었을 뿐이다. 『르 레노바테르』에 글을 기고할 당시 발자크의 행보는 그것을 증명하는 것처럼 보인다. 발자크는 7월혁명 이후인 1830년 11월 4일, 샤를 필리퐁과 함께 삽화가 들어간 주간지 『라 카리카튀르』를 창간한다. 도미에, 그랑빌, 트라비에 등 당시 최고의 명성을 날리던 풍자 화가들이 재능을 펼치던 그 잡지는, 제목이 말해주듯, 7월왕정하의 루이 필립 정부에 대해 혹독한 비판을 가하는 대표적인 자유주의파 잡지였다. 발자크는 이 지면을 통해 으젠 모리소, 알프레드 쿠드뢰, 앙리, 알렉스 드 B. 백작 등 네 개의 가명을 사용하면서 자유주의파 입장에서 정부를 비판하는 글을 싣는다. 물론 『르 레노바테르』의 협력자가 되고난 뒤 『라 카리카튀르』에 기고하는 횟수가 점점 줄어든 것도 사실이다. 그렇지만 그가 처음으로 정통왕당파로의 전향을 선포한 바 있는 「출발」은 이미 1831년 12월에 쓴 것이며, 1832년 5월에는 선거 출마를 위한 정치 팸플릿까지 써가며 정통왕당파임을 강조하지 않았던가. 그런데 그와 동시에 1832년 9월까지도 자유주의 색채가 강한 『라 카리카튀르』에 글을 썼다는 사실은 발자크의 이중성을 보여주는 대표적인 예다. 물론 『라 카리카튀르』가 당시 상당한 인기를 끌었던 잡지였던 만큼 그의 이중적 글쓰기는 평생 작가를 괴롭혔던 돈 때문이었을 것이라는 추측도 가능하다. 이 상황은 명성과 돈을 위해 저널리즘에 투신한 후, 서로 다른 이름으로 자유주의 신문과 왕당파 신문에 동시에 글을 기고했던 『잃어버린 환상』의 뤼시앵 드 뤼방프레를 연상케 한다. 그런데 여기서 주목할 것은 보수주의자들의 저널과 자유주의자들의 저널에 기고한 발자크의 글에 일관성이 있다는 사실이다. 발자크는 시종일관 왕정복고 귀족들의 잘못을 지적하는 동시에, 7월혁명 이후 루이 필립 정부의 과오를 비판했다. 귀족들의 잘못으로 왕정복고가 실패했음을 잘 아는 피츠 제임스 공작을 비롯한 『르 레노바테르』의 편집자들 역시 발자크라는 영향력 있는 작가의 글을 통해 새로운 개념으로 무장한 정통왕정주의의 가능성을 보고자 했는지도 모른다. 그러나 발자크의 글과 보수주의자들의 주장 사이에는 분명 넘을 수 없는 벽이 존재했다.

『르 레노바테르』 제2호는 「왕당파의 현 상황에 대한 소고」가 계속될 것임을 예고했지만, 더 이상의 후속편은 없었다. 그런가 하면 그 후에 쓴 「현대정치에 관하여」 역시 『르 레노바테르』에 실리지 않았다. 아마도 편집부가 그의 글을 거부했을 것이다. 발자크가 주장하는 정치적 의견이 왕당파 지지자들의 의견과 일치하지 않았기 때문이다. 발자크는 여전히 왕당파 사람들과 우호적인 관계를 유지했지만, 그들이 더는 자신을 신뢰하지 않는다는 것을 모르지 않았다. 정치에 입문할 수 있는 가능성은 점점 희박해졌다. 그는 그들이 자신을 도구로 이용할 뿐이라는 사실을 간파했다. 이제 발자크는 특정 진영을 대표하는 잡지가 아니라 문학이라는 매체를 통해 더 많은 독자에게 자신의 정치관을 표명하고자 했다. 『시골 의사』와 『랑제 공작부인』은 문학을 빌려 정치적 소신을 밝히겠다는 발자크의 의도가 엿보이는 대표적인 소설들이다.

1833년 초에 집필을 마치고 그해 7월에 출판한 『시골 의사』는 작가의 보수주의적 정치관이 전면에 드러난 작품으로 꼽힌다. 특히, '민중의 나폴레옹'이라는 제목을 단 소설의 3부에서 작가는 주인공의 입을 빌려 자신의 정치적 입장을 피력한다. 이 글에서 발자크는 민중과 선거제도에 대한 불신을 드러낸다. 민중은 정치에 참여할 능력이 없다. 따라서 민주적 선거 제도는 사회적 혼란과 무질서로 귀결되는 유해한 제도다. 발자크는 의회의 입법 기능과 의회에 의한 행정권의 통제도 반대한다. 그에 따르면 권력은 강력해야 하며, 제한된 엘리트층에 의한 정치를 통해 위계질서를 바로잡아야 한다. 그가 생각하는 이상적인 통치는 소수에게 권력이 집중되는 강력한 군주제였다. 그리고 절대적인 권력의 남용과 부패를 견제할 세력은 다름 아닌 종교다. 지금의 시각으로 보면 지극히 전근대적인 정치관이 아닐 수 없다. 그러나 200년 전, 이제 막 민주주의가 태동한 프랑스는 혼란과 격동의 시기를 지나고 있었음을 기억해야 한다. 국가의 안정을 위해 강력한 권력의 필요성을 절감한 발자크의 생각을 이해할 수 있을 것이다.

분명한 것은 『시골 의사』에서 표명되는 작가의 보수주의적 정치관이 부르봉 왕가를 지지하는 정통왕당파의 이념과는 거리가 있다는 사실이다. 종교와 군주제의 옹호라는 점에서 발자크의 주장은 정통왕당파의 입장을 따르지만, 강력한 군주를 언급할 때 그가 선택한 모델은 부르봉 왕가라기보다는 나폴레옹이기 때문이다. 정통왕정주의자임을 자처하면서 부르봉 왕가 최대의 적인 나폴레옹을 찬양하는 작가에게 당의 지지자들은 의심의 눈초리를 보내지 않을 수 없었을 것이다. 더욱이 『시골 의사』가 표방하는 보수적인 정치관에도 불구하고 그의 글에서 자유주의적인 성향을 읽어내는 것은 어렵지 않다. 그는 시종일관 잘못된 사회 구조를 비판하고, 기득권자들의 사리사욕을 위해 희생되는 민중에 대한 안타까움을 표현했기 때문이다. 따라서 당시 보수주의자들이 『시골 의사』에 곱지 않은 시선을 보낸 것은 당연한 결과였다. 발자크 연구가 중 한 명인 바르베리스의 다음과 같은 지적은 『시골 의사』에 대한 왕당파 보수주의자들의 불만을 잘 드러낸다.

> 피츠 제임스 공작의 왕당파 지지자들은 왕당파에 대한 충성의 선언이 가득함에도 『시골 의사』를 혹평했다. 그들은 아마도 지나친 생시몽의 냄새, 지나친 조직적 철학의 냄새를 맡았을 것이다. 훗날, 작품의 내용과 의미는 보수주의자들로 하여금 발자크를 항상 수상쩍은 존재로 생각하게 했다.[1]

『시골 의사』를 마치고 난 직후인 1833년 3월에 시작해 이듬해 3월에 집필을 마친 『랑제 공작부인』은 『시골 의사』와 더불어 발자크가 문학 작품을 통해 정치적 소신을 밝힌 대표적인 소설이다. 『랑제 공작부인』이 작가 개인의 삶과 부단히 얽혀 있는 만큼, 이 소설이 어떤 과정

1 Pierre Barbéris, *Balzac, une mythologie réaliste*, Larousse, 1971, p. 203.

을 거쳐 탄생하게 되었는지 살펴보자.

『랑제 공작부인』의 탄생

1829년, 발자크는 『올빼미당원들』과 『결혼 생리학』 출간 이후 파리 사교계에 입성한다. 『올빼미당원들』의 판매는 부진했지만 『결혼 생리학』이 부인들 사이에서 큰 화젯거리였던 만큼, 그는 사교계의 관심을 끌었다. 아브랑테스 공작부인의 후원과 에밀 드 지라르댕을 비롯한 문화계 인사들과의 친교는 사교계에서 입지를 다지는 데 도움이 되었다. 유명 작가인 그는 신문 잡지에도 많은 글을 기고했다. 그러던 중 1831년 7월에 발표한 『나귀 가죽』은 선풍적인 인기를 끌었다. 책이 나오자마자 나흘 만에 첫 판본 750권이 완판되었을 정도였다. 여기저기에서 발자크를 찾았고, 독일, 러시아, 영국, 이탈리아, 북유럽에서까지 그의 작품이 읽혔다. 그는 프랑스뿐 아니라 유럽에서 가장 인기 있는 작가 중 한 명이 되었다.

발자크에게는 유독 여성 독자가 많았다. 여성들은 자신을 지지하는 듯한 어조, 너그러운 표현 등이 담긴 『결혼 생리학』에 열광했다. 유럽 전역에서 편지가 밀려들었다. 오락거리라고는 책밖에 없던 시절이었다. 당시의 유명 작가는 지금의 유명 연예인과 그 위상이 다르지 않았다. 환상 속의 누군가에 열광하는 현상은 시대를 초월하나 보다.

1831년 9월 말에서 10월 초 사이, 파리의 빚쟁이들을 피해 사셰의 마르곤 저택에 도피해 있던 발자크에게 익명의 독자가 보낸 편지 한 통이 전달되었다. 발자크는 그 편지에서 예사롭지 않은 무엇인가를 느꼈다. 종이의 질, 글의 표현 양식, 글씨체 등으로 미루어 그 편지의 주인은 분명 고통과 비극을 겪은 불행한 귀족 여인이리라. 아쉽게도 그 여인이 보낸 편지는 남아 있지 않다. 발자크는 서둘러 긴 답장을 보냈다. 10월 5일에 발자크가 쓴 답장으로 미루어보아 그녀는 『결혼 생리학』에 담긴 냉소주의를 비난하는 동시에 『나귀 가죽』에 대해서도 의견을 낸 것으로 보인다. 발자크는 답장을 통해 『결혼 생리학』은 여성들을 옹호할 목적으로 쓴 책임을 강조했다. 또한, 『나귀 가죽』은 앞으로 출판될 작품의 시작에 불과하다며, 〈철학연구〉에 포함될 몇몇 작품들을 언급하기도 했다. 이렇듯 그는 이름도 성도 모르는 낯선 여인에게 자신의 집필 계획을 소개하는가 하면, 과부하고만 결혼하려 한다는 등 속내 이야기까지 털어놓았다.

발자크의 예감은 적중했다. 자신을 영국 여인이라 소개한 미지의 여인은 유럽 최고의 귀족 계급에 속하는 카스트리 후작부인이었다. 아버지 드 마이에 공작은 복고왕정 당시 귀족원 의원과 원수를 지냈으며, 11세기로 거슬러 올라가는 유서 깊은 가문의 후예였다. 어머니는 영국 스튜어트 왕가의 후손이었다. 그뿐만 아니라 외삼촌 에두아르 드 피츠 제임스 공작은 정통왕당파의 수뇌 중 한 사람이었다. 1796년에 출생한 그녀는 스무 살이 되던 해에 카스트리 후작과 결혼했다. 아름답고 총명해 사교계의 여왕이었던 그녀는 1822년 오스트리아 메테르니히 수상의 아들인 빅토르 드 메테르니히와의 스캔들로 온 파리를 떠들썩하게 했던 장본인이기도 했다. 두 젊은 연인은 세간의 이목도 아랑곳하지 않고 스위스와 이탈리아 등을 돌아다니며 살았다. 1827년에는 아들 로제가 태어남으로써 두 사람의 행복은 절정에 달했다. 그들의 행복이 너무도 완벽했던 것일까? 1829년, 후작부인은 사냥 도중 말에서 떨어지는 사고로 척추를 다친다. 불구가 되다시피 한 그녀는 대부분 시간을 긴 의자나 침대에 누워 보내야 했다. 불행은 한꺼번에 몰

카스트리 후작부인

1796~1861년

려왔다. 몇 달 후인 1829년 11월 빅토르는 폐병으로 죽고 만다. 그 이후 후작부인은 사교계를 떠나 파리에서 남쪽으로 30km 떨어진 아버지 소유의 로르무아성이나, 노르망디의 루앙 근처에 있는 케비용성에 은거하면서 독서로 시간을 보내곤 했다. 케비용성은 외삼촌 피츠 제임스 공작 소유로서, 발자크는 1834년과 1835년 이곳에 체류하면서 소설을 쓰기도 했다.

두 번째 편지에서 후작부인은 자신의 신분을 밝히고 그르넬 생제르맹가의 카스텔란 저택으로 그를 초대했다. 1832년 2월 28일, 발자크는 초대에 응한다는 답장을 보냈다. 그는 공상의 날개를 폈다. 베르니 부인이나 아브랑테스 공작부인과는 급이 다른 귀족이 아닌가! 아버지 메테르니히의 연인이었던 아브랑테스 공작부인을 차지했던 자신이 이번에는 아들 메테르니히의 연인이었던 후작부인의 사랑을 받으려 한다. 이 얼마나 흥분되는 일인가! 사랑에 빠지기 위해서는 그녀를 볼 필요도 없었다. 정성껏 몸치장하고 고급 마차에 올라 카스텔란 저택으로 가면서 그는 이미 그녀를 사랑할 결심을 하고 있었다.

세상을 등지고 살던 불행한 여인에게 유명 작가와의 만남은 그 자체만으로도 흥미로웠다. 발자크는 거의 매일 저녁 카스텔란 저택으로 갔고, 두 사람은 늦은 시간까지 대화를 나누었다. 그는 후작부인과 함께 극장에 나타났고, 부인에게 편지를 보냈다. 교정한 흔적이 담긴 자신의 원고들을 제본해 선물하기도 했다. 5월에는 후작부인을 '마리'라고 부를 수 있는 특권도 부여받았다. 오랜 꿈이 실현되는 순간이었다. 그는 2월부터 6월까지 다섯 달 동안 거의 매일 후작부인을 찾아가고 왕당파의 이익을 위해 글을 쓰면서 그녀의 호감을 사기 위해 최선을 다했다. 그러나 그녀는 우정만을 허락할 뿐, 그의 구애를 거듭 거절했다. 그러던 중 6월 초에 그는 갑자기 파리를 떠나 사셰로 간다. 대체 무슨 일이 있었던 것일까?

문제는 돈이었다. 평생을 빚에 쪼들려 돈을 빌려야만 했던 그는 유명 작가가 되자 명성이 부여한 사치와 부의 유혹에 빠져들었다. 내면에 잠자고 있던 속물적인 욕망과 허영심이 스멀스멀 밖으로 기어 나왔다. 그는 소설 속 주인공처럼 사교계의 총아가 되기를 꿈꾸었다. 엄청난 몸치장을 했고 고급 물품들을 사들였다. 여전히 많은 빚이 남아 있음에도, 그는 인세로 들어오는 것보다 훨씬 많은 돈을 펑펑 썼다. 1831년 9월, 그는 고급 말과 마차를 샀고, 월 40프랑을 주고 전속 마부도 고용했다. 드 발자크라는 귀족 이름에 걸맞게 마차에는 발자크 당크라그 가문의 문장을 새겨넣었다. 그것은 그가 태어나기도 전에 그의 아버지가 차용했던 이름이다. 귀족병에 걸린 그로서는 아버지가 만들어낸 이야기를 진짜라고 믿고 싶었을 것이다. 연미복에는 황금 단추를 달았다. 그의 친구인 재단사 뷔송은 외상으로 값비싼 양복과 조끼를 만들어 주었다. 카시니가의 아파트에는 고급 가구들을 들여놓았고, 벽에는 유명 화가들의 그림을 걸었다. 터키 술탄의 것이라는 골동품 지팡이를 들고 다니기도 했다. 발자크의 이러한 낭비벽은 그를 빚의 노예로 만들었다.

그런 그에게 시간은 곧 돈이었다. 카스트리 후작부인의 살롱과 이탈리아 극장 특별석에서 보낸 시간은 곧장 수입의 감소로 이어졌다. 반면, 파리의 멋쟁이 흉내를 내느라 지출은 눈덩이처럼 불어났다. 만기가 다가온 어음들이 배달되었고, 빚쟁이들과 집행관이 집으로 들이닥쳤다. 그는 빚쟁이들을 피해 도망치지 않을 수 없었다. 사셰에 있는 장 드 마르곤의 저택은 언제나 그에게 안식처가 되어주었다. 휴식이 필요하거나 일이 밀렸을 때면 마르곤의 저택에 체류하면서 글을 쓰곤 했던 것이다. 어머니의 애인이자 동생의 아버지였던 마르곤은 언제나

사셰의 성, 발자크 박물관

발자크를 넉넉하게 환대했다.

후작부인은 사셰에 머물던 발자크에게 사부아 지방의 휴양지인 엑스 레 뱅으로 초대한다는 전시를 여러 차례 보냈다. 그녀는 삼촌 피츠 제임스 공작과 함께 그곳에서 여름 휴가를 보낸 후 스위스를 거쳐 이탈리아로 갈 예정이었고, 발자크에게 합류할 것을 제안한 것이다. 그는 또다시 공상의 날개를 폈다. 파리에서는 남의 이목이 많아 나를 거절했던 것이 아닐까? 한적하고 평화로운 스위스라면 그녀도 자연스럽게 욕망에 굴복하지 않을까? 어쩌면 꿈이 이루어질 수도 있을 것이다. 1832년 7월 2일, 사셰에서 앙굴렘의 카로 부인에게 보낸 편지는 카스트리 후작부인에 대한 작가의 환상과 여행에 대한 망설임을 동시에 드러낸다. 카로 부인은 발자크와 순수한 우정을 나누며 오랜 시간 그에게 조언자 역할을 했던 여인이다.

> 이제 나는 엑스를 거쳐 사부아로 올라가야 합니다. … 아름다운 영혼을 소유한 천사 같은 여인. 거만하고, 상냥하고, 섬세하고, 재치 있고, 요염한 진짜 공작부인, 내가 이제까지 본 사람들과는 완전히 다른 사람이지요. … 그녀가 날 사랑한다고 말하고, 베네치아의 궁 안에 나를 가두어두려 하고, … 자기만을 위해 글을 쓰기를 원합니다. 그녀가 원하기만 한다면 무릎 꿇고 경배할 여인, 너무도 정복하고 싶은 여인입니다. 꿈의 여인!... 하지만 모든 것에 질투하는 여인이지요! 아! 그곳에서 시간과 인생을 소비하느니, 당신들과 함께 앙굴렘에서 … 분별 있고 평화롭게 웃고 떠들며 지내고 싶어요.
>
> 줄마 카로에게 보낸 편지, 1832년 7월 2일

1832년 8월, 사셰를 떠난 발자크는 앙굴렘을 거쳐 엑스 레 뱅을 향해 출발했다. 그는 가는 도중 티에르에서 마차 사고를 당해 지팡이

줄마 카로 부인

1796~1889년

를 짚고 다리를 절룩이면서 엑스 레 뱅에 도착했다. 그곳에서 그는 환대를 받았다. 후작부인은 그를 마차에 태워 카르투지오 수도원과 부르제 호수로 내려갔고,[2] 저녁이면 귀족 친구들에게 그를 소개하기도 했다. 그러나 그녀는 친절과 우정 이상은 절대로 허락하지 않았다. 여름이 끝나자 후작부인과 피츠 제임스 공작은 제네바를 거쳐 이탈리아로 여행할 채비를 했다. 그들은 발자크도 여행에 함께하기를 바랐다. 그러나 그는 망설였다. 여행 경비도 문제였지만, 무엇보다도 여행 동안 작업을 할 수 없기 때문이었다. 망설임 끝에 그는 이탈리아 여행을 결심한다. 부인에 관한 일말의 희망과 더불어 사랑하는 여인과 함께 로마와 나폴리를 본다는 사실은 거부하기 힘든 유혹이 아닐 수 없었다. 여행은 시작되었고, 10월 14일 그들은 첫 경유지인 제네바에 도착했다. 그러나 제네바에서의 열렬한 구애에도 불구하고 후작부인은 우정 이상을 허락할 수 없음을 분명히 했다. 후작부인이 끝내 발자크를 거부했던 이유는 무엇일까? 평민에게 몸을 허락할 수 없다는 귀족적 자존심? 불구의 몸을 보이기 싫어서? 세상을 떠난 옛 애인에 대한 변함없는 사랑 때문에? 그 이유는 아무도 모른다. 어쩌면 그녀는 유명 작가와의 지적 대화를 즐겼을 뿐, 그 이상의 관계는 원치 않았을지도 모른다. 그러나 발자크의 실망과 상처는 컸다.

상처 입은 발자크는 복수를 다짐하며 18일 밤과 19일 새벽 사이에 제네바를 떠났다. 제네바를 떠난 그가 도착한 곳은 파리가 아닌 퐁텐블로 숲 근처의 불로니에르성이었다. 그곳에는 그의 첫사랑 베르니 부인이 체류하고 있었다. 자기를 위해 모든 것을 희생했던 여인, 사랑의

2 카르투지오 수도원은 해발 1300m의 알프스의 깊은 산중에 자리한 수도원이며, 부르제 호수는 라마르틴의 시 「호수」의 무대가 된 곳이다. 2005년 개봉한 〈위대한 침묵〉은 카르투지오 수도원의 일상을 담은 다큐멘터리 영화다.

베르니 부인

1777~1836년

충고와 사업자금을 주었던 여인, 쉰다섯의 나이에도 여전히 그를 열렬히 사랑하는 어머니 같은 연인! 그런 베르니 부인에게서 발자크는 위안을 찾았다.

사랑의 시련은 역설적으로 풍요로운 창작을 낳았다. 절망의 외침은 우선 1832년 10월 21일에서 26일 사이, 즉 제네바를 떠난 직후에 쓴 『시골 의사』의 '고백'에 담겨 있다. 작가는 사랑하지 않으면서도 거짓과 위선과 교태로 한 남자를 농락했던 여인을 그린다. 카스트리 부인과의 스캔들을 암시하는 내용이 포함될 정도로 '고백'에는 후작부인에 대한 비난이 노골적으로 드러난다. 그러나 한 여인의 교태와 위선에 희생당했던 소설의 주인공 브나시는 그 여인에게 복수하지 않는다. 그저 작은 마을에서 가난한 주민들을 위해 봉사하면서 여생을 보낸다. 그러나 정작 『시골 의사』가 출판될 때에는 이 내용이 빠지고, '고백'은 완전히 변형된다. 1833년에 발간된 『시골 의사』의 '고백'에는 한 여인에 대한 원망이 아니라, 주인공의 젊은 시절에 대한 회한과 각성이 담겨 있다. 『시골 의사』의 집필 목적이 자신의 정치적 소신을 알리는 데 있었던 만큼, 작가는 이 소설에 개인적인 사랑 이야기가 포함되는 것은 적합하지 않다고 생각했을 것이다.

그런데 실연의 상처는 아직 아물지 않았던 것일까? '고백'을 쓰고 나서 한 달 후인 11월, 발자크는 『익살스러운 이야기』 2부 마지막에 『사랑의 절망』이라는 짤막한 이야기를 싣는다. 이 이야기는 한 여자의 사랑놀이에 농락당한 사내의 좌절과 복수를 그린다. 15세기 샤를 8세 시절, 루아르 강변의 앙부아즈성에 초대받은 피렌체의 조각가 안젤로 카파라는 자신을 유혹하면서도 정작 구애는 거절한 여인의 얼굴에 칼자국을 내어 복수한다. 그는 교수형을 언도받지만, 국왕의 특별사면으로 석방된다. 그 후 성직의 길로 들어서 추기경까지 된다. 『고백』이 침묵과 용서로 끝났다면, 『사랑의 절망』에서는 복수가 실행되었다. 이렇듯 작가가 경험한 사랑의 상처는 거의 동시에 서로 다른 두 개의 이야기를 탄생시켰다. 사건 직후에 쓰인 두 작품에는 상처 입은 작가의 마음 상태가 고스란히 담겨 있다. 그리고 이 작품들은 몇 달 후에 집필될 『도끼에 손대지 마시오』의 탄생을 예고한다. 『도끼에 손대지 마시오』는 훗날 『랑제 공작부인』으로 제목이 바뀐다.

『사랑의 절망』이 발표되고 5개월이 지난 1833년 4월, 『도끼에 손대지 마시오』 제1부가 발표된다. 소설이 완성된 것은 1834년 3월이다. 이 소설에 직접적인 복수는 없다. 그러나 작가는 소설 마지막에 공작부인을 죽게 할 뿐 아니라 그 시체를 바다에 던져버림으로써 그녀를 '아무것도 아닌 것'으로 만들어 버린다. 게다가 소설이 완성된 날로 표시된 1834년 1월 26일은 한스카 부인으로부터 사랑의 증거를 얻은 날이다. 그것도 카스트리 후작부인과의 쓰라린 추억이 담긴 바로 그 도시, 제네바에서 말이다. 실제로 소설이 완성된 것은 그로부터 두 달 후였지만 의도적으로 한스카 부인과의 '잊을 수 없는 그 날'을 표기함으로써, 작가는 한스카 부인에게 사랑의 메시지를 전하는 동시에 카스트리 부인에게는 간접적으로 복수한다.

이렇듯 『도끼에 손대지 마시오』의 집필은 작가에게 새로운 가능성을 열어 준 한스카 부인의 등장과 무관하지 않다. 『시골 의사』와 『사랑의 절망』을 끝낸 1832년 11월에 '이국의 여인'으로부터 두 번째 편지가 도착했기 때문이다. 사실 카스트리 후작부인의 첫 초대에 응하는 답장을 쓰던 1832년 2월 28일, 그의 책상에는 러시아 오데사의 봉인이 찍힌 이국 여인의 편지가 놓여 있었다. 그런데 후작부인의 초대를 받고 흥분해 서둘러 답장을 쓰느라, 멀리 러시아에서 온 편지는 뜯

한스카 부인

1805~1882년

어보지도 않았던 것이다. 사랑의 좌절로 절망에 빠져 있던 바로 그때, 그 여인으로부터 두 번째 편지가 도착했다. 우크라이나의 대부호이자 폴란드 왕족의 후예로, 카스트리 부인 못지않은 귀족 가문 출신인 한스카 부인이 보낸 편지는 상처 입은 작가의 자존심을 어루만져 주었을 것이다. '새로운 별'은 그에게 또다시 희망을 불러일으켰다.

이제 그는 더 이상 격렬한 적의를 품지 않는다. 그리고 소설은 개인적인 사랑의 실패담이 아니라, 옹색하고 반동적인 사고에 젖어 있는 복고왕정 당시 귀족에 대한 비난의 기록으로 변한다. 즉 귀족 계급의 과오를 분석함으로써 작가는 복고왕정의 멸망 원인을 밝혀내고자 한다. 1839년 『도끼에 손대지 마시오』라는 제목이 『랑제 공작부인』으로 변경된 것은 그런 점에서 의미심장하다. 도끼라는 공포의 상징이 사라지고, 귀족 계급 전체를 대변하는 한 여인의 이야기로 주제가 변형됨으로써 복고왕정 몰락의 불가피성이 강조되는 것이다. 그렇다면 발자크는 왜 이 비극적인 사랑 이야기에 굳이 자신의 정치적 견해를 담았을까? 그리고 그가 소설이라는 매체를 빌려 표현하고 싶었던 정치관은 무엇일까?

『랑제 공작부인』과 발자크의 정치관

대부분의 발자크 소설이 그렇듯이 『랑제 공작부인』도 사랑 이야기가 주를 이룬다. 소설의 무대는 복고왕정 시절의 파리다. 랑제 공작부인은 생제르맹 사교계의 여왕으로, 당시 귀족 사회의 전형적인 인물이다. 그녀는 모든 남성의 인기를 독차지하지만 정작 아무에게도 마음을 주지 않는다. 그러던 중, 북이집트와 중앙아프리카 지역을 탐험했던 몽리보 장군의 영웅적인 면모에 끌리게 된다. 그녀는 장군을 집으로 초대하고, 사교계를 잘 모르는 장군은 공작부인에게 푹 빠져버린다. 그러나 공작부인은 애교를 부리며 그를 애타게 할 뿐이다. 절망한 장군은 무도회에서 나오는 공작부인을 납치하여 감금한다. 그는 부인의 위선과 교태를 벌하기 위해 그녀의 이마에 로렌 십자가 자국을 낼 것이라 위협한다. 실제로 옆방에서는 십자가 모양의 쇠가 달구어지고 있었다. 그러나 그는 아무 행동도 취하지 않은 채 그녀를 풀어준다. 그러자 공작부인은 사교계에서의 평판 따위는 아랑곳 않고 장군을 위해 모든 것을 희생하려 한다. 그런데 이번에는 장군이 그녀의 열렬한 구애를 거부한다. 장군의 마음을 돌리려는 마지막 시도마저 실패한 공작부인은 파리를 떠나 스페인의 수도원으로 숨어버린다. 그곳에서 그녀는 랑제 공작부인이 아닌 테레즈 수녀가 되어 고행의 세월을 보낸다. 뒤늦게 공작부인의 사랑을 확인한 장군은 그녀를 찾기 위해 온 세상을 뒤지고 다닌다. 그렇게 5년이란 세월이 흘렀다. 1823년, 왕권에 대한 반란 진압을 돕기 위해 프랑스군이 스페인으로 파견되었다. 원정에 참여한 몽리보 장군은 마침내 스페인 마요르카섬의 수도원에서 그녀를 만난다. 파리로 돌아온 그는 13인당의 동료들과 함께 그녀를 납치하기 위해 치밀한 계획을 세운다. 하지만 몽리보 장군 일행이 섬에 도착했을 때 테레즈 수녀는 이미 죽어 있었다. 사랑, 협박, 납치, 모험 등 흑색 소설의 요소로 가득하면서도 시적이고 비극적인 이 소설은 많은 독자의 사랑을 받았다. 여러 차례 영화로 각색되기도 했다. 2007년 자크 리베트 감독이 소설 원작에 충실하게 각색한 〈도끼에 손대지 마시오〉는 소설 속 여성 캐릭터를 완벽하게 구현했다는 평을 받는다.

1833년 4월 1일, 『도끼에 손대지 마시오』 제1장이 『젊은 프랑스의 메아리, 기독교에 의한 진보를 위하여』에 연재되었다. 1833년 창간된 이 잡지는 정치, 종교, 예술 등의 주제를 다루는 정통왕당파 월간지였다. 편집인의 입장에서 발자크라는 인기 작가를 영입하는 것은 많은 독자를 확보하기 위한 좋은 전략이었을 것이다. 더욱이 그는 공공연하게 정통왕당파로서의 정치적 소신을 밝힌 터였다. 창간호의 발매가 당시로는 보기 드문 1만 부에 달했기에 작가도 그 제안을 마다할 이유가 없었다.

소설 제1장에서는 1823년 프랑스의 스페인 원정과 더불어 프랑스 장군이 마요르카섬의 카르멜 수도원에서 옛 애인을 만나는 장면이 전개된다. 제2장은 한 달 후인 5월 1일의 다음 호에 연재되기 시작했다. 그런데 1장에서 암시한 두 연인의 사랑 이야기를 기대했던 독자들은 실망을 금치 못했다. 사랑 이야기는 없고 정치 담론이 한없이 길게 이어졌기 때문이다. 더욱이 복고왕정 시절 귀족들의 과오에 대한 신랄한 비판은 『젊은 프랑스의 메아리』 독자들인 왕당파 지지자들이 도저히 용납할 수 없는 내용이었다. 잡지사는 작가에게 내용 수정을 요구했지만 작가는 이를 거부했다. 그 결과, 연재가 계속될 것이라는 잡지사의 약속에도 불구하고 『도끼에 손대지 마시오』는 더 이상 『젊은 프랑스의 메아리』에 연재되지 않았다. 그렇다면 『젊은 프랑스의 메아리』 편집진을 불편하게 했던 『도끼에 손대지 마시오』 제2장에 담긴 내용은 무엇이었을까?

『성 토마스 아퀴나스 교구에서의 사랑』이라는 제목이 붙은 제2장에서는 복고왕정 시절 귀족들이 범한 오류에 대한 분석과 더불어 작가의 정치관이 길게 서술된다. 언뜻 보아 이 부분은 소설 전개에 불필요해 보인다. 장황하게 이어지는 전개는 독자들을 지루하게 만든다. 작가 자신도 이를 의식한 듯 여담처럼 보이는 이 서술의 필요성을 여러 차례 강조한다. 그러나 이 여담은 사실상 소설에서 매우 중요한 부분이다. 발자크의 정치적 소신과 더불어 작가와 정통왕당파를 지지하는 귀족들 사이의 정치적 대립을 잘 드러내기 때문이다.

작가는 우선 파리의 시대별 변천사를 서술한 후 파리 한가운데 있는 생제르맹 구역의 고립성을 언급한다. 귀족들은 언제나 인구 밀도가 높은 곳을 피해 왔다. 이러한 공간적 구별은 귀족과 민중 사이의 격차를 공고히 드러낸다. 그러나 귀족들의 이러한 특권은 정당하다. 어떤 집단에서나 계급은 형성되기에 불평등은 자연스러운 것이기 때문이다.

> 어디에서건 특정한 공간에 재산이 다른 가문들을 모아보라. 반드시 상류계급이나 귀족, 그리고 제1계급, 제2계급, 제3계급이 형성되는 광경을 보게 될 것이다. 평등은 분명 하나의 권리일 테지만 그 어떤 권력자도 그 권리를 사실로 만들지 못할 것이다. 『랑제 공작부인』

이처럼 불평등은 자연법칙에 따른 것이다. 인간 사회가 필연적으로 불평등할 수밖에 없다면, 질서 유지를 위해 탁월한 사람들이 힘과 권력을 행사하며 국가를 통치해야 한다. 이는 작가가 이미 『왕당파의 현 상황에 대한 소고』와 『시골 의사』에서 표명한 주장이다. 『왕당파의 현 상황에 대한 소고』에서 작가는 "평등은 환상"임을 지적한 바 있으며, 『시골 의사』에서도 "민중의 승리가 심각한 무질서"를 야기할 것임을 경고한 바 있다. 따라서 프랑스의 안녕과 질서를 위해서는 고양된 정신과 재능을 가진 우월한 존재의 통치가 필요하다. 발자크는 귀족들의 우월성과 소유권에 기초한 특권을 인정한다. 그러나 여기서 발자크가 강조하는 것은 전체 국민의 힘이다. 귀족들이 특권을 유지하기 위해서는 국민에 대한 의무를 게을리해서는 안 되는 것이다.

> 제아무리 고귀한 혈통의 귀족이라 할지라도 국민이 그들에게 제시한 조건을 충족시키지 못한다면, 그러한 특권을 유지할 수 없게 된다. 그것은 일종의 정신적 봉토인데, 그것을 양도받은 자는 군주에 대한 의무를 수행해야 한다. 그리고 오늘날의 군주는 물론 국민이다. 『랑제 공작부인』

그는 이미 『왕당파의 현 상황에 대한 소고』에서 정통왕정주의는 왕이 아니라 국민의 행복을 위한 제도임을 주장한 바 있거니와, 국민을 일컬어 군주라 칭하고 있다. 당시로서는 얼마나 진보적인 정치관인가! 이러한 정치관이 구체제로의 회귀를 꿈꾸는 정통왕당파 귀족들의 마음에 들 리 없었을 것이다.

> 시대가 바뀌었고, 따라서 무기도 달라졌다. 옛날에는 기사들이 쇠사슬로 된 갑옷을 입고 창을 휘두르면서 잘 보이게 깃발을 들고 있기만 하면 되었지만, 지금은 통찰력이 있음을 보여주어야 한다. 『랑제 공작부인』

역사는 진보하고 정치가 추구해야 할 가치도 변화한다. 따라서 시대적 요구에 따라 정치적 이념도 달라져야 한다. 발자크에게 있어 새로운 정치는 시대의 흐름을 파악하고 시기적절하게 "사상의 옷을 갈아입을 줄 아는" 정치다. 이때 요구되는 것은 능력만 있으면 누구나 계급 상승을 할 수 있는 유연한 사회 제도다. 예술적 재능과 과학적 지식과 돈을 가진 자들에게는 새로운 귀족의 지위를 부여해야 한다. 작가는 『시골 의사』에서도 계층 이동이 용이한 사회 제도의 필요성을 강조한 바 있다. 민중의 야망에 길을 터줌으로써 혁명을 예방할 수 있다는 것이다. 그러나 불행히도 복고왕정 시기의 생제르맹 귀족들은 과거에만 매달린 채 자만심에 빠져 있었다.

발자크가 이상적으로 생각하는 정치 체제는 소수의 인물에게 권력이 집중되는 과두정치다. 이는 『랑제 공작부인』과 『시골 의사』뿐 아니라, 자신의 정치관을 밝힌 모든 글에서 일관되게 주장해 온 내용이다. 그런데 『랑제 공작부인』에서 작가가 특히 강조하는 것은 과두정치에 필요한 위대한 인물을 찾기 위해 계급을 초월해야 한다는 점이다.

> 다시 국민의 마음을 사고 위대한 과두정치 체제를 창건하기 위해, 생제르맹 귀족들은 동료 중 나폴레옹 같은 보물을 찾으려고 열심히 사방을 뒤져보았어야 했다. 자신의 배를 갈라 그 속에서 입헌주의를 지지하는 리슐리외를 찾아냈어야 했다. 동료 중 그런 천재가 없다면 냉기 도는 다락방에라도 가서 그곳에서 죽어가고 있을지도 모르는 천재를 찾아내어 자기네 편으로 끌어들였어야 했다. 『랑제 공작부인』

『시골 의사』에서도 나폴레옹을 전면에 내세우고 있지만, 발자크는 과두정치를 실현할 정치가로 필시 나폴레옹을 생각했을 것이다. 그러나 당시 그가 속한 정통왕당파 귀족들에게 나폴레옹은 입에 담아서는 안 되는 일종의 금기였다. 따라서 나폴레옹에 대한 발자크의 찬양은 그들의 심기를 무척이나 불편하게 했을 것이다. 그가 쓴 여러 정치 팸플릿에 나폴레옹이 전혀 언급되지 않았다는 사실로 보아, 발자크 역시 그것을 모르지 않은 듯하다.

한편, 발자크가 볼 때 복고왕정 시대의 생제르맹 귀족들이 범한 가장 큰 오류는 '노인정치'였다. 귀족 가문의 어른들은 "당시 시대정신에 따라 시대에 걸맞게 특권층을 재편성"했어야 했다. 그리고 젊은이들은 "제정시대나 공화국 시절의 젊고 성실하고 순수한 재능을 가진 사람들의 영향을 받아 그런 작업을 이어갔어야 했다." 그러나 모든 일에서 배제된 젊은이들은 "부인들의 살롱에서 춤을 출 뿐"이었다.

작가는 소설 지면을 통해 재능 있는 자들에게 아무런 지위도 부여하지 않은 정부에 대한 원망의 목소리를 토해낸다. 끝끝내 복고왕정은 이들에게 아무런 기회도 주지 않았다. 발자크가 볼 때 복고왕정의 가장 큰 오류는 바로 거기에 있다. 생제르맹의 귀족은 국민의 마음을 얻을 생각은 하지 않은 채, 그들과 물리적, 정신적 거리를 유지하는 데에만 신경을 썼다. 1830년의 패배는 그 결과였다.

작가의 정치관은 『랑제 공작부인』의 두 주인공, 즉 공작부인과 몽리보 후작의 세계관을 통해서도 확인된다. 랑제 공작부인은 멸망해 가는 생제르맹 구역을 상징한다. 그녀는 "탁월하지만 나약하고, 위대하면서도 하찮은, 말하자면 귀족 계급의 특징을 완벽히 지닌 그 계급의 전형으로 간주되던" 여인이다. 그녀의 문제는 교태와 위선에 있다. 그러나 그녀의 그런 자질은 생제르맹 여인들에게는 지극히 자연스러운 것이다. 다시 말해서 랑제 공작부인의 교태에는 복고왕정의 보편적인 정신이 담겨 있다. 따라서 그것은 개인적인 과오가 아니라 그 시대 귀족 계급의 과오다. 생제르맹 구역의 귀족들은 풍습과 예절을 통해서도 다른 지역 사람들과 거리를 유지하려 한다.

공작부인의 교태는 오로지 욕망을 자극하기 위한 것이다. 그녀의 몸짓은 "더 보여주기 위해 감추고, 더 감추기 위해 보여주는 암시적인 언어"[3]다. 공작부인은 장군이 처음 방문했을 때부터 실내복 차림으로 그를 맞이하고 맨발을 내보이는가 하면, 손과 머리와 이마에 입 맞추

3 Anne-Marie Baron, "*La Duchesse de Langeais* ou la coquetterie du narrateur", in *Le Courrier balzacien*, N.34, 1989, p. 10.

게 한다. 옷자락과 무릎과 발에 키스하는 것도 허용한다. 그러나 정절을 지켜야 한다는 강박에 가까운 집념 때문에 그녀는 사랑의 예비 단계에 머물 뿐, 결코 몸을 허락하지 않는다.

랑제 공작부인이 생제르맹 귀족의 전형이라면 몽리보 후작은 혁명과 제국의 아들이라 할 수 있다. 작가는 몽리보 장군의 초상을 통해 나폴레옹에 대한 사적인 호감을 드러낸다. 후작의 아버지는 혁명 시대에 공화국에 헌신하고 이탈리아 원정에서 전사한 구귀족이었다. 고아가 된 몽리보는 나폴레옹의 배려로 군인이 되어 제국에 봉사한다. 그는 강인하고 용맹하고 에너지 넘치는 '보나파르트의 군인'이었다. 과학적 탐구를 위해 목숨을 걸고 아프리카를 탐험한 바 있는 용기 있는 사내이기도 했다. 그런 자질 덕분에 그는 당시 파리 살롱을 장식했던 얼치기 청년들과 확연히 구분되면서 여성들의 인기를 끌었다. 사교계에서 공허하고 무료한 시간을 보내던 공작부인에게 그를 유혹하는 것은 권태에서 벗어날 멋진 기회였다. 그를 소개받기도 전에 부인은 그의 동반자가 되어 그와 함께 사막에 남겨지는 꿈을 꾼다.

그러나 생제르맹 귀족인 공작부인과 나폴레옹제국의 군인 몽리보 장군의 거리는 뛰어넘을 수 없을 만큼 컸기에 두 사람은 하나가 되지 못한다. 그들 사이의 거리는 우선 사랑에 대한 개념 차이에서 확인된다. 몽리보에게는 육체적 결합만이 사랑의 증거인 반면, 공작부인에게 그것은 '저속한 욕망'에 불과하다. 두 사람의 말을 들어보자.

> "공작부인, 저는 신이 여인의 마음을 증명하는 수단으로 오로지 몸을 허락하는 방법밖에 고안해내지 못한 점이 매우 유감스럽습니다." … "후작님, 저는 신이 남자의 마음을 증명하는 수단으로 놀라우리만큼 저속한 욕망을 드러내 보이는 것보다 더 고상한 방법을 고안해내지 못한 점이 매우 유감스럽습니다."

『랑제 공작부인』

공작부인은 육체적 정절을 지키겠다는 확고한 결심 하에 사랑의 사전 단계에 머물면서 그 상태를 즐긴다. 하지만 몽리보 장군에게 사랑은 정복을 위한 전쟁이다. 첫 만남부터 그는 반드시 그녀를 자기 여자로 만들겠다고 다짐한다. 그에게는 그것만이 사랑에 이르는 길이었다. 그리하여 그는 "마치 전쟁터에서 적을 향해 첫 번째 대포를 쏘듯이 단숨에 사랑을 고백하고자 그녀의 방으로 들어갔다." 그는 "무슨 짓을 해서라도" 그녀를 소유하고자 한다.

두 사람의 차이는 종교와 정치에 대한 논쟁에서 더욱 두드러진다. 정치에서 교회의 역할을 강조하는 공작부인의 주장은 작가가 이미 표명한 바 있는 정치관과 일치한다.

> "종교란 언제나 정치적으로 필요하답니다. … 국민으로 하여금 논리적으로 따지지 못하게 하려면 그들의 감정을 부추겨야 해요. … 분명, 도덕적 사유로 국민을 인도하는 것이 공포시대처럼 단두대로 인도하는 것보다 훨씬 바람직하지 않겠어요? 단두대란 당신네 고약한 혁명이 국민을 복종시키기 위해 고안한 유일한 방법이었죠."
> 『랑제 공작부인』

이에 대해 몽리보는 반론을 제기하면서 대혁명의 결과를 부정하는 생제르맹 귀족들의 오류를 비판한다.

> "당신들의 궁정이, 당신들의 정부가 그리 생각한다면, 정말 한심하군요. … 어느 날 당신들이 더는 혁명에서 생긴 이익을 보장하는 보증에 불과한 인권선언을 지키기를 원치 않는다고 확신하게 된다면, 혁명은 다시 무섭게 일어

> 날 겁니다. … 혁명이 프랑스 땅을 떠나는 일은 없을 것입니다. 프랑스에서 혁명은 프랑스 땅 그 자체입니다." 『랑제 공작부인』

공작부인이 지적하듯 그들은 정치적 신념이 다르며, 생제르맹 귀족들의 눈에 몽리보의 정치적 사상은 불온하게 보일 수밖에 없다. 그들의 이념적 거리는 그들의 결합을 방해한다. 그러나 강력한 통치를 위해 종교를 이용해야 한다는 공작부인의 주장이나 혁명정신을 계승해야 한다는 몽리보 장군의 주장은 모두 발자크라는 작가의 정치관을 대변한다. 이렇듯 발자크의 정통왕정주의는 진보적인 역사관을 배제하지 않음을 우리는 『랑제 공작부인』을 통해 다시 한번 확인할 수 있다. 그런 점에서 그의 보수주의는 샤를 10세의 손자인 앙리 5세를 군주로 옹립하고자 하는 정통왕당파들의 그것과는 현격한 차이를 보인다. 그가 원했던 것은 나폴레옹 같은 강력한 군주가 통치하는 과두정치였지 부르봉 왕가의 부활은 아닌 것이다. 이렇듯 나폴레옹과 혁명정신에 대한 견해 차이는 정통왕당파와 발자크의 기본적인 차이로 지적될 수 있다.

*

발자크의 정치관을 살펴보기 위해 우리는 1830년 이후의 발자크 행보를 따라왔다. 정통파로 전향하기 전 그는 구체제의 풍습과 제도를 신랄하게 비판하면서 혁명 사상과 공화국 이념에 동조했던 것이 사실이다. 그렇다면 1831년 정통왕당파로 전향한 이후의 발자크는 이전의 발자크와 완전히 달라졌을까? 『랑제 공작부인』의 독서를 마친 독자들은

1830년 이전과 그 이후의 발자크 생각이 사실상 크게 바뀌지 않았음을 발견하게 된다. 평등 사상을 거부하고 계급을 인정하면서 강한 권력을 가진 사람의 통치를 주장하지만, 왕정복고 당시의 시대착오적인 귀족들을 비판하고, 나폴레옹을 찬미하며, 혁명 정신을 존중하는 등 그의 정치관은 기본적으로 변한 것이 없기 때문이다. 그렇다면 발자크의 정치관은 그 자체로 모순적이 아닌가? 보수주의적 성향과 더불어 진보적이고 자유주의적인 성향이 공존하고 있으니 말이다. 그러나 사실 발자크에게 정통왕정주의냐 자유주의냐, 보수냐 진보냐 등의 논쟁은 아무런 의미가 없다. 그는 그 모든 것을 뛰어넘고자 했다. 그리고 그에게는 문학이라는 무기가 있었다. 그는 문학을 통해 모든 정당의 문제점을 지적하면서 보수도 진보도 아닌 자신만의 목소리를 내고 싶었던 것이리라.

그런 의미에서 1834년은 작가에게 새로운 전환점이 되었다. 그는 이제 정치 활동을 하지 않고, 저널리즘에서도 멀어진다. 언론과 정치 팸플릿을 통해 정치에 직접 참여하는 시대는 이제 지났다. 그는 더 높은 차원의 매체인 문학이라는 예술을 통해 자유롭게 작가의 목소리를 전하고자 한다. 그는 작가로서의 소명의식을 가지고 오로지 소설 창작에 몰두한다. 『페라귀스』, 『랑제 공작부인』, 『으제니 그랑데』, 『절대 탐구』, 『황금 눈의 여인』, 『세라피타』, 그리고 『고리오 영감』 등 주옥 같은 작품들은 바로 이 시기에 탄생했다. 또한 『19세기 프랑스 작가들에게 보내는 편지』[4]에서 작가협회 결성을 촉구하면서 작가의 권리를 위해 투쟁한 것도 바로 이 무렵의 일이다.

작가로서의 소명에 대한 자각과 동시에 그는 자신의 작품 전체에

4 이 편지는 1834년 11월 2일 『르뷔 드 파리』에 실렸다.

하나의 통일성을 부여하겠다고 생각한다. 일종의 '계시'와도 같은 그 생각은 『인간극』 탄생을 예고한다. 아직 제목은 등장하지 않지만, 그 서문 역시 그로부터 8년이 지난 1842년에 가서야 쓰이지만, 『인간극』 창작에 대한 계획은 무르익어가고 있었다.

제4장

19세기 과학과 발자크

그것은 과학에 대한 도전장이었다.

『루이 랑베르』

과학의 시대

19세기는 과학의 시대였다. 과학에 대한 관심은 전문가뿐만 아니라 대중 사이에서도 확산되었다. 특히 1783년, 몽골피에 형제가 발명한 열기구가 사람을 태우고 비행한 사건은 일반 대중을 흥분의 도가니로 몰아넣었다. 하늘을 날고 싶다는 인류의 오랜 꿈이 실현된 것이다. 프랑스인은 열광했고 상상의 나래를 폈다. 과학에 대한 경외심은 종교적 열정에 가까웠다. 로버트 단턴은 당시 대중의 열기를 다음과 같이 전한다.

> 여성들은 열기구 모자를 썼고, 아이들은 열기구 과자를 먹었다. 시인들은 열기구에 대한 시를 지었고, 공학자들은 과학아카데미가 후원하는 상을 받기 위해 열기구 제조와 비행에 관한 수많은 논문을 썼다. … 귀환한 비행사들은 군중의 환호를 받으며 도시를 행진했다. 『혁명 전야의 최면술사』

프랑스인에게 열기구 비행은 과학의 중요성을 알리는 계기가 되었다. 사람들은 언제 어디서나 과학을 말했고, 부자들은 직접 실험실을 차려 연구를 했다. 물리학, 화학, 자연사는 열광의 대상이었다.

청년 발자크는 이러한 지적 흐름에 동참했다. 그는 이미 방돔 기숙학교 시절에 수업과 독서를 통해 폭넓은 과학 지식을 습득했을 것으로 추측된다. 발자크는 여덟 살부터 열네 살까지 6년을 그곳에서 보냈다. 당시 방돔학교 도서관의 도서 목록에는 산술, 수학, 천문학, 점성학, 광학, 유체역학, 통계학, 수리학, 물리학, 화학 등 모든 분야의 과학 서적이 포함되어 있었다. 특히 물리학 관련 서적이 많았다. 물리학에서 이름을 날린 장 필리베르 드세뉴가 그 학교의 교장이었으니 아마도 그의 영향 때문이었을 것이다.

파리 정착 이후, 발자크는 과학 서적을 탐독했으며 파리 자연사 박물관에서 고생물학자 퀴비에의 비교해부학 강의를 들었다. 작가는 자전적 소설 『루이 랑베르』의 주인공 루이의 입을 빌려 "인간과 신 사이에 실제로 존재하는 관계를 규정하기 위해" 과학을 연구한다고 말했다. 과학은 초자연적인 현상을 이해하기 위한 수단이었던 것이다. 당시로서는 지극히 자연스러운 생각이었다. 18세기 유물론자의 후예인 발자크는 인간과 신의 관계를 합리적이고 실증적인 방식으로 증명할 수 있어야 한다고 생각했고, 그러기 위해서는 과학을 연구해야 했다.

과학에서 형이상학에 대한 답을 구하고자 했던 발자크는 과학 이론가를 꿈꿨던 것으로 보인다. 1834년 10월 26일, 한스카 부인에게 보낸 편지에서 "시 연구와 더불어 하나의 시스템으로 모든 것을 설명한 후, 『인간의 힘에 관한 에세이』에서 과학을 연구"하겠다는 포부를 밝히기도 한다. 1832년 누이동생과 줄마 카로에게 보낸 편지에도 동일한 내용이 포함된 것으로 보아, 그는 이미 오래전부터 그런 생각을 품고 있던 것으로 보인다. 그가 말한 에세이는 과학 지식을 습득한 후 집

방돔 기숙학교

현재 방돔 시청으로 사용되는 건물 벽에는 발자크가 이 학교 학생이었다는 팻말이 있다.

필하고자 했던 과학 이론서였을 것이다. 『루이 랑베르』의 루이는 방돔 기숙학교의 기숙사 방에서, 그리고 『나귀 가죽』의 라파엘은 파리의 다락방에서 『의지론』의 집필을 시도하지 않았던가. 그들이 쓰고 싶었던 『의지론』이 작가 자신이 꿈꾸던 바로 그 책임은 의심의 여지가 없다. 그는 '의지'의 중요성을 강조하면서 '의지'의 효과를 분석하고 '의지'의 본질에 대한 이론을 정립하고자 했다. 라파엘은 "라바터, 갈, 비샤의 연구를 보완함으로써 인문과학의 새로운 길을 열고자" 했으며, 루이는 '의지의 화학자'가 되고 싶었다. 라바터는 스위스의 물리학자이고, 갈은 뇌 기능 연구의 선구자인 독일의 생리학자다. 비샤는 프랑스의 생리학자이자 해부학자다. 그러나 루이도 라파엘도, 그리고 발자크 자신도 결국 위대한 과학 저서가 될 그 책을 쓰지 못했다. 아마도 과학 지식의 부족함을 깨달았기 때문이었을 것이다. 과학 이론서는 쓰지 못했지만, 그는 과학을 소재로 한 소설 『절대 탐구』를 남겼다.

『절대 탐구』와 화학

1834년에 발표한 『절대 탐구』는 금강석 제조를 꿈꾸었던 한 화학자의 이야기다. 발타자르 클라에스는 프랑스 북쪽에 위치한 플랑드르 지방 도시 두에의 명문 부르주아 가문 출신이었다. 그는 고향에서 부유하고 행복한 삶을 영위하고 있었다. 그러던 어느 날, 한 폴란드 과학자가 그를 방문한다. 그 과학자는 발타자르에게 원소를 분해함으로써 물질의 원칙을 발견할 수 있다는 이론을 설명하면서 당시 과학계의 동향을 전한다. 그날의 대화는 잊고 있던 화학에 대한 발타자르의 열정을 깨우는 계기가 된다. 과거 파리 유학 시절 발타자르는 라부아지에의 제자였고, 그와 함께 화학을 공부했었다. 폴란드인이 떠난 후, 그는 화학 실험을 위해 파리에서 온갖 실험도구를 사들인다. 그리고 하인과 함께 실험실에 틀어박혀 금강석 제조에 열중한다. 실험에 몰두한 그는 가족을 소홀히 한다. 게다가 실험을 위한 과도한 지출로 가정은 파산하기에 이른다. 그는 화학 실험을 통해 모든 물질의 근원인 '절대'를 찾기 위해 노력하지만 성공하지 못한 채 죽는다.

소설은 주로 발타자르가 과학 실험을 위해 재산을 탕진하면서 가족이 파멸하는 과정을 그린다. 하지만 이 소설에는 19세기 당시의 화학적 성과가 모두 담겨 있다. 발타자르의 과학 지식은 당시 과학적 성과와 일치한다. 그의 과학 실험은 당시 과학자들의 실험을 그대로 모방한 것이다. 왜 화학이었을까? 사실 『절대 탐구』를 쓰기 전 발자크의 화학 지식은 보잘것없었다. 다만 발자크가 이 책을 쓰던 당시, 화학은 최고의 과학이었고 그중에서도 프랑스는 화학이 고도로 발전한 나라였다. 근대 화학의 아버지라 불리는 라부아지에가 현대적 의미의 원소 개념을 체계화한 후, 여기저기에서 화학 실험이 이루어졌다. 돈 있는 귀족이나 부르주아들은 집에 실험실을 차려놓고 이것저것 끓여보면서 실험에 몰두하곤 했다. 연구서들이 발간되었으며 대중을 위한 책도 쏟아져 나왔다. 잡지에도 화학 관련 기사가 많이 실렸다. 당시 카페 손님들에게 화학은 인기 있는 토론 주제였다. 발자크는 대중의 욕구를 읽을 줄 아는 작가였다.

발자크가 화학을 소재로 소설을 쓸 생각을 한 것은 1834년 6월이다. '절대'라는 용어는 1817년에 물의를 일으킨 '절대' 판매 관련 소송에서 가져왔다. 과학적 진실의 근원인 '절대'의 비밀을 발견했다고 주장한 폴란드 수학자 브롱스키가 니스의 한 은행가를 고소한 사건이 바로 그것이다. 그 은행가는 '절대의 비밀'을 사기로 해놓고 돈을 지불하지 않았던 것이다. 이 사건은 언론에 대서특필되면서 세간의 주목을 받았다. 소설의 마지막 부분에 나오는 발타자르의 딸 마그리트와 사위 에마뉴엘의 대화 장면은 '절대'라는 용어의 출처를 암시한다.

> 신문을 넘기던 에마뉴엘은 "절대의 발견"이라는 단어를 발견하고는 놀라움을 금치 못했다. 그는 절대를 발견한 폴란드 수학자의 절대 판매와 관련된 소송이 담긴 그 기사를 마그리트에게 읽어주었다. 『절대 탐구』

그러나 발자크는 그 사건에서 '절대'라는 용어를 가져왔을 뿐, 브롱스키의 이론은 소설 내용과는 무관하다. 그렇다면 금강석 만들기라는 주제는 어디서 왔을까? 아주 오래전부터 연금술사들은 금을 만들고자 했다. 하지만 성분을 알 수 없는 금강석 제조에 대해서는 꿈도 꾸지 못했다. 그러다가 1820년경부터 금강석 성분에 관한 연구가 활발해지기 시작했다. 라부아지에는 금강석의 성분이 순수 탄소임을 발견했고, 프랑스 화학자 기통 드 모르보와 영국의 화학자 험프리 데이비는 그 주장을 확인했다. 그 이후 사람들은 금강석 제조를 시도했으나 번번이 실패했다. 그러던 중 언론을 떠들썩하게 한 '금강석 사건'이 발생했다. 1828년, 장 니콜라 가날이라는 화학자가 과학아카데미에 금강석 제조에 성공했음을 알린 지 불과 일주일 만에 물리학자 샤를 카니아르 드 라투르는 가날과 다른 방식으로 금강석을 만들었음을 주장한 것이다. 두 발명가를 중재한 인물은 과학아카데미 회원인 천문학자 프랑수아 아라고였다. 그는 두 사람의 제조 방식이 다르기 때문에 특허권은 문제가 되지 않는다고 했다.

그와 더불어 아라고는 또 한 사람의 화학자도 금강석을 만들고 있다는 사실을 전한다. 그 무명의 화학자는 볼타전지를 사용하여 유황

탄소를 분해하고 있다는 말도 덧붙인다. 그런데 소설 속 발타자르가 시도했던 금강석 제조 방식은 바로 그 화학자의 방식, 즉 볼타전지를 가지고 유황탄소를 분해함으로써 탄소를 결정화시키고자 했던 방식이다. 가산을 탕진한 후 실험을 포기하고 영국으로 떠나기 전, 발타자르는 "볼타전지의 전선 두 개가 꽂혀 있는 용기 앞에서" 걸음을 멈추고 다음과 같이 말한다.

> 이 실험의 결과를 좀 더 기다려보았어야 했는데... 탄소와 유황의 결합 안에서 탄소는 양전기를 띠는 역할을 하고, 결정은 음극에서 시작될 터였지. 그리고 분해될 경우 탄소는 결정화 상태를 유지했을 거야. 『절대 탐구』

그 화학자의 이름은 아드리앵 장 피에르 틸로리에다. 그는 처음으로 고체 이산화탄소, 즉 드라이아이스를 생성한 프랑스의 발명가다. 그는 항상 새로운 실험을 하고 새로운 기구를 발명했던 사람이다. 발타자르가 금속을 환원하는 실험을 할 때 사용했던 압축공기 기계 역시 그의 발명품이다. 발자크는 바로 이 틸로리에의 연구로부터 영감을 받았을 것이다. "유레카!"라고 외치며 죽어 간 발타자르의 운명은 새로운 실험 결과의 비밀을 가슴에 안고 죽은 틸로리에의 운명을 연상시킨다. 틸로리에와 발자크의 친분에 대해서는 알려진 바 없다. 아마도 발자크는 당시 친하게 지내던 천문대의 프랑수아 아라고를 통해 그 화학자의 이야기를 들었을 것이다. 그렇다면 발자크는 아라고를 어떻게 알게 되었을까?

1834년 당시 프랑수아 아라고는 파리천문대에 거주하는 그곳의 관측소장이었다. 그의 누이동생 마그리트는 천문대 학자인 마티유와 결혼하여, 아내를 잃은 아라고와 그의 세 아들, 즉 에마뉴엘, 알프레

149 - PARIS (5e) - Observatoire de Paris
Paris Observatory
Dans le fond, le Panthéon
et le Val-de-Grâce

파리천문대

1667년

드, 가브리엘을 돌보며 함께 살았다. 아라고의 동생 에티엔과 자크도 자주 와서 함께 식사하면서 유쾌한 시간을 보내곤 했다. 일간지 『피가로』의 발기인이기도 한 에티엔 아라고는 발자크가 가명으로 소설을 쓰던 1821년경부터 알고 지내던 사이였다. 두 사람은 『비라그의 유산』이라는 소설을 공동 집필할 정도로 가까웠다. 따라서 그가 발자크를 형에게 소개했을 것이다. 아라고 가족 모임에는 천문학자이자 과학아카데미 회원이었던 펠릭스 사바리도 종종 참석했다. 사바리는 발자크가 『나귀 가죽』을 쓰던 1830년 당시 과학 관련 부분에 대해 조언을 해주었던 천문학자다. 발자크는 그에게 『나귀 가죽』을 헌정했다.

발자크가 언제부터 천문대에 드나들었는지는 모른다. 하지만 1828년부터 1836년까지 천문대에서 불과 5분 거리의 카시니가에 살았으니, 발자크의 천문대 왕래는 분명 그 무렵이었을 것이다. 발자크의 작품과 편지 곳곳에는 아라고의 이름이 등장한다. 『나귀 가죽』의 라파엘은 자신이 아라고의 제자임을 여러 번 밝히고 있다. 『무명의 순교자』에서는 경도연구소의 보고서를 인용하면서 그 보고서를 쓴 천문학자가 아라고임을 암시한다. 또한 동생 로르의 남편 으젠 쉬르빌은 1834년 12월 2일 발자크에게 보낸 편지에서 아라고를 만나게 해달라고 부탁했고, 발자크는 9일 누이에게 "내일 아라고에게 물어보겠다." 라고 답한다.

한편, 1834년 5월 30일, 언론인 샤를 라두는 발자크에게 "그 일을 진척시키기 위해 에마뉴엘과 함께 모임에 참석하길 바란다."라는 편지를 보낸다. 에마뉴엘은 프랑수아 아라고의 아들이며, '그 일'은 연극과 관련된 일을 말한다. 발자크는 분명 그 말을 전하러 에마뉴엘이 살고 있던 천문대로 갔을 것이다. 1812년생으로 당시 매우 젊었던 에마뉴엘 아라고는 과학자 아버지와 작가 삼촌 등에 둘러싸여 학구적이면서도 자유로운 분위기에서 자랐고, 연극에 관심을 보였다. 당시 그는 연극계에 투신할 생각이었으며, 발자크는 젊은 에마뉴엘에게서 극작가의 자질을 보았을 것이다. 훗날 그는 변호사이자 정치가가 된다.

발자크가 에마뉴엘을 만나기 위해 천문대를 방문한 시기는 1834년 6월로 『절대 탐구』 집필을 구상하던 시기와 일치한다. 아라고는 유명 작가 발자크와의 대화를 즐겼다. 당시 아라고의 학문적 관심은 무엇이었을까? 그는 오래전부터 증기기관 연구에 흥미를 보였다. 제임스 와트 등의 영국학자들이 증기기관 발명의 우선권을 주장하자, 그는 증기기관의 역사를 연구하기 시작했다. 그러고는 영국보다 먼저 프랑스에서 증기를 통한 압축기계를 사용했음을 발견했다. 1834년 6월 16일, 아라고는 과학아카데미에서 산성탄소의 액체화 연구에 성공한 틸로리에의 편지를 읽는다. 특별한 기계 덕분에 그는 산성탄소의 액체화에 성공하였고 그것은 증기기관 발전에 놀라운 기여를 할 터였다. 게다가 '절대를 발견했다'고 주장한 폴란드 수학자 브롱스키도 증기를 연구하고 있었다. 아라고는 브롱스키의 연구에도 관심을 보였다. 아마도 그는 천문대를 방문한 발자크에게 브롱스키와 틸로리에의 연구 성과를 이야기했을 것이다. 즉 6월 발자크의 천문대 방문시 아라고와의 대화가 『절대 탐구』의 불씨가 되었을 가능성은 매우 크다. 발자크는 아라고와의 대화를 통해 화학자가 주인공이 되는 소설을 쓸 결심을 했을 것이다. 그러나 그는 아직 화학에 대해 무지한 상태였다. 그렇다면 누구에게서 화학을 배웠나?

발자크에게 실질적으로 화학을 가르쳐 준 학자는 에르네스트 로지에다. 1834년 당시 스물두 살이었던 에르네스트 로지에는 공과대학을 졸업한 후 아라고의 조수로 있었다. 그는 발자크에게 화학을 가르치고 관련 자료를 찾아주는 등 여러모로 도움을 주었다. 발자크는 자신이 로지에에게 큰 빚을 졌음을 모르지 않았다. 그는 "로지에에게, 화학에 대해 아는 것이 별로 없었던 작가의 감사를 담아"라는 헌사와 함께 『절대 탐구』의 첫 판본을 그에게 헌정했다. 『절대 탐구』를 쓰기 시작하던 무렵 스스로 인정하듯 "화학에 대해 아는 것이 별로 없었던" 발자크는 화학 공부를 해야 했다. 『절대 탐구』의 집필을 마친 직후인 1834년 10월에 한스카 부인에게 쓴 편지를 읽어보자.

> 과학아카데미의 두 친구가 내게 화학을 가르쳐 주었어요. 책이 진정으로 과학적이 되기 위해 그들은 실험 내용을 10번, 12번씩 다시 쓰게 했답니다. 베르셀리우스를 읽어야 했습니다.
>
> 『한스카 부인에게 보낸 편지』. 1834.10.18.~19.

과학아카데미의 두 친구 중 한 명은 프랑수아 아라고이고, 또 다른 한 명은 바로 에르네스트 로지에다. 그는 훗날 천문학자가 되었고 1843년 펠릭스 사바리의 후임으로 과학아카데미 회원이 된다. 1834년에 발자크가 과학자 두 명을 언급할 당시만 해도 로지에는 아카데미 회원이 아니었다. 아마도 발자크는 언젠가 로지에가 아카데미 회원이 될 거라고 믿었을 것이다. 발자크와 로지에가 주고받은 편지 두 통은 발자크가 카시니가를 떠난 후에도 계속된 그들의 우정을 증명한다. 하나는 '옛 이웃'이었던 발자크가 로지에에게 쓴 것으로, 자신의 친지에게 천문대를 구경시켜달라고 부탁하는 편지다. 다른 하나는 페루 광산 투자에 대해 조언을 구하는 발자크 편지에 대한 로지에의 답장이다. 1840년 7월 7일에 쓴 그 편지에서 로지에는 투자를 만류하고 있다.

발자크는 로지에의 충고에 따라 옌스 야코브 베르셀리우스를 읽었다. 스웨덴의 화학자 베르셀리우스는 원소 표기법을 만듦으로써 현대 화학에 크게 공헌했다. 베르셀리우스의 이름은 『절대 탐구』에 나오지 않는다. 그러나 소설에서 언급되는 화학 이론은 베르셀리우스의 『화학론』을 그대로 베끼다시피 한 것이다. 발타자르는 폴란드 장교의 방문시, 설탕물 한 컵에서 공통의 관심을 발견함으로써 화학을 논하기 시작한다. 그런데 화학을 유기 화학과 무기 화학으로 나눈 것이나, 원소 수가 53개라는 주장, 그리고 친화력과 결정 화학에 대한 논의 등 그들의 대화에서 제기된 내용은 모두 베르셀리우스가 주장한 것이다. 게다가 폴란드 장교와 발타자르가 시도한 실험 세 가지는 베르셀리우스가 『화학론』에서 언급한 실험과 일치한다.

폴란드 장교의 첫 번째 실험은 설탕, 아라비아고무, 전분을 가루로 내어 비교한 실험이다. 세 가지 물질을 가루로 만들면 서로 유사한 물질이 생기며 분석의 결과도 동일하다. 이처럼 서로 다른 세 가지 물질의 유사성으로부터 폴란드 장교는 "자연에 존재하는 모든 물질에는 동일한 성분이 존재"하며, 모든 유기물은 질소, 수소, 산소라는 세 개의 기체와 탄소라는 고체, 즉 4원소로 환원된다는 결론을 내린다.

두 번째 실험은 질소를 분해한 발타자르의 실험이다. 질소는 단일원소인가 합성소인가에 대한 논의는 라부아지에 이후 가장 많은 학자의 관심을 끌었던 주제였다. 베르셀리우스는 질소 분해 실험을 제시하면서, 질소는 산소와 알 수 없는 어떤 다른 물질로 구성되어 있다는 조심스러운 주장을 편다. 질소의 분해는 발자크의 상상력을 자극했다. 발자크의 화학자 발타자르는 질소 분해에 성공한다. 그리고 베르셀리우스가 신중하게 제시한 주장을 확실한 이론으로 받아들인다.

세 번째 실험은 폴란드 장교의 물냉이 실험이다. 그는 하나의 유기물인 물냉이의 씨를 단일원소인 유황 속에 심고 증류수만을 주어 길렀다. 그렇게 여러 번을 반복해서 기른 식물을 불태워 분석한 결과, 그

재 속에서 규산, 산화알루미늄, 인산칼슘, 탄산칼슘, 탄산마그네슘, 유산염, 탄산칼륨, 산화철 등의 성분이 추출되었다. 이것들은 유황에도 증류수에도 공기 중에도, 그리고 식물에도 포함되지 않았던 성분이다. 이 실험으로부터 베르셀리우스는 재에서 추출된 다양한 성분은 모든 물질에 존재하는 '공통된 요소'로 구성된 것일 수 있다는 가정을 한다. 연소 과정에서 그 요소들이 합성되어 다양한 복합 성분을 만들어낼 수 있기 때문이다. 그러나 실험 결과에 대한 폴란드 장교의 해석은 베르셀리우스의 그것과 다르다. 그는 물냉이라는 식물에도 환경으로 작용한 물이나 공기나 황에도 존재하지 않는 무기물의 성분들이 추출되었다면, 그것은 어떤 '하나의 공통된 요소'가 작용했기 때문이라는 결론을 내린다.

세 번에 걸친 실험을 통해 살펴본 발자크 작품 속 과학자들의 대담함은 스웨덴 학자의 신중함과 거리가 있다. 그뿐만 아니라 발자크는 베르셀리우스의 이론을 가볍지만 심각하게 변형시킨다. 특히 물냉이 씨에 대한 최종 해석은 베르셀리우스의 해석과 완전히 다르다. 베르셀리우스는 과학적 신중성을 가지고 모든 물질에 존재하는 공통된 요소들을 가정하면서, 그 가정을 확인된 사실로 여겨서는 안 된다고 말한다. 그러나 발자크는 그가 말한 '공통된 요소들'을 '하나의 공통된 요소'로 바꾼 후 그 가정을 기정사실화한다. 물냉이 실험 후 폴란드 장교는 이렇게 외친다.

> "반박의 여지가 없는 이 실험을 통해 나는 절대의 존재를 확신하였소! 오직 하나의 힘에 의해 변형되는, 모든 창조물에 공통된 물질이 존재한다는 사실. 그것이 '절대'에 의해 제공되는 문제에 대한 명확하고 확실한 입장이요. 나는 그것을 탐구할 수 있을 것 같소." 『절대 탐구』

발자크가 베르셀리우스의 이론을 변형해가면서까지 집요하게 추구했던 '모든 창조물에 공통된 하나의 요소'는 연금술사들이 추구했던 만능의 씨, 혹은 현자의 돌을 연상시킨다. 베르셀리우스는 고대 연금술을 부정한다. 그러나 발자크는 베르셀리우스의 화학에 연금술을 가하여 그 나름의 화학을 만든다. 발자크가 화학에 유별난 관심을 보였다면 그것은 화학에서 연금술적 요소를 보았기 때문일 것이다. 발자크가 묘사한 발타자르는 고대 연금술사를 닮았고, 그의 실험실 분위기는 연금술사의 실험실처럼 신비롭고 환상적이다.

『절대 탐구』 집필을 마치고 2년이 지난 후에 쓴 『뤼기에리의 비밀』을 통해 우리는 다시 한번 연금술에 대한 발자크의 집착을 읽게 된다. 『뤼기에리의 비밀』은 1846년 발표한 『카트린 드 메디치에 대하여』에 삽입된다. 그런데 발자크에게 연금술이란 단순히 금을 만들고, 영생을 추구하는 것을 의미하지 않는다. 연금술사 로랑 뤼기에리가 주장하듯 발자크의 연금술이 추구하는 것은 근원이 되는 하나의 원소를 찾아내고, 태초의 운동 법칙을 알아내는 것이다. 연금술사 로랑 뤼기에리의 말을 들어보자.

> 근원이 되는 하나의 원소가 존재한다. 스스로 행동하는 지점에 있는 그 원소를 포착해보자. 그 지점에서 그것은 하나다. 그것은 창조물이기 전에 원소이며, 결과이기 전에 원인이다. 이 미미한 입자 앞에 서게 되면, 그리고 그 태초의 움직임을 포착하게 되면, 우리는 그 법칙을 알게 될 것이다. 그렇게 되면 우리는 이 세상을 얻기 위해 금을 소유할 수 있을 것이며, 생을 즐기기 위해 수 세기를 살 것이다. 바로 이것이 우리가 추구하는 바이다.
>
> 『카트린 드 메디치를 위하여』

태초의 비밀을 알고 그 법칙을 이해하는 것, 그것은 생명체의 비밀을 아는 것이다. 이제 우리는 발자크의 동물자기(動物磁氣)에 대한 관심을 이해할 수 있다. 보고 만지고 분석할 수 있는 것만을 신뢰하던 18세기 유물론자의 후예 발자크에게 자기의 효과로서의 최면은 생명체의 비밀에 대한 과학적인 해답을 줄 수 있는 최고의 학문으로 여겨졌다. 최면 상태에서 일어나는 영혼과의 직접적인 교감이야말로 신과의 소통 가능성을 증명하는 과학적 증거라고 보았기 때문이다. 발자크는 루이 랑베르의 입을 빌려, 자기학이 자연의 모든 현상을 설명해 줄 수 있는 학문이라 주장한다. 이제 자기학에 대한 발자크의 관심을 들여다보자.

동물자기와 형이상학

발자크는 『인간극』 서문에서 동물자기를 연구한 시점을 1820년으로 명시한다. 하지만 그는 이미 방돔 기숙학교 시절부터 동물자기에 대해 알고 있었을 가능성이 높다. 물리학자였던 드세뉴 교장이 메스머의 동물자기 이론에 완전히 빠져 있었으니, 학생 발자크는 분명 자기론에 대한 그의 강의를 들었을 것이다.

사실 그 당시 자기학에 관한 발자크의 관심은 특별한 것이 아니었다. 로버트 단턴은 그의 저서 『혁명 전야의 최면술사』에서 모든 물체에 침투할 뿐 아니라 물체 주변을 에워싸고 있는 유체와 그 에너지에 대한 사람들의 열광을 언급한다. 동물자기와 최면에 대한 열기는 프랑스 전역을 휩쓸었다. 과학아카데미와 왕립의학회의 유죄판결에도 불구하고 혁명기, 제정기, 그리고 복고왕정기 동안 동물자기는 놀라울 정도로 유행했다. 당시 문인과 철학자들이 모인 살롱에서 동물자기는 가장 인기 있는 주제였다. 어디서나 동물자기를 이야기했다. 이렇듯 동물자기에 대한 발자크의 관심은 당시 유럽 전역에 퍼진 열기를 반영한다.

동물자기론은 18세기 말 독일 의사인 프란츠 안톤 메스머가 제창하고 프랑스에 도입한 이론이다. 메스머에 따르면 우주는 보이지 않는 유체로 가득 차 있다. 그 유체는 행성들 사이에 존재하는 중력의 매개체로 존재한다. 우주가 그러하듯 모든 생명체는 보이지 않는 유체로 가득하며, 그 유체는 신체 안에서 순환한다. 메스머의 이론은 우주의 에너지가 인간의 육체에 행해지는 기운이라는 점에서 우주론적이다. 그는 이 이론을 질병 치료에 적극적으로 활용했다. 그는 유체의 순환이 원활하면 건강을 유지할 수 있지만, 그렇지 못할 경우에는 질병을 초래한다고 주장했다. 그러므로 유체가 올바르게 순환하도록 도와준다면 병은 치료될 수 있다. 치료사의 역할은 환자의 몸 안에 있는 유체의 흐름을 원활하게 해주는 것이다. 치료사는 통증이 있는 지점을 자기화된 막대기로 가볍게 친다. 그러면 그 자기력에 의해 유체의 흐름이 원활해지고, 병은 치유된다. 이러한 치료법을 사용하던 메스머는 의사들의 반발로 인해 빈에서 추방된 후 1778년 파리로 갔다.

빈에서와 달리 파리에서는 자기 치료법이 사람들의 호기심을 자극했고, 부자들과 귀족들은 그에게 치료를 받기 위해 몰려들었다. 그야말로 파리에서의 성공은 눈부셨다. 그는 동물자기 이론을 완성하고 1799년 『동물자기론 발견에 대한 기록』을 출판한다. 환자들이 쇄도하자, 그는 동시에 여러 명을 치료하기 위해 커다란 양동이를 고안하기에 이른다. 쇠 부스러기와 물로 채워진 이 양동이는 유체를 함유하고 있다고 여겨지며, 그 유체는 쇠막대기를 통해 분배된다. 환자들은 막대기 끝을 움켜잡고 있다. 조용한 음악이 흐르는 어두컴컴한 방에 둘러앉은 환자들은 서로 사슬로 연결되고 그 사슬을 통해 유체는 흐른다. 그러는 동안 메스머는 여기저기 돌아다니며 자기화된 막대기를 사람들의 몸에 갖다 댄다. 치료는 종종 신경 발작을 동반한다. 옆방에는 발작을 일으킨 사람들을 위한 공간이 준비되어 있다.

지금 우리의 눈에는 터무니없이 비합리적으로 보이지만, 18세기 말 메스머주의는 지식인 사회에서 완벽하게 신뢰받는 과학 이론이었다. 사실, 유체에 대한 이론에는 특별히 새롭거나 놀라울 것이 없었다. 이미 뉴턴은 만유인력을 언급했고, 우주가 에테르로 가득하다는 개념이 받아들여지고 있었으며, 전기에 대한 실험이 증가하고 있었으니 말이다. 그러나 그것이 단순한 이론에 그치지 않고 치료에 적용되면서 문제가 발생했다. 귀족들은 자기치료를 받기 위해 몰려들었고, 그 치료비는 너무나도 비쌌다. 이에 전통적인 의사들의 질투와 의문은 끊이지 않았다. 결국 메스머는 기존의 의사들로부터 박해를 받았다. 1784년 파리 의과대학의 의사들과 과학아카데미의 과학자들로 꾸려진 위원회는 유체는 존재하지 않으며, 치료 효과 역시 상상력의 결과일 뿐이라는 결론을 내렸다. 동물자기론은 이렇게 의사와 과학자들에 의해 부정되었지만, 치료행위가 단호하게 금지되지는 않았다.

그런데 바로 그 해, 피세귀르 후작은 우연히 '자기적 최면'을 발견하게 된다. 메스머의 제자였던 그는 동물자기 요법으로 하인 중 하나를 치료했다. 그런데 그 하인은 발작을 일으키는 대신 최면에 빠지게 된 것이다. 그는 최면 상태에서 명철한 의식을 가지고 신체 내부를 들여다본 후 병의 원인을 파악함으로써, 자신의 병을 치료했다. 피세귀르는 최면에 의한 치료는 단순히 유체의 매개를 통한 것이 아님을 강조했다. 의사뿐 아니라 환자가 스스로 자신을 신뢰해야만 치료에 이를 수 있다는 것이다. 피세귀르에 따르면 최면에 걸린 자는 잠이 깨어 있

메스머

을 때는 결코 알 수 없는 내밀한 공간으로 들어갈 수 있으며, 그 상태에서 자기 병의 원인을 볼 수 있다. 보이지 않는 것을 보는 능력, 일종의 투시력을 획득한 그는 스스로 병을 치료한다. 최면 상태에서는 이곳과 저곳, 현재와 미래의 경계가 무너진다. 발자크를 사로잡았던 것은 바로 그것이다. 자기적 최면이야말로 인간과 신이 직접 소통하는 증거라고 생각했기 때문이다. 자기적 최면은 훗날 현대 신경의학의 창시자인 샤르코의 최면술, 그리고 나아가 프로이트의 정신분석 탄생의 초석이 되었음은 이론의 여지가 없다.

동물자기를 연구하면서 그 이론이 동양의 기(氣) 사상과 흡사하다는 생각을 지울 수 없었다. '기'란 끊임없이 운동하는 미세한 물질로서 천지 만물의 기초이며 만물을 생성하는 근원이다. 기의 조화로운 흐름이 건강한 신체를 유지하게 하며, 나쁜 기의 흐름은 질병을 초래한다는 기의 원리 또한 동물자기의 이론과 유사하다. 발자크는 동물자기가 고대 이집트, 인도, 그리스 철학에 숨겨져 있던 것을 메스머가 재발견한 학문이라 주장하고 있거니와, 인류의 상상력은 동서가 다르지 않다는 점이 흥미롭다.

이미 말했듯이 발자크에게 과학은 인간과 신 사이의 관계를 설명하기 위한 도구였다. 그런데 종교에 대한 발자크의 태도는 기독교의 교조적인 신앙과는 거리가 멀다. 그는 "천성적으로 종교적"이었지만, 로마 교회의 예배 의식에는 반대했다. 그는 성녀 테레사, 페늘롱 등 이단이나 무신론자로 취급된 여러 신부나 성인들의 생각, 즉 신비주의에 공감했다. 당시 프랑스에서는 신비주의가 유행이었다. 일반인뿐 아니라 많은 지식인도 신비주의에 경도되었다. 발자크가 동물자기에 매료되었다면, 그것은 그 이론이 로마 교회에서 얻지 못했던 신앙에 대한 목마름을 충족시켰을 뿐 아니라 계몽주의로부터 물려받은 실증주의적인 욕구도 만족시켰기 때문이다. 그는 메스머주의에서 단지 질병 치료뿐 아니라 새로운 철학의 가능성을 보았던 것이다.

동물자기에 대한 발자크의 관심은 방돔 기숙학교 시절의 드세뉴 교장 때문만은 아니었다. 발자크가 동물자기와 신비주의에 심취한 데에는 어머니의 영향이 컸다. 발자크의 어머니는 당시 많은 사람이 그랬듯이 최면의 기적과 신비주의에 빠져 있었으며, 그에 관한 서적들을 사 모았다. 동생 로르는 발자크가 그 책들에 열광했음을 증언하고 있다. 1832년 콜레라가 유행일 때 어머니는 본인의 책을 큰아들 오노레에게 남긴다는 유언장을 쓰기도 했다. 그 목록에는 스베덴보리, 기용 부인, 성녀 테레사, 생마르탱, 뵈메 등이 쓴 신비주의 관련 책들이 가득했다. 게다가 당시 프랑스에서는 비밀스러운 수많은 단체와 종파가 신비주의 과학을 표방했다. 발자크의 어머니는 신비주의 독서를 통해, 그리고 동물자기의 위력을 보여주는 다양한 비밀 종파와의 접촉을 통해 아들을 종교적 감응으로 이끌었을 것이다. 당시의 지적 움직임 속에서 정신과 육체, 물질과 사유 사이의 새로운 관계 정립을 위해 발자크가 동물자기와 자기적 최면의 실험에 관심을 가지게 된 것은 지극히 자연스러웠다.

발자크는 인간의 영혼 안에서 벌어지는 일을 알 수 있다는 사실에 열광했다. 그가 남긴 편지들은 그가 최면술 현장을 방문한 경험이 있음을 증명한다. 빅토르 위고, 테오필 고티에 등과 함께 가보기도 했고, 에밀 드 지라르댕의 부인인 델핀의 인도를 받아 최면을 경험해 보기도 했다. 1832년 콜레라 유행 당시 최면요법을 시도해보지 않았던 것을 후회했으며, 여러 번에 걸쳐 유명한 최면술사에게 어머니를 치료받게 했다. 몸이 아픈 베르니 부인을 안심시켰고, 한스카 부인에게 위경련 치료를 위해 자기를 띤 막대기를 사용할 것을 제안했다. 1834년 4월에 한스카 부인에게 보낸 편지에서는 자신의 치료 능력을 과시하기도 했다.

> 이수덩에서 일어난 일은 내가 자기적 능력을 가지고 있다는 사실을 증명합니다. 그리고 최면에 걸린 자에 의해서건 나 자신에 의해서건 소중한 사람들을 치료할 수 있다는 사실도 증명합니다.
>
> 『한스카 부인에게 보낸 편지』, 1834년 4월 28일.

그러나 발자크는 18세기 계몽주의의 영향을 받은 유물론자였다. 신비와 절대에 경도되었다 할지라도 그 경이로움을 과학을 통해 느끼고자 했다. 합리적이고 이성적인 설명을 통해서만이 신비주의에 다다를 수 있다고 생각했던 것이다. 『인간극』 서문의 한 구절을 보자.

> 이 긴 작품의 몇몇 부분들에서 나는 놀라운 현상을 쉽게 설명하고자 했다. … 하지만 뇌와 신경의 현상이 새로운 정신세계의 존재를 증명한다면, 어째서 그것이 세계와 신과의 분명하고도 필연적인 관계를 방해한단 말인가? 어째서 그로 인해 기독교의 교리가 흔들린다는 말인가? … 1820년부터 친근하게 느껴졌던 동물자기의 기적들, 라바터의 후예인 갈의 훌륭한 연구들, … 광학자들이 빛을 연구하듯 사유를 연구한 그 과학자들은 성 요한의 사도들인 신비주의자들, 그리고 인간과 신 사이의 관계가 드러나는 영역인 정신세계를 건설한 위대한 사상가들을 위해 결론을 내린다. 『인간극』 서문.

인용문에서 보듯 발자크에게는 종교적 교리와 사물의 유물론적 이해 사이에 연속성이 존재한다. 언뜻 보아 과학과 신비주의의 이 이상한 결합은 대단히 모순적으로 보인다. 사실 그러한 발자크의 사유를 이해하기란 무척 어렵다. 나 역시 많은 시간이 흐른 후에야 21세기 대한민국과 19세기 프랑스의 발자크가 가진 신에 대한 개념이 다르다는 것을 깨달았다. 동양에는 서구적 의미의 인격신이 존재하지 않는다. 그냥 자연이 있을 뿐이다. 그러나 무신론자건 유신론자건, 서구인들의 사유에는 신의 존재에 대한 믿음이 뿌리 깊이 박혀 있다. 그것은 무의식적이고 원초적이고 내재적인 일종의 문화 유전자라 할 수 있다. 신의 존재를 가정하지 않았다면 니체가 "신이 죽었다"고 외칠 필요도 없었을 것이다. 이렇듯 19세기 초 유럽의 세계관은 지금 우리와는 달랐다. 그들의 세계관으로는 눈으로 볼 수 있고 손으로 만질 수 있는 지상의 현실과 보이지 않는 천상의 세계를 연결할 수 있었다. 그 생각을 전제로 하지 않고는 발자크의 철학을 이해할 수 없다.

19세기는 온갖 과학 실험이 행해지고 수많은 과학 이론이 난무하던 시기였다. 과학이 일상화됨에 따라 세상을 보는 시각이 달라졌다. 사람들은 보이지 않는 초월적인 것에 대해서도 실증적이고 합리적인 설명을 필요로 했다. 그런 시기에 동물자기는 그들의 목마름을 해결해 줄 수 있는 과학 이론이었다. 특히 피세귀르의 최면 유도법 발견 이후 신비주의자들은 메스머주의와 그의 치료법에 더욱 열광했다. 그들은 최면 상태에서 이루어지는 영혼과의 대화에서 신과 직접 교통하는 증거를 보았던 것이다. 메스머주의는 유행의 첨단이었다. 그것은 신비과학으로 인식되었다. 즉 그것은 외관상 비합리적이고 마술적이고 초월적으로 보이는 현상에 대한 과학적인 설명이었다. 이처럼 그 당시에는 과학과 신비주의의 결합이 모순이 아니었다. 신비주의 작가들은 그들이 추구하는 무한, 즉 신과의 관계를 연구하기 위해 과학에 몰두했다.

발자크 역시 18세기 말 19세기 초의 철학자들처럼 과학과 철학,

과학과 신비를 분리하지 않았다. 그는 형이상학을 일종의 초월적인 과학으로 생각했다. 과학과 철학과 신비주의 사이에는 경계가 없었다. 그는 신비로 보이는 현상들을 과학적으로 설명할 수 있다고 생각했다. 그리하여 계몽주의 사상을 이어받은 실증주의자 발자크는 역설적으로 선배들의 최대의 적인 신비주의자 측에 가담하게 되었던 것이다. 그러나 그는 그렇게 함으로써 오히려 모든 현상을 가장 실증적인 방식으로 설명할 수 있다고 생각했다.

그렇다면 동물자기에 대한 발자크의 학문적 관심은 그의 소설적 상상력과 어떻게 만날까? 발자크는 작가가 되기 전인 1822년 이미 동물자기에 관한 소설을 쓴 바 있다. 가명으로 출판한 『백세 노인 혹은 두 명의 베랭겔드』가 그것이다. 베랭겔드 노인은 타인에게 최면을 건 후, 그 피를 먹고 몇 세대에 걸쳐 수명을 유지하는 최면술사이자 흡혈귀다. 그는 최면능력을 통해 주위의 모든 사람을 마음대로 조종한다. 불임의 백작부인으로 하여금 아들을 잉태하게 하는가 하면, 그렇게 태어난 베랭겔드 가문의 마지막 후손 튈리위스의 연인 마리안을 여러 차례 걸쳐 최면 상태로 이끌기도 한다. 하지만 메스머의 동물자기와 최면이 전면에 등장하는 소설은 『위르쉴 미루에』다.

『위르쉴 미루에』와 동물자기

1842년에 발표한 『위르쉴 미루에』는 유산 상속에 대한 법적 다툼을 그린 소설이다.[1] 그러나 작가는 이 책의 한 장을 동물자기에 대한 논쟁에 할애한다. 프랑스에서 반세기 동안 지속되었던 메스머주의에 대한 열광, 메스머주의를 둘러싼 과학아카데미 내부의 대립과 갈등, 메스머주의에 대한 공식적인 규탄 등이 그 안에 고스란히 담겨 있다.

유물론자이자 볼테르주의자인 미노레 박사는 황제의 주치의를 지낸 후 은퇴하여 고향 느무르에 정착한다. 어느 날, 동물자기에 관한 견해 차이로 결별했던 친구 부바르가 미노레를 파리로 초대한다. 자기의 효과를 증명하기 위해서다. 부바르는 미노레를 자기적 최면의 체험에 참여케 한다. 매개자인 여인은 "최면 상태에 빠져" 미노레의 질문에 정확하게 답한다. 파리에서 남쪽으로 80km 떨어져 있는 소도시 느무르를 묘사하고, 박사의 피후견인 위르쉴이 혼자 있는 집을 그리고, 그녀의 외모와 마음 상태를 전한다. 책갈피에 끼어 있는 500프랑짜리 지폐도 언급한다. 미노레조차 잊고 있던 것이다. 신비주의 체험을 경험한 미노레 박사는 자신의 유물론이 틀렸음을 인정한다.

> 로크와 콩디악의 주장에 근거한 과학은 틀렸다. 우상들이 산산조각이 나는 것을 보면서 그의 무신앙은 필연적으로 흔들렸다. … 유물론에 의해 형성된 그의 체계는 산산조각이 났다.
>
> 『위르쉴 미루에』

그 사건 이후 그는 파스칼, 보쉬에, 생토귀스탱, 스베덴보리, 생마르탱을 읽었다. 그리고 기독교로 개종한다. 이처럼 당시의 동물자기와 최면은 신비주의와 밀접하게 연결된다. 자기론에 대해 무지한 사람들은 이 일화가 너무도 기적 같아 순전히 발자크의 상상이 만들어낸 이야기가 아닌가 하는 의문을 가질 것이다. 하지만 이러한 사실은 실제 일어났다고 증언된 일화들을 근거로 한다. 예를 들어 메스머의 제

1 『위르쉴 미루에』의 주제인 유산 상속을 둘러싼 법정 다툼에 대해서는 6장에서 다룰 것이다.

자인 조제프 필립 프랑수아 들뢰즈는 『동물자기에 대한 비판적 역사』에서 자신이 목격한 여러 현상을 증언한다. 그는 최면에 걸린 자가 만지는 곳이면 어디서든 천사가 나타났다고 했고, 최면 상태에서 가족에게 매우 중요한 서류가 감추어진 장소를 찾아낸 한 여인의 일화를 소개하기도 했다. 1830년과 1840년 사이에는 파리에서 최면에 걸린 자들의 초능력이 종종 화제가 되곤 했다. 그중 하나는 푸아삭 박사의 환자인 셀린 양의 일화다. 그녀는 파리의 치료실에서 블루아에 있는 동생이 무엇을 하는지 볼 수 있었다고 한다. 파리에서 블루아까지의 거리는 180km다. 다른 하나는 샤플랭 박사의 환자 클라리스 양의 것이다. 그녀는 잠든 상태에서 먼 곳에 있는 어머니를 보면서 어머니의 태도와 내면의 생각까지 세심하게 읽었다고 한다. 그들의 증언은 모두 사실로 확인되었다. 이러한 일화들은 『위르쉴 미루에』의 내용과 거의 일치한다. 샤플랭 박사의 이름은 1830년 9월 29일에 줄마 카로에게 보낸 편지에 처음 등장한다. 그 편지에서 샤플랭 박사와의 약속을 언급하고 있는 것으로 보아, 발자크는 분명 샤플랭 박사와 친분이 있었을 것이다. 최면 현장을 목격했을 가능성도 있다. 피에르 장 샤플랭 박사는 당시 가장 성공적으로 자기치료를 수행하던 의사다. 미노레 박사가 죽은 후 위르쉴 앞에 환영으로 나타나는 것 역시 예외적인 현상이 아니다. 발자크는 그런 현상을 증언한 책들을 보았고, 들뢰즈 같은 자기론자도 죽은 아버지의 환영을 두 번이나 보았음을 증언하고 있다.

한편, 동물자기에 대한 1829년 당시 과학계의 현황은 미노레 박사가 파리에 갔을 때 마주한 상황과 완전히 일치한다. 부바르가 말하듯, 강단에서의 박해에도 불구하고 유명한 자기 치료사들 앞에는 환자들이 즐비했다. 그런가 하면 발자크가 "이루 말할 수 없는 능력에 대한 신념을 가진" 놀라운 한 사람을 말할 때, 인물에 대한 묘사는 당시 유명했던 자기론자 루이 샹블랑과 일치한다. 그는 스베덴보리의 추종자였다. 퓌세귀르, 들뢰즈 등과 동시대인인 그는 신비주의적 입장에서 동물자기에 대한 이론을 펼쳤던 사람이다. 이렇듯 실제 인물이 허구 속으로 삽입된다. 또한 부바르와 미노레 사이의 논쟁은 당시 자기론과 반자기론 사이의 역사적 논쟁 그대로이다.

발자크는 아무것도 지어내지 않았다. 물론 『위르쉴 미루에』에서 묘사된 동물자기와 최면의 일화는 시중에 돌아다니는 놀라운 이야기들을 작가 나름대로 재구성한 것이다. 그러나 당시 실제 있었던 일들에 대한 재구성이었지, 그가 마음대로 지어낸 것은 아니었다. 그런데 치료를 중시하는 자기론자들과 달리 발자크는 치료 효과에는 큰 의미를 부여하지 않는다. 그에게 중요한 것은 현상 자체가 아니라 그러한 현상에 대한 해석이다. 해석을 통해 신의 존재를 증명할 수 있다고 생각했기 때문이다.

『루이 랑베르』와 자기론

『위르쉴 미루에』에 동물자기의 일화가 담겨 있다면, 자기에 관한 이론이 가장 많이 언급된 소설은 『루이 랑베르』다. 발자크가 철학적인 문제에 대해 깊이 고민하던 시기인 1832년에 쓰인 이 소설에는 동물자기의 이론과 유사한 내용이 많다.

메스머 이론의 핵심은 물질세계에 담긴 우주적 유체의 존재, 그리고 그 유체를 통한 하늘과 땅과 생명체 사이의 감응에 있다. 여기서 메스머가 강조한 것은 그 유체들의 움직임, 즉 운동이다. 운동과 물질을 중시하는 메스머의 이론은 랑베르의 사유와 만난다.

> 지상의 모든 것은 운동과 숫자에 의해서만 존재한다. 운동은 단어에 의해, 그리고 물질이라는 저항에 의해 잉태된 힘의 산물이다. 『루이 랑베르』

한편, 발자크가 추구했던 '의지'에 대한 사유 역시 메스머의 제자인 들뢰즈로부터 나왔을 가능성이 높다. 들뢰즈에 따르면 최면에 걸린 사람의 통찰력은 '의지'에 의해 획득한 내적 감각의 예지력에 근거한다. 이러한 들뢰즈의 이론에서 우리는 의지의 중요성을 강조하며 『의지론』을 집필하고자 했던 랑베르 사유의 뿌리를 본다.

방돔학교 시절 로샹보 성으로의 소풍 일화도 메스머의 이론을 환기시킨다. 랑베르는 한 번도 가본 적이 없음에도 로샹보성의 세세한 부분까지 기억하는 놀라운 통찰력을 발휘한다.

> "아니, 이건 어젯밤 내가 꿈속에서 본 바로 그 풍경이야. … 만일 내가 기숙사 골방에서 잠자는 동안 이곳에 왔다면, 그것은 내 육체와 정신이 완전히 분리될 수 있음을 말해주는 게 아닐까? 그런데 만일 잠자는 동안 나의 정신과 육체가 분리될 수 있다면, 어째서 깨어 있을 때는 분리할 수가 없는 것일까? … 그런데 만일 밤에 눈을 감고서 내 안에서 색깔 있는 물체를 보았다면, 만일 절대적인 침묵 속에서, 음이 만들어질 수 없는 상황에서 어떤 소리를 들었다면, 만일 완벽한 부동의 어떤 공간을 넘나들었다면, 그것은 우리가 외적 신체의 법칙과는 무관한 어떤 내적 능력을 소유했기 때문일 거야." 『루이 랑베르』

예문에서 보듯 발자크는 육체와 영혼이 완전히 분리된 상태에서 부여받은 투시력을 강조한다. 이런 상태에서 루이의 사유는 공간을 넘나든다. 이것은 바로 메스머가 주장했던 것, 즉 최면 상태에서 '내적 감각'이 부여하는 통찰력과 다르지 않다.

그런가 하면, 시선을 고정한 채 꼼짝 않고 있는 랑베르의 강경증 상태, 즉 육체는 완전히 떠나고 정신만 남아 있는 상태는 들뢰즈가 묘사한 최면의 상태와 유사하다. 들뢰즈에 따르면, "최면 상태에서 감각적 인상은 자기적 유체에 의해 뇌로 전달된다. 극도로 미세한 이 유체는 몸 전체로 침투된다. … 그리하여 최면에 걸린 자는 눈에 비치는 빛의 작용에 따라 보이는 물체의 감각을 수용하는 것이 아니라, 자기적 유체의 작용에 따라 그 감각을 즉각적으로 받아들이며, 그것은 시각의 내적 기관에 작용한다." 이는 바로 강경증 상태에 있는 루이의 상태와 유사하다. 루이를 찾은 친구에게 그의 아내 폴린이 하는 말을 들어보자.

> "그가 물리적으로 당신을 알아보지 못했다고 해서 그가 당신을 보지 못했다고는 생각지 마세요. 그는 육체에서 벗어나는 데 성공한 거예요. 그러니까 다른 형태로 우리를 보는 거지요. 그것이 어떤 형태인지는 저도 모릅니다만."
>
> 『루이 랑베르』

그뿐만 아니라 루이 랑베르가 강경증 상태에서 내뱉은 단상들은 놀라울 정도로 동물자기의 내용과 일치한다. 그 내용을 살펴보자.

> 이 세상에 존재하는 모든 것은 '전기', '열', '빛', '평류(갈바니) 전기 유체', '자기' 등의 이름으로 알려진 여러 현상에 공통적으로 기초가 되는 에테르성 물질로 만들어졌다. 이 물질은 보편적으로 변환이 용이하며, 그 변환에 의해 속칭 물질이라는 것이 구성된다. …
>
> 의지란 유체다. 그것은 운동 능력이 있는 모든 존재의 속성이다. 운동을 통해

> 동물은 수많은 형태를 만들어내는데, 그 형태들은 실체와의 조합의 결과다.
> ...
> 우주는 통합체 안에서 다양성이다. 운동은 수단이며, 숫자는 그 결과다. 결말은 모든 사물이 통합체로, 즉 신으로 회귀하는 것이다. 『루이 랑베르』

인용에서 보듯 랑베르, 즉 발자크의 과학적 탐구는 결국 신으로의 회귀를 그 목적으로 한다. 들뢰즈는 동물자기와 신비주의 사이에 아무런 실증적인 관계도 없다고 주장한다. 다만 최면 상태에서의 초자연적인 존재, 즉 신과의 소통 가능성을 배제하지는 않는다. 그러나 발자크는 내적 능력을 보여주는 최면의 일화를 신의 존재를 증명하는 과학적 설명으로 파악한다. 루이는 말한다.

> "이러한 인간 내적 본성의 신비를 신의 개입에 의한 것 말로 달리 어떻게 설명할 수 있겠는가? 현자들은 신이 아닌 그 누구에게 보이지 않는 생명체의 비밀을 물을 수 있었겠는가?" 『루이 랑베르』

한편, 1837년에 썼으나 미완성으로 남은 『무명의 순교자들』에는 당시의 지적 연구 상황이 담겨 있는데, 여기에서도 동물자기에 대한 발자크의 애착을 읽을 수 있다. 이 짧은 소설에서는 의사들과 과학자들이 등장하여 물질과 정신의 관계에 대한 논쟁을 벌인다. 그들은 각자 사유의 힘이라는 이론을 뒷받침하는 일화들을 하나씩 소개한다. 의사 피지도르는 그 주장들을 종합해 다음과 같은 결론을 내린다. 그런데 이 내용은 메스머가 주장한 동물자기 이론과 거의 일치한다.

> 사유는 신경에 존재하는 유체의 산물이며, 그 유체는 피의 순환과 유사한 흐

> 름을 구성한다. 신경의 유체가 사유를 만들듯, 피는 신경의 유체를 만들기 때문이다. 발생 원인에서든 결과에서든 그 유체는 빛의 현상과 유사하다. 따라서 사유는 피의 흐름과 유사한 신체 내부의 흐름을 구성하는 심기의 산물이다. 피를 남용하면 육체의 질병이, 사유를 남용하면 정신적 광기가 된다. 『무명의 순교자들』

*

1830년대 프랑스에서는 신비주의가 유행이었다. 스베덴보리의 저작들은 프랑스어로 번역되기 시작하면서 다시 빛을 보았다. 1838에는 『새로운 예루살렘, 종교적·과학적 잡지』가 출판되었다. 이 새로운 신앙은 교조주의적 가톨릭에 대항하여 세계와 우주에 대한 새로운 우주관을 제시했다. 최면에 의한 내적 시선의 획득과 그로 인한 기적의 일화들은 초월적인 것에 대한 실증적 증거로 여겨졌고, 유물론에 대한 확신을 위험에 빠뜨렸다.

앞서 말했듯이, 당시의 그러한 지적 분위기로 보아 신비주의에 대한 믿음을 과학적으로 증명하려는 발자크의 입장은 아주 특별한 것이 아니다. 당시 실증주의와 신비주의를 결합하려는 연구는 수없이 많았다. 스베덴보리도 메스머도 라바터도 과학자인 동시에 신비주의자였다. 인간과 땅과 우주의 통일성을 추구했던 발자크에게 과학과 신비주의의 결합만큼 유혹적인 것은 없었을 것이다. 그는 과학에 몰두했지만, 과학자들보다 더 대담하게 우주와 인간과 과학을 통합하고자 했다. 그는 실증주의자였지만 "신비주의적 실증주의자"[2]였던 것이다. 많은 작가가 그의 생각에 동참했다. 그러나 아무도 발자크처럼 시대의 신비주의와 과학의 관계를 묘사하지 않았다. 19세기 풍속연구가다운 그의 면모를 다시 한번 느끼게 된다.

2 Bernard Guyon, *La Pensée politique et sociale de Balzac*, Armand Colin, 1967, p. 141.

제5장

발자크와 돈

돈은 사람처럼 살아 움직인다.

그것은 오고 가고 땀 흘리면서 스스로 생산한다.

『으제니 그랑데』

발자크는 마르크스보다 먼저 자본의 문제를 통찰력 있게 해부했던 작가다. 평생 빚의 굴레에서 벗어나지 못했기에 돈의 속성과 그 중요성을 실감했을 것이다. 작가로 데뷔한 서른의 나이에 이미 6만 프랑이라는 빚을 안고 시작했던 인생이었다. 그는 3년 동안의 사업 실패로 채권자들과 싸우면서 황금만능주의 시대에 돈이 가진 위력을 절감했다. 파리 곳곳에서 벌어지는 어음과 채권을 둘러싼 술책과 기만을 머리로 배운 게 아니라 몸으로 체험한 것이다. 작가들이 노래하는 고귀함? 위대함? 낭만? 아니다. 그는 그 시대의 숨겨진 진실을 보았다. 돈이 지배하는 세상에서 인간의 내면에 웅크리고 있는 비열함과 추악함을 보았던 것이다. 그리하여 문학이 외면하던 현실의 이면을 소설적 서사의 장으로 끌어들였다.

발자크의 『인간극』에는 유산, 지참금, 소득, 연금, 파산 등 돈과 관련된 주제가 가득하다. 은행, 고리대금, 증권거래소, 어음, 어음 할인, 차용증 등을 통한 돈의 흐름도 훤히 보인다. 게다가 돈은 추상적인 힘이 아니라 구체적인 액수로 제시된다. 발자크로 인해 우리는 19세기 초 프랑스 일반 근로자의 소득과 집세 그리고 물가는 어떠했는지 알 수 있다. 등장인물의 사회적 지위와 생활 수준도 짐작할 수 있다. 역사가들이나 경제학자들이 당시의 구체적 경제 상황을 이해하기 위해 발자크 소설을 참고하는 이유다. 발자크는 돈을 말함에 거침이 없다. 발자크에게 "50만 프랑(지참금)의 여인"이라는 표현은 지극히 자연스럽다. 동시대 작가 중 발자크처럼 노골적으로 돈을 말한 작가는 없다. 그런데 발자크를 읽으면서 현대의 독자들은 그가 말하는 액수가 과연 얼마의 가치를 지니는지 궁금하지 않을 수 없다. 연구자들은 1840년 당시 1프랑이 2013년에는 대략 4유로의 가치를 지녔다고 말한다. 원화로 환산할 경우 5000원 정도다. 그러나 1810년~1820년 당시 프랑스 근로자의 1인당 평균 소득이 400~500프랑이었다는 점을 감안할 때, 실제 돈의 가치는 그보다 훨씬 더 크게 봐야 할 것이다. 피케티 역시 그 점을 지적하면서 1800년 프랑스 1인당 평균 구매력은 2010년의 약 10분의 1이었다고 말한다.[1]

발자크에게 돈과 금융은 부수적인 주제가 아니다. 과거 사랑이나 종교, 고귀한 모험이 그랬듯이, 발자크에게 돈은 소설의 주된 주제가 된다. 사실 『인간극』 전체의 주제가 돈이라고 할 수 있을 정도로 돈을 말하지 않은 소설이 거의 없다. 특히 재산 축적이나 파산의 과정이 상세히 묘사된 경우가 허다하다. 대혁명 시절 국유화된 귀족의 영토나 교회 부지를 매입함으로써 돈을 번 부르주아들이 있다면, 토지를 몰수당해 가난해진 귀족들도 있다. 사기나 범죄를 통해 부자가 된 사례도 많다. 어음 할인을 직업으로 하는 고리대금업자들의 이야기는 말할 것도 없다. 그 모든 사례를 일일이 열거할 수는 없다. 대표적인 예로 나는 『으제니 그랑데』의 펠릭스 그랑데가 재산을 축적하는 과정을 살펴

1　토마 피케티, 『21세기 자본』, 장경덕 외 옮김, 글항아리, 2014, p.133, p.496.

보았다. 대혁명 이후 역사의 흐름에 편승하여 부를 축적한 부르주아의 전형이라는 점에서 흥미롭게 여겨졌기 때문이다. 무엇보다도 그랑데의 재산 증식이 국채라는 가상 자본을 통해 이루어졌다는 점에 주목했다.

19세기 경제 구조의 특징 중 하나는 채권이나 어음 등의 신용 거래가 활발해지고 증권거래소가 활기를 띤다는 데 있다. 또한, 운하·철도·항만 등의 국가적 인프라 구축 사업과 더불어 투자가 활성화되고 은행의 활동도 활발해졌다. 발자크는 그러한 사회적 변화를 읽을 줄 알았고, 그것을 소설로 형상화했던 작가다. 그런 점에서 내가 가장 관심을 가진 부분은 19세기 당시 신용 거래와 금융 시스템에 관한 것이다. 돈과 관련된 소설을 읽으면서 내내 궁금했던 내용이기 때문이다. 소설에서 말하는 '돈'이란 과연 무엇인지, 어음의 유통 상황은 어떠했는지, 당시 은행의 역할은 도대체 무엇이었는지 등에 대해 알고 싶었다. 신용 거래와 금융 시스템의 현황이 가장 잘 묘사된 『세자르 비로토의 영화와 몰락』[2]의 독서와 더불어 나는 그런 것들을 연구했고, 그제야 다른 여타의 소설들도 이해할 수 있었다.

한편, 발자크 소설에는 지참금 많은 여인을 차지하려는 치열한 경쟁 이야기가 많다. 대표적인 예로는 『노처녀』, 『아르시의 국회의원』, 『으제니 그랑데』 등이 있다. 발자크 자신도 평생 돈 많은 여자와의 결혼을 꿈꾸었다. 『결혼 계약』, 『골동품 진열실』, 『노처녀』 등의 소설을 통해 결혼과 지참금의 관계를 살펴봄으로써 19세기 당시의 결혼 풍속도를 엿볼 수 있었다.

2 『세자르 비로토의 영화와 몰락』은 이후 『세자르 비로토』로 표기할 것이다.

펠릭스 그랑데의 재산 축적 과정

『으제니 그랑데』

『으제니 그랑데』는 막대한 재산에도 불구하고 인색하기 짝이 없는 그랑데 영감과 그의 딸 으제니에 관한 이야기다. 소설의 주제는 수전노 아버지와 고결한 정신을 가진 딸의 대비에 있는 것처럼 보인다. 그러나 내게는 그랑데의 재산 축적 과정이 흥미롭게 다가왔다. 대혁명 이후 역사와 돈의 흐름 사이에 어떤 연관이 있는지 한눈에 보였기 때문이다. 그랑데 영감은 돈밖에 모르는 수전노의 전형이지만, 단순히 돈에 미친 사람이 아니다. 그는 시대를 잘 읽고 투자를 잘한 수완 좋은 사업가다. 그는 앞을 내다볼 줄 알았고, 대담했고, 용의주도했다. 그리고 교활했다.

소설의 무대는 투르에서 서쪽으로 70km 떨어진 소뮈르이다. 루아르 강변 투렌 지방의 포도주 생산지 중 하나다. 1749년생인 펠릭스 그랑데는 대혁명 당시 포도주를 저장하는 오크통 제조인이었다. 혁명정부가 국유화한 교회 재산을 팔기 시작할 때, 그는 자신이 가진 현금과 아내의 지참금을 합친 2천 루이를 가지고 그 구역의 가장 아름다운 포도밭과 오래된 수도원과 몇 개의 소작지를 샀다. 1루이는 20프랑과 등가니, 2천 루이는 4만 프랑에 해당한다. 그랑데는 국유지 판매를 감시하는 공화주의자에게 뇌물을 준 덕분에 아주 싸게, 그러나 "정당하게 그리고 합법적으로" 그 토지들을 매수할 수 있었다.

소뮈르는 보수적인 지역이었기에 공화주의자가 별로 없었다. 그랑데는 "공화주의자, 애국자, 새로운 정신의 소유자"로 통했다. 그리하여 그는 혁명정부 시절 소뮈르의 행정관리로 임명되었고, 정치적으로나 상업적으로 영향력 있는 인물이 되었다. 그는 자신에게 부여된 정치력을 발휘하여 귀족들의 재산을 보호했기에 귀족 사이에서도 평판이 좋았다. 한편, 그는 사업적인 수완을 발휘해 공화국 군대에 포도주 수천 병을 공급하고는 그 대금으로 수녀원에 속한 훌륭한 경작지를 받았다. 총재정부 시절에는 소뮈르의 시장을 역임하면서 현명하게 행정을 처리했다. 나폴레옹 시대가 도래했을 때 그는 시골의 명망 있는 부르주아가 되어 있었다. 황제가 공화주의자들을 별로 좋아하지 않았기에 그는 시장직에서 밀려났지만 이미 자신의 지위를 이용해 드넓은 영지에 멋진 도로를 낸 후였다. 그랑데는 기회가 있을 때마다 재산을 늘려갔다. 자신에게 유리하게 토지대장을 작성해 세금을 적게 냈고, 포도밭을 잘 가꾸어 품질 좋은 와인을 생산했다. 시장을 그만둔 바로 그 해에, 그는 장모와 장모의 아버지, 그리고 외할머니로부터 연달아 유산 상속을 받았다. 그는 모든 것을 이용해 이득을 냈다. 우선 사람들의 노동을 이용했다. 소작인들은 매주 "충분한 수탉과 암탉, 달걀과 버터 그리고 밀을 제공"했고, 그를 위해 숲을 가꾸고 벌목을 했다. 세입자들은 밭을 갈아주었고, 채소 재배자들은 야채를 제공했다.

"평등에 대한 열정"이 아무리 크더라도 계급은 사라지지 않는 법, 세금을 많이 내는 납세자인 그랑데는 새로운 귀족이 되었다. 그는 포도밭 100아르팡[3]과 소작지 13군데, 오래된 수도원과 포플러 3천 그루가 심겨진 경작지 127아르팡 그리고 집을 소유했다. 따라서 그의 토지는 수십만 평에 이른다. 이는 겉으로 드러난 것이고, 보이지 않는 현금 재산이 얼마인지는 아무도 몰랐다. 복고왕정 초기인 1816년, 소뮈르 사람들은 그랑데의 토지 재산을 400만 프랑으로 추정했다. 그뿐만 아니라 현금도 그만큼 소유하고 있을 것으로 추측했다.

3 아르팡은 프랑스의 옛 단위로서, 1아르팡은 3500~5100m²다.

그는 사람의 심리도 이용할 줄 알았다. 공증인 크뤼쇼는 조카를, 은행가 그라생은 아들을 부유한 상속녀가 될 그랑데의 딸 으제니와 결혼시키고 싶어 했다. 그랑데는 두 사람의 경쟁심을 잘 이용했다. 우선 공증인의 도움으로 금전적 어려움을 겪는 프루아퐁 후작의 땅을 사는 데 성공했다. 성과 그 옆에 딸린 공원, 그리고 농지와 강과 연못과 숲이 포함된 300만 프랑 값어치의 멋진 영지였다. 공증인은 그랑데를 위해 성이 분할매각되는 것을 막았다. 대금을 받기도 전에 낙찰인들과 끝없는 소송에 시달리게 될 것이라고 겁을 주면서 젊은 후작을 설득했던 것이다. 그런가 하면 파리에서 파산한 동생의 채무 정리와 국채 매입 임무는 은행가 그라생에게 맡긴다.

국채는 발자크 작품에 자주 등장하는 투자 방식이다. 대혁명 이후 프랑스 정부는 부족한 재원 확보를 위해 종신 연금 형식의 국채를 발행했다. 이윤은 5%였고 액면가는 100프랑이었으며, 환매 가능한 채권으로 증권시장에서 거래되는 일종의 주식이었다. 그러나 국채는 그다지 인기 있는 투자 상품이 아니었다. 국가가 자금 부족으로 약속한 이윤을 제대로 지급하지 못했기에, 국채연금을 불신하고 경계하는 경향이 있었다. 1820년 이후 경제가 활성화되고 국가가 안정된 뒤에야 국채를 사려는 사람들이 많아졌다. 따라서 국채 가격은 점진적으로 상승했다. 19세기 경제학자 르루아 볼리외의 논문[4]을 보면 19세기 초반 국채의 가격 변동 현황을 알 수 있다. 그에 따르면 1814년 5% 이윤에 액면가 100프랑의 국채 가격은 45프랑이었다. 액면가 100프랑의 국채가 45프랑이고 이윤이 5%면, 실제 이윤은 11%가 된다. 45프랑을 투

4 Paul Leroy-Beaulieu, "La Dette publique de la France", in *Revue des Deux Mondes*, 1874, 3e période, tome 6, pp. 815~849.

자하고 100프랑에 대한 5%의 이자, 즉 5프랑을 받기 때문이다. 그 후, 1815년~1818년에는 52.5~67.6프랑, 1821년에는 85.55프랑, 1823년에는 89.55프랑으로 국채 가격이 점차 상승한다.

7월혁명 직전인 1830년 1월, 4% 이윤의 국채 가격은 액면가를 웃도는 102.57프랑에 이른다. 프랑스인들에게 국채연금이 안전한 투자로 인식되면서 이자가 내려갔음에도 투자자가 많아진 것이다. 1840년대에 이르러 국가 인프라 사업이 활성화되면서 국가는 더욱 많은 자금이 필요했고, 이에 3% 이윤의 액면가 100프랑짜리 국채를 발행한다. 루이 필립 정부가 세 번에 걸쳐 발행한 국채의 가격은 75.25프랑에서 84.75프랑 사이였다. 이렇듯 3% 이윤임에도 국채는 많이 팔렸다. 복고왕정 초기에는 5% 이윤의 국채가 별 관심을 끌지 못했던 반면, 7월왕정 말기에는 3% 이윤임에도 많이 팔렸다는 사실은 국채에 대한 당시 프랑스인의 인식 변화를 보여준다. 대혁명에서 제국과 복고왕정, 그리고 7월왕정을 거치면서 프랑스인은 국채 투자를 가장 확실한 투자 수단으로 생각하게 되었다. 그랑데의 국채 투자 상황은 프랑스 국채연금의 역사를 보여준다. 발자크는 실체 없는 가상 자본의 유통이라는 새로운 형태의 재산 증식 양상을 소설 속에 담았던 것이다.

1819년, 그랑데는 벌목으로 번 돈, 2년 동안의 수확, 포도를 판 값 등을 합한 90만 프랑을 국채에 투자한다. 당시 액면가 100프랑의 채권을 70프랑에 매수하여 2년 뒤 20%의 수익을 남긴 후 팔고, 국채연금으로 8% 이윤을 남길 경우, 2년 안에 그의 자금은 150만 프랑이 될 것이다. 그는 그런 식으로 투자를 계속하여 3년 안에 800만 프랑의 부자가 된 자신을 상상한다. 사실, 이 계산은 지나치게 과장되었다. 하지만 발자크는 정확한 수치에 대해서는 별로 개의치 않는 것처럼 보인다. 중요한 것은 그랑데가 국채 투자를 통해 엄청난 이득을 보았다는 사실이다. 국채로 이득을 본 그는 그것을 금으로 바꿔 쌓아놓는다. 하지만 금값이 오르자 금과의 이별을 망설이지 않는다. 투기꾼들이 금을 사러 왔다는 소식을 들은 그는 아무도 모르게 두 배의 값을 받고 금을 판다. 그러고는 다시 국채를 매수해 10만 프랑의 연금 증서를 소유한다. 5% 이윤의 액면가 100프랑 국채를 80프랑에 매입했으니 200만 프랑 상당의 국채 매입을 위해 실제 그가 지불한 돈은 160만 프랑이다. 실수익은 6% 이상이다. 그러나 그는 이자보다 국채의 가격 상승으로 더 큰 이득을 본다. 1824년, 장외 시장에서 115프랑이 되자 그는 국채를 모두 판다. 결국, 43%가 넘는 이윤을 남긴 것이다. 그의 국채 투자는 이렇게 성공적이었다. 그는 국채를 높이 평가한다. 세금도 없고 손실 위험도 없는 반면, 이윤은 높다는 것이다.

그랑데에게 중요한 것은 오직 돈일 뿐, 사회에서 통용되는 가치에 대해서는 아무런 경외심도 없다. 가족 간의 연대감도 없다. 신용 거래도 제도화되지 않았고, 보험도 존재하지 않았으며, 국가 또한 아무런 책임도 지지 않던 시절, 가족이나 친지들에게 도움을 청하는 것은 당연했다. 그것은 기본적인 연대감의 표현이었다. 따라서 파산 후 자살한 파리의 사업가 기욤 그랑데가 "30년 동안 두 번도 만나지 않았음에도" 형에게 아들을 부탁한 것은 자연스러운 행위였다. 하지만 펠릭스는 아버지를 잃고 절망에 빠진 조카를 냉대한다. 상인들 사이의 결속 의식도 그에게는 무의미하다. 상인들은 서로 경계하고 감시하고 경쟁하지만, 그래도 기본적으로 소통하면서 우정을 나눈다. 그러나 그랑데는 상인들과 어떤 협약도 맺지 않는다. 포도 재배자들이 높은 가격을 유지하고자 단합해서 포도를 팔지 않을 때, 그는 혼자 포도를 팔아 이익을 남긴다. 그로 인해 포도 값은 내려가고 다른 상인들은 큰 손해를 입는다. 이처럼 그랑데는 동료나 친지 간의 신의를 완전히 무시한 채

오직 돈만 쫓는다.

1827년, 소뮈르의 최고 부자 그랑데는 죽음을 맞이한다. 죽음 앞에서 그는 테이블 위에 펼쳐진 금화를 바라보며 "황금은 나를 따뜻하게 한다."라는 마지막 말을 남긴다. 아버지가 죽은 후에야 으제니는 자신이 엄청난 재산가라는 사실을 알게 된다. 미수금을 제외하고도 600만 프랑에 달하는 소뮈르 지역의 토지연금 30만 리브르[5], 연리 3% 이윤의 액면가 100프랑짜리 공채를 60프랑을 주고 매수했던 투자금 600만 프랑, 200만 프랑 상당의 금화, 10만 프랑에 해당하는 에퀴 동전 등 총 재산은 1,700만 프랑에 이른다. 1에퀴는 3프랑의 가치를 지닌다. 그중에서도 국채는 가장 중요한 자산이었다. 60프랑을 주고 매수한 3% 이윤의 액면가 100프랑짜리 국채는 상속 당시 77프랑으로 올랐다. 액면가 1000만 프랑에 대한 3% 이자는 30만 프랑이다. 게다가 600만 프랑의 투자금이 770만 프랑에 이른 것이니, 이는 28%가 넘는 수익을 올린 것이 된다. 그랑데가 말했듯이, "돈은 사람처럼 살아 움직인다. 그것은 오고 가고 땀 흘리면서 스스로 생산한다."

그렇다면 엄청난 재산을 물려받은 으제니는 행복한 삶을 살았을까? 그녀의 삶은 달라진 것이 없다. 소설 마지막 부분에 묘사된 으제니의 삶은 행복과는 거리가 멀다.

> 80만 리브르의 연금에도 불구하고 그녀는 가엾은 으제니 그랑데가 살던 방식 그대로 산다. 옛날에 아버지가 거실의 난로에 불을 지피라고 허락했던 날짜가 되어서야 자기 방에 불을 때고, 젊은 시절 엄격하게 지켰던 일정에 따라 불

5 리브르는 구체제하에서 사용되던 돈의 단위로 프랑과 동일한 가치를 지닌다. 주로 국채연금 가격을 표시할 때 사용된다.

을 끈다. 어머니가 그랬듯이 옷차림도 검소하다. 햇빛도 안 들고, 불기도 없으며, 늘 그늘지고 우수에 찬 소뮈르의 집은 그녀의 삶에 대한 이미지다.

『으제니 그랑데』

19세기 초 프랑스의 경제 구조
° 신용 거래와 금융 시스템

19세기 프랑스는 정치적으로도 혼란스러웠지만 경제적으로도 굴곡이 심했다. 계속되는 혁명과 전쟁은 여러 차례 경제위기를 초래했다. 하지만 그러는 가운데 자본주의가 태동했고 경제 활동이 활발해졌다. 그런데 당시 사용하던 지폐는 국가가 발행한 공식 화폐가 아니었다. 프랑스인은 전통적으로 지폐를 불신하는 경향이 있었다. 우선 장 라스 지폐 시스템의 붕괴가 그 원인이었을 것이다. 장 라스 지폐 시스템은 루이 15세 집권 초기, 루이 14세 때의 과도한 빚을 갚기 위해 도입한 프랑스 최초의 지폐 발행 제도다. 당시 재무장관이던 스코틀랜드 출신 은행가 장 라스가 이를 주도했다. 식민지 투자 효과를 기대하고 1716년 시작한 이 제도는 이익금 환수가 늦어지는 바람에 1720년에 폐지되었다. 그로부터 70년 후 혁명정부가 발행했던 아시냐 화폐의 가치 폭락[6] 역시 지폐에 대한 불신의 원인이 되었다. 이 두 사건은 프랑스 사람들에게 지폐에 대한 트라우마를 심어주기에 충분했다. 이러한 현상은 지폐의 확산을 막았다. 프랑스 정부가 지폐 발행에 소극적일 수밖에 없었던 이유다. 따라서 프랑스인들은 금화나 은화 등의 금속 화

6 아시냐 화폐 제도의 실패는 이 책의 2장에서 언급한 바 있다(85쪽, 주12 참조).

폐를 선호했으며, 현금은 아주 귀했다. 그래서 대부분의 경제 활동은 신용 거래를 통해 이루어졌다. 따라서 소설 속에 등장하는 '돈'은 금화나 은화가 아닌 이상 대체로 신용 화폐, 즉 어음이나 채권이다.

정부 지폐가 아예 없었던 것은 아니다. 프랑스에서 지폐 발행은 1800년 이후 본격화되었다. 그렇지만 지폐의 사용은 상인들의 거래에 국한되었기에 지폐 발행은 지극히 제한적이었다. 1840년 이전에는 500프랑 이하의 지폐를 발행하지 않았다. 앞서 보았듯이 이는 19세기 초반 프랑스 일반 근로자의 연평균 소득에 해당하는 액수다. 1793년 향수가게 2등 점원으로 승진한 세자르 비로토가 받은 월급은 50프랑, 즉 연봉 600프랑이었다. 1840년까지 유통되던 화폐의 80%가 금속 화폐였다니,[7] 그로 인한 상거래 문제를 상상하기란 어렵지 않다. 50프랑 미만의 지폐가 등장한 것은 1870년 보불전쟁 때다. 현금의 부족 현상은 필연적으로 신용 거래의 활성화를 가져왔다. 19세기 프랑스는 그야말로 신용 거래의 시대였다.

19세기 전반부는 경제적으로 매우 불안한 시기였다. 대혁명 이후 계속된 전쟁에 돈이 많이 들었고, 1806년 나폴레옹의 대륙 봉쇄는 무역을 도산시켰다. 그런가 하면 1815년 워털루 전투의 패배로 인해 프랑스는 주변 국가에 막대한 보상금을 치러야 했다. 게다가 혁명정부에 의해 재산을 빼앗긴 망명 귀족들을 위한 1825년의 10억 프랑 보상법은 국가 재정을 더욱 악화시켰다. 이러한 상황에서 개인 간의 신용 거래는 많은 위험성을 안고 있었다. 확실한 가치가 인정되는 지폐도 없었고, 은행이 개인 간의 매개 역할을 수행하지도 않았기 때문이다.

『인간극』에는 어음 유통의 사례가 수도 없이 많이 등장한다. 『잃

7 Alexandre Péraud, *Le Crédit dans la poétique balzacienne*, Classique Garnier, 2012, p. 36.

어버린 환상』, 『매음 세계의 영욕』, 『이브의 딸』, 『골동품 진열실』, 『고용인들』, 『소시민』, 『사업가』, 『으제니 그랑데』, 『세자르 비로토』, 『뉘싱겐 은행』, 『사촌 베트』 등의 소설 중심에 어음이 있다. 그중에서도 『세자르 비로토』는 어음 유통의 메커니즘이 상세히 묘사된 작품이다. 이 소설의 진정한 주인공은 바로 어음을 통한 신용 거래, 그리고 구체적인 돈의 액수를 나타내는 숫자다.

어음의 유통과 은행

៖ 『세자르 비로토』의 영화와 몰락

『세자르 비로토』는 파리의 한 상인이 필요한 시기에 돈을 구하지 못해 파산하는 이야기다. 성실하고 정직한 파리의 향수업자 세자르 비로토는 개발이 예정된 토지에 무리한 투자를 함으로써 파산한다. 빚과 파산은 발자크가 1830년부터 생각하던 주제였다. 하지만 실제로 『세자르 비로토』를 쓰기 시작한 것은 1833년, 『으제니 그랑데』를 집필할 당시였다. 그리고 소설이 완성된 것은 1837년 7월이다. 『으제니 그랑데』에도 파산을 주제로 한 이야기가 등장한다. 그랑데 영감의 동생이자 파리의 부자 상인 기욤 그랑데가 파산 이후 자살하는 이야기가 바로 그것이다. 발자크는 파산이라는 주제를 다시 가져온다. 그러나 이번에는 파산 후 상사법원에서 조정된 금액을 모두 갚는 성실한 상인의 이야기를 쓴다.

발자크는 이 소설을 쓰기 위해 장 뱅상 불리라는 실제 인물을 빌려왔다. 1803년에 가게 문을 연 후 불리 화장수 개발로 번영을 누렸던 그는 1830년 7월혁명 때 파산했다. 그는 파산의 책임이 없음에도

JEAN-VINCENT BULLY
VINAIGRE
DE
TOILETTE
JEAN VINCENT BULLY

불리 향수가게

남은 일생을 채권자들에게 빚을 갚는 데 바친 성실한 상인이었다. 불리는 파산했지만 그의 가게는 계속 이어져 왔으며, 전 세계에 지점을 두고 있다. 파리 보나파르트가 6번지의 '불리 향수가게' 본점 앞에는 "1837년 오노레 드 발자크는 향수 상인 불리와 그의 가게에서 영감을 받아 『세자르 비로토』를 썼다"라는 팻말이 붙어 있다.

『세자르 비로토』는 긴 시간 동안 완성되지 못했던 소설이다. 소설 집필 이후 한참 지난 1846년, 발자크는 언론인 이폴리트 카스티유에게 『세자르 비로토』를 쓰던 당시의 어려움을 토로한다.

> 나는 『세자르 비로토』를 6년이나 초고의 상태로 놔두었습니다. 그렇게 바보 같고 평범한 가게 주인이 독자에게 무슨 흥미를 부여할까 싶어 절망하면서 말입니다."[8]

그러나 "바보 같고 평범한" 상인 비로토는 빚을 모두 갚고 명예를 되찾는 순간 갑작스러운 죽음을 맞이함으로써 "상업적 성실성의 순교자"가 된다. 소설을 구상할 당시 작가는 비로토를 정직성의 사유에 사로잡혀 파멸하는 희생자로 만들고자 했다. 『루이 랑베르』, 『절대 탐구』, 『미지의 걸작』 등과 같이 〈철학연구〉에 속하는 소설로 계획했던 것이다. 그러나 파산이라는 경제 문제로 관점이 옮겨지면서 이 소설은 〈파리생활풍경〉에 속하게 된다. 사실 비로토를 정직하고 성실한 상인의 전형으로 볼 수는 없다. 제품 개발과 판매 과정에서 그는 정직하지 못했다. 3년 만에 백만장자가 되기 위해 마들렌 토지를 매입하는 것도

8 "*La Semaine*," 11 octobre 1846, in *Ecrits sur le roman, Anthologie*, Le livre de poche, coll. Références, 2000, p. 315, Daniel Dupuis, "*César Birotteau* : de la Publicité à la littérature", in *L'Année balzacienne*, Presses Universitaires de France, 2008/1, N°9, p. 285에서 재인용.

“도둑질과 다름없는” 투기였다. 이렇듯 비로토의 정직성과 성실성에 대해서는 의문을 제기할 수 있다. 하지만 나의 관심은 비로토의 파산을 통해 발자크가 보여준 당시 금융 구조 현황에 있다.

『세자르 비로토』를 집필하던 1837년은 발자크에게 파란만장한 해였다. 그는 1835년 12월에 인수한 문예지 『크로니크 드 파리』를 일곱 달 만에 청산함으로써 재정적 어려움을 겪었다. 그런가 하면 1836년 1월 『골짜기의 백합』에 대한 저작권과 관련해 『르뷔 드 파리』의 편집장 뷜로즈를 고소함으로써 긴 소송전에 매달려야 했다. 엎친 데 덮친 격으로, 1837년 5월에는 거래하던 베르데 출판사가 파산하는 바람에 경제적 위기가 가중되었다. 젊은 시절 이미 출판업, 인쇄업, 활자주조업의 실패로 파산을 경험했던 발자크가 또다시 도산 위기에 처한 것이다. 비로토가 겪는 채무자의 괴로움은 발자크가 온몸으로 겪었던 고통과 다르지 않다. 특히 어음 유통이라는 끔찍한 현실을 그토록 자세하고도 생생하게 그릴 수 있었던 것은 실제 체험에서 나왔기에 가능했을 것이다. 비로토가 마주한 현실에 대한 묘사는 발자크 상처의 흔적이다.

§ 세자르 비로토의 재산 형성 과정

소설의 시간적 배경은 복고왕정 시기인 1818년에서 1823년까지다. 사십 줄에 들어선 파리의 향수 상인 세자르 비로토는 상인들의 사회에서 중요한 자리를 확보하고, 파리 상류 부르주아 대열에 낄 정도로 성공한 사람이다. 사업 성공에 대한 인정은 1810년 상사법원의 판사로 선출된 것으로 확인된다. 그런가 하면 구청장 제안을 받았음에도 그 자리를 양보하고 자신은 부구청장 자리에 만족하는 겸손함을 지니기도 했다.

작가는 주인공 비로토의 재산 형성 과정을 상세히 묘사한다. 그 과정은 당시 프랑스의 역사적 상황과 밀접한 관계에 있다. 비로토의 재산 형성 과정은 크게 세 단계로 나눌 수 있다. 우선 1791년부터 1793년까지는 신중하고 부지런한 점원 비로토가 근검절약하던 시기다. 쉬농 근처 소작농의 막내아들로 태어나 일찍이 고아가 된 비로토는 14세가 된 1791년 단돈 1루이, 즉 20프랑을 주머니에 넣고 파리로 올라와 라공의 향수가게에 취직한다. 당시 그가 받은 월급은 6프랑이었다.

두 번째 시기인 1793년부터 1799년까지는 역사적 사건이 그의 운명을 좌우한다. 혁명력 2년인 1793년, 국민공회는 30만 명을 모집하는 징집령을 선포한다. 전쟁이 끊이지 않던 시절이었다. 가게의 점원들이 징집되자 그는 일약 2등 점원으로 승진한다. 월급은 50프랑으로 올랐다. 1794년 그는 저축한 100루이, 즉 2천 프랑을 6천 프랑의 아시냐 화폐로 바꾸어, 액면가 100프랑의 국채를 30프랑 주고 샀다. 그리고 아시냐 화폐가 폭락하기 바로 전날 그 대금을 치렀다. 액면가 100프랑짜리 국채가 30프랑으로 떨어졌을 때 6천 프랑을 투자한 것이므로, 결국 2만 프랑 가치의 국채를 매입한 것과 같다. 당시 연금의 이윤이 5%였으니 비로토는 6천 프랑을 투자하여 천 프랑의 연금 수혜자가 된 것이다. 무려 16.7%의 이율이다. 한편, 1795년 10월 5일의 방데미에르 13일 사건은 비로토 개인의 삶에 큰 흔적을 남긴다. 이 사건은 왕당파가 일으킨 반란으로, 진압군 사령관으로 임명된 나폴레옹이 군중에 대포를 쏘아 반란을 진압했다. 왕당파를 지지하던 비로토는 시위 도중 생로크 교회 앞에서 부상을 입는다. 그 사건으로 인해 그는 훗날 루이 18세로부터 레지옹 도뇌르 훈장을 받는다. 왕당파의 신념을 간직한 것을 인정받은 것이다. 1799년 11월 9일, 나폴레옹이 참여한 브뤼메르 18일의 쿠데타는 세자르에게 새로운 기회를 부여했다. 왕당파의 실패와 나폴레옹의 등장이라는 정치적 상황에 환멸을 느끼고 은퇴하는 라공 부부로부터 향수가게를 인수해 가게 주인이 된 것이다.

마지막 시기는 1799년부터 소설이 시작되는 1818년까지다. 1800년, 가게 대금의 4분의 3을 치른 상태에서 그는 결혼 지참금으로 1만 1천 프랑을 받게 된다. 그러나 그는 그 지참금으로 나머지 대금을 치르는 대신 공증인 로갱의 조언대로 "좋은 사업을 위해" 그 돈을 남겨 둔다. 부지런히 일하던 그는 기본 사업인 향수 판매와 더불어 1813년 이후 새로운 상품을 개발한다. 그가 개발한 '카민 화장수'와 '술탄의 연고'가 이익을 냄으로써 사업은 번창한다. 소설 첫 부분에 언급되는 세자르의 재산은 가게 소유권 6만 프랑과 공증인에게 맡긴 10만 프랑, 합이 16만 프랑이니, 남들이 생각하는 것처럼 그리 큰 부자는 아니다. 그럼에도 그는 1818년 12월 거대한 무도회 개최를 계획한다. 그러나 영광을 상징하는 그 무도회는 추락의 시발점이 된다.

§ 비로토의 파산과 그 원인

무도회 개최는 비로토의 허영심이 초래한 결과다. 무도회 개최의 표면적인 이유는 1818년 조기 영토 탈환을 기념하기 위한 것이었다. 나폴레옹의 워털루 전투 패배에 따라 프랑스는 5년 이내에 7억 프랑의 배상금을 연합국에 지불해야 했다. 그뿐만 아니라 배상금이 완납될 때까지 연합군 15만이 프랑스 국경 지대를 점령하는 것도 허락해야 했다. 물론 그동안의 체류비는 프랑스가 부담해야 했다. 그러나 프랑스는 예정보다 2년 빠른 1818년 11월 30일, 배상금을 완납함으로써 연합군들을 조기 철수시켰던 것이다. 하지만 조기 영토 탈환 기념은 표면적 이유일 뿐, 무도회 개최의 진정한 목적은 레지옹 도뇌르 훈장 수

여를 기념하면서 비로토 자신의 위대함을 과시하는 것이었다. 무도회는 지나친 낭비를 초래했다. 우선 집의 확장과 보수, 그리고 화려한 치장에 돈이 많이 들었다. 손님 109명을 초대하기 위한 지출도 막대했다. 6만 프랑이 소요된 그의 무도회는 동료 상인들의 질투를 샀고, 그의 광적인 낭비는 도덕적 비난을 면치 못했다. 1818년 당시 그의 전 재산이 16만 프랑이었음을 고려할 때 하룻저녁 무도회를 위해 6만 프랑을 소비했다는 것은 과도한 지출이 아닐 수 없다. 그것은 훗날 파산시 상사법원의 판결에 불리한 요소로 작용한다. 사람들은 파리의 고급 부르주아로 등극하고자 하는 비로토의 허영심과 그의 파산을 조롱했다. 비로토의 처삼촌이자 존경받는 은퇴 상인 필르로가 목격한 바에 의하면 증권거래소에서 비로토의 평판은 땅에 떨어졌고 신용은 하락했다.

> "증권거래소에서 두 시간을 보냈네. 자네는 눈곱만큼의 신용도 없더군. 모두가 자네의 불행에 대해, … 자네의 미친 짓에 대해 … 떠들어대고 있었네. … 지금 이 순간, 상업계에는 계급 상승을 꿈꾸던 한 남자에 대한 오만가지 중상모략이 난무하고 있다네."
>
> 『세자르 비로토』

이렇듯 무도회 개최를 위한 과도한 소비는 비로토 파산의 원인 중 하나다. 그러나 파산의 결정적 요인은 마들렌 지역 토지에 대한 투기에 있었다. 그것은 공증인 로갱의 충고에 따른 것이었다. 로갱은 그 토지의 가치가 3년 후에는 네 배로 오를 것이라 장담했던 것이다. 이는 당시 파리의 부동산 투기 열풍을 드러낸다. 실제로 마들렌에는 개발붐이 불고 있었다. 1824년에 광장이 완성되었고, 1767년에 시작된 마들렌 성당이 1842년에 완공되었다.

세자르의 계획은 전체 토지 대금의 8분의 3에 해당하는 30만 프랑을 투자하는 것이다. 하지만 전 재산이 16만 프랑에 불과한 그가 어떻게 30만 프랑을 마련할 수 있을까? 비로토의 계산은 다음과 같다. 우선 그에게는 로갱에게 맡긴 10만 프랑과 현금화가 가능한 2만 프랑의 어음이 있다. 즉 그가 실제로 가진 돈은 12만 프랑이다. 거기에 공장이 있는 탕플의 건물과 토지를 담보로 4만 프랑을 빌릴 예정이다. 부족한 14만 프랑은 은행가를 자처하는 클라파롱 앞으로 90일 만기 어음을 발행할 것이다. 이 어음은 상업적인 성격을 띤 채무 증서, 즉 단기 부채와 같은 것이다. 이렇듯 비로토의 계산은 실재하는 돈이 아닌 잠재적인 미래의 수익에 근거한 것이다. 결국, 소설 첫 장면에서 아내 콩스탕스의 꿈이 예고했듯이, 비로토는 파산한다.

이처럼 무모한 계획 뒤에는 뒤 티에의 음모가 도사리고 있음을 비로토는 알지 못한다. 뒤 티에는 『인간극』에 등장하는 교활하고 비열한 벼락 출세자의 전형이다. 비로토 향수가게의 점원이던 그는 여주인 콩스탕스를 유혹하는가 하면, 주인의 돈 3천 프랑을 훔친다. 그러나 비로토는 그의 절도 행위를 눈감아 준 채 그를 해고한다. 그의 뻔뻔함에 놀라면서도, 2천 프랑에 대한 보증을 서주기까지 한다. 향수가게를 나간 뒤 티에는 망명 왕족들의 부채 탕감을 위해 자본을 댄 고리대금업자 곱섹의 심부름을 한 것을 계기로 큰돈을 번다. 그러고는 여자 때문에 경제난에 허덕이는 공증인 로갱에 미끼를 던져 자기편으로 만든다. 동시에 로갱 부인의 정부가 되어 부인의 돈을 이용해 주식 투자에 성공한다. 그 후, 그는 자본을 모아 은행을 설립한다. 그는 계속 사악한 인물로 남는다. 은행가로 성공한 그는 수치스러운 과거 행적의 증인인 옛 주인을 증오하면서 그를 완전히 파멸시킬 음모를 꾸민다. 마들렌 토지 투기 사업은 비로토의 파멸을 위해 뒤 티에가 공증인 로갱과 공모하여 꾸민 계획이다. 그는 로갱의 고객인 비로토를 투기 사업에 끌어들여 실패하게 만듦으로써 옛 주인의 명예를 짓밟은 후, 죽어버린 그 사업을 싼값으로 차지하고자 했던 것이다. 로갱이 비로토에게 소개했던 은행가 클라파롱도 사실상 뒤 티에의 꼭두각시에 불과한 금융 사기꾼이다. 비로토는 뒤 티에의 계획에 따라 마들렌 토지에 무리한 투자를 한다. 그러고는 로갱이 자신이 맡긴 돈을 횡령하여 도피한 사건을 계기로 갑작스레 자금 압박에 시달리게 된다. 하지만 비로토의 환상적인 계획은 그 자체로도 실패의 징조를 품고 있었다.

§ 신용 거래의 메커니즘

앞서 말했듯이, 비로토 파산의 직접적인 동기는 부동산 투기와 무도회 개최를 위한 과도한 지출이다. 하지만 비로토 파산의 주요 원인은 신용 거래의 메커니즘에 대한 비로토의 무지에 있다. 앞서 보았듯이 모든 거래는 어음을 통해 이루어지는 신용 거래다. 하지만 비로토는 신용의 톱니바퀴를 잘 이해하지 못했다. 그는 아무에게도 빚지지 않고 오로지 신뢰에 근거해 사업을 이어온 정직한 상인이다. 그러나 그는 시대의 흐름을 읽지 못한 구시대적 인물이기도 했다.

> 자신들의 능력 이상으로 미리 돈을 빌려 쓴 적도 없었고, 금고가 빈 적도 없었으며, 자신들이 받은 어음은 지갑 속에 보관하던 콩스탕스와 비로토는 이러한 두 번째 서열의 은행에 도움을 청한 적이 한 번도 없었다. … 아무 소용이 없더라도 신용 거래를 터놓았어야 했나 보다. 『세자르 비로토』

반면 사기꾼이라고 해도 과언이 아닌 뒤 티에는 신용의 메커니즘을 잘 활용해 부자가 된 인물이다. 그는 "오직 신용에 의해서만 존재"한다. 뒤 티에의 예를 통해 우리는 19세기 전반부에 이미 신용에 기댄 금융 투기, 즉 돈의 실체 없이 서류로만 이루어지는 투기가 만연했음을 알 수 있다. 발자크는 금융 사기꾼 클라파롱의 입을 빌려 금융 투기를 설명한다.

> "그것은 추상적인 사업입니다. 금융계의 나폴레옹이라 불리는 그 유명한 뉘싱겐의 말에 따르면 그것은 아직도 십여 년은 비밀에 싸여 있을 사업이랍니다. 그 사업으로 어떤 사람은 금액 전체를 파악하고, 수익이 발생하기도 전에 이익금을 걷어가지요. 거대한 개념입니다. 희망을 정기적인 벌목으로 바꾸는 것이지요. 말하자면 새로운 신비술이라고 할까요!" 『세자르 비로토』

클라파롱이 설명하는 금융 투기는 『세자르 비로토』와 같은 해에 출판된 『뉘싱겐 은행』의 주제이기도 하다. 발자크는 『세자르 비로토』를 집필하던 중에 『뉘싱겐 은행』을 썼다. 작가는 『세자르 비로토』라는 소설의 의미를 알고 싶다면 반드시 『뉘싱겐 은행』과 함께 읽어달라고 당부한다. 아마도 비로토의 불행이 뉘싱겐으로 대표되는 거대 은행의 농간에 있음을 말하고 싶었기 때문일 것이다. 독일계 유대인 출신의 뉘싱겐은 세 번에 걸친 청산을 통해 막대한 재산가가 된다. 1804년과 1815년, 두 번에 걸친 청산으로 재미를 본 이 천재적인 채무자는 세 번째로 청산을 할 결심을 한다. 그리하여 1826년, 그는 또다시 청산한다는 소문을 내는 동시에 꼭두각시를 내세워 유령 회사를 설립한다. 그러고는 여기에서는 사람들이 돈을 빌려주도록 설득하고 저기에서는 부분적인 상환을 받아들이도록 하는 등, 거짓 소문을 통해 귀족과 은행가로 구성된 채권자들을 교묘하게 다룬 덕에 수천만 프랑을 소유한 부자가 된다. 청산 과정에서 그는 여러 명의 귀족과 상인을 파산시킨다. 그리고 뉘싱겐 자신은 재산을 세 배로 불린다. 클라파롱의 말대로

"수익이 발생하기도 전에" 이익금을 걷어가 부자가 된 뉘싱겐은 19세기 자본주의의 상징이라 할 수 있다. 발자크는 『뉘싱겐 은행』을 통해 19세기 증권거래가 열기를 띠던 당시의 금융 사기 수법을 폭로한다.

구체제에 충실했던 상인 비로토는 금융시장에서 신용 거래를 통해 벌어지는 투기의 시스템을 알 수 없었다. 그에게는 신용 거래에서 가장 중요한 요소인 '시간'에 대한 개념이 없다. 그저 수입과 지출, 그리고 단기 어음 등 현재만이 존재한다. 그 결과, 그는 오랜 시간이 필요한 부동산 투자를 위해 3개월짜리 단기 어음을 쓰는 과오를 범한 것이다. 발자크는 비로토가 처한 상황을 구체적인 숫자를 나열하면서 상세히 묘사한다. 이제 그 내용으로 들어가 보자.

영광의 무도회가 열린 것은 1818년 12월 17일이다. 그러나 무도회가 끝나자마자 "18년간의 번영은 막을 내리고 있었다." 8일 후, 집주인 몰리뇌는 비로토에게 5천 프랑을 빌려 간 우산 장수가 잠적했음을 알리면서 집세를 요구한다. 몰리뇌를 시작으로, 건축가, 페인트업자, 미장이, 빵집 주인, 카페 주인, 연주자 등이 몰려와 청구서를 내민다. 비로토는 12월 말 만기 어음 3만 프랑, 1월 15일 만기 어음 3만 프랑, 도합 6만 프랑의 어음에 대한 돈을 지불해야 한다. 그러나 그의 수입은 2만 프랑에 불과했다. 그는 점원을 통해 단골 손님들에게 계산서를 보낸다. 당시 파리의 상점들은 특권층에게 할부나 외상으로 물건을 팔았던 것이다. 하지만 귀족에게 대금 지불을 요청하는 것은 대단히 무례한 행동으로 여겨졌기에, 외상을 진 귀족들은 노골적으로 불쾌함을 드러낸다. 그러던 중 공증인 로갱이 고객들의 자금을 횡령해 도피하는 사건이 발생한다. 비로토는 그에게 토지 대금 지급을 위해 자신의 돈 12만 프랑, 그리고 옛 주인 라공과 처삼촌 필르로의 10만 프랑, 합해서

22만 프랑을 맡긴 상태였다. 한편, 클라파롱은 뒤 티에의 지시에 따라 비로토로부터 받은 14만 프랑의 어음을 고리대금업자 지고네에게 유통한다. 90일 안에 지고네에게 14만 프랑을 지불하지 못할 경우 비로토는 완전히 신용을 잃게 된다. 이는 상인으로서 대단한 불명예다.

자신이 발행한 어음을 해결하지 못한 비로토는 새로운 어음을 발행해 만기일을 몇 주 늦춤으로써 위기를 모면하려 한다. 하지만 상인들 사이에서 계약 갱신은 단기 어음 해결 능력이 없음을 드러내는 것이다. 게다가 계약 갱신 때마다 이자를 계산해야 하기에 빚은 늘어가고 지불은 점점 더 어려워진다. 이렇듯 어음의 만기 연장을 위한 계약 갱신은 파멸의 시작이다. 필연적으로 유통 과정을 거쳤기에 더욱 그렇다.

> 계약 갱신을 요구한다는 것은 상법의 판례에서 볼 때, 중죄법원에서 다루어지는 경범죄와도 같다. 경범이 중죄로 이르듯이 그것은 파산을 향한 첫걸음이다.
>
> 『세자르 비로토』

19세기 당시 현금이 부족했던 사람들은 누구나 어음을 발행했다. A가 발행한 어음을 받은 B는 배서한 후 할인한 금액으로 C에게 그것을 넘긴다. 그 사람은 또 다른 인물 D에게 같은 방식으로 할인해서 어음을 넘긴다. 그런 식으로 배서한 어음은 연속적으로 유통된다. 게다가 유통될 때마다 할인됨으로써 갚아야 할 액수는 원금보다 훨씬 더 많이 불어난다. 그 과정은 "종이에 불과한 가짜 돈"의 흐름이다. 발자크는 어음 유통의 위험성을 강조한다. 비로토는 자신의 어음을 고리대금업자에게 넘긴 클라파롱에게 유통하지 않을 것이라 약속하지 않았느냐고 항의한다. 유통은 사기의 전유물처럼 여겨진다. 특히 실제 상거래 없이 순전히 자금 조달을 위해 개인들 간에 이루어지는 융통 어음은 위험하다. 하지만 19세기 당시, 은행으로부터 신용 대출이 불가능했던 상인들에게 어음 유통은 불가피했다.

세자르는 무도회 개최를 위해 발행한 어음과 클라파롱에게 써준 어음, 그리고 머릿기름 재료를 구입하기 위해 발행한 어음을 갚아야 한다. 하지만 그에게는 현금이 한 푼도 없다. 파산을 막기 위해서는 우선 12월 말까지 갚아야 할 3만 프랑의 어음을 청산한 후, 1월 15일 만기인 3만 프랑의 어음을 갚기 위해 신용 대출을 받아야 한다, 그러고서 클라파롱에게 준 90일짜리 14만 프랑의 어음에 대하여 만기일을 연장하는 재계약을 해야 한다.

그러나 그 어떤 은행도 성실한 상인이었던 비로토에게 신용 대출을 해주지 않는다. 과도한 투자와 지출, 시간 개념의 부족, 신용 시스템에 대한 무지 등, 비로토 파산의 원인은 분명 비로토 자신의 실책에 있다. 하지만 발자크는 상인의 개인적 과오와 더불어 은행의 이기심이 문제를 악화시켰음을 지적한다. 은행으로부터의 신용 대출이 가능했다면 그는 결코 파산에 이르지 않았을 것이기 때문이다. 이렇듯 발자크는 왕정복고 당시 은행 시스템의 문제를 고발한다.

§ 은행의 역할과 기능

현대 사회에서 대출이나 신용 거래 등의 돈거래는 주로 은행을 통해 이루어진다. 그러나 19세기에는 그렇지 않았다. 프랑스의 경우 1848년에 가서야 파리할인은행을 시작으로 신용 거래 기관이 생겨난다. 그 후 1859년 상업신용금고, 1863년 리옹신용금고 등이 생겼다. 이는 발자크의 작품에 반영되기에는 너무 늦은 시기다. 발자크 소설에서 신용 대출은 은행가 개인의 결정에 따라 이루어진다. 따라서 비로토는 켈러 형제나 뉘싱겐 등의 은행가를 만나 대출을 부탁해야 한다.

당시 은행가들의 관심은 다양한 국책 사업에 있었다. 왕정복고가 시작될 무렵 프랑스는 근대 국가로 가기 위한 인프라 구축이 절실히 필요했다. 도로, 철도, 운하 등의 건설에 막대한 돈이 필요한 정부는 자금 조달을 위해 전적으로 은행에 의존할 수밖에 없었다. 그들만이 큰 액수의 돈을 빌려줄 수 있었기 때문이다. 신용 대출을 받기 위해 켈러 형제의 은행을 방문한 비로토는 그곳에서 수백만 프랑에 달하는 운하 건설 계획이 논의되는 것을 보고 놀라움을 감추지 못한다.

> 오른편에서는 토목공사 지도부가 제안한 운하의 주요 노선 완성을 위한 대출 문제를 논의하는 소리가 들렸다. 그런데 그 액수는 수백만 프랑에 달하는 것이었다. 『세자르 비로토』

그런가 하면 내무장관 드카즈는 튈르리궁의 마르상 별채를 철거하는 문제를 켈러와 의논하고자 한다. 드카즈는 복고왕정 시절 1818년 12월부터 1820년 2월까지 내무장관을 지낸 실제 인물이다. 이런 상황이니, 프랑수아 켈러의 "내 팔 안에 유럽의 금융이 담겨 있다."라는 말은 결코 과장이 아니다. 뒤 티에도 1822년에 시작하여 1825년에 완공된 생마르탱 운하에 자본을 투자한다. 국가와 대자본의 결탁은 은행가들이 정치적 권력을 획득하는 계기가 된다. 세 번의 청산을 통해 대부호가 된 뉘싱겐 남작은 복고왕정 시절인 1824년에 국회의원이 되었고, 7월왕정 체제하에서는 귀족원 의원이 된다. 프랑스와 켈러도 국회의원, 귀족원 위원, 백작이 된다. 고아 출신으로 비열한 짓을 서슴지 않던 뒤 티에 역시 국회의원이 된다.

발자크는 당시 은행의 기능과 역할을 정확하게 보여준다. 은행은 확실한 이득이 보장된 국책 사업에 투자할 뿐, 상업이나 산업 발전을 위한 대출은 거부한다. 국가의 산업 발전을 위해 사회가 요구하는 은행 본연의 임무를 등한시 했던 것이다. 발자크는 금융 기관으로부터 신용 대출을 받지 못해 파산하는 상인 비로토를 그리면서, 복고왕정과 7월왕정 당시 은행 시스템의 문제점을 날카롭게 지적한다. 켈러로부터 10만 프랑의 신용 대출을 거부당한 비로토는 다음과 같은 결론을 내린다. "은행은 항상 그 목적을 저버리는 것처럼 보였다." 평생 부채에 시달렸던 작가가 품고 있는 은행에 대한 원망이 작품 속에 녹아든 것이리라.

현대 사회 은행의 주요 업무는 저축과 대출이다. 그러나 왕정복고 시절 은행의 업무는 주로 상업어음 관리에 있었고, 저축의 업무는 없었다. 따라서 전통적으로 개인은 거래하는 공증인에게 돈을 맡기곤 했다. 그것은 당시 자본 축적의 한 방식이었다. 하지만 얼마나 시대착오적이고 위험한 방식인가! 공증인의 개인적인 평판과 공증인이라는 업무의 공공적 특성만이 유일한 보증이었으니 말이다. 작가는 바로 이 점에 주목한다. 공증인 로갱에게 12만 프랑을 횡령당한 비로토는 말한다. "로갱은 내게 은행이었어요."

이윤이 보장되는 저축 은행이 생긴 것은 1818년이다. 1818년 파리에, 1819년 루앙과 마르세유에 5% 확정 금리의 저축 은행이 창설되었다. 저축 은행 정관 제1조는 "이 은행은 농부, 노동자, 장인, 하인, 부지런하고 절약하는 사람들의 적은 액수의 돈을 맡아주기 위한 기관이다."[9]라고 명시하고 있다. 즉 이 기관의 설립 목적은 가난 퇴치에 있

9 Carole Christen-Lécuyer, "Pédagogie de l'argent et lutte contre le paupérisme dans la littérature : L'exemple des Caisses d'épargne sous la Restauration et la Monarchie de Juillet", in *La Littérature au prisme de l'économie : Argent et roman en France au XIXe siècle*, Sous la direction

었다. 노동자들의 경제적 안정 추구를 위한 것이기도 했다. 저축 은행에 저금하라는 슬로건은 도박장이나 술집을 배회하던 노동자들을 예금자로 변화시키려는 사회 정책의 일환이었다. 저축 은행은 점차 프랑스 전체로 확대되었다. 복고왕정 말기에 저축 은행이 12개 정도였다면 7월왕정 말기인 1847년에는 355개로 늘어났다.[10] 사실 복고왕정과 7월왕정 당시에 저축은 많은 경우 하녀들에게 계급 상승의 기회였다. 샤를 뒤팽 남작은 하녀들, 특히 요리사들이 수십 년간 저축한 후 마흔이나 쉰 살이 되어 고향에 내려가 젊은 남자와 결혼하는 사례가 많았다는 연구를 발표하기도 했다.[11]

『인간극』에서 저축 은행에 예금한 사람들은 수위, 하인, 요리사 등이었다. 발자크는 서민들을 부도덕하게 만들고, 하인에게 절도와 사취의 욕구를 불러일으킨다는 이유로 저축 은행을 비판한다. 그에 따르면 저축 은행은 민중을 타락시킨다. 『뉘싱겐 은행』에서 발자크는 저축 은행의 위험성을 다음과 같이 피력한다.

> 저축 은행은 교육도 받지 않고 이성적 판단도 할 수 없기에 자기도 모르는 사이에 일어나는 범죄를 제지하지 못하는 사람들에게 이자를 줌으로써 그들을 악덕에 감염되게 한다. 『뉘싱겐 은행』

저축 은행에 관한 작가의 비판은 1846년에 출간된 『사촌 베트』에

de Francesco Spandri, Classique Garnier, 2014. p.312.

10 같은 책, p. 314.

11 Charles Dupin, *Constitution, histoire et avenir des Caisses d'épargne de France,* Paris Firmin Didot frères, 1844, p. 282, Carole Christen, "Qu'est ce qu'épargner veut dire? Par-delà les poncifs de l'avarice balzacienne", in *La Comédie (in)humaine de l'argent*, sous la direction d'Alexandre Péraud, 앞의 책, pp. 61-62에서 재인용.

서도 이어진다. 아마도 발자크는 1844년에 발표된 샤를 뒤팽의 논문을 읽었을 것이다.

> 아주 예외적인 경우를 제외하고, … 요리사들은 가정의 도둑, 고용된 도둑, 뻔뻔한 자들이다. 그들의 도둑질에 대한 성향을 개발시켜주면서 정부는 기꺼이 장물아비 역할을 한다. 시장바구니에 대한 농담들이 말해주듯, 요리사들에게 도둑질은 거의 허용되어 있다. 옛날에는 복권을 사기 위해 40수를 필요로 했지만, 지금은 저축 은행에 저금하기 위해 50프랑을 훔친다. … 도둑질로 부자가 된 40세나 50세 요리사와 결혼하는 20세 청년 노동자의 놀라운 숫자에 대해 통계는 침묵한다.
>
> 『사촌 베트』

저축 은행에 대한 발자크의 비판이 다소 편파적인 것은 사실이다. 하지만 은행에 예치된 자금에 대한 위험성을 예견한 발자크의 예지에는 놀라지 않을 수 없다. 『뉘싱겐 은행』에서 "돈을 인출하고자 줄 서는 현상"을 예고한 10년 후인 1848년, 2월혁명 직후 실제로 사람들이 저축 은행에 몰려들어 돈을 요구하는 사건이 발생했다. 이러한 사태는 1848년 11월 21일 법령에 따라 저축 은행의 모든 통장이 청산된 후, 보상을 전제로 은행이 다시 열리면서 끝이 난다. 저축 은행은 구원되었고 19세기 후반에 다시 활기를 띤다.

발자크의 작품을 통해 산업화 초기의 신용 거래로 이루어진 프랑스의 경제 구조를 이해할 수 있었다. 그 어떤 역사학자나 경제학자도 당시 금융 시스템과 신용 거래의 현황을 발자크처럼 상세하고도 구체적으로 기록하지 않았다. 그런 의미에서 『인간극』은 경제학자들에게 중요한 정보를 제공하는 사료로서의 가치도 크다. 산업 사회의 도래와 더불어 은행 등의 금융 기관이 발달하고 안정된 화폐 제도가 정착되면서 지금의 경제 구조에 이르렀다. 발자크가 묘사한 19세기 전반부의 금융 구조나 유통되는 돈의 액수는 지금과 비교할 수 없다. 하지만 그 근본적 메커니즘은 유사하다고 볼 수 있다. 즉, 돈이 있다고 믿는 곳에는 숫자만 있다. 실체가 없는 돈의 움직임은 위기를 초래한다. 전 세계를 휩쓴 지난 2008년 경제위기의 원인은 신용과 금융 시스템의 신뢰가 무너진 결과였다. 21세기에 횡행하는 사모펀드 사기 행각의 기본 구조 역시 발자크가 묘사한 19세기 금융 사기의 구조와 다르지 않다. 신용과 금융에 대한 19세기 발자크의 통렬한 비판은 여전히 유효한 것이다. 거기에 발자크의 현대성이 있다.

결혼과 지참금

발자크 작품에서 결혼은 돈이다. 사랑이 없는 결혼은 가능하지만, 돈과 무관한 결혼은 없다. 사랑할지라도 지참금이 없으면 결혼할 수 없고, 지참금이 많으면 '사랑할 수밖에' 없다. 『아르시의 국회의원』은 지참금 50만 프랑을 가진 세실 보비바주를 놓고 여러 남자가 경쟁하는 이야기다. 시몽 지게 역시 세실을 얻기 위해 안간힘을 쓴다. 나폴레옹 시절 군인이었던 순진한 아버지는 아들에게 묻는다. "너 그녀를 사랑하니?" 아들은 답한다. "물론이죠, 아버지." 그 한 마디에는 아마도 다음과 같은 의미가 담겨 있을 것이다. "무슨 그런 질문을 하세요? 지참금이 그렇게 많은데 어떻게 사랑하지 않을 수 있죠?"

결혼은 계약이다

⁘ 『결혼 계약』

1835년에 출판된 『결혼 계약』은 결혼과 관련된 민법상의 계약에 관한 소설이다. 지참금 제도가 존재하는 프랑스에서 결혼은 전통적으로 계약의 특성이 강했던 것이 사실이다. 하지만 혁명 이후 급변하는 격동기에 결혼은 그 어느 때보다도 금전적 이해관계가 중요시되었다. 『결혼 계약』은 결혼에서의 돈의 중요성을 적나라하게 드러낸다. 소설은 계약 자체에 집중된다.

앞서 말했듯이, 구체적인 돈의 액수는 발자크 소설의 중요 요소다. 피케티는 발자크의 소설을 통해 19세기 전반부 프랑스인의 소비 수준을 가늠할 수 있다고 주장했다. 그에 따르면 1810년~1820년 당시 품위 있는 생활을 유지하기 위해서는 1만에서 2만 프랑의 수입이 있어야 했으며, 그에 못 미칠 경우 자신이 비참하다고 생각했다고 한다.[12] 화폐 가치에 대한 이 정도의 지식을 가지고 『결혼 계약』의 내용을 들여다보자.

폴 드 마네르빌 백작은 수전노 아버지로부터 막대한 재산을 상속받은 정통 귀족이다. 그는 파리에서 6년간 79만 프랑을 탕진한 후, 파리의 사치를 버리고 고향 보르도에 정착하여 가정을 꾸리고자 한다. 그를 잘 아는 친구 앙리 드 마르세는 "결혼은 가장 어리석은 짓"이라며 결혼하지 말 것을, 그리고 "4만 프랑의 연금으로 지방에서 왕처럼 살 것"을 충고한다. 그러나 친구의 조언에도 불구하고 그는 사랑하는 아내와의 행복하고 안정된 삶을 꿈꾼다.

12 토마 피케티, 『21세기 자본』, 앞의 책, p. 133.

1821년 보르도에 돌아온 백작은 그의 이름과 재산 덕분에 지방 사교계에서 큰 성공을 거둔다. 귀족이라는 신분이 다시 각광받던 복고왕정기였음을 상기하자. 그런데 그는 부유한 스페인 사업가의 상속녀 에방젤리스타 양에게 반한다. 그녀의 아버지는 막대한 재산을 아내와 딸에게 남기고 1813년에 죽었다. 보르도 사람들은 남편 사후에도 과도한 소비와 사치스러운 생활을 계속하는 에방젤리스타 부인을 굉장한 부자로 여겼다. 하지만 사실 그녀의 재산은 점점 줄어들고 있었다. 그녀에게 남은 것은 오로지 미모의 딸을 무기로 새로운 삶을 살겠다는 야망뿐이었다.

폴이 보르도에 정착한 지 6개월이 지났을 때, 부인은 폴을 장악할 수 있다는 판단을 내린다. 딸을 폴에게 시집보낸 후, 그를 도구 삼아 파리 사교계에 진출하리라. 적당히 무능하고 나약한 폴은 그런 점에서 사윗감으로 안성맞춤이었다. 19세가 된 나탈리 에방젤리스타의 아름다움에 반한 폴은 서둘러 그녀에게 청혼한다. 그는 에방젤리스타 양이 백만 프랑의 지참금 소유자라는 소문만 믿은 채, 실제 금전적 상태는 알아보지도 않았다.

그러나 결혼이라는 절차를 밟기 시작한 바로 그 순간부터 결혼은 이권을 위해 싸워야 하는 전쟁이 된다. 그리하여 유리한 계약을 위해 두 공증인이 벌이는 법적 대결은 소설의 핵심을 이룬다. 결혼 당사자는 공증인에게 모든 것을 일임하고, 공증인은 고객의 이익과 권리를 위해 싸운다. 백작의 공증인 마티아스는 말한다.

> "백작님, 당신은 당신의 이익을 위해 나를 불렀습니다. 그러니 당신의 재산을 지키게 놔두십시오. 아니면 나를 해고하십시오." 『결혼 계약』

결혼을 결정하고 계약서를 쓰는 순간, 결혼은 더 이상 "감정의 문제가 아니며" 순전히 "금전적인 사업"이 된다. 즉 양측의 재산은 얼마인지, 신부는 지참금으로 얼마를 가져오는지, 두 사람이 가져온 재산을 공동으로 할지 각자의 몫으로 남겨둘지, 자녀들에게 상속할 재산은 얼마나 되는지, 배우자 중 한 사람이 먼저 사망할 경우 재산은 누구에게 가는지 등 금전에 대한 구체적 사항이 계약의 내용이다. 그것은 당사자들끼리가 아니라 양측이 의뢰한 공증인들에 의해 논의된다. 폴은 귀족의 가치를 소중히 여기는 구시대의 공증인 마티아스에게, 에방젤리스타 부인은 개인적 이득만 생각하는 새로운 시대의 공증인 솔로네에게 모든 것을 일임한다.

에방젤리스타 부인은 공증인에게 자신의 비밀을 털어놓는다. 그녀는 남편이 남긴 재산 중 115만 6천 프랑을 딸의 지참금으로 내놓아야 한다. 하지만 모든 재산을 처분하더라도 그녀에게는 그 돈을 마련할 여력이 없다. 사치스러운 생활을 위해 지난 7년 동안 2백만 프랑이 넘는 돈을 다 써버리고 남은 재산이라고는 저택과 생활비로 충당되는 연금뿐이기 때문이다. 만일 폴이 결혼을 거부한다면 보르도 전체가 그 이유를 알게 될 터, 나탈리는 그 누구와도 결혼할 수 없게 된다. 부인은 자신의 영향력을 최대한 이용해 이 결혼을 반드시 성사시키고자 한다. 부인의 의도를 파악한 공증인 솔로네는 계약을 서두른다. 그리고 부부의 재산은 공동 재산으로 하되 한 사람이 사망할 경우 배우자는 모든 재산을 가진다는 일반론만 명시된 두루뭉술한 계약서를 작성한다. 그에게 "모든 것은 단순명료"하다.

하지만 폴의 공증인 마티아스는 그런 술수에 호락호락 넘어갈 위인이 아니었다. 그는 재산 목록과 지참금 내용을 명시함으로써 각자의 권리를 명확히 하고자 한다. 마티아스가 열거한 폴의 재산은 랑스트락 영지와 성, 4만 6천 프랑의 연수익을 가져다주는 농장과 포도밭, 보르도 저택과 파리 저택, 그리고 45만 프랑에 달하는 가구 등으로, 총 3백만 프랑에 이른다.

공증인 솔로네도 고객의 상황을 상세히 말해야 한다. 즉, 에방젤리스타 씨의 죽음 이후 작성된 재산 목록을 공개하고, 그중 얼마가 청산되었는지 명시해야 한다. 자본이 어떻게 쓰였는지도 공개해야 하고, 딸의 상속에 대한 명세서도 제시해야 한다. 하지만 그는 그렇게 할 수 없다. 아버지가 딸에게 남긴 유산마저 모두 부인이 탕진했기 때문이다. 솔로네는 애초에 재산에 대한 목록도 청산도 없었다고 주장한다. 하지만 마티아스가 상속의 권리를 언급하자, 그는 사실을 고백할 수밖에 없다. 그는 나탈리가 부친으로부터 115만 6천 프랑을 상속받았지만, 현재 부인에게 남은 것은 거주하고 있는 저택과 가구, 그리고 4만 리브르의 연금 수입을 가져다주는 80만 프랑 가치의 국채가 전부임을 인정해야 한다. 즉 남은 재산을 모두 합쳐도 100만 프랑에 미치지 못한다. 따라서 부인이 딸에게 줄 지참금은 한 푼도 없다. 결국, 딸에게 100만 프랑 이상의 빚을 지고 있는 셈이다.

마티아스는 망연자실했다. 온갖 바보짓을 할 만큼 사랑에 눈이 먼 폴조차 고민에 빠졌다. 그토록 호화스럽게 살던 나탈리에게 한 푼의 지참금도 없다니! 그는 자신과 나탈리의 재산에서 나오는 수입을 합치면 연 소득이 10만 프랑은 될 것이라 예상했다. 그러나 공증인의 말대로라면 결혼 후에도 수입은 한 푼도 늘어나지 않은 채, 4만 6천 프랑에 머물 것이다. 게다가 미래의 아내는 사치에 익숙한 여인이 아닌가. 폴은 결정을 내리지 못한 채 협의를 미루는 것처럼 보였다.

그러자 솔로네는 새로운 제안을 한다. 그는 분명 오래전부터 그 계획을 준비했을 것이다. 하지만 갑자기 묘책이라도 발견한 듯, 부인이 딸에 대한 의무를 다할 방법을 찾았다고 말한다. 부인은 연금 4만 프랑 소득을 내는 국채를 소유하고 있다. 투자금은 40만 프랑이지만 5% 이윤의 국채이니 원금의 가치는 80만 프랑에 해당한다. 저택과 정원의 매매가는 20만 프랑이다. 따라서 결혼 계약을 통해 부인이 딸에게 저택과 연금에 대한 '허유권'을 부여한다면, 폴은 아버지가 나탈리에게 상속한 백만 프랑을 받는 셈이 된다.

외관상 그럴듯해 보이는 그 제안은 매우 용의주도한 것이었기에 폴은 탄성을 질렀다. 하지만 마티아스라는 실력자의 눈을 속일 수는 없었다. 허유권이란 특정인에게 권리가 설정되어 내용이 공허한 소유권이다. 즉 재산권은 나탈리에게 있지만, 에방젤리스타 부인이 살아 있는 한 그 재산으로부터 나오는 수입에 대해 나탈리는 아무런 권리도 행사할 수 없다. 따라서 그들은 폴의 4만 6천 프랑 수입으로 살아야 한다. 두 사람에게 그 수입은 불충분하다. 게다가 더 심각한 위험은 폴이 언제고 아이들에게 115만 6천 프랑을 증여해야 한다는 것이었다. 결혼 계약서에는 그가 지참금으로 그 액수를 받았다고 명시될 것이기 때문이다. 하지만 아내가 장모보다 먼저 죽을 경우, 폴은 그 지참금에 손을 댈 수 없다. 그러한 조건의 계약서에 서명한다는 것은 "손과 발이 묶인 채" 강에 빠지는 것이다.

이러한 함정이 발각되자, 이번에는 에방젤리스타 부인이 마치 큰 희생이라도 치르는 양 개입하고 나선다. 사교계를 포기했으니, 자신에게는 재산이 필요 없다는 것이었다. 수녀원에 들어가기에 필요한 연금만 있으면 될 터, 그 경우 젊은 부부는 그녀의 모든 재산에 대한 권리를 얻게 될 것이다. 그녀는 원금 80만 프랑에 해당하는 5%짜리 국채를 포기했다. 공증인이 30만 프랑을 받아주겠다고 한 저택도 내놓았다. 저택을 판 후 저택 매매 대금의 반인 15만 프랑을 딸에게 주려 하니, 4만 프랑의 연금 소득을 가져오는 80만 프랑에 15만 프랑을 더하면 95만 프랑이 될 것이다.

아주 이상한 셈법이다. 하지만 행복이 깨질까 두려웠던 폴은 그럴듯해 보이는 그 제안을 듣고는 기쁨을 감추지 못했다. 순진한, 아니 멍청한 폴은 그 계산에 숨은 저의를 몰랐던 것이다. 자신감을 얻은 젊은 공증인 솔로네는 신부 지참금이 결국 폴의 재산과 맞먹는다고 허풍을 떨었다. 30만 프랑으로 평가되던 부인 저택의 가치는 갑자기 40만 프랑이 되었다. 그 계산법에 따라 에방젤리스타 부인은 저택을 매매한 후 딸에게 15만 프랑을 주고 남은 25만 프랑을 얻게 될 것이며, 10% 금리로 하면 연간 2만 5천 프랑의 수입을 가져올 것이다. 나탈리의 경우, 5% 금리의 연금 4만 프랑과 15만 프랑에 대한 5% 금리의 연금 7천 프랑, 총 4만 7천 프랑의 연금 수입을 얻게 된다. 여전히 이상한 이 셈법에 따라 나탈리의 연금은 폴의 연금과 대등해진다. 게다가 솔로네의 신호에 따라 부인은 눈물을 흘리면서 10만 프랑에 해당하는 보석도 모두 양도하겠노라 말한다. 공증인 솔로네는 결론을 내린다. 결국, 아버지로부터 받은 유산을 다 받았다는 것을 인정하지 않을 수 없지 않은가!

나탈리에 푹 빠진 폴은 기뻐 어쩔 줄 모르고, 심지어 장모의 관대함에 감격하기까지 한다. 그러나 공증인 마티아스는 그 제안에 감추어진 속임수를 발견하고는 두 손으로 머리를 감싼다. 그는 이것이 솔로네의 함정이고 술수임을 모르지 않았다. 폴의 재산 3백만 프랑은 "점점 가치가 커지는" 토지 재산이 주를 이루는 반면, 나탈리 측의 재산은 현금 백만 프랑이 전부였다. 그것은 "이자가 오르느냐 내리느냐에 따라 운명이 달라지는 자본"에 불과하다. 게다가 105만 프랑의 지참금을 받으면서 사실상 아버지로부터 상속받은 115만 6천 프랑의 지참금을 받았음을 인정해야 한다. 결국, 폴은 이미 자식들에게 십만 프랑 이상의 돈을 빚지는 셈이 된다. 훗날 자식들에게 어머니의 지참금을 상속해야 하기 때문이다.

마티아스가 볼 때 이 결혼은 미친 짓이다. 그러나 사랑에 빠진 폴에게 이성적이고 합리적인 말은 들리지 않는다. 폴에게서 눈물을 본 마티아스는 그의 파산을 막고 마네르빌 가문의 재산을 지킬 해결책을 제시한다. 장자에게 세습되는 가문의 재산, 양도 불가능한 부동산인 '마조라'의 설립이 그것이다. 마조라는 혈통 중심의 가부장 사회에서 장자에게 세습되는 가문의 재산이다. 법적 권리자인 장자는 마조라에 대한 용익권만을 가지며, 이로써 발생하는 이득은 집안의 가장으로서 사용해야 한다. 즉 마조라의 유지비와 보수비 등으로 충당해야 한다. 마조라는 후대에 물려줘야 하는 재산이므로, 그 부동산을 마음대로 처분할 수 없다. 팔 수도 담보로 할 수도 없고 압류도 불가능하다. 우리 전통 사회에서의 종중 땅과 비슷한 개념이다. 1830년 혁명 이후 이 전통 제도는 격렬한 비판을 받았다. 1835년 5월 12일 법에 따라 마조라는 금지되었고, 몇 년 후 1849년 5월 11일 법은 마조라 재산 처분을 허락했다. 그러나 이 소설의 무대가 되는 복고왕정 당시 루이 18세는 마조라 설립에 호의적이었다. 백만 프랑에 해당하는 랑스트락 영지, 신부가 가져올 지참금 중 80만 프랑으로 매입할 인근의 두 영지, 그리고 파리의 저택이 이 '마조라'에 속할 것이다. 양측이 마조라 설립에 동의함으로써 결혼은 성사된다.

여기까지는 노련한 마티아스가 승리한 것처럼 보인다. 마조라 설립은 7년간 2백만 프랑을 "먹어치운" 모녀가 재산을 모두 탕진할 위험으로부터 폴을 보호할 수 있는 묘책이기 때문이다. 마조라는 마네르빌 가문을 지켜줄 것이다. 그러나 계약 당일, 솔로네는 마네르빌 집안과의 소송을 피하기 위해 "자손 없이 폴 드 마네르빌이 사망할 경우 마조라는 모두 부부 공동 재산에 속하며, 딸들만 남겼을 경우 마조라 설립은 무효가 된다"는 조항을 첨부할 것을 제안한다. 이 악마적 조항은 결국 폴을 파멸시키는 결과를 초래한다. 나탈리는 아이를 가지지 않을 것이기 때문이다.

폴과 나탈리가 결혼한 지 5년이 지났다. 결혼을 통해 나탈리는 작위와 재산을 얻었다. 하지만 완전히 파산한 폴은 돈을 벌기 위해 인도행 배를 탄다. 그에게는 150만 프랑의 빚이 있었고, 그중 55만 프랑은 아내에게 진 빚이었다. 그는 장모로부터 받은 다이아몬드를 팔아 자금을 마련하는 대신 그것을 나탈리에게 선물했다. 또한, 파리의 저택을 수리하느라 에방젤리스타 저택 매매 대금으로 받은 15만 프랑도 다 써버렸다. 아내가 가져온 연금 4만 프랑의 국채를 팔아 마조라를 위한 부동산 대금을 치러야 했다. 결혼 계약 당시 액면가 100프랑으로 계산하여 80만 프랑을 받은 것으로 인정되었던 국채의 당시 시가는 87프랑이었다. 따라서 시가대로 국채를 판 후, 그 차액인 10만 4천 프랑은 고스란히 부채로 남았다. 결국 그는 결혼 초기부터 20만 프랑 가까운 빚을 져야 했다. 그들에게는 아직 6만 7천 프랑의 연금이 남아 있었다. 그러나 그들은 연간 20만 프랑 이상을 썼고, 이래저래 결국 폴은 원금에 고리대금까지 합쳐 150만 프랑의 부채를 지게 된 것이다.

겉으로 보아 사라져 버린 것처럼 보이는 폴의 재산은 사실상 장모 손으로 들어갔다. 모든 것은 에방젤리스타 부인의 계획대로 진행되었다. 그녀는 보르도에 있는 폴의 저택에 홀로 남아 영지에서 나오는 수입을 모두 가로채면서 재산을 모았다. 그러고는 허수아비를 내세워 그 돈을 폴에게 빌려줌으로써 고리의 이자를 받았다. 그뿐만 아니라 폴이 부채를 갚기 위해 영지를 매각하려 할 때, 부인은 그 영지를 모두 매입했다. 그럼에도 폴은 여전히 장모의 헌신을 믿었다. 결국 "나탈리가 그를 사랑하지 않고 다른 남자를 사랑할 경우 그는 파산하여 프랑스를 떠날 것이다."라는 결혼 계약 당시 부인의 예언은 적중했다. 파리에 정착한 지 얼마 되지 않아 나탈리는 이미 펠릭스 드 방드네스[13]의 애인이 되었으니 말이다.

인도로 향하는 폴은 나탈리로부터 임신 사실과 헌신을 약속하는 편지를 받는다. 하지만 모두 거짓이고 위선이었다. 한참 후에야 그는 친구 앙리 드 마르세의 서신을 통해 자신이 장모의 사냥감에 불과했음을 깨닫는다. 하지만 이미 인도로 떠나는 배에 몸을 실은 후다. 폴은 자문한다. "내가 그 사람들에게 무엇을 할 수 있었을까?" 그는 비로소 자신의 무능력과 나약함이 파멸의 원인임을 자각한다. 그 후 폴 드 마네르빌은 『인간극』에서 사라진다. 아마도 죽었을 것이다.

『결혼 계약』에서 작가는 결혼이라는 개인적 사건이 사실상 사회 전체의 문제임을 말하는 것처럼 보인다. 우선 두 명의 공증인은 각각 구시대와 새로운 시대를 대표한다. 늙은 공증인 마티아스는 과거의 귀족적 가치를 중시한다. 반면, 에방젤리스타가 고용한 공증인 솔로네는 구시대의 풍습에는 아무 관심도 없다. 그는 오로지 개인의 이득만 생각한다. 백작인 폴과 사업가의 딸인 나탈리가 그렇듯이 두 공증인은 구귀족과 신흥 부르주아지를 상징한다. 작가는 황금만능주의가 판치는 19세기 당시 프랑스의 현실을 결혼이라는 제도를 통해 보여준다. 결혼

13 펠릭스 드 방드네스는 『골짜기의 백합』의 주인공이다. 나탈리의 요구에 따라 방드네스가 지난날의 모르소프 백작부인과의 사랑을 이야기한 것이 『골짜기의 백합』 내용이다. 이야기를 들은 후 나탈리는 방드네스에게 결별을 통보한다. 한참 후 파리의 살롱에서 결혼한 펠릭스를 만난 그녀는 다시 그를 유혹하지만 성공하지 못한다. (『이브의 딸』)

은 이해관계의 결합일 뿐이다. 사흘간 계속되는 결혼 계약에 관한 토론은 '이해관계의 전쟁'과도 같다. 이렇듯 19세기 사회적·정치적 변화의 물결은 개인의 삶에도 녹아든다. 그리고 그것은 크게 보아 1789년 대혁명의 결과다. 대혁명 이후 19세기는 개인의 삶이 정치화되는 시기임을 발자크는 말하고 싶었던 것이리라.

두 명의 공증인에게 돈의 개념은 서로 다르다. 결혼이나 가족, 가문의 개념도 다르다. 귀족에게 결혼의 목적은 가문을 지키고 혈통을 잇는 것이다. 귀족 청년 앙리 드 마르세는 말한다. "합법적인 부인은 우리에게 아이를 낳아줄 의무와 정절을 지킬 의무가 있다. 하지만 사랑의 의무는 없다." 마르세가 말하듯 정절은 피의 순수성을 지키기 위해 지켜야 할 의무일 뿐이다. 공증인 마티아스는 마조라를 설립함으로써 마네르빌 가문의 재산을 지킬 수 있게 한다. 재산은 가문과 혈통의 존속을 위해 필요한 수단이다. 한 명의 상속인에게 재산이 집중되는 장자상속이 필요한 이유는 바로 거기에 있다. 반대로 젊은 솔로네에게 돈은 즐거운 삶을 영위하기 위해 필요한 종이에 불과하다.

『결혼 계약』은 한 인간의 추락을 보여준다는 점에서 비극적이다. 그러나 이 추락은 사회적 메커니즘의 변화에 따라 이미 예고되어 있었다. 따라서 이 소설은 개인의 비극을 넘어서는 사회적 갈등의 드라마다. 대혁명 이후 서서히 몰락한 귀족은 1830년 혁명 이후 완전히 추락하여 구시대의 유물로 남는다. 몇몇 몰락한 귀족들은 부유한 부르주아와의 결혼을 통해 명맥을 유지하고, 부르주아들은 돈을 무기로 결혼을 통해 작위를 사고자 한다. 이것이 바로 이어서 우리가 논의할 내용이다.

몰락한 귀족과 부르주아의 결합

⸰『골동품 진열실』

발자크는 정통왕정주의를 자처했던 보수주의자였다. 그의 사상이 보수냐 진보냐에 대한 지적은 수많은 논쟁을 낳았다. 나 또한『랑제 공작부인』에 대한 연구를 통해 그의 정치관이 보수와 진보를 넘어서는 것임을 주장한 바 있다. 그는 왕정주의를 표방했음에도 귀족들의 몰락을 예견했다. 바로 그 점이 발자크가 마르크스를 포함한 많은 사회주의 비평가들의 찬사를 받은 이유이기도 하다. 그러나 몰락하는 귀족을 그리면서 그는 얼마나 안타까워했던가! 그들이 조금만 현명했더라면, 시대의 변화를 읽고 잘 대처했더라면, 똑똑한 지도자가 이 나라를 이끌었더라면…. 이러한 작가의 탄식을 우리는 여기저기서 만난다. 복고왕정 시절 시대착오적인 귀족들의 잘못으로 1830년 혁명이 발발했고, 그 이후에 탄생한 7월왕정은 황금만능주의가 지배하는 최악의 정치체제라는 것이 그의 일관된 주장이다.

『골동품 진열실』은 대혁명과 나폴레옹을 겪은 후에도 여전히 구시대에 머물러 있는 한 귀족 가문의 처절한 몰락을 그린다. 또한, 완전히 몰락한 귀족의 마지막 생존 방법은 결국 돈 많은 부르주아 여인과의 결혼밖에 없다는 현실을 보여준다.

노르망디 지방 소도시 알랑송의 에스그리뇽 가문은 1300년 동안 장남 위주로 가문을 유지해 온 순수 혈통의 명문가다. 장손인 후작은 가문을 지키고자 대혁명의 소용돌이 속에서도 망명을 가지 않았다. 그러나 혁명정부는 그의 소유지와 임야 등 대부분 재산을 몰수해 매각했다. 남은 소작지에서 나오는 소득은 연 9천 프랑 정도에 불과했다. 귀족의 품위를 유지하기 위해서는 터무니없이 적은 액수다. 그나마 가문의 재산을 관리했던 공증인 셰넬의 노고가 있었기에 가능했다. 1800년, 53세의 후작은 가문의 계승을 위해 순수한 혈통의 누아스트르 양과 결혼했다. 집과 재산을 모두 잃은 망명 귀족 드 누아스트르 남작의 딸이었던 그녀의 나이는 스물둘이었다. 1802년, 그녀는 아들을 하나 남기고 산욕열로 사망한다.

후작에게는 어머니가 다른 누이가 하나 있었다. 당시 스물일곱이었던 그녀는 무척 아름다웠다. 그 고장 출신의 공화국 군납업자로 벼락출세하여 부자가 된 뒤 크로와지에는 공증인 셰넬을 통해 그녀에게 청혼한다. 이에 후작과 에스그리뇽 양은 격노했고, 공증인은 곧 자신의 경솔함을 후회하면서 뒤 크로와지에를 혐오하게 된다. 에스그리뇽 양은 가문의 마지막 자손인 조카 빅튀르니앵을 돌보기 위해 결혼을 포기한다. 한편 뒤 크로와지에는 자신을 거부한 에스그리뇽 가문에 대해 원한을 품고 복수를 다짐한다. 이 소설은 증오심에 가득한 부르주아의 계략에 의해 귀족 청년이 파산하는 이야기다.

왕자처럼 자라 무례하고 오만한 귀족 청년 빅튀르니앵 데스그리뇽은 작은 도시 알랑송에서 사치와 도박 등의 탈선으로 아버지 모르게 이미 8만 프랑을 먹어 치운 위인이다. 1822년, 후작은 왕가에 충실했던 가문의 후손이 응당 받아야 할 궁정의 자리를 기대하면서 아들을 파리로 보낸다. 충실한 공증인 셰넬은 자신의 땅을 담보로 마련한 10만 프랑을 젊은 백작에게 준다. 그러나 노인으로 둘러싸인 복고왕정 시절, 궁중에도 정부에도 군대에도 그에게 합당한 자리는 없었다. 발자크는 이미 여러 차례에 걸쳐 복고왕정 시절의 노인 정치에 대한 비판을 쏟아낸 바 있다. 할 일이 아무것도 없는 젊은 에스그리뇽 백작은 가문을 앞세워 사교계에 들락거리며 무위도식과 도박으로 시간을 보낸다. 그리고 돈을 탕진한다. 게다가 아름답지만 낭비벽이 심하고 남성 편력까지 있는 모프리네즈 공작부인과의 연애는 세상 물정 모르는 청년을 더욱 망쳐놓는다.

몇 달 만에 가진 돈을 모두 써 버린 그는 평소 자신에게 아부와 찬사를 퍼부어대던 알랑송의 은행가 뒤 크로와지에를 떠올린다. 그러고는 고모나 셰넬이 갚을 거라며 뒤 크루아지에 앞으로 어음을 발행한다. 이렇게 그는 일 년 동안 아무도 모르게 20만 프랑의 빚을 진다. 뒤 크루아지에는 20만 프랑에 이자를 더한 27만 프랑의 금액이 적힌 청구서를 공증인 셰넬에게 내밀고, 가문의 불명예를 우려한 셰넬은 자신의 토지를 처분해 백작의 빚을 갚는다. 그 땅을 매입한 사람은 물론 뒤 크로와지에 자신이다. 아무것도 모르는 후작은 아들이 파리 사교계에서 활약함에 만족한다. "봉건적 영광의 꽃인 그 가엾은 아버지는 자신의 환상 속에서 죽음을 맞이해야 할" 위인이었다.

사실 이 모든 것은 뒤 크로와지에의 계획이었다. 그러던 어느 날, 그는 더는 자신의 이름으로 어음을 발행할 수 없음을 알리는 편지를 백작에게 보낸다. 그리고 편지의 내용과 서명 사이에 의도적으로 공백을 만든다. 백작이 위조 어음을 발행하도록 유도한 것이다. 한편, 백작은 고리대금업자들에게 줄 어음의 만기가 도래하자 공작부인과 멀리 도피할 계획을 세운다. 그는 여행 경비를 마련하기 위해 뒤 크로와지에의 서명이 있는 편지 밑 부분을 잘라 30만 프랑의 위조 어음을 발행한다. 뒤 크로와지에의 함정에 제대로 걸린 것이다. 결국, 함께 떠날 것을 거부하는 공작부인에게 이별을 고하고 고향에 돌아온 백작은 뒤 크루아지에의 고소로 인해 어음위조죄로 경찰에 체포된다.

여기서 법정 투쟁이 벌어진다. 지방 권력자들의 이해관계를 파악한 셰넬은 백작을 구하기 위해 알랑송으로 달려온 공작부인의 도움을 받아 공소기각 판결을 받아 낸다. 백작은 석방되었고, 에스그리뇽 가는 구제되었다. 하지만 부채를 청산해야 한다. 돈 많은 상속녀와의 결혼만이 해결책이다. 여전히 혈통을 고집하며 낮은 신분과의 결혼을 꺼리는 에스그리뇽 양과 셰넬을 향한 모프리네즈 공작부인의 충고는 정곡을 찌른다.

> "당신들 도대체 미쳤어요, 지금?" 공작부인은 말을 이었다. "19세기인 지금 당신들은 15세기에 살고 있나요? 보세요. 이제 귀족 계급이 있을 뿐 귀족의 고귀함은 없어요. 대포가 이미 봉건제도를 붕괴시켜 버렸듯이, 나폴레옹의 민법은 귀족 증서를 없애버렸어요. 재산을 가지게 될 때, 당신들은 지금보다 훨씬 더 고귀한 귀족이 될 수 있답니다." 『골동품 진열실』

아버지 사망 일주일 만에 빅튀르니앵은 뒤 크루아지에의 조카인 뒤발 양과 결혼한다. 결혼 후 30만 프랑의 연금 생활자가 된 그는 겨울이면 파리 사교계에 나타난다. 여기서 백작의 하혼, 즉 신분이 낮은 사람과의 결혼은 단순히 부르주아의 승리를 의미한다기보다 새로운 귀족의 탄생을 의미한다. 공작부인이 말하듯 돈이 있어야 훌륭한 가문이 되는 세상이기 때문이다.

음모와 계략에 따른 개인의 파멸을 그리고 있지만, 사실상 이 소설 역시 당시의 정치·사회적 상황을 드러낸다. 구귀족을 상징하는 백작과 부르주아를 상징하는 뒤 크루아지에의 싸움에서 백작의 파멸은 이미 예고된 것이다. 백작의 구속을 지켜보면서 법의 평등성을 외치는 뒤 크루아지에의 말은 구체제가 끝나고 있음을 보여준다. 귀족에게는 설 땅이 없다. 일을 할 수도, 직업을 가질 수도 없다. 공증인도 소송대리인도, 의사도 변호사도 될 수 없다. 오직 토지에서 나오는 소득과 정부에서의 직책뿐이다. 그러나 토지는 몰수당했고, 정부에는 그들의 자리가 없다.

그렇다면 백작을 파멸시킨 장본인 뒤 크로와지에는 누구인가? 그는 국유지 매입을 시작으로 부를 축적한 전형적인 신흥 부르주아다. 그리고 그의 재산 축적은 유서 깊은 부르주아 가문과의 결합을 통해 완성된다. 그것이 소설 『노처녀』의 주제다.

전통 부르주아와 신흥 부르주아의 결합
:『노처녀』

『골동품 진열실』과 짝을 이루는 소설 『노처녀』는 재산이 많은 부르주아 노처녀 로즈 코르몽 양의 결혼에 얽힌 이야기다. 코르몽 가는 알랑송의 유서 깊은 부르주아 가문이다. 가문의 역사는 부르봉 왕가의 시조인 앙리 4세 시대 이전으로 거슬러 올라간다. 그 시절부터 알랑송 공작 가문의 집사를 여러 명 배출했던 것이다. 사법관과 주교도 많이 나왔다. 코르몽 양의 삼촌 역시 주교였다. 부르봉 왕조가 시작되기도 전인 1574년에 지어진 코르몽 가의 저택은 그 집안의 위력을 과시하고 있었다. 코르몽 양에게는 10만 에퀴 이상의 삼촌 유산과 더불어 본인의 저축이 20만 리브르, 코르몽 저택과 프레보데의 영지, 그리고 만오천 리브르의 연금이 있었다. 총 100만 프랑에 가까운 엄청난 재산이다.

프랑스의 전형적인 부르주아 가정처럼 코르몽 가는 수 세기 동안 지방 귀족과 혼인 관계를 맺어왔다. 전통 부르주아에게 결혼의 목적은 귀족처럼 혈통이나 명예보다 재산을 물려주는 데 있다. 전통적으로 귀족과 결합한 집안 출신이기에 그녀 역시 귀족과 결합하기를, 그리하여 그 귀족에게 재산을 넘겨주기를 소망했다. 그런데 불행하게도 대혁명이 일어났다. 귀족 부인이 되려면 단두대에 가는 위험을 감수해야 했다. 나폴레옹 치하에서는 끊임없는 전쟁으로 과부도 많아졌다. 게다가 대부분 망명길을 떠났기에 남아 있는 귀족의 자제는 별로 없었다. 남편이 전쟁터에서 목숨을 잃을 것이 두려워 군인과 결혼할 수도 없었다. 많은 재산에도 불구하고 그녀의 결혼은 자꾸 늦추어졌고 벌써 마흔이 넘었다. 재산이 많은 그녀는 남자들의 관심을 끌었다. 그러나 그녀가 마흔이 넘도록 혼인하지 못한 것은 귀족에 대한 선호 외에도 '사랑받고 싶다'는 열망 때문이었다.

알랑송에는 코르몽 양과의 결혼을 꿈꾸는 세 명의 남자가 있었다. 정통 귀족인 발루아 기사와 신흥 부르주아 뒤 부스키에, 그리고 가난한 청년 아타나즈 그랑송이 그들이다. 발루아 기사는 이름에서 보듯 발루아 왕가의 후손이지만 대혁명 이후 완전히 파산한 가난한 귀족이다. 이미 오십이 넘은 그에게는 돈 많은 노처녀와 결혼해 그것을 발판으로 궁정에 진출하려는 야심밖에 없었다. 뒤 부스키에는 『골동품 진열실』의 뒤 크루아지에와 동일인물이다. 그는 대혁명 당시 정치적 밀정, 주식 투기, 군수품 납품, 망명 귀족의 재산을 사고파는 일 등으로 큰돈을 벌었다. 나폴레옹의 반대당에 속함으로써 황제의 미움을 받아 파산을 경험하기도 했지만, 그는 위기를 잘 넘기고 다시 재산을 모았다. 오십 줄의 뒤 부스키에는 알랑송에서 금융계의 거물로 통했다. 앞서 보았듯이, 그는 자신의 재산을 무기로 정통 귀족 가문의 에스그리뇽 양에게 청혼했으나 거절당한 바 있다. 그 이후 뒤 부스키에는 유서 깊은 부르주아 가문의 로즈 코르몽 양으로 목표를 바꾼다. 코르몽 양과의 결혼을 통해 알랑송에서 부와 명성을 얻고 정치에 관여하려는 야망을 키운 것이다. 열렬한 왕정주의자 행세를 했던 그는 에스그리뇽 가로부터 거절당한 후 전향하여 알랑송 자유주의파의 우두머리가 된다. 그러고는 왕당파와 귀족에 대해 증오심을 품고 복수를 꿈꾼다. 그는 은밀한 계략과 비열한 행동으로 복고왕정의 몰락에 큰 역할을 한다. 스물세 살의 아타나즈 그랑송은 재능 있는 청년이었다. 하지만 그는 시골에 처박혀 재능을 꽃피우지 못한 채 가난한 삶을 살고 있었다. 그는 남몰래 코르몽 양을 열정적으로 사랑했다. 물론 그녀의 재산을 염두에 둔 계산적인 사랑이었다. 게다가 스물셋의 청년이 마흔 살 노처녀를 사랑한다는 것 자체가 비웃음을 살 만했다. 하지만 "그의 열정은 진실한 것이었다." 비록 안락한 삶에 대한 희망 때문에 생긴 감정이었지만, 그녀를 지켜보면서 그녀만의 장점과 그녀만의 아름다움을 발견하고는 진정 사랑에 빠지게 된 것이다.

1816년 어느 날, 주교인 삼촌 절친의 손자 트루아빌 자작이 알랑송의 코르몽 양을 방문한다. 과거 러시아 군대에 봉사했던 그는 은퇴 후 알랑송에 정착하고자 집을 구하러 온 것이다. 삼촌 친구의 손자면 아마도 사십 대의 남자일 것이라 상상한 코르몽 양은 트루아빌 자작 부인이 된 자신의 모습을 그려보았다. 알랑송에 도착한 군인의 고귀한 자태를 보며 자신의 이상형이라고 생각하기도 했다. 하지만 그가 이미 16년 전에 결혼했다는 소식을 들은 그녀는 그 자리에서 기절한다. 마침 그녀 옆에 있던 뒤 부스키에는 얼른 그녀를 안아 방으로 데려갔다. 트루아빌 자작이 총각인 줄 알고 그를 사로잡기 위해 성대한 연회를 준비했던 코르몽 양은 너무도 수치스러웠다. 동네 주민들 모두에게 자신의 어리석음이 드러났기 때문이다. 그녀는 결혼을 서두르는 것만이 해결책이라 생각했다. 다음 날 아침, 발루아 기사가 그녀에게 잘 보이기 위해 세심하게 몸치장을 하느라 시간을 낭비하는 동안, 뒤 부스키에는 흐트러진 모습 그대로 가장 먼저 달려왔다. 뒤 부스키에가 들어오는 것을 보면서 노처녀는 그것이 신의 뜻이라 생각했다. 어제만 해도 그의 팔에 안기지 않았나! 운명의 장난으로 우연히 뒤 부스키에의 팔에 안기게 됨으로써, 그녀는 그 남자가 자신을 사랑한다는 환상에 사로잡힌다. 이렇듯 우연은 운명이 되었다. 그러나 그것은 불행의 시작이었다.

결국, 독실한 기독교 신자이자 왕당파인 코르몽 양은 귀족의 적인 무신론자 뒤 부스키에와 결혼한다. 그녀는 결혼하자마자 자신에게 소중했던 모든 것이 남편에 의해 파괴되는 것을 목격해야 했다. 그는 코르몽 저택을 현대화했으며, 50년 동안 쓰던 식기도 버렸다. 삼촌이 사랑하던 보리수나무도 베어 버렸다. 벼락출세자 뒤 부스키에는 전통을 모두 무시하고 오로지 금전적 이익만을 추구했다. 게다가 그는 아내를 사랑하지 않았다. 전제적이었고 권위적이었다. 귀족들과의 교제도 금했다. 그녀는 자신의 선택이 잘못된 것이었음을 깨달았다. 그러나 눈물 속에 살면서도 오직 의무감으로 불행한 삶을 그대로 받아들였다.

코르몽 양의 결혼 후 발루아 기사는 삶의 의미를 잃는다. 10년 동안 가꾸어온 꿈을 상실한 그는 매일 하던 몸치장도 하지 않았다. 90세 노인처럼 늙어버린 그에게서 과거 멋쟁이 신사의 모습을 찾아볼 수 없다. 한편, 희망을 잃은 아타나지 그랑송은 삶을 견뎌내지 못한 채 스스로 생을 마감함으로써 "순수하고 진실된 아름다운 사랑"에 종지부를 찍는다. 이 소설에서 승리하는 자는 신흥 부르주아를 상징하는 뒤 부스키에다. 은행가 행세를 하는 그는 코르몽 양과의 결혼 이후 알랑송 지역에서 가장 부자가 되었다. 그는 귀족들을 파멸시키기 위해 귀족들과 왕래했다. 결국, 1830년 7월혁명이 일어났고, 그는 기쁜 마음으로 귀족들의 멸망을 지켜보았다.

> 뒤 부스키에는 다른 자유주의자들처럼 왕권의 장례행렬을 기쁜 마음으로 바라보았다. 복수를 위해 15년간 연극을 해 온 이 늙은 공화주의자는 민중의 박수를 받으며 시청의 흰색 기를 찢었다. 프랑스의 그 누구도 1830년 8월에 들어선 정부에 대해 그 남자만큼 복수의 기쁨에 취한 시선을 던진 사람은 없을 것이다.
>
> 『노처녀』

『골동품 진열실』은 이미 뒤 부스키에, 즉 뒤 크로와지에가 자신과 아내의 재력을 바탕으로 알랑송에서 지배력을 확고히 한 후의 이야기다. 결혼에 얽힌 이야기들을 통해 발자크는 사랑이 환상임을 냉혹하리만큼 철저하게 보여준다. 그래서 그의 작품은 슬프고 비관적이다. 그는 아름다운 미래도 환상적인 희망도 제시하지 않는다. 환상이 깨지는 현실을 보여줄 뿐이다.

*

지금까지 대혁명 이후 새로운 질서가 형성되던 시기를 중심으로 돈에 얽힌 『인간극』의 이야기들을 살펴보았다. 기존 질서가 붕괴됨에 따라 신분 제도에 의해 억눌린 인간의 욕망이 거침없이 분출되었다. 돈이 종교가 된 사회에서 사람들의 가장 큰 욕망은 돈에 대한 것이었다. 대혁명 이후, 나폴레옹을 모범으로 '나도 할 수 있다.'는 가능성에 대한 욕망은 돈에 대한 탐욕으로 이어졌다. 사람들은 마치 불을 향해 달려드는 불나방처럼 너나 할 것 없이 돈을 향해 달려들었다. 투자 욕구가 분출되던 시기에 혹자는 큰돈을 벌었고, 혹자는 파멸했다. 발자크는 자본을 향한 그 시대의 욕망과 광기를 실증적 재현을 통해 보여주었다. 그러나 그러한 현상은 19세기 프랑스 사회에 국한되지 않는다. 『인간극』의 인물들은 바로 지금 여기에 사는 우리 자신의 모습을 돌아보게 한다.

제6장

발자크와 법

아무리 사소한 사건도 정치적이 된다.

『잃어버린 환상』

세계 문학사에서 발자크만큼 법과 관련된 소설을 많이 쓴 작가는 없을 것이다. 법전은 발자크 드라마의 원천이었다. 그러나 그의 법 관련 지식은 종종 지나치게 전문적이어서 법률 용어에 낯설거나 법적 지식이 부족한 독자는 『인간극』 독서에 어려움을 겪기도 한다. 법률가의 도움이 필요한 경우도 허다하다. 실제로 발자크의 법 관련 소설은 주로 법학자들에 의해 연구되었다. 그런가 하면 법률가들에게도 발자크 작품은 매우 유용하다. "법조인이라면 누구나 발자크를 읽어야 한다."[1]고 주장했던 법률가도 있다. 소송 과정이 상세히 묘사되어 있어, 19세기 당시 법적 사건의 실제 상황을 생생하게 느낄 수 있기 때문이다. 그런 점에서 발자크는 프랑스 법에 관한 역사가이기도 하다. 그를 '법의 소설가'라 부를 수 있는 이유다.

발자크가 법과 관련된 소설을 쓸 수 있었던 것은 결코 우연이 아니다. 그의 부모는 아들이 부르주아의 안정적인 직업을 갖길 바랐다.

1 A.J. Arnaud, *Les juristes face à la société du XIXe siècle à nos jours*, PUF, coll. Sup, 1975, p. 19, Nicole Dissaux; "Balzac et le droit : ce que la littérature peut apporter au droit", in *Balzac, romancier du droit*, sous la direction de Nicolas Dissaux, LexisNexis, 2012, p.39에서 재인용.

19세기의 미덕인 돈이 주는 편안함을 구현하는 파리의 공증인. 그것이 바로 발자크의 부모가 아들에게 제시한 직업이었다. 1816년, 발자크는 법과대학에 등록한다. 동시에 기오네 메르빌 소송대리인 사무실에서 서기로 일한다. 소송대리인은 소송은 담당하지만 법정에서 변론은 하지 않는 일종의 변호사다. 프랑스의 독특한 제도였던 소송대리인 제도는 2012년에 폐지되었다. 소송대리인 서기로 일하고 난 18개월 뒤에는 발자크 집안과 친분을 맺고 있던 공증인 파세의 사무실에서도 서기 생활을 한다. 실무를 익혀야 할 뿐 아니라, 한 시간도 쓸데없이 보내서는 안 된다는 부모의 주장에 따라 그는 돈을 벌어야 했던 것이다. 마침내 3년 후인 1819년, 발자크는 법과대학의 바칼로레아를 획득한다. 19세기에 바칼로레아는 지금과 달리 대학 과정에 속했으며, 바칼로레아를 마친 후 학사 과정에 등록할 수 있었다. 1819년 1월 4일, 그는 학사 과정에 등록하지만, 학업을 계속하거나 법률가가 되지 않았다. 그러나 3년간의 법학 공부와 2년간의 실습은 결코 시간 낭비가 아니었다.

소송대리인의 사무실에서 발자크는 다양한 소송을 목격했다. 공증인 사무실에서는 결혼과 지참금, 상속과 유언 등에 관한 계약서를 작성했다. 하지만 2년간의 서기 생활에서 그가 배운 것은 문서 작성과 같은 기술만이 아니었다. 그는 서류 뒤에 숨어 있는 인간의 고통과 절망, 탐욕과 야심을 보았다. 교활함과 속임수도 발견했다. 무엇보다도 돈과 관련된 이해관계가 얽힌 욕망이 꿈틀거리는 세상을 보았다. 3년 동안의 학업과 실무 경험은 작가 발자크에게 평생 고갈되지 않는 이야깃거리를 제공했다.

게다가 그는 여러 차례에 걸쳐 직접 소송을 경험하기도 했다. 젊은 시절 세 번에 걸친 사업 실패로 평생 채무자의 굴레에서 벗어나지 못했음은 주지의 사실이다. 받아야 할 돈을 못 받기도 했고, 채권자들로부터 고소를 당하기도 했다. 1836년 4월, 국민군 복무 의무를 지키지 않아 며칠간 감옥에 구금된 적도 있다. 그런가 하면 『르뷔 드 파리』의 편집장 뷜로즈를 상대로 소송을 제기하기도 했다. 뷜로즈가 『골짜기의 백합』 교정 전 원고를 작가 허락 없이 『르뷔 드 파리』와 『르뷔 드 상트페테르부르크』에 게재했기 때문이다. 결국 발자크는 재판에서 승소하지만 법정 투쟁을 위해 많은 시간과 비용을 소비했다. 게다가 출판계의 권력과 맞선 대가도 치러야 했다. 그러나 저작권을 지키기 위한 작가의 투쟁이자 최초의 소송이라는 점에서 이는 의미 있는 사건이었다. 작가의 권리를 보장받기 위한 관련 법 제정의 필요성을 절감한 발자크는 1840년 저작권법을 제안하기도 했다. 또한, 작가의 권익을 보장하기 위해 작가협회를 주도적으로 결성하여 1839년 협회의 회장을 맡기도 했다.

발자크 연구자들에 의하면 『인간극』에는 58명의 법조인이 등장한다.[2] 고객과 아픔을 함께하는 훌륭한 소송대리인 데르빌이 있는가 하면, 교활한 소송대리인 데로쉬도 있다. 고객들의 돈을 횡령하고 도피한 공증인 로갱도 있고, 구시대의 유물에 불과한 옛 주인에 충실한 공증인 셰넬도 있다. 『결혼 계약』의 두 공증인 마티아스와 솔로네는 각각 구체제와 신흥 부르주아 체제를 상징한다. 『사촌 퐁스』의 프레지에는 타락한 변호사를, 『잃어버린 환상』의 프티 클로는 친구의 불행을 출세의 기회로 이용하는 영악한 소송대리인을 구현한다. 법관들은 어떠한가? 그랑빌은 위대한 법관의 고뇌를 보여주고, 카뮈조는 예심 판사직을 승진의 기회로 활용한다. 공정한 법관을 대표하는 포피노도 있다.

2 Jean Marquiset, *Les gens de justice dans la littérature*, Librairie générale de droit et de jurisprudence, 1967 ; Pierre-François Mourier, *Balzac, L'Injustice de la loi*, Michalon, 1996, p. 11에서 재인용.

발자크 소설에 법조인 수가 많은 만큼, 소송의 일화도 차고 넘친다. 나는 발자크의 법적 지식이 유감없이 발휘된 민사·상사·형사 사건의 몇몇 예들을 살펴보았다. 금치산 선고 청구, 유산 상속, 부재자의 신원 회복 등의 민사 사건, 파산에 관한 상사 사건, 그리고 어음 위조죄, 살인·절도죄 등의 형사 사건 등이 그것이다. 이 사건들을 차근차근 살펴보면서 나는 19세기 초반 프랑스의 사법 제도는 어떠했는지, 법관의 정치적 독립성은 얼마나 보장되었는지, 법관의 처우는 어떠했는지 등에 대해 이해할 수 있었다. 지금 우리의 법 제도와 비교해도 손색이 없을 정도 수준의 법률이 200년 전에 이미 만들어지고, 실생활에 적용되고, 또한 법 시행의 문제점이 소설화되었다는 사실이 놀라웠다.

한편, 이 책에서 다루는 소설의 무대는 모두 복고왕정 시기이므로, 관련 사건들에는 나폴레옹이 제정한 1804년 민법과 1806년 민사소송법, 1810년 형법과 1808년 형사소송법, 그리고 1807년 상법이 적용된다.

민사 사건의 예

금치산 선고 청구
유산 상속
부재자의 신원 회복

금치산 선고 청구 사건

『금치산』

『금치산』[3]은 1836년 1월부터 발자크가 최대 주주로 있었던 『크로니크 드 파리』에 연재된 단편 소설이다. 이 소설에는 아내가 남편에 대해 금치산 선고를 청구한 사례가 담겨 있다. 에스파르 후작은 조상의 재산이 신교도 집안의 토지 몰수에서 비롯된 것임을 발견하고는, 그 후손인 장르노 모자에게 그들의 몫을 돌려주고자 한다. 그러나 파리 사교계의 중심인물 중 하나인 에스파르 후작부인은 그런 남편을 미친 사람으로 몰아 그의 재산을 빼앗고자 금치산 선고를 청구한다. 소설의 무대는 1828년, 발자크가 사업 실패로 채권자들에게 시달리던 때다.

3 금치산은 민법상 재산 관리의 능력이 없다고 인정되는 것이며, 금치산의 선고를 받은 자를 금치산자라고 한다. 프랑스뿐 아니라 한국에서도 금치산 제도는 폐지되고 성년후견제도가 도입되었다. 금치산 제도가 재산 관리에 중점을 두었다면, 성년후견제도는 재산 관리 및 신상보호에 중점을 둔 복지제도라 할 수 있다.

당시 그는 민법상의 모든 능력을 박탈당할 위기에 처해 있었다. 『금치산』에는 당시 발자크 자신의 아픈 기억이 고스란히 담겨 있다.

발자크는 1804년 민법[4] 1권 11장의 성년과 금치산자에 관한 항목에서 이 소설의 소재를 가져왔다. 우선 민법 488조에 따르면 성년이란 21세 이상의 남성으로 자신의 민법적 권리를 행사할 능력이 있는 자다. 사실 민법에는 남성임을 명시하지 않았다. 그러나 당시 여성에게는 독자적인 재산 관리 권한이 없었으므로, 굳이 남성임을 명시할 필요도 없었다. 금치산자란 성년임에도 자신의 권리를 행사할 수 없어 법과 가족의 보호가 필요한 자다. 금치산자의 법률 행위 능력은 미성년자와 유사하다고 여겨진다. 민법 489조는 "지적 장애인, 정신착란이나 격렬한 발작을 일으키는 자"로 금치산자를 규정한다. 종종 명석한 상태로 돌아올지라도 일상적으로 그런 상태에 있는 자는 금치산자에 해당된다. 그러나 지적 장애인이나 정신착란 등은 이 소설을 집필할 1836년 당시에는 아직 법적 용어가 아니었다.[5] 1804년 민법은 지적 장애인이나 정신착란자에 대해 명확한 정의를 부여하지 않았다. 금치산자에 대한 법적 기준이 모호한 상황에서 금치산자로 인정할지에 대한 판단은 순전히 판사의 몫이었다. 바로 그 점을 이용하여 후작부인의 소송대리인 데로쉬는 능란한 솜씨로 금치산 선고 청구서를 작성한다.

후작부인의 청구서는 센 지방법원의 1심 민사법원장에게 제출된다. 당시 센 지역은 파리 지역을 의미한다. 교활한 데로쉬는 사실들을 왜곡하면서 후작의 정신적 무능 상태를 지적하고, 사기꾼 장르노 모자에 의해 조종당하는 후작에 대항하여 아내가 집안의 재산을 지킬 필

4 1804년 민법: http://fr.wikisource.org/wiki/code_civil_des_français_1804/texte_entier

5 그 용어들에 대한 법적인 의미는 1838년 제정된 법에서 규정되었다. Michel Lichtlé, *Balzac, le texte et la loi*, Presses de l'université Paris-Sorbonne, 2012, p. 208.

요성을 역설한다. 그는 후작이 지적으로나 정신적으로 심각하게 훼손된 상태에 있다고 판단할 수 있는 모든 요소를 제공한다. 특히 청구인은 이 청구가 결코 부인의 이기심 때문도, 남편에 대한 미움 때문도 아니며, 오로지 아이들의 장래를 걱정하기 때문임을 강조한다. 파렴치한 사람들의 먹이가 된 정신착란자의 행동을 중단시켜야 한다고 판사가 판단할 수 있도록, 청구서는 후작의 과도한 지출과 장르노 모자에 대한 비방을 적당히 뒤섞는다. 극도로 추녀인 장르노 부인이 윤리에 어긋나는 어떤 방식으로 후작을 지배하고 있음을 암시하기도 한다. 한편, 후작이 집필한 『중국의 생생한 역사』는 중국에 대한 그의 과도한 열정과 편집증의 증거로 제시된다. 이러한 사실들을 증명하기 위해 부인은 후작의 이웃들을 매수하여, 후작이 미쳤고 아이들을 소홀히 한다는 소문을 퍼뜨린다.

청구서를 받은 법원장은 1806년 민사소송법[6] 891조에 따라 포피노를 사건 담당 판사로 임명한다. 이름을 듣자마자 후작부인은 판사를 회유할 생각부터 한다. 그러고는 포피노의 조카인 젊은 의사 비앙숑에게 판사를 초대하는 임무를 맡긴다. 그러나 포피노 판사는 그 누구의 회유에도 넘어갈 위인이 아니다. 비앙숑의 말을 들어보자.

> "왕이 그에게 봉토를 하사한다 해도, 신이 그에게 낙원을 보장하고 연옥의 수입을 약속한대도, 그는 그 어떤 권력에 의해서도 저울 한쪽의 지푸라기 하나를 다른 쪽으로 옮겨놓지 않을 위인이야. 죽음이 죽음이듯, 판사인 그는 그저 판사라네."
>
> 『금치산』

6 1806년 민사소송법: http://www.just-hist.be/esprits/Codeprocedurecivile

비앙숑이 에스파르 후작부인의 초대에 응할 것을 부탁하자, 포피노는 "너 미쳤냐?"라고 소리치면서 조카 앞에 법전을 들이댄다. 실제로 1806년 민사소송법 378조 8항은 소송이 시작되는 순간부터 법관이 당사자 중 한 사람의 집에서 먹거나 마시는 것을 금하고 있다. 그러나 포피노는 사건의 진상 파악을 위해 후작부인을 방문한다. 물론 포피노는 후작부인의 집에서 물 한 모금도 마시지 않았다. 그럼에도 그 방문은 훗날 판사 교체의 빌미를 제공한다. 게다가 포피노가 후작부인을 방문하는 것 자체가 민사소송법에 어긋난다. 판사는 금치산 선고 청구자를 신문할 권한이 없다. 포피노도 부인을 방문하는 것은 "법정의 관례가 아님"을 잘 안다. 그럼에도 포피노가 부인을 방문한 이유는 진실을 밝히고자 하는 의지가 강했기 때문이다. 판결은 종종 "법전보다 양심의 호소에 따라 결정"되지 않는가.

§ 민법과 민사소송법의 적용

그렇다면 『금치산』에서 발자크가 묘사한 소송 과정은 그 당시 적용되던 민법이나 민사소송법의 내용과 얼마나 일치할까? 일단, 법원에 제출된 청구서는 완벽하다고 볼 수 있다. 그 내용을 증명하는 서류들이 잘 구비되었고, 청구인의 주장을 확인시켜주는 증인들의 이름도 정확히 기재되어 있다. 민법 492조와 민사소송법 890조에 명시된 절차대로 금치산 선고 청구 서류는 1심 재판소 법원장에게 제출되었고, 법원장은 포피노를 사건담당 판사로 임명했다. 그러나 그다음 과정과 포피노의 행보는 민사소송법의 법규에 어긋난다. 민법 494조, 그리고 민사소송법 892조와 893조에 따르면 판사의 보고서와 검사의 의견 진술에 대해 법원장은 가족회의의 소집을 명하고 의견을 물은 후, 그 결과를 당사자에게 통보해야 한다. 그러나 법원장은 가족회의 소집을 명하지도, 그 결과를 금치산자가 될 사람에게 전달하지도 않았다. 가족회의에서 아무것도 결정하지 않은 상태에서는 판사가 신문할 수 없다. 게다가 당사자의 이동이 불가능한 경우에만 판사가 집을 방문해 조사해야 함에도, 포피노는 아무 예고 없이 후작을 방문해 그를 신문했다. 이는 분명 개인의 인권 침해에 해당한다. 판사의 방문을 받은 후작이 얼굴을 붉힌 채 부르르 떨면서 "이런 청구에 대해 어떻게 내게 미리 알려주지 않을 수 있단 말이오?"라고 항의하는 건 당연하다.

발자크는 민법만을 참고하고 민사소송법 참고는 생략했거나, 아니면 소송 과정의 여러 법칙을 살짝 혼돈한 것일까?[7] 충분히 가능한 추론이다. 하지만 발자크는 소송법을 몰랐던 것이 아니다. 오히려 그는 "능숙한 소설가로서 민법을 이용"[8]했다고 볼 수 있다. 소송 과정에서의 복잡한 절차를 생략함으로써 법의 정의, 그리고 법관의 양심과 공평성을 더 강조한 것이다. 후작부인을 방문하면서 포피노는 자신의 행보가 법정의 관례는 아니지만, 중요한 것은 진실을 밝히는 것임을 거듭 강조하지 않았던가.

실제로 그는 후작부인의 집을 방문함으로써 진실을 밝혀낸다. 그는 "이 왕국에서 가장 멍청한 판사" 같은 태도로 대화를 이끌어 간다. 그러나 어수룩한 그의 얼굴 뒤에는 인간의 영혼과 양심을 꿰뚫어 보는 통찰력이 숨어 있었다. 그는 우선 저택의 화려함과 부인의 사치를 측정한 후, 부인에게 막대한 빚이 있으며 그 빚을 갚기 위해 금치산 선고를 청구한 것은 아닌지 의심한다. 포피노가 후작부인에게 하는 말을 들어보자.

7 Adrien Peytel, *Balzac, juriste romantique*, Editions M. Ponsot, 1950, p.189 ; p.194.

8 Michel Lichtlé, 앞의 책. p.211 ; p.213.

> "… 부인께서 일 년에 육만 프랑밖에 쓰지 않는다는 사실을 인정합니다. … 그런데 부인 연금이 이만육천 프랑밖에 되지 않는다면, 우리끼리 이야깁니다만, 부인께 수십만 프랑의 빚이 있을 수도 있습니다. 따라서 법정은 부인께서 남편에 대해 금치산 선고를 청구하는 데에는 개인적인 동기, 즉 빚을 갚고자 하는 동기가 있는 것은 아닌가 하는 생각을 하게 됩니다. 빚이 있다면 말입니다."
>
> 『금치산』

그리고 이러한 의혹은 후작을 신문한 후에 확신으로 바뀐다. 에스파르 후작은 정신적으로 무능하지도, 사기꾼에 의해 조종당하지도 않았다. 그는 조상들이 루이 14세의 낭트 칙령 폐지 이후 신교도들로부터 토지를 몰수함으로써 부당하게 재산을 축적한 사실을 알고는, 그 후손들에게 재산을 반환했던 것이다. 포피노는 후작의 숭고한 행위에 감동한다. 그뿐만 아니라 후작이 보여주는 아이들에 대한 애정과 중국에 대한 열정에서 후작의 고귀한 정신을 본다. 신문을 마친 포피노는 후작을 안심시키며 이렇게 말한다.

> "한 인간에 대한 재산 관리 처분금지는 그의 모든 행위에 있어 이성이 결여된 경우에 한합니다. 하지만 후작님의 반환 행위는 가장 성스럽고 명예로운 동기에 따른 것이군요. 파리에서는 종종 가장 순수한 미덕이 가장 더러운 음모의 대상이 되곤 합니다. … 오랜 판사 생활 동안 지금 여기서 보고 들은 것보다 더 감동적인 것은 없었습니다. … 심판을 하더라도 앞으로 있을 판결에 대해 걱정하실 필요 없습니다."
>
> 『금치산』

불행하게도 포피노의 보고서는 아무 소용도 없게 된다. 코감기로 서류 제출이 하루 지연된 것을 기회로 후작부인은 법무부 장관을 저녁

식사에 초대했고, 법무부 장관은 법원장에게 압력을 넣어 판사를 교체했기 때문이다. 법원장은 포피노가 후작부인의 집에 차를 마시러 갔다는 사실을 빙세 삼아 판사를 교체한다. 앞서 언급했듯이, 포피노는 후작부인의 집에서 차는커녕 물 한 모금도 마시지 않았다. 이러한 부당한 인사의 대가로 법원장은 포피노에게 레지옹 도뇌르 훈장이라는 떡을 준다. 포피노 대신 임명된 카뮈조는 야망을 숨긴 젊은 판사다. 그는 "지상의 지배자들을 즐겁게 해주기 위해서라면 죄인이건 죄 없는 사람이건 마음대로 처벌할 수도 방면할 수도 있는" 위인이다. 이렇듯 공정한 판사는 정치 판사로 교체된다.

소설은 여기서 끝나고 책을 덮는 독자는 씁쓸한 느낌을 지울 수 없다. 카뮈조는 독립적으로 공정한 판단을 할 수 있는 위인이 아님을 알기 때문이다. 하지만 독자들은 그로부터 몇 년 후 출판된 『매음 세계의 영욕』을 읽으면서 안도의 한숨을 내쉰다. 뤼시앵 드 뤼방프레는 자신에게 증오심을 품고 있는 에스파르 후작부인에게 복수하기 위해 이 사건의 동기와 그에 따른 진실을 폭로했고, 그 사안이 가져올 물의를 의식한 법무부 장관이 한발 물러섬으로써 후작부인이 패소했기 때문이다. 결국, 공정한 판결이 이루어졌고 정의는 승리했다.

§ 재산 반환의 합법성

여기서 잠시 『금치산』이 제기한 재산 반환의 합법성에 대해 생각해보자. 이 소설에서 아내는 조상이 부당하게 취한 재산을 돌려주고자 하는 남편의 '도덕적인 행위'를 '법적으로 방해하려'[9] 한다. 엄밀히 말해 후작은 재산을 반환하지 않는다. 즉, 선조들이 몰수한 땅이나 재산

9 Nadine Satiat, Introduction de *L'Interdiction*, GF Flammarion, p. 39.

을 전부 '돌려주는' 것이 아니라, 단지 타협을 통해 그 일부를 '보상'할 뿐이다.

사실 1825년 빌렐 총리가 주도한 망명 귀족 10억 프랑 보상법 제정 당시 이 문제는 뜨거운 논쟁거리였다. 이 법안에 반대하는 자유주의자들이 혁명 전 신교도들로부터 몰수한 재산에 대해서는 아무런 보상도 하지 않았음을 환기시켰던 것이다. 바로 이것이 후작이 제기한 문제다. 물론 재산의 근원에 대해 한없이 먼 역사로까지 거슬러 올라가, 그것이 도덕적으로 합당했나를 따지는 것은 무리일 수도 있다.[10] 발자크 자신도 "비열한 방식일지라도 몰수한 재산을 소유한 사람이 150년 후 그것을 반환해야 한다면, 프랑스에는 합법적으로 재산을 소유한 사람이 별로 없을 것"이라고 말한다. 하지만 조상이 약탈한 재산을 돌려줌으로써 가문의 명예를 되찾고자 하는 후작을 통해 발자크는 완벽한 도덕성 추구라는 이상을 구현하고자 했던 것이리라.

유산 상속

◦『위르쉴 미루에』

발자크는 재산 상속에 남다른 관심이 있었다. 평생 빚에 쪼들렸으니 상속이라는 주제에 민감할 수밖에 없었을 것이다. 동료 문인 으젠 쉬가 아버지로부터 상속받는 것을 보며 얼마나 부러워했던가. 발자크는 부모로부터의 상속을 기대할 수 없을뿐더러 유산을 물려줄 친척도 없었다. 돈 많은 과부와의 결혼을 꿈꿀 수밖에 없었을 것이다. 『인간극』

10 Michel Lichtlé, 앞의 책, p. 215.

에는 상속에 관한 법적인 문제가 많이 등장한다. 발자크는 공증인 사무실에서의 서기 경험을 통해 상속 관련 법 지식을 습득할 수 있었고, 그 경험이 소설 창작에 큰 도움을 주었음은 의심의 여지가 없다.

프랑스의 경우, 역사적으로 두 종류의 상속 관련 법이 존재했다.[11] 우선 로마법 전통에 따른 것으로, 유언을 중시한다. 피상속인은 유언을 통해 상속인을 정한다. 유언장이 없을 경우, 상속은 피상속인의 친족들에게 돌아간다. 자손에게 우선권이 있으며, 그다음 부모, 형제자매, 그리고 방계 혈족의 순서로 상속권을 가진다. 프랑스 혁명 전까지 프랑스 남부의 일부 지방은 이 로마법의 영향을 많이 받았다. 반면, 관습을 중시하는 프랑스 대부분 지역에서 유언장은 제한적이었다. 관습은 가족의 의무를 중시했다. 동산과 부동산은 전통적 질서에 따라 친족들에게 상속되었고, 작위와 영지의 상속은 장자에 국한되었다.

이렇듯 하나는 피상속인의 자유 의지를, 다른 하나는 가족의 의무를 중시한다. 1794년 혁명법은 그 중간치를 택했다. 즉 기본적으로 관습법의 원칙을 지키면서 재산의 일정 부분은 유언장에 따라 상속될 수 있는 여지를 남겨놓았다. 또한 '혼인중의 자'와 '혼외자' 사이의 차이를 삭제하고 균등 분배를 유지했다. 1804년 민법은 가족의 의무를 우선으로 하되, 유언장에 따른 증여의 한도를 늘렸다. 그러나 1814년 왕정복고 이후 이 법안에 반대하는 목소리가 커졌다. 혈통을 중시하는 왕당파 보수주의자들에게 그것은 가문의 약화를 의미했다. 유언장에 따라 가족 재산의 일부가 사라질 수 있기 때문이다. 반면 유토피아적 사회주의를 지향했던 생시몽주의자들은 상속권 폐지를 주장했다. 젊은 시

11 Michaël Macé, "Le Droit des successions", in *Balzac, Romancier du droit*, 앞의 책, pp. 339-340.

절 생시몽의 열렬한 지지자였던 발자크는 상속권에 대해 비판적 견해를 가졌음직하다. 1830년에 발표한 『영생의 묘약』에서 발자크는 유산 상속을 위해 아버지를 죽게 내버려 두는 아들을 묘사함으로써 상속권에 대한 비판적 시각을 드러낸 바 있다.

§ 『위르쉴 미루에』와 혼외자 상속권

『인간극』에는 상속과 관련한 수많은 일화가 존재한다. 그중에서 『위르쉴 미루에』는 상속권에 관한 법적 논쟁이 가장 활발히 전개된 작품이다. 특히 작가는 이 소설에서 혼외자의 지위와 상속권을 상세히 다루고 있다. 법규들은 작품의 기본 골격을 이룬다. 피상속인이 혼외자인 처남의 딸에게 남긴 유언장은 유효한지, 명의 대여인 지정이 가능한지, 방계 혈족 상속인들은 피상속인의 유언장을 무효화시킬 수 있는지 등에 대한 법적인 문제가 제기된다. 그와 관련해 소설 속 법조인들은 상속 관련 법 조항을 언급하고 대법원의 판례를 인용하기도 한다.

소설의 무대는 퐁텐블로 숲 남쪽에 위치한 작은 중세 마을 느무르다. 파리에서는 약 80km 떨어진 곳이다. 드니 미노레는 1746년 그곳에서 무두장이의 5남매 중 막내로 태어났다. 일찍이 고향을 떠나 황제의 주치의가 되었을 뿐 아니라, 학술원 회원까지 지낸 그는 은퇴 후 고향 느무르에 정착한다. 자식도 아내도 없는 미노레 박사는 재산을 물려줄 법정 상속인을 찾는다. 5남매 중 두 명의 형은 자손 없이 사망했다. 그리하여 상속인으로는 형의 아들 미노레 르브로, 누이의 딸 크레미에르 부인, 그리고 이모의 손녀 마생 르브로 부인이 있다. 미노레 르브로는 역마차 회사 사장이고, 크레미에르는 징세관, 그리고 마생 르브로는 치안 재판소 서기다.

그런데 미노레 박사는 혼자가 아니었다. 그에게는 위르쉴 미루에라는 피후견인이 있었다. 박사는 유명한 클라브생 연주자인 발랑탱 미루에의 딸 위르쉴 미루에와 결혼했다. 그런데 그녀는 공포정치 시절이던 1793년, 혁명의 지도자였던 롤랑 부인을 단두대로 끌고 가는 마차를 본 충격으로 사망했다. 장인 발랑탱 미루에에게는 조제프라는 혼외자 아들이 하나 있었다. 그는 독일 여자와 결혼해 1814년 딸을 하나 얻었지만, 아이 엄마는 살아남지 못했다. 조제프도 얼마 후 사망했다. 미노레 박사는 한 살도 안 된 조제프의 아이를 거두었다. 그리고는 위르쉴 미루에라는 아내의 이름을 주었다. 박사가 느무르에 정착한 1829년 당시 위르쉴은 15세였다. 이해를 돕기 위해 미노레 박사의 가족 관계를 도표로 그려보았다. 주요 인물과 상속 대상자는 진하게 표시했고, 사망한 사람은 † 표시를 하였다.

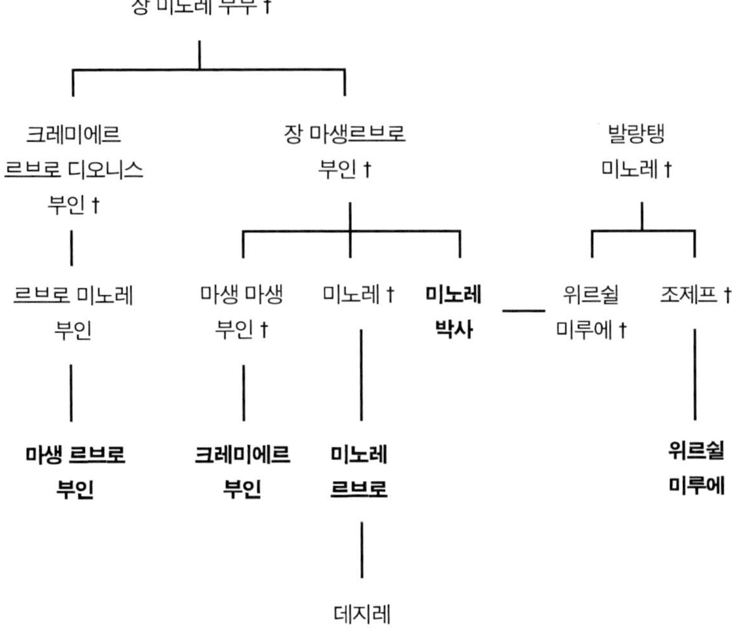

사실 여기에서 작가는 상속 대상에 대한 법적 오류를 범한다. 1804년 민법 750조에 따르면 피상속인에게 자식이 없고 부모도 사망했을 경우, 피상속인의 형제자매 혹은 그들의 자손이 상속인이 된다. 즉 방계 혈족의 상속권은 형제자매의 자식들로 한정된다. 따라서 미노레 박사 형제자매의 자식만이 상속인이 되며, 이모의 손녀인 마생 르브로 부인은 상속에서 제외되어야 한다. 그런데 소설에서는 마생 르브로 부인이 상속인에 포함된다. 상속법에 정통한 발자크가 방계 혈족 상속인의 범위를 몰랐을 리 없다. 그럼에도 그는 왜 이런 오류를 범했을까? 복잡한 가족 관계를 가진 상속인 집단 사이의 얽히고설킨 이해관계가 소설적 흥미를 더한다고 생각했기 때문일 것이다.

생전 처음 보는 친척들이었지만 미노레 박사는 상속인들에게 관대했다. 가난을 호소하는 마생 르브로 부부에게는 1만 프랑을 주었으며, 크레미에르에게는 느무르의 징세관 자리를 마련해 주었다. 파리에서 유학하는 미노레 르브로의 아들 데지레를 위해서는 장학금을 알선해 주기도 했다. 하지만 오로지 상속에만 혈안이 된 그들의 속내를 파악하고는 그들과 거리를 두었다. 상속인들은 박사의 정확한 재산 규모를 알 수 없었다. 하지만 여러 정보를 종합해볼 때 그의 재산은 약 80만 프랑으로 추정되었다. 그것은 당연히 법정 상속인인 자신들의 것이 될 터였다.

따라서 어느 일요일, 피후견인 위르쉴 미루에와 함께 교회에 나타난 박사를 목격한 상속인들은 혼비백산했다. 그는 결혼식 이후 한 번도 교회에 간 적이 없는 무신론자였기 때문이다. 상속인들은 위르쉴이 그를 교회로 이끌었다고 생각했다. 그들은 어린 소녀가 늙은 의사의 마음을 움직여 자신들에게 돌아올 유산을 가로채지 않을까 하는 불안감에 사로잡혔다. 교회에 재산을 기증할 수도 있지 않나! 그들의 불안은 피후견인에 대한 분노로 변했다. 그들은 공증인 디오니스에게 달려가 자신들의 상속 재산이 안전할지, 유언 등을 통해 재산이 위르쉴의 손으로 넘어갈 위험은 없는지 문의했다.

여기에서 공증인 디오니스와 공증인 서기 구피, 그리고 법학도 데지레 사이의 치열한 법적 공방이 이어진다. 이때 문제가 되는 것은 혼외자의 상속권이다. 1804년 민법 756조에 의하면 혼외자는 법적으로 인지되었을 때에만 상속권을 가지며, 조부모의 재산에 대한 권리가 없다. 한편, 민법 757조는 부모 재산에 대한 혼외자의 상속권을 다음과 같이 제한한다. 부모가 혼인중의 자를 남겼을 경우, 혼외자의 권리는 혼인중의 자의 1/3에 그친다. 이 몫은 부모에게 자식은 없지만, 조상이나 형제자매가 있을 경우에는 1/2이 되며, 자식이나 조상이나 형제자매를 남기지 않았을 경우에는 3/4이 된다. 그러나 민법 758조는 상속권을 가진 친척이 아무도 없을 경우, 혼외자라 할지라도 100% 상속권을 가진다고 명시한다. 또한, 민법 908조는 생전증여나 유언장에 따른 상속의 경우에도 앞서 제시한 것 이상은 받을 수 없게 했다.

박사가 위르쉴에게 유리한 유언장을 남겼더라도 그것에 대해 소송을 제기할 수 있다는 디오니스의 주장은 바로 이 법 조항에 근거한다. 미노레 박사는 1829년 현재 83세이다. 제정신이 아닐 수도 있다. 게다가 어린 위르쉴이 그의 마음을 사로잡고 있다. 박사는 위르쉴에게 모든 재산을 증여한다는 유언장을 남길 수도 있다. 위르쉴 미루에는 박사의 혼외자 처남의 자손인 만큼, 법정 상속인은 그 유언장에 반박하는 소송을 제기할 수 있다. 그러나 디오니스는 그 소송이 상속인들에게 불리할 수도 있다는 사실을 간과하지 않는다. 왜냐하면, 박사와 위르쉴 사이에는 사실상 아무런 친족 관계도 성립하지 않기 때문이다.

이러한 디오니스의 주장에 대해 젊은 법학도 데지레 미노레 르브로는 1817년 대법원 판례를 인용하면서 복고왕정 당시 혼외자에 관한 법이 더욱 엄격하게 적용되었음을 상기시킨다. 그는 역마차 회사 사장 미노레 르브로의 아들이다. 방금 학사 학위를 받은 그는 자신의 법적 지식을 한껏 과시한다. 혼외자의 합법적인 후손들은 유언장에 의해 법이 결정한 분할을 넘어서는 유산을 상속받을 수 없다는 1828년 파리 왕립법원의 판결도 언급한다. 따라서 위르쉴에게 유리한 박사의 유언장은 별 효력을 발휘하지 못할 것이다.

이러한 데지레의 논거에 대해 공증인 서기 구피는 1825년 콜마르 왕립법원의 판례를 들어 반박한다. 콜마르 왕립법원은 혼외자가 사망했을 경우 그 혼외자의 아버지가 혼외자의 자식, 즉 손주에게 남긴 유언장은 무조건 합법적이라고 판결했다. 그런데 혼외자인 위르쉴의 아버지는 이미 죽었다. 즉, 데지레의 논거는 본 사건에는 적용되지 않는다. 이러한 구피의 주장에 상속인들의 불안은 더 커졌다.

혼외자의 상속권은 법적인 차원에 머물지 않는다. 그것은 다분히 정치적인 문제다. 구체제 하에서는 혼외자의 상속권을 인정하지 않았다. 그래서 귀족들은 친자에게 이름과 재산을 주기 위해 합법적인 아버지를 만들어 주는 경우가 허다했다. 『황금 눈의 여인』에 등장하는 파리 사교계의 총아 앙리 드 마르세가 바로 그런 경우다. 앙리의 친부 더들리 경은 아들에게 물려줄 재산의 용익권을 드 마르세라는 늙은 귀족에게 부여하는 조건으로 앙리의 모친과 그를 결혼시켰다. 명목상 부부인 그들은 서로 일면식도 없다. 앙리는 합법적 아버지 마르세 백작으로부터 이름과 작위를 물려받았을 뿐, 그 아버지와 아무런 유대관계가 없다.

앞서 언급했듯이, 대혁명은 과거의 풍습과 종교적 관습을 철저히 부정했다. 과거에 신성시되던 결혼은 해약 가능한 단순한 계약에 불과했다. 또한 '혼인중의 자'와 '혼외자' 사이에 아무런 차이도 두지 않았다. 1794년 혁명법은 혼인중의 자와 혼외자가 동등한 권리를 갖는 법을 정착시켰다. 나폴레옹 법전은 이러한 평등법의 원칙을 지키는 동시에 가족 중심의 관습을 존중하는 절충안을 택했다. 1804년 민법은 불륜이나 근친상간으로 낳은 아이에 대해서만 권리를 박탈했다. 법적으로 인지된 혼외자의 경우 상속권을 부여하되, 앞서 보았듯이 상속의 몫을 제한했다.

『위르쉘 미루에』의 시대적 배경은 미노레 박사가 느무르에 정착한 1829년부터 그가 사망하는 1835년, 그리고 위르쉘이 결혼하는 1837년까지다. 복고왕정과 7월왕정 시대의 법률가들은 혼외자에게 관대하지 않았다. 혼외정사는 성스러운 결혼에 대한 저항이고 사회를 지탱하는 윤리의 위반이라는 생각이 지배적이었다. 혼외자는 그 결과였다. 공증인 디오니스가 말했듯이, 종교가 존중되는 시대인만큼 혼외자에 관한 법은 매우 엄격하게 적용되었다. 그러나 위르쉘은 미노레 박사의 혼외자도, 그의 혼외자가 남긴 자식도 아니다. 다시 말해서 그들은 서로 일가친척이 아니다. 남에 의한 증여는 민법상 아무런 저촉도 받지 않는다. 설사 친족 관계를 인정할지라도 그는 조부가 아니라 아저씨다. 그런데 민법에는 조부모에 관한 규정만 있을 뿐 아줌마나 아저씨에 관한 규정은 없다. 바로 이러한 법의 허점은 해석의 여지를 남긴다.

법조인들의 논쟁은 결국 박사가 위르쉘에게 유리한 유언장을 남길 경우, 그에 대한 반박의 여지가 있는지에 관한 것이었다. 상속인은 법조인의 주장에 따라 온탕과 냉탕을 오갔다. 노련한 공증인 디오니스는 상속인들에게 희망을 줄 필요를 느꼈다. 그는 다음과 같은 말로 논쟁을 끝낸다.

> "혼외자의 아저씨가 보여주는 관대함에 관한 문제는 아직 법정에서 제기된 적이 없습니다. 하지만 만일 그 문제가 제기된다면 종교가 존중되는 시기인 만큼 혼외자에 대한 프랑스 법의 엄격함은 너 잘 적용될 것입니다. 따라서 유언장에 대한 소송이 제기된다면, 게다가 소송이 대법원까지 갈 수 있음을 알린다면 위르쉴은 겁을 낼 터, 결국 상속인들에게 유리한 타협이 가능할 것이라고 말할 수 있습니다." 『위르쉴 미루에』

공증인이 이렇게 결론을 내림으로써 상속인들은 안도의 한숨을 내쉬었다. 그들은 벌써 유산이 자기들 손에 들어왔다고 생각했다.

박사는 자신이 개종한 이후 상속인들이 서로 연합하며 바삐 움직이고 있음을 알게 되었다. 위르쉴에 대한 적의도 느꼈다. 어떻게 해야 탐욕스러운 상속인들로부터 위르쉴을 보호할 수 있을까? 그는 위르쉴의 미래를 보장할 방법을 찾아야 했다. 유언장을 남길 수도 있었다. 하지만 박사는 위르쉴에게 유리한 유언장을 남길 경우 야기될 문제들을 알고 있었다. 물론, 앞서 보았듯이 소송이 제기된다면 박사가 위르쉴의 일가친척이 아니라는 사실이 중요한 요소로 작용할 수 있다. 그러나 그는 "종교가 중요시되던 시기에 혼외자에 대한 프랑스 법이 엄격하게 적용됨"을 모르지 않았다. 박사의 법률 고문 역할을 하는 치안 판사 봉그랑 역시 성스러운 결혼에 부여한 의미를 강화하고자 법률가들이 법의 의미를 확대 해석할 수 있다고 보았다. 봉그랑 판사의 말을 들어보자.

> 다른 나라에서라면 위르쉴은 아무것도 걱정할 필요가 없습니다. 그 아이는 혼인중의 자이고, 그 아버지의 혼외자 신분은 당신의 장인인 발랑탱 미루에의 유산 상속에만 해당되니까요. 하지만 프랑스에서는 불행하게도 법관들이

> 지나치리만큼 교권의 영향을 받습니다. … 소송은 오래 걸릴 것이며, 비용도 많이 들 테지요. 대법원까지 갈 겁니다. 그런데 내가 그때까지 살아 있을지 모르겠군요.
> 『위르쉴 미루에』

천성이 착하고 연약한 위르쉴이 어떻게 그 지난한 소송 과정을 감당할 수 있겠는가. 우회적인 방법으로는 입양이나 결혼이 있었다. 그러나 입양의 경우 상속인들이 이의를 제기할 수 있고 그들이 이길 승산이 컸다. 위르쉴과의 결혼이 가장 확실한 방법이리라. 하지만 박사는 이를 거부했다. 자신이 얼마나 더 오래 살지 알 수 없지 않은가. 그러니 결혼이라는 구속으로 그녀의 미래를 망칠 수는 없었다. 위험성을 우려해 신탁 유증도 거부했다. 그는 아무 결정도 내리지 못했다.

그러던 중 한 사건이 발생한다. 박사의 앞집에는 망명 귀족의 미망인이 살았다. 그런데 부인의 아들 사비니앵 드 포르탕뒤에르 자작은 파리의 멋쟁이 청년들과 어울리며 무절제한 생활을 했다. 급기야 보석상에서 부주의하게 서명한 환어음 때문에 생트펠라지 구치소에 감금되었다. 창문을 통해 사비니앵을 본 후 남몰래 그를 사랑하던 위르쉴은 그 소식을 듣자 심장 발작을 일으킨다. 위르쉴의 간청에 박사는 파리에 가서 청년의 빚을 갚아 주었고 그 청년은 석방되었다.

그런데 이 사건은 상속인들에게 유리한 상황을 만들어 주었다. 공증인 디오니스는 박사의 재산을 토지 같은 부동산에 투자하도록 유도할 것을 상속인들에게 충고한 바 있다. 그래야만 박사의 재산 규모를 확실히 알 수 있을 뿐 아니라, 자산이 쉽게 처분되는 것을 막을 수 있기 때문이다. 박사는 시가 118프랑에 이른 5%의 장기 국채를 팔아 노부인에게 10만 프랑을 빌려준다. 그러나 그러기 위해서는 채무자인 부인의 농지와 집을 담보로 해야 했다. 결국 박사의 재산은 자연스럽게 부동산으로 이동했고 투명하게 공개되었다.

사비니앵은 구치소에 머문 8일 동안 그 시대를 연구했다. 그는 귀족 칭호가 아무것도 아님을 깨달았다. 논이 유일한 가치요, 가장 중요한 동기임을 절실히 느꼈다. 그는 자신을 위르쉴과 결혼시키려는 박사의 마음을 읽었다. 게다가 그는 아름다운 위르쉴에 반해 버렸다. 귀족으로서 감당하기 어려운 치욕을 경험한 그는 국가에 공훈을 세워 명예를 회복할 필요를 느꼈다. 그는 1830년 해군에 입대하여 알제리 정복을 위한 원정에 참여한다. 돌아와서 위르쉴과 결혼하리라.

상속인들에게 해를 끼치지 않으면서 위르쉴의 미래를 보장할 방법을 모색하던 박사에게 1830년의 7월혁명은 절호의 기회였다. 그는 혁명으로 인한 정치적 혼란이 가져온 국채 가치의 하락을 이용했다. 1829년 당시 118프랑을 호가하던 액면가 100프랑의 국채가 45프랑으로 떨어지자, 미노레 박사는 27만 프랑을 기명으로 투자했다. 이윤은 3%였다. 박사가 사망할 경우 이 기명 채권은 법정 상속인들에게 돌아갈 것이다. 그러고는 별도로 54만 프랑을 투자하여 무기명 채권을 매수했다. 액면가 100프랑인 국채의 가격이 45프랑이니, 54만 프랑을 투자했다면 1만2천 개의 국채를 매입한 것이 되므로 120만 프랑의 가치를 가진다. 이율이 3%라면 연 3만6천 리브르의 연금이 된다. 무기명 채권은 양도 가능한 신용 채권이므로 박사는 상속인들에게 숨기기 쉽다고 판단했다. 그리하여 그는 사비니앵에게 3만6천 프랑의 연금 증서를 남긴다는 유언장을 남겼다. 박사는 사비니앵을 신뢰했기에 그를 통한 신탁 유증의 방법을 택했던 것이다. 즉, 사비니앵을 유증 수혜자로 지정함으로써, 위르쉴과 결혼한 후에는 아내에게 그 돈을 줄 수 있게 했다. 그는 유언장과 함께 무기명 채권 증서를 서재의 책갈피 속에 숨겨두었다. 자신이 죽은 후 위르쉴이 아무도 몰래 그것을 찾을 수 있을 테니 위르쉴의 미래는 보장될 터였다.

독자들은 미노레 박사의 신중한 대비가 미노레 르브로의 교활함으로 인해 얼마나 무의미해졌는지 잘 안다. 역마차 회사 사장 미노레 르브로는 박사가 죽기 직전 위르쉴에게 하는 이야기를 엿듣는다. 그러고는 박사가 지정한 장소로 달려간다. 그곳에서 그는 위르쉴에게 보내는 편지와 1만2천 프랑의 3% 연금 증서 석 장, 그리고 은행 지폐 30여 장과 사비니앵에게 남긴 편지와 유언장을 발견한다. 그는 은행 지폐와 연금 증서를 주머니에 넣고 편지와 유언장을 불태운 후, 서둘러 장례를 치르고 재산을 정리한다. 소설은 박사가 사망한 뒤 집에서 쫓겨난 위르쉴의 고통과 불행을 그린다. 상속인들은 위르쉴의 모든 것을 빼앗았다. 가난한 위르쉴은 사비니앵과 결혼할 수 없다. 결혼을 통해 가문을 복구하려는 집념에 사로잡힌 포르탕뒤에르 부인은 서로 사랑하는 젊은이들의 결혼을 허락하지 않는다. 게다가 위르쉴의 재산을 횡령한 후 그녀를 보는 것이 괴로운 미노레 르브로는 공증인 서기 구피와 공모하여 그녀를 느무르 밖으로 내쫓으려 흉계를 꾸민다.

위르쉴의 이익을 위해 노력하는 봉그랑 치안 판사와 샤프롱 신부는 박사가 피후견인을 위해 아무런 조치도 취하지 않았을 리 없다고 생각했다. 박사는 분명 어딘가에 증서를 숨겨놓았을 것이다. 그렇다면 가족 중 누군가 위르쉴에게 돌아갈 몫을 횡령한 것이 아닐까? 게다가 상속인 미노레 르브로의 태도는 참으로 수상쩍지 않은가. 1804년 민법에는 상속 은닉에 대한 처벌이 명시되어 있다. 민법 792조에 따르면 상속받은 재산을 횡령하거나 은닉한 자는 횡령하거나 은닉한 상속분에 대한 권리를 주장할 수 없다. 그뿐만 아니라 상속분의 횡령이나 은닉은 형사적으로 절도죄에 해당한다. 1810년 형법 401조에 따라 16프랑에서 500프랑의 벌금형과 1년에서 5년까지의 징역형을 선고받을 수 있다. 봉그랑 판사와 샤프롱 신부는 직관적으로 미노레 르브로를 의심한다. 우리는 그것을 '추정'이라 부른다. 그러나 법은 증거를 요구한다. 위르쉴도 봉그랑 치안 판사도 샤프롱 신부도 그 증거를 찾을 수 없다. 결국, 미노레 박사의 환영이 위르쉴의 꿈에 나타나 당시 상황을 그대로 재현하면서 미노레 르브로가 증권과 유언장을 훔친 사실을 알려준다.

위르쉴로부터 꿈 이야기를 들은 신부는 미노레 르브로를 찾아가 횡령한 돈을 위르쉴에게 돌려주라고 충고하지만, 그는 화를 내며 신부를 쫓아 버린다. 금리 3%의 국채 가격이 당시 80프랑이었으니 1만 2천 개의 채권을 팔면 백만 프랑 정도 받을 수 있었다. 위르쉴을 보면서 양심의 가책을 느끼지 않은 것은 아니다. 하지만 훔쳤다는 증거도 없는데 백만 프랑에 이르는 돈을 어떻게 포기한단 말인가. 그러나 그는 탐욕에 대한 엄청난 대가를 치러야 했다. 1836년 10월, 법관으로서의 장래가 촉망되던 아들 데지레는 마차 사고로 죽고, 이에 절망한 아내는 미쳐버린다. 몇 년 동안 정신 병원 신세를 지던 그녀는 1841년 그곳에서 사망한다. 회개한 미노레 르브로는 자비로운 인간으로 다시 태어나 위르쉴을 위해 헌신하며 여생을 보낸다. 박사가 남긴 재산을 되찾은 위르쉴은 1837년 1월 사비니앵과 결혼한다.

§ 법적 권리와 가족의 의무

법적으로 미노레 박사는 재산 일부를 조카들에게 남길 의무가 없다. 따라서 유언에 따라 모든 재산을 위르쉴에게 남길 수도 있었다. 엄밀히 말해 위르쉴은 박사의 친척이 아니기 때문이다. 하지만 법 너머에 가족의 의무가 존재함을 박사는 인정한다. 박사가 공식적으로 위르쉴에게 남긴 재산은 18년 동안 저축한 1만 6천 프랑과 15년 동안 생일이나 축일에 선물로 준 5천 프랑, 그리고 위르쉴의 교육을 담당했던 조르디 대위가 남긴 1만 4천 프랑의 연금뿐이었다. 그리고 80만 프랑에 달하는 주된 재산은 상속인들의 몫이었다. 혁명의 소용돌이를 거친 후 진동을 되찾은 프랑스에서 가속은 사회를 지탱하는 가장 중요한 요소였다. 느무르 마을 사람들은 불쌍하게 버려진 외지의 여자아이를 동정하지 않았다. 그들은 상속인들의 격렬한 욕망을 이해했고 그들의 태도에 동의했다. 법정 상속인의 상속권은 정당한 권리였다. 미노레 박사 역시 가족의 의무를 인정하고 존중했기에 상속인들에게 재산을 남겨야 했다. 작가는 말한다. "가족의 이해관계는 가장 강하고 정당한 사회적 감정이다."

젊은 시절 발자크는 생시몽을 지지하는 이상주의자였다. 그는 1830년 발표한 『영생의 묘약』에서 가족 중심의 상속권을 비판하면서 "각 시민이 자식에게 아무것도 주지 않고 마음대로 쓰는 나라가 있다. … 그런데 유럽에서는 상속이 중심이다."라고 말한 바 있다. 그러나 『위르쉴 미루에』를 집필하던 1841년 당시 발자크는 더 이상 젊은 시절의 생시몽 지지자도 이상주의자도 아니었다. 1846년에 개작한 『영생의 묘약』에 등장하는 다음의 구절을 읽다 보면 상속에 대한 그의 생각이 상당히 바뀌었음을 느끼게 된다. 그는 말한다.

> 유럽의 모든 문화는 상속에 근거한다. 따라서 상속을 없애는 것은 미친 짓이다. 하지만 이 장치를 좀 더 완벽하게 개선할 수 있지 않을까?
>
> 『영생의 묘약』

이처럼 발자크는 가족 중심의 관습을 중시하면서 법정 상속의 불가피성을 인정한다. 그러나 동시에 상속 제도 개선의 필요성도 놓치지 않고 지적한다.

부재자의 신원 회복

『샤베르 대령』

『샤베르 대령』은 부재자의 신원 회복에 관한 이야기다. 1819년 어느 날, 소송대리인 데르빌의 사무실에 한 노인이 찾아온다. 그는 나폴레옹제국의 전쟁 영웅 샤베르 대령이다. 그러나 초라하기 그지없는 그의 행색에서는 1807년 아일라우 전투[12]에서 맹위를 떨치던 영웅의 위용을 찾아볼 수 없다. 게다가 그는 이미 사망 신고가 된 상태다. 10년도 더 지난 후 살아 돌아온 그는 잃어버린 재산과 아내를 되찾고자 한다.

1819년 당시 적용된 1804년 민법의 부재자 관련 내용은 다음과 같다. 민법 115조에 의하면 실종자가 사라진 후 4년이 지나도록 아무 소식이 없을 경우, 이해관계자는 법원에 실종 선고를 청구할 수 있다. 법원은 부재자의 거주 지역 경찰서에 조사를 명한다. 실종 선고 결정이 내려지면 상속인으로 추정되는 사람들이 임시로 부재자의 재산권을 행사할 수 있다. 유언장이 있을 경우, 유언장이 개봉되고 유증 수혜자들은 재산에 대한 임시 권리를 행사할 수 있다. 부재자가 기혼자라면 재산에 대한 공동 소유권을 가진 배우자는 그 권리를 계속 행사할 것을 선택함으로써 공동 재산 관리 권한을 유지할 수 있다. 상속인과 유증 수혜자들에 대항할 수도 있다. 만일 배우자가 공동 재산의 분배 혹은 해체를 선택할 경우 공동 재산은 잠정적으로 청산된다. 부재자를 보호하기 위해 민법 127조는 부재자의 재산에 대한 임시 관리자는 15년 동안 그 재산으로부터 나오는 이득의 5분의 4를, 20년 동안 10분의 9를 취

12 1807년 프로이센의 아일라우에서 프랑스군과 러시아 · 프로이센 연합군이 벌인 전투. 러시아 · 프로이센 연합군이 퇴각하였으나 프랑스군 역시 막대한 피해를 입었다.

할 수 있으며, 30년 후에는 재산 전체를 소유할 수 있음을 명시한다. 이렇듯 일정 기간이 지나면 부재자는 사망한 것으로 간주되었다.

이때 가장 민감한 문제는 배우자의 재혼이다. 로마의 줄리앙법에 따르면 남편이 전쟁 중 포로가 되었을 경우 결혼은 파기되고, 5년 후에는 아내의 재혼이 허락되었다. 하지만 기독교의 영향은 이 법에 변화를 가져왔다.[13] 실종 상태가 아무리 오래 지속될지라도 부재자의 사망이 확인되지 않는 한 아내는 재혼할 수 없었다. 민법 139조는 부재자의 배우자가 재혼했을 경우, 생존해 돌아온 당사자는 그 결혼에 이의를 제기할 수 있음을 명시하고 있다.

§ 돌아온 샤베르 대령

바로 이 법령이 『샤베르 대령』의 출발점이다. 샤베르 대령은 아일라우 전투에서 기마대를 지휘하던 중 머리에 칼을 맞고 말에서 떨어졌고, 쓰러진 그의 몸 위로 천오백 마리의 말이 지나갔다. 사망 증서가 작성됨과 동시에 그는 다른 전사자들과 함께 구덩이에 파묻혔다. 대령의 사망 신고는 군대의 부주의에 따른 것이었다. 1804년 민법 96조에 따르면 군인의 사망을 확인하기 위해서는 세 명의 증인이 필요하다. 그럼에도 당시 외과의 두 명은 대령의 맥을 짚어보지도 않은 채 사망 진단을 내렸다. 그러나 그는 죽지 않았다. 시쳇더미 속에서 꿈틀거리는 군인을 본 어떤 여인이 그를 구출했고, 그는 6개월 동안 생사의 갈림길에서 헤매었다. 겨우 살아난 그는 하일스베르크 병원에서 치료를 받은 후 독일을 떠돌아다녔다. 때로는 빵을 구걸하며 비렁뱅이로 살았고, 광인 취급을 받아 감옥에 가기도 했다.

13 Adrien Peytel, 앞의 책, p. 198.

10년 만에 프랑스에 돌아온 대령은 제국의 몰락과 나폴레옹의 귀양 소식을 듣는다. 황제의 몰락은 그에게 청천벽력과도 같았다. 고아였던 그를 위대한 군인으로 만들어 준 황제가 아니었던가.

> "내게는 아버지가 있었습니다. 황제 말이에요! 아, 친애하는 그 황제가 끄떡없었더라면! … 어쩌겠어요! 우리의 태양은 졌고, 지금 우리는 모두 추위에 떨고 있지요." 『샤베르 대령』

그는 사망 신고의 취소 청구 소송을 제기하려 했지만, 아무도 그의 말을 듣지 않았다. 나폴레옹이라는 이름조차 금기어가 되어버린 복고왕정 당시, 황제의 군인에게 관심을 두는 사람은 아무도 없었다. 그는 말한다.

> "나는 죽은 자들 밑에 묻혀 있었습니다. 그런데 지금은 나를 다시 땅속으로 파묻으려는 산 자들, 확인 증명서들, 사실들, 그리고 이 사회 전체 아래에 깔려 있습니다." 『샤베르 대령』

그는 파리에 도착하자마자 전에 살던 몽블랑가로 달려갔다. 그러나 그의 아내는 저택을 팔았고 페로 백작과 재혼했다. 그는 아내에게 여러 차례 편지를 썼지만, 아내는 한 번도 답장을 보내지 않았다. 하지만 팔레 루아얄의 사창가에서 그녀를 구한 사람도, 그녀에게 3만 프랑의 연금을 남긴 사람도 바로 대령 자신이었다.

대령의 불행은 소송대리인의 마음을 강하게 움직였다. 그는 샤베르 대령을 돕겠다고 약속했다. 사건은 복잡했다. 설사 서류를 통해 그의 신원이 확인된다 해도 그가 소송에서 이긴다는 보장은 없었다. 사실 샤베르 대령에게는 더없이 간단하고 명료한 사건이었다. "사람들은 내가 죽었다고 믿고 있지요. 그런데 보세요. 나는 여기 이렇게 살아 있습니다." 그렇다. 그의 말대로 그가 살아 있다는 것은 명백한 '사실'이다. 그러니 재산과 아내를 되찾는 것은 그의 당연한 권리다. 하지만 법정에서는 사실만으로 충분하지 않다. 사실을 인정받으려면 법적인 형식에 따라 그 사실을 '증명'해야 한다.

§ 실종 선고의 취소 재판

소송대리인 데르빌은 우선 독일에 대령의 신원을 파악할 수 있는 자료들을 요청했다. 3개월 후, 소송대리인은 베를린에서 온 서류들을 받았다. 법적 수속에 필요한 그 서류들은 대령의 신원을 확인시켜주었다. 증인들은 프러시아의 아일라우에 생존해 있었으며, 대령을 구해준 여인은 여전히 하일스베르크에 살고 있었다. 한편 공증인 로갱의 사무실에는 샤베르의 재산 청산과 유산 상속에 관한 증서가 보관되어 있었다. 샤베르 대령의 결혼 계약서도 있었다.

소송대리인은 샤베르 대령을 찾아가 상황을 설명했다, 독일에서 보내온 서류들과 공증인의 사무실에 남아 있는 서류들로 미루어 샤베르 대령의 신원은 확인된 것처럼 보였다. 군대의 부주의로 사망 증서가 작성되었고, 그에 따라 그의 재산은 목록 작성의 과정을 거쳐 청산되었다. 따라서 신원과 재산을 되찾기 위해서는 그가 사망한 것이 아니라 일시적으로 부재했음을 인정하는 법적인 판결을 얻어내야 한다. 그 경우, 샤베르 부인은 남편의 신원이 회복되는 바로 그 순간 남편에게 재산을 돌려주어야 한다. 앞서 보았듯이 실종자의 아내는 남편의 실종 시점부터 30년이 지난 후에야 재산에 대한 완전한 소유권을 가질 수 있기 때문이다. 게다가 남편의 사망에 대한 추정만으로 결혼을 파기할 수 없으므로 샤베르 대령과의 결혼은 유지되어야 하며, 따라서 페로 백작과의 결혼은 무효가 된다. 이 경우 페로 백작과의 사이에서 출생한 두 아이는 혼외자가 된다. 이렇듯 이 사건은 대령이 생각하는 것보다 훨씬 복잡했다. 무엇보다도 부인은 더 이상 대령을 사랑하지 않았다. 샤베르 대령은 1799년 총재정부 시절의 멋쟁이 신사가 아니다. 그는 야위고 창백했으며 낡은 코트를 걸치고 있다. 엉성한 가발 사이로 머리의 끔찍한 상처가 보이기도 한다. 게다가 페로 백작 부부는 복고왕정의 법정에 영향을 미칠 수 있는 권력자들이다. "잠시 프랑스를 지배했던 괴물"에 불과한 나폴레옹 시대의 영웅에게 어떤 법관이 관심을 가지겠는가? 그뿐만 아니라 소송은 시간도 오래 걸리고 비용도 많이 든다. 이러한 문제점을 잘 아는 소송대리인은 타협하는 편이 낫다고 생각했다. 합의할 경우 법률상 권리보다 더 많은 재산을 가질 수도 있을 터였다. 소송대리인은 백작을 설득한다.

> "당신은 샤베르 백작이지요. 저는 그 사실을 믿습니다. 하지만 문제는 … 그 사실을 법적으로 증명해야 한다는 겁니다. … 이 모든 것은 대심(對審) 형식으로 대법원까지 가게 될 겁니다. 그러니 내가 아무리 열심히 할지라도 그 모든 소송의 과정은 비용도 많이 들고 시간도 질질 끌게 될 겁니다. … 모든 걸 최선으로 가정해서, 당신이 샤베르 대령이라는 사실이 재판에서 신속하게 인정된다 칩시다. 그렇다 해도 페로 백작부인의 악의 없는 중혼이 제기하는 문제가 어떤 판결을 받을지는 알 수 없습니다. … 그런데 당신은 결혼생활에서 자녀가 없었던 반면, 페로 백작에게는 두 자녀가 있지요. 판사들은 당사자들의 악의가 인정되지 않는 이상, 부부의 유대가 더 강해 보이는 결혼을 유효로 하고, 그 유대가 약해 보이는 결혼을 무효로 선고할 수도 있습니다."
>
> 『샤베르 대령』

사실 데르빌의 논리는 법적으로 논쟁의 여지가 있다. 그는 소송의 위험을 과장하는 것처럼 보인다. 민법 147조는 첫 결혼의 파기 이전에는 새혼을 금한다. 또한, 227조는 배우자가 사망한 경우, 합법적으로 이혼이 이루어진 후, 혹은 배우자가 공적인 권리를 박탈당한 경우에만 결혼의 파기가 가능함을 명시한다. 이처럼 민법상 첫 배우자의 사망이 확인되지 않는 한 그 결혼은 지속되어야 하며, 배우자는 재혼할 수 없다.

하지만 전쟁이 끊이지 않던 시절, 혁명정부와 나폴레옹 정부는 사망 신고 없이 실종된 군인들을 위한 특별법을 제정했다.[14] 특별법은 1791년 4월과 1815년 11월 사이에 활동했던 모든 이에게 적용되었다. 이 법령 선포 이후 상속인으로 추정되는 사람들과 아내는 법에서 규정한 긴 시간을 기다리지 않고도 실종 신고를 할 수 있는 법적 우선권을 가지게 되었다. 나폴레옹 군대가 유럽의 전 지역을 돌아다니던 시절, 법에 따라 신중하게 군인 대장을 작성하기는 어려웠을 것이다. 군인 대장이 사라질 위험도 컸다. 특히 러시아의 얼어붙은 땅에서 병들고 부상당한 병사들은 버려지기 일쑤였다. 이런 상황에서 법정은 몇몇 증언만으로도 사망 간주 요건이 충족된 것으로 인정해 주었다. 그리고 배우자는 관례로부터 해방되어 자유롭게 결혼할 수 있었다. 이처럼 민법과 특별법이라는 이중의 법이 데르빌로 하여금 소송의 어려움을 예측하게 했던 것이다. 무엇보다도 결혼 무효는 가정 풍파를 일으킬 수 있다. 첫 배우자의 사망을 추정하고 선의로 재혼한 사람에 대한 심각한 명예 훼손을 야기하기도 한다. 게다가 아이들은 어떻게 된단 말인가.

14 같은 책, pp. 202-203.

소송대리인의 비관적 시각은 과장된 것일 수도 있다. 그러나 데르빌이 우려한 것은 법적인 문제가 아니라 현실적인 문제였다. 우선, 소송에서 이긴다 해도 대령은 기대하는 만큼의 재산을 되찾을 수 없다. 대령이 생각하는 본인의 재산 규모는 실제와 차이가 있었다. 그의 사망이 알려진 후 재산이 처분되는 과정에서 샤베르 부인은 재산 목록에 현금과 보석과 은식기 등을 기재하지 않았고, 가구류는 실제 값의 2/3로 평가되었기 때문이다. 그리하여 그의 재산은 60만 프랑으로 추산되었다. 재산의 공동소유자인 아내는 그 재산의 절반에 대한 권리를 가졌다. 가구류는 낮게 평가된 가격으로 전부 매각되었고, 부인은 그것을 도로 사들임으로써 재산상 이익을 보았다. 샤베르 대령은 1799년 자기 재산의 1/4을 양육원에 기증한다는 유언을 남긴 바 있다. 따라서 30만 프랑의 1/4에 해당하는 7만 5천 프랑이 양육원으로 갔다. 대령에게는 다른 법정 상속인이 없었기에, 나머지 3/4에 해당하는 22만 5천 프랑은 국고로 들어갔다. 그런데 황제가 칙령을 통해 정부에 귀속되는 그 몫을 미망인에게 반환해 주었다. 대령의 생존이 확인된 지금 그가 권리를 주장할 수 있는 재산은 30만 프랑에 불과하다. 게다가 얼마나 오래갈지 알 수 없는 소송을 위해서는 막대한 비용이 든다. 소송에서 이길 승산이 크다 해도 그 비용을 어디서 구할 것이며, 또 그동안 생활은 무엇으로 한단 말인가. 그뿐만 아니라 페로 백작과의 사이에는 두 명의 자녀가 있다. 한 번도 생각한 적이 없던 이러한 어려움 앞에서 노병은 용기를 잃는다. "사회와 법조계가 악몽처럼 그의 가슴을 짓눌렀다." 절망 속에서 대령은 데르빌에게 설득된다. 소송대리인은 타협을 준비한다.

§ 샤베르의 분노와 합의 실패

타협을 위해서는 상대방의 심리를 알아야 한다. 소송대리인은 페로 백작부인에 대해 연구했다. 그는 대령이 팔레 루아얄의 유흥업소에서 그녀를 데려왔음을 알고 있다. 또한, 대령의 유산을 이용해 과부가 된 지 18개월 만에 3만 프랑의 연금 소유자가 된 것도, 망명 귀족이었던 젊은 페로 백작과 결혼함으로써 생제르맹의 살롱에서 귀부인 행세를 하고 있다는 것도 간파했다. 페로 백작은 왕정복고 이후 왕당파의 최고 실력자로 인정받고 있었다. 약간의 후원만 있다면 장관이나 귀족원 의원 자리가 보장될 터였다. 그러나 출신이 빈약한 아내로부터 아무런 도움을 받을 수 없었기에, 그는 자신의 결혼에 대해 다소 후회하고 있었다. 이런 상황에서 백작부인이 첫 남편의 귀향을 얼마나 두려워할지 아는 것은 어렵지 않았다. 데르빌은 백작부인의 이러한 심리적 압박을 이용해야 했다.

연기에 능란한 백작부인은 초조한 마음을 드러내지 않은 채, 우아하고 생기발랄한 모습으로 소송대리인을 맞았다. 데르빌은 곧바로 샤베르 대령의 생존 사실을 알리면서 그에 따른 문제들을 언급했다. 그가 보낸 편지들을 받지 않았는가. 백작부인은 완강하게 부인했다. 대령이라 주장하는 자는 가짜이고 사기꾼이며, 게다가 자신은 샤베르 백작이 보냈다는 편지를 한 통도 받은 적이 없다는 것이었다. 여기에서 소송대리인의 능란한 솜씨가 발휘된다. 그는 함정을 파고 백작부인은 그 함정에 빠진다.

> 그 순간 그는 부인의 약점을 들춰내기 위한 덫을 떠올리고는 마음속으로 생각했다. '자, 이제부터 우리 둘의 승부다.' 그리고는 부인을 향해 큰 소리로 말했다.
> "부인, 첫 번째 편지를 받으셨다는 증거가 있습니다. 그 편지에는 어음이 들어 있었습니다만…."

> "아, 어음이라고요? 그 편지에 그런 건 없었어요."
>
> "그러니까 편지는 받으셨군요. 부인은 벌써 소송대리인이 쳐놓은 첫 번째 덫에 걸리고 말았습니다. 그런데 법정과 싸울 수 있다고 생각하시나요?"
>
> 『샤베르 대령』

소송대리인은 백작부인에게 그녀의 재산이 대령으로부터 유래한 것임을 환기시켰다. 소송이 제기될 경우, 그 결과는 자신에게 불리할 것임을 백작부인은 예측하지 않을 수 없었다. 게다가 결혼에 관한 한, 샤베르 대령에게 우선권이 있었다. 판사가 아무리 감정적으로 부인을 지지한다 해도 법에 어긋나는 판결을 내릴 수는 없을 것이다. 게다가 그녀에게는 예상치 못한 적이 있으니 바로 페로 백작이다. 아마도 그는 아내를 사랑할 것이다. 하지만 누군가 그에게 그 결혼이 무효화 될 수 있다고 말해준다면? 그는 귀족원 의원의 외동딸과 결혼할 수 있을 터, 그렇게 된다면 왕의 칙령에 의해 장인의 자리를 물려받게 될 것이다. 영리한 백작부인이 데르빌의 이러한 논리를 이해하지 못할 리 없다. 그녀의 얼굴이 창백해졌다. 소송대리인의 완벽한 승리였다.

합의서를 작성하기 위해 소송대리인은 갈라졌던 부부를 사무실로 오게 했다. 백작부인이 사무실에 왔고, 데르빌은 절대로 모습을 드러내지 말라는 당부와 함께 대령을 옆방에 숨겨두었다. 대령의 분노와 복수심이 일을 그르칠 수 있다는 판단에서였다. 소송대리인이 제시한 합의 내용은 다음과 같다.

첫째, 부인은 비밀을 지키기로 약속한 세 명의 증인 앞에서 샤베르 대령의 신원을 확인하고 그가 그녀의 첫 남편임을 인정한다. 둘째, 샤베르 백작은 증서에 명시된 비밀 계약의 조항들이 이행되지 않을 경우에만 남편으로서의 권리를 행사할 것을 서약한다. 이는 부인의 행복을 지켜주기 위한 배려다. 셋째, 부인은 국채 기록부에 기재되어 있는 2만 4천 프랑의 종신 연금을 샤베르 대령에게 줄 것을 약속한다. 단, 대령 사망 후 그 연금의 원금은 부인에게 귀속된다. 또한, 샤베르는 부인과의 합의하에 자신의 사망 증명을 무효로 하고 결혼 파기를 선언하는 재판을 진행하기를 원했다. 백작부인은 이 타협안이 마음에 들지 않았다. 소문날 것이 뻔한 소송을 원치 않았을 뿐 아니라, 한 푼도 내놓고 싶지 않았던 것이다.

이때 전개된 극적인 장면은 소송대리인이 공들여 만든 타협안을 무효화시켜 버린다. 아내가 연금 지급을 거절하는 소리를 듣고 분을 이기지 못한 대령은 뛰쳐나와 소리를 지르고, 아내는 그가 욕설을 퍼붓는 것을 핑계 삼아 사무실을 나가 버린다. 데르빌의 우려가 현실이 되어 버린 것이다. 그러나 그것은 진정한 비극의 시작에 불과했다.

절망에 빠진 대령이 사무실의 어두컴컴한 계단을 천천히 내려갈 때, 그의 아내는 "옛날의 익숙했던 몸놀림으로" 그의 팔을 잡았다. 상냥한 목소리와 다정한 태도는 순진한 대령의 마음을 녹였다. 대령의 분노는 순식간에 사라졌다. 대령이 아직도 자신을 사랑하고 있다고 확신한 백작부인은 그 사랑을 이용하여 능란한 솜씨로 그의 존재를 지워 버린다. 그러기 위해서는 아이들과 함께 있는 자신의 모습을 보여주는 것으로 충분했다. 대령은 아내의 행복을 위해 죽은 채로 남아 있기로 결심한다. 모든 것을 포기한 대령은 노인보호요양소에서 비참한 여생을 마친다.

1840년 6월 말경, 후임 소송대리인과 함께 요양소를 방문한 데르빌은 극빈자로 그곳에 수용되어 있는 대령을 발견한다. 비참한 모습의 대령을 보면서 그는 소송대리인으로서 목격했던 여러 사건을 떠올린다. 그러고는 인간사의 비정함에 탄식한다.

"우리네 소송대리인들은 똑같은 악한 감정들이 끊임없이 반복되는 것을 보고 있다네. 아무것도 그런 것들을 바로잡지 못해. 우리의 사무실은 결코 정화할 수 없는 시궁창이지. 수임한 사건들을 처리하면서 얼마나 많은 것들을 알게 되었는지 몰라. 두 딸에게 4만 프랑의 연 수입을 올리는 재산을 물려준 아버지가 그 딸들에게 버려진 채 다락방에서 무일푼으로 죽어가는 것을 보았네. 유언장이 불태워지는 것도 보았지. 자식의 재산을 강탈하는 어머니, 아내의 재산을 도둑질하는 남편, 연인과 평화롭게 살기 위해 자신에 대한 남편의 애정을 이용해 남편을 미치광이나 바보로 만들어 없애 버리는 여자들도 보았어.[15] … 여기서 내가 보았던 것을 남김없이 자네에게 이야기할 수는 없네. 왜냐하면, 재판소가 섣불리 손댈 수 없는 범죄들을 보아 왔으니까. 어쨌든 소설가가 고안했다고 여기는 끔찍함 따위는 전부 사실보다 못하지. … 난 이제 파리가 무섭네."

『샤베르 대령』

발자크의 말대로 수많은 범죄가 난무하는 인간사의 현실은 소설보다 더 끔찍하다. 인간의 탐욕과 이기심에 대한 작가의 탄식이 들리는 듯하다.

15 데르빌이 제시한 사례들은 『인간극』의 『고리오 영감』, 『위르쉴 미루에』, 『곱섹』, 『지방의 뮤즈』, 『가재 잡는 여인』 등에 나오는 일화들이다.

상사 사건의 예

파산과 채무자의 신병 구속

『세자르 비로토』와 파산법

5장에서 보았듯이, 『세자르 비로토』는 19세기 초 파리의 한 상인이 파산하는 이야기다. 소설은 파산 그 자체를 집중적으로 조명하면서, 상법에 따른 파산 절차를 상세하게 묘사한다. 발자크의 누이동생 로르는 어떤 공증인의 서가 중심에 『세자르 비로토』가 꽂혀 있는 것을 보았다고 증언한다. 공증인은 그 책이 "파산에 대해 참고할 수 있는 기막힌 책"이라고 단언했다는 것이다.[16]

부동산 투기와 무도회 개최를 위한 과도한 지출로 비로토는 파산 위기에 처한다. 1819년 1월 15일 만기 어음을 지불하지 못한 그는 1월 16일 새벽 2시에 대차대조표 작성을 끝내고 그날 아침 상사법원 서기과에 파산 신청을 한다. 1819년 당시, 파산은 상인들에게 끔찍한 불명예였다. 파산한 상인들은 법률 행위 무능력자가 되어 아무런 경제 활

16 Laure Surville, *Balzac, sa vie et ses oeuvres*, Librairie nouvelle 1858, p. 31.

동을 할 수 없었다. 파산 신청을 결심한 후 비로토가 견딜 수 없었던 것은 파산에 따른 불명예였다. 이제 세자르 비로토의 파산 신청과 그에 따라 전개되는 법적 절차를 살펴보자.

§ 19세기 프랑스의 파산 절차

파산과 도산에 관한 법규는 1807년 상법[17] 제3권 437조에서 614조까지 명시되어 있다. 440조에 따르면 파산자는 지불 정지 상태 3일 안에 상사법원 사무국에 파산 신고를 해야 한다. 파산이 선포되면 상사법원은 파산을 공시하고, 그 순간부터 파산자는 자신의 재산을 관리할 수 있는 권리를 박탈당한다. 파산을 공시한 법원은 파산 공지의 날을 정하고 수명법관과 대리관리인을 지명한다. 지불 정지를 확인한 상사법원의 판사는 채무자의 모든 재산에 봉인을 붙인다. 그러고는 파산자를 채무자 구치소에 구금할 것인지 혹은 헌병이나 사법 경찰관의 감시를 받게 할 것인지에 대한 결정을 내린다. 상사법원 사무국은 채권자들을 소집하고, 이 소집은 신문에 공고된다.

채권자들이 모인 자리에서 임시파산관재인들이 지명된다. 임시파산관재인들이 임명됨과 동시에 대리관리인은 그동안 자신이 수행한 활동에 관해 보고하고 파산자의 상태를 평가한 후, 자신의 활동을 멈춘다. 임시파산관재인들은 대리관리인이 하던 일을 넘겨받아 파산자의 재산 목록을 작성하여 8일 안에 파산에 대한 계산서와 파산자의 경제적 상태, 그리고 파산의 원인에 대한 보고서를 검찰에 제출해야 한다. 검찰은 그 자료를 근거로 법적인 조치를 취하고 필요한 경우 기소

17 Code de commerce 1807 : http://www.koeblergerhard.de/Fontes/CodeDeCommerce1808.pdf

한다. 원칙적으로는 그 후 임시파산관재인 중 한 명 또는 여러 명의 파산관재인이 임명되어야 한다. 그러나 발자크는 실제로 파산관재인이 임명되는 경우는 거의 없다고 말한다. 따라서 임시파산관재인들 손에서 강제화의가 결정된다. 파산 절차에서 강제화의는 파산자와 채권자의 합의로 채무를 해결할 방법을 정하는 것으로, 파산자에게는 재기의 기회를, 채권자에게는 최대한의 이익을 주는 것을 목적으로 한다.

임시파산관재인들은 파산자의 채무 상태를 확인하고 경매나 합의로 재산을 정리한다. 그리고 채권자들의 회합을 준비한다. 채권자들은 40일 안에 증서나 편지를 가지고 자신이 합법적인 채권자임을 증명해야 한다. 그 후 첫 번째 기한이 만료되는 15일 안에 수명법관이 서명한 조서를 통해 채무자의 채무가 확인된다. 문제가 없는 서류는 임시파산관재인들에 의해 승인을 받는다. 채권자들의 회합에 출두하지도 않고, 채권자 확인도 하지 않는 채권자는 배당금 분배 시 채권자 명단에 포함될 수 없다. 채권자 확인 과정이 끝나고 유예 기간이 만료된 후 합법적인 채권자들은 출두 요청을 받는다. 수명법관이 주도하는 회의에서 채권자들은 임시파산관재인의 보고와 파산자의 의견을 듣는다. 구금되지 않은 파산자는 그 회합에 참석해야 한다. 회합은 강제화의를 의결하기 위한 것이다. 강제화의가 의결되기 위해서는 채권자의 과반수와 전체 부채의 3/4에 해당하는 액수의 채권자들이 찬성해야 한다. 강제화의가 가결되지 않을 경우, 최종적으로 파산관재인들을 임명하고 재산정리와 채무 청산을 통해 채권자들끼리 잔금을 분배하는 채권자 연합계약을 체결한다.

지금까지 1807년 상법에 따른 파산 신청의 과정을 정리해 보았다. 이 과정은 비로토가 파산 신청 후 밟았던 법적 진행 과정과 거의 일치하며, 소설이 1807년 파산법을 정확히 따르고 있음을 보여준다. 다만

1807년 상법은 파산 신청 후 재판부가 수명법관과 대리관리인을 지명한다고 명시되어 있으나, 발자크 소설에서는 수명법관이 대리관리인을 지명한다. 아마도 실제 적용에서는 편의상 수명법관이 대리관리인을 지명하는 경우가 많았을 것이다. 이제 파산 소송 과정에서 중요한 역할을 하는 직책 세 개와 강제화의 결정을 중심으로 발자크가 지적한 1807년 상법의 문제점을 살펴보자.

§ 상사법원 제도의 문제점

수명법관

파산 신청을 하면 상사법원이 수명법관을 임명한다. 수명법관은 "채권자들의 이해관계를 살피는 동시에 분노한 채권자들로부터 파산자를 보호하는 이중의 역할을 해야 한다." 수명법관도 상사법원의 판사다. 상사법원은 상업 관련 소송에 대한 판결을 위해 상인들로 구성된 법원이다. 즉, 상사법원의 판사는 상인들이다. 비로토도 상사법원의 판사였다. 프랑스의 특별한 제도인 상사법원 설립이 결정된 것은 대혁명 직후인 1790년 5월 27일이다.[18] 그런데 발자크는 현직에 있는 사람들로 구성되는 상사법원 제도에 대해 비판적이다.

무엇보다도 상사법원 판사들은 일이 너무 많아 늘 바쁘다. 본인의 사업체에는 새벽이나 저녁 시간에 잠시 들를 시간밖에 없다. 비로토는 상사법원 판사로 선출된 뒤 부족한 법률 지식을 습득하기 위해 새벽에 일어나 법전을 읽어야 했다. 상사법원에 너무 많은 시간을 빼앗겼기에

18 Michel Armand-Prévost, "Fonctionnement et enjeux des tribunaux de commerce au cours des XIXe et XXe siècles", in *Histoire de la justice*, Association française pour l'histoire de la Justice, 2007/1, N. 17, p. 130.

아내는 그 "명예로운 직책을 그만두라"고 충고했다. 이렇듯 늘 시간이 부족하다 보니 수명법관으로 임명되면 파산한 사업의 상황을 자세히 살필 시간이 부족했다. 때문에 판결의 정당성에 대한 의문이 제기되곤 했다. 게다가 자신의 이해관계가 걸려 있을 경우에는 객관성을 유지할 수 없다. 그뿐만 아니라 상사법원의 판사 역시 파산자가 될 위험에 처할 수 있다. 발자크는 말한다.

> 파리 밖 사람들은 아무도 모르지만 파리 사람들은 다 아는 것이 있으니, 그것은 상사법원의 판사는 사회가 만들어 낸 아주 이상한 법관이라는 사실이다. 그는 늘 자신이 법에 저촉되지 않는지를 걱정해야 한다. 파리에서는 재판장이 파산 신청을 해야 하는 경우도 있다. 사업에서 은퇴한 나이 많은 상인이 아니라 … 현직에 있어 자신의 사업이 과중한 사람들이 판사로 선출된다. …
>
> 『세자르 비로토』

판사로서 의기양양하게 드나들던 상사법원에 파산자가 되어 출두하게 되었으니 이 얼마나 기막힌 일인가. 비로토는 자신이 그동안 행했던 가혹한 판결과 파산자들에 대한 경멸을 기억하면서, 그들에게 무자비했던 자신의 행위를 후회하기도 한다.

대리관리인

발자크가 묘사한 대로 파산 소송의 경우 수명법관은 대리관리인을 임명한 후, 그에게 "대차대조표에 기재된 재산을 확인하고 상점이나 기업의 권리, 어음, 상품 등에 손을 댈 권리를 부여한다." 대리관리인은 양측의 이해관계를 다 살펴야 한다. 때로는 채권자들을 보호하면서 채무자의 비밀을 폭로하기도 하고, 때로는 파산한 상인의 미래를 위해 채권자들을 희생시키기도 한다. 그런데 발자크는 "대리관리인은 채권자의 사람이 아닌 채무자의 사람일 수 있음"을 지적한다. 상법 456조에도 대리관리인은 채권자 중에서, 혹은 채권자가 아닌 사람 중에서 임명된다고 명시하고 있다. 그런데 대부분의 경우 파산자의 변호인이 수명법관에게 대리관리인을 추천한다. 따라서 대차대조표를 확인하는 임무를 띤 대리관리인은 채무자의 의도대로 되는 경우가 많다. 발자크에 따르면 "1000개의 파산 중 950건의 대리관리인이 파산자의 사람이다." 그러나 채권자 중에서 대리관리인을 임명할 경우에도 문제는 발생한다. 대리관리인 본인의 개인적 이득을 위해 채권자 전체의 이익을 희생할 위험이 있기 때문이다.

임시파산관재인

임시파산관재인은 채권자를 대표한다. 발자크는 임시파산관재인들의 선출 방식에 대해서도 이의를 제기했다. 우선 채권자 중에는 가짜 채권자들도 있다. 그들은 파산자에 의해 가짜 어음을 받은 사람들이다. 그들로 인해 강제화의 때 진짜 채권자들에게 돌아갈 배당금을 줄일 수 있다. 게다가 채무 액수와 상관없이 각 채권자는 동등한 투표권을 가진다. 발자크가 냉소적으로 말하듯, "선거권은 무게로 달지 않고 숫자로 세기" 때문이다. 채권자들이 모인 회의에서 한 명 혹은 여러 명의 임시파산관재인이 선출되는데, 이때 절대 빠지지 않는 채권자들은 바로 그 가짜 채권자들이다. 그리하여 파산자에게 유리한 임시파산관재인이 선출될 수 있다.

이러한 병폐를 막기 위해 상법 479조는 회의에 출석한 채권자 중 나중에 가짜로 판명되는 사람들에 대한 처벌을 명시한다. 하지만 가짜 채권자를 쫓아내기 위해서는 채권자들이 자기 사업도 접어야 하고, 변호사도 고용해야 하는 등 엄청난 시간과 돈이 필요하다.

> 가짜 채권자들을 쫓아내기 위해서는, 거래의 미로로 들어가야 하고, 먼 과거로 거슬러 올라가야 하며, 장부를 뒤져야 하고, 그러기 위해서는 가짜 채권자들의 장부를 보관하는 허가를 받아야 한다. 가짜임을 밝혀내서 상사법원 판사에게 그 사실을 알린 후, 소송을 제기하고, 왔다 갔다 하다 보면 냉정한 마음도 열을 받게 된다. … 『세자르 비로토』

가짜임이 판명되었다 할지라도 가짜 채권자는 손해 볼 것이 없다. 그저 판사에게 꾸뻑 인사하고 물러나면 그만이다. 그동안 정작 채권자 본인의 사업이 엉망이 되어 파산에 이를 수도 있다. 그러니 누가 이런 일에 뛰어들겠는가? 목숨이 걸릴 정도의 액수가 아니라면 대부분 상인은 "보험 들지 않은 재해"로 여기면서 파산을 받아들인다. 그들은 "단념한 채, 시간을 낭비하는 미련한 짓을 하지 않는다."

우리의 주인공 비로토는 본인에게 유리한 임시파산관재인이 선출되는 행운을 얻지 못했다. 비로토를 괴롭히던 집주인 몰리뇌가 대리관리인에 이어 임시파산관재인으로 선출되었기 때문이다. 물론 그 뒤에는 비로토의 파산을 계획한 뒤 티에가 있다. 앞서 보았듯이, 비로토 상점의 옛 점원이었던 뒤 티에는 자신의 절도 행위를 목격한 옛 주인을 증오하면서 그를 파멸시킬 음모를 꾸몄다. 그리하여 뒤 티에는 몰리뇌라는 "사갈에게 고귀한 상인의 시체를 먹잇감으로 주었다."

강제화의

채권단은 회의를 소집해 강제화의를 의결한다. 강제화의를 위한 회의는 임시파산관재인에 의해 호출된 채권자들의 모임으로, 수명법관이 주재한다. 파산자는 그 회의에 직접 출두해야 한다. 상사법원 판사였던 비로토에게는 끔찍한 형벌이 아닐 수 없다. 출두하지 않는다면 형사적 처벌을 받을 수 있다. 즉, 신병 구속이 가능하다. 출두는 불가피하다.

> 그 점에서 법은 분명하고 단호하고 엄격하다. 출두를 거부하는 상인은 그 한 가지 사실만으로도 … 경찰에 소환될 수 있다. 『세자르 비로토』

반면 채권자들에게는 출석의 의무가 없다. 이러한 사항은 소설에 그대로 반영된다. 채권단 회의에는 채권자들을 대변하는 변호인 세 명만 참석했다. 비로토의 고통을 덜어주려는 처삼촌 필르로의 노력으로 채권자 모두가 변호사의 위임장에 서명했기 때문이다. 따라서 비로토는 우려했던 것과 달리 채권자들을 마주할 필요가 없었다.

강제화의가 의결되면 재판부에서 그 결정이 승인되고 파산자는 다시 전처럼 경제 활동을 할 수 있다. 그러나 파산자의 서류를 검토한 결과 파산이 의도적인 것으로 판명되면 파산자와 채권자 간에는 그 어떤 계약도 체결될 수 없다. 즉, 강제화의는 불가능하다. 강제화의가 받아들여지지 않으면 최종적으로 파산관재인에 의해 파산 절차는 계속 진행되고 채무자는 모든 재산을 빼앗긴다. 이러한 조치는 채권자연합 계약에 따라 수행된다.

강제화의는 채무자와 채권자 대표 사이의 이해관계가 상충되는 가운데 매우 능란한 수완을 필요로 한다. 그 과정에서는 비열한 사기도 횡행한다. 발자크는 강제화의 과정에서 관례적으로 행해지는 조작을 고발한다. 그것은 채무자가 "법이 요구하는 과반수의 채권자에게 강제화의에서 합의한 배당금 외에 특별 수당, 즉 프라임을 주는 것이다.” 프라임을 받은 채권자들은 채무자에게 유리한 결정에 동의하게 된다. 이것은 명백한 사기임에도 그에 대한 해결책은 아무것도 없다. 발자크는 그 어떤 법적 조치로도 사기를 막을 수 없으며, 사기의 정도는 점점 더 심해질 것이라고 한탄한다. 가짜 채권자들을 만들어내는 것도 사기 행위다. 그들의 존재로 인해 진짜 채권자들의 배당금을 줄일 수 있을 뿐 아니라, 파산자는 강제화의의 의결을 위해 필요한 표와 금액을 관리할 수 있다.

파산 과정에서의 사기 위험성을 고발한 발자크는 『세자르 비로토』를 통해 정직하게 파산 과정에 임하는 훌륭한 파산자의 사례를 보여준다. 비로토는 파산 과정에서 편법을 쓰지도, 사기를 치지도 않는다. 우선 그는 자기 사람이 대리관리인으로 임명될 수 있도록 수명법관과 타협하지 않는다. 가짜 채권자를 만들어 회의에 참석하게 함으로써 자신이 원하는 임시파산관재인이 선출되게 하여, 유리한 조건의 강제화의를 이끌어내는 행위도 하지 않는다. 강제화의의 가결을 위해 찬성하는 채권자들에게 프라임을 지급하는 술책도 없다. 정직한 방식으로 파산 과정을 밟은 후, 그는 자신이 소유한 토지와 가게를 매각해 채무 금액의 60%를 채권자들에게 지불한다는 강제화의에 동의한다. 채권자들 역시 만장일치로 부채 잔액 감면을 결정한다.

복권에 따른 명예 회복

상법 604조가 명시하듯 파산자는 관할 지역의 왕립법원에 복권을 신청할 수 있다. 그리고 복권 판결을 받은 사람은 다시 증권 거래소에 출입할 수 있다. 복권에 관한 법규는 상법 604조에서 614조까지에 나와 있다.

소송대리인 데르빌의 도움으로 복권 신청에 필요한 서류를 구비한 비로토는 파리 왕립법원의 검찰청에 복권 신청을 한다. 발자크는 파리에서 복권 신청을 하는 경우는 "10년에 한 번 있을까 말까 할 정도"로 매우 드문 경우임을 강조한다. 보통 상제화의의 결정에 따라 나머지 부채액을 감면받을 경우, 채무자는 모든 의무를 다했다고 생각한다. 하지만 비로토는 3년 반에 걸쳐 나머지 부채액을 다 갚는다. 그러나 부채를 모두 청산하고 명예가 완전히 회복된 바로 그 순간, 비로토는 기쁨의 무게를 견디지 못한 채 죽고 만다. 소설은 이렇게 끝난다.

§ 법의 엄격함과 실제에서의 관용

1807년 상법 제3권의 파산법은 매우 엄격했다. 파산 신청을 한 상인은 자신의 재산에 관해 아무런 법적 권리를 행사할 수 없었다. 지불정지를 확인한 상사법원의 판사는 채무자를 채무자 구치소에 감금하거나 사법 경찰관 혹은 헌병에 의해 감시를 받도록 했다. 이는 목록이 작성되기 전에 파산자가 재산을 빼돌리거나 도망하는 것을 막기 위한 조치였다. 하지만 이 법은 아무 효력이 없었다. 상법 466조에 명시되어 있듯이, 사기죄를 범한 경우가 아니라면 채무자는 수명법관의 요구에 따라 상사법원이 발행한 안전 통행증을 가지고 자유로이 왕래할 수 있었기 때문이다. 비로토 역시 절망적인 순간에도 감옥에 가리라는 생각은 하지 않았다. 과거 상사법원의 판사로서 이러한 형벌은 아주 예외적인 경우에만 해당되며, "수명법관도 채권자도 이 통행증을 허락하지 않을 수 없다"는 사실을 잘 알고 있었기 때문이다.

파산자에 대한 감금은 예방 차원의 조치였지만, 실제로는 득보다 실이 많았다. 감금에 대한 두려움은 상인들로 하여금 파산 신청을 늦추는 결과를 초래했다. 파산 신청을 늦추기 위해서는 빚을 지거나, 밑지는 장사를 해서 시가보다 낮은 금액으로 물건을 처분해야 했다. 어음을 갱신하거나, 상인 사이에서 가짜 거래를 하거나, 융통 어음을 발행하기도 했다. 그런데 상법 586조에 따르면 이런 행위를 할 경우 채무자는 법정에서 사기 파산자로 판정된다. 상인들이 그 사실을 모를 리 없다. 하지만 파산으로 절망한 상인에게 경찰에 쫓기는 것이 뭐 그리 엄청난 일이겠는가. 따라서 채무자는 파산보다 희망을 갖고 위험을 감수하는 것을 선호한다. 이렇게 파산은 연기된다. 하지만 파산은 나중에 더 비극적으로 닥친다. 지불 정지 상태가 지속될수록 채무 변제의 가능성은 점점 더 희박해지기 때문이다. 발자크는 이러한 문제점을 정확하게 지적한다. 수많은 파산을 목격해 온 향수가게의 전 주인 라공은 말한다. "처음부터 사기꾼인 사람은 없다. 하지만 필요에 따라 사기꾼이 된다."

파산법의 또 다른 문제점은 상점 운영금지에 있다. 1807년 상법은 채무자 개인의 재산과 상업상의 재산을 구별하지 않았다. 그러나 고객과의 신뢰가 중요했던 19세기 상점의 경우 고객 상실은 그 여파가 컸고, 채권자들은 돈을 돌려받기가 더 어려워졌다. 이러한 문제점은 소설에도 분명히 드러난다. 발행한 어음에 대한 지불 능력이 없기에 파산 신고를 할 수밖에 없었던 비로토는 법률 행위 무능력자로 선고받는다. 따라서 그는 더는 사업체를 운영할 수 없다. '장미의 여왕'이라는 향수가게가 번성 중이었음에도, 그는 강제화의의 결정에 따라 가게 재산을 정리하여 부채 일부를 청산할 수밖에 없다.

발자크는 1807년 상법이 파산자 가족들에게 부당하게 적용됨을 지적한다. 비로토는 아내의 말을 듣지 않고 혼자서 파산을 초래하는 결정을 내렸다. 그런데 법은 아내에게도 그 재앙의 책임을 지운다. 파산자 아내의 재산은 남편의 돈으로 형성된 것으로 판단해 남편 재산에 포함시켰던 것이다. 상점의 고용인들 역시 억울하다. 그들은 파산에 아무 책임도 없다. 그런데 그들은 파산으로 일자리를 잃고, 종종 주거지를 잃기도 한다. 당시 점원들은 젊은 시절 비로토가 그랬듯이 가게에서 숙식을 제공받는 경우가 많았기 때문이다.[19]

하지만 이러한 엄격함으로 인해 실제로 법이 잘 지켜지는 경우는 드물었다. 그리고 이는 채권자들에게 불리한 결과를 초래했다. 엄격한 파산법에 대한 관용적 조치는 소설의 여러 장면에서 드러난다. 우선 비로토의 파산 이유는 마들렌 토지 투기뿐 아니라 무도회 개최를 위한 과도한 지출에도 있다. 그런데 상법 586조에 의하면 "개인적인 과도한 지출"은 고의파산에 해당되므로 형사적 처벌 대상이 된다. 작가는 소설에서 "상인의 지출이 과다했다고 판정될 경우 그의 파산은 고의적인 파산에 해당된다"는 점을 명시한다. 파산관재인 몰리뇌는 그 점을 환기하면서 비로토의 파산에 고의 파산 혐의가 있음을 지적한다. 하지만 비로토와 필르로는 몰리뇌의 그러한 지적을 대수롭지 않은 협박으로 간주해 버린다. 법의 엄격함과 실제 적용의 느슨함은 채무자가 파산 소송의 주인공이 되고 채권자들은 합당한 대우를 받지 못하는 결과를 초래한다. 그리고 그 주된 원인으로 발자크는 채권자들의 무관심을 꼽는다.

1807년 상법의 입법자들은 채권자들에게 소송 과정의 주도권을 부여했으며, 검찰은 파산에 사기성이 있는지, 즉 형사 처벌의 대상인지만을 판단하게 했다. 그러나 채권자들은 자신에게 부여된 권리를 제대로 수행하지 않았다.[20] 앞서 언급한 것처럼 채권자들이 소송 절차에

19 Yves Guyon, "Une Faillite au début du XIXe siècle selon le roman de Balzac, *César Birotteau*", *Etudes offertes à Alfred Jauffret*, Faculté de droit et de science politique d'Aix-Marseille, 1974, pp. 384-385.

20 같은 책, p. 386.

적극적으로 참여하면 시간을 낭비하게 된다. 채권자 대부분은 사업체를 가진 상인이고 그들에게 시간은 돈이었다. 이리저리 끌려다니다 보면 자칫 자기 사업을 망칠 수도 있다. 시간이 지나면 분노도 가라앉는다. 그러다 보니 파산 당시 열을 올렸던 채권자들도 몇 달 지나면 무관심해지기 일쑤였다.

『으제니 그랑데』는 채권자의 무관심을 최대한 이용하는 그랑데 영감의 교활함을 그린다. 그는 상사법원의 개입 없이 청산이 가능하다는 봉퐁 판사의 말을 듣고 동생의 채무를 청산하기로 한다. "파산은 불명예를 가져오지만, 청산을 하면 정직한 사람으로 남기" 때문이다. 결국, 그는 5년 넘게 시간을 끌어 채권자들을 지치게 만듦으로써 그들이 스스로 포기하게 만든다. 청산 과정에서 나타나는 채권자들의 피로와 무관심을 발자크는 다음과 같이 묘사한다.

> 일반적으로 채권자들은 일종의 조광증 환자다. 오늘은 모든 결론을 낼 준비가 되어 있지만, 내일은 모든 것에 불을 붙이고 피 터지게 싸운다. 그다음에는 지극히 너그러워진다. 오늘은 아내 기분이 좋고 막내의 이빨이 났고 집안의 모든 것이 순탄하다. 한 푼도 잃고 싶지 않다. 이튿날에는 비가 와서 나갈 수 없다. 우울하다. 사건을 끝낼 수 있는 모든 제안에 동의한다. 그다음 날에는 보장을 요구한다. 그달 말에 가면 채무자를 처형해야 한다고 주장하는 사형집행인이 된다. 『으제니 그랑데』

보상받는 돈의 액수가 미약하다는 사실도 채권자들의 무관심을 야기한다. 비로토 파산의 경우 채무액의 60%를 보상받기로 결정되는데, 이는 채권자들도 기대하지 못한 높은 액수다. 발자크는 일반적으로 25% 혹은 30% 정도의 보상을 받는다고 말한다. 게다가 확실하지도 않은 미비한 보상금마저 한참 시간이 흐른 후에야 지불된다. 발자크는 강제화의까지의 시간이 3개월이라고 말한다. 하지만 강제화의 이후 재산을 매각하고 현금화하는 시간이 더 많이 걸린다.

1807년 상법에 따라 행해지는 파산 소송의 이러한 문제들은 채무자나 채권자로 하여금 법적인 과정을 피하게 만들었다. 채무자의 입장에서는 신체 구속에 대한 두려움이 있었고, 채권자들에게는 채무 금액을 제대로 돌려받지 못할 것이라는 불안이 지배적이었다. 이러한 양측의 이해관계에 따라 채권자와 채무자는 상사법원 밖에서 만나 타협을 통해 해결책을 모색하기를 선호했다. 때문에 법정의 관리 없이 채무자의 재산에 대해 타협적으로 청산을 시도하는 경우가 허다했다. 특히 거상의 경우 파산보다 청산이 많았다.

> 거상들은 파산 신청을 하지 않고 점잖게 청산을 한다. … 그럼으로써 상인들은 불명예와 법정 기한과 변호사 수임료와 제품의 평가 저하를 피할 수 있다. 사람들은 청산보다 파산이 보상을 덜 받을 것으로 생각한다. 그리하여 파리에는 파산보다 청산이 더 많다. 『세자르 비로토』

이렇듯 발자크는 『세자르 비로토』를 통해 파산법의 엄격함이 초래하는 부작용에 대한 문제를 제기한다. 파산법의 과도한 엄격함에 대한 또 다른 발자크의 비판은 신병(身柄)구속에 관한 것이다. 이제 『잃어버린 환상』을 통해 파산자에 대한 신병 구속의 문제점을 살펴보자.

채무자의 신병 구속과 과도한 소송 비용
◊ 『잃어버린 환상』

§ 상인 채무자의 신병 구속

채무자를 구속하는 목적은 채무자로 하여금 약속을 지키도록 하는 것이다. 즉 채무자가 재산을 감추거나 도피하는 것을 막기 위한 강제 수단이다. 따라서 채무자에게 재산이 없을 경우, 그 조치는 실효성이 없다. 그러나 19세기 당시 그 형벌은 채무자의 의도나 재산 상태와 무관하게 시행되었다.

민사 사건의 경우 신병 구속은 사기 의도가 명백히 증명된 경우에 한정된다. 이때 판사의 결정이 매우 중요하다. 하지만 상사 사건의 경우에는 예외 없이 신병 구속 혹은 감시의 원칙이 적용된다. 물론 『세자르 비로토』에서 보듯 실제로 구속되는 경우는 흔치 않았다. 그런데도 상인 채무자들은 구속에 대한 두려움 속에서 살았다. 종종 지적되었듯이, 구금 상태에서는 상인이 자금을 마련할 방법이 없기에 채권자들이 돈을 받기는 더 어려웠다. 발자크는 이렇듯 실효성 없는 법의 무용성과 잔인성을 고발한다. 그는 말한다. 신병 구속은 "야만적인 시대의 잔존이며, 사기꾼을 잡는 데 유효하지도 않고 불필요한 어리석은 조치다."

『잃어버린 환상』은 앙굴렘 출신 뤼시앵 드 뤼방프레가 품었던 야망이 무참히 좌절되는 이야기다. 복고왕정 시절, 약제사의 아들 뤼시앵 샤르동은 출세를 위해 귀족 출신 어머니의 이름 드 뤼방프레로 개명한다. 재능 있는 지방 청년인 그는 파리에 가서 작가가 되고자 하지만, 현실적 어려움 앞에서 저널리즘에 투신하고 성공을 거둔다. 뛰어난 용모와 재치로 한때 파리 사교계의 총아가 된다. 그러나 자유주의파로 활동하던 그는 왕정주의자로 변절함으로써 양측의 비난을 받게 되고, 결국 추락한다. 『인간극』의 많은 주인공처럼 뤼시앵 역시 직의 음모로 인해 파멸한다. 그의 첫사랑이었던 바르주통 부인, 그녀의 친척 에스파르 후작부인, 샤틀레 남작 등이 뤼시앵의 파멸을 위해 음모를 꾸민 사람들이다. 게다가 그의 빠른 출세를 질투했던 동료 기자들은 그들의 음모에 기꺼이 동조한다. 무일푼이 된 뤼시앵은 고향에서 인쇄소를 운영하는 친구이자 매제인 다비드 세샤르의 이름으로 3천 프랑의 어음을 발행한다. 다비드가 3천 프랑을 갚아야 한다. 하지만 종이 제조법 연구에 매달려 있는 다비드에게는 돈이 없다. 게다가 그의 경쟁업자인 쿠앵테 형제는 그 어음을 이용해 다비드를 파멸시키고 종이 제조법 발명의 이득을 가로채려 한다. 결국, 어음을 상환하지 못한 다비드는 체포된다. 매제의 구속이 자기 때문이라는 사실에 절망한 뤼시앵은 자살을 결심한다. 그러나 자신의 삶을 '시적으로' 끝낼 장소를 향해 걸어가던 중, 길에서 만난 스페인 신부에 의해 그는 구출된다. 신부에게 완전한 복종을 약속하는 조건으로 뤼시앵은 다비드를 구할 수 있는 돈을 받는다. 그러나 돈이 도착하기 직전, 다비드는 쿠앵테 형제와 협약을 체결하고 종이 제조법 발명권을 넘긴다.

『잃어버린 환상』에는 부채로 인한 신병 구속의 일화가 두 건 존재한다. 첫 번째 일화는 뤼시앵 드 뤼방프레가 비단장수 카뮈조에게 준 어음과 관련된다. 자신이 배반한 친구들로부터 차례대로 버림받고 무일푼이 된 뤼시앵은 여배우 코랄리의 후원자였으나 뤼시앵 때문에 버림받은 비단장수 카뮈조를 찾아간다. 파리 최고의 부자 상인으로 알려진 그는 뚱뚱하고 기름진 쉰여섯의 노신사였다. 뤼시앵은 코랄리가 어려움에 처해 있으며, 그녀가 극장에서 성공하기 위해서는 돈이 필요함을 역설한다. 그러고는 자신의 소설 원고 대금으로 출판사에서 받은, 그리고 그가 배서한 어음을 내민다. 상업계의 상황을 잘 아는 비단 장수는 그 출판사가 곧 파산할 것임을 예감하고 미소 짓는다. 그러고는 어음 뒷면에 "비단 대금으로 수령함"이라는 문구를 넣는 조건으로 뤼시앵에게 4만5천 프랑을 준다. 어음 발행 사유가 물건임을 명시토록 한 것은 하나의 술책이다. 이 문구 덕분에 어음은 상업적 성격을 띠게 되고, 따라서 어음에 문제가 생길 경우 채무자의 신병 구속이 가능해진다. 상사법원 판사인 카뮈조는 관련 상법 조항을 잘 알았던 것이다. 물론 법에 무지한 뤼시앵이 그런 사실을 알 리 없다.

뤼시앵의 희생에도 불구하고 코랄리의 연극은 실패한다. 뤼시앵은 생활비를 벌기 위해 친구 다니엘 다르테즈의 훌륭한 글을 비난하는 치졸한 기사를 쓴 것을 계기로 같은 서클 친구 미셸 크레티앵과 결투를 하게 된다. 결투에서 부상당한 그가 침대에 누워 있는 동안 출판사는 파산 신청을 한다. 출판사의 파산은 뤼시앵에게 치명적인 결과를 초래한다. 파산자가 서명한 어음은 지불 요청을 받게 되고, 그 어음의 배서인은 만기일과 상관없이 즉각적으로 지불 보증을 해야 하기 때문이다. 카뮈조는 뤼시앵을 고소한다. 발자크는 다음과 같이 이 법의 부당성을 지적한다.

> 팡당과 카발리에 출판사의 파산으로 그들의 어음에 대한 지불 요구가 가능해졌다. 그것은 상법의 한 규정 때문이다. 그 규정은 제3자에게서 어음 만기 기한의 이익을 빼앗아가는 식으로 제3자의 권리를 극도로 침해하는 것이었다.
>
> 『잃어버린 환상』

출판사의 어음을 가진 카뮈조는 출판사가 파산함에 따라 출판사에 대한 채권자가 된다. 동시에 지불 보증을 한 배서인의 채권자이기도 하다. 카뮈조는 이런 상황을 이용하여 뤼시앵을 파멸시킴으로써, 애인을 빼앗아 간 그에게 복수한다. 하지만 뤼시앵을 체포하러 온 상사법원의 집행관들은 침대에 누워 있는 뤼시앵을 연행할 수 없다. 이런 경우 집행관들은 "채무자를 인도할 요양원을 지정하도록 상사법원장의 지시를 받아야 한다."[21] 발자크는 그것을 모르지 않았다. 그러나 소설가는 집행관들을 카뮈조의 집으로 보낸다. 집행관들로부터 서류를 넘겨받은 카뮈조는 코랄리에게 달려가 소송 관련 서류를 보여준다. 그들 사이에 어떤 거래가 이루어졌는지 작가는 명확히 밝히지 않는다. 하지만 "그녀는 거기에 대해 침묵했지만, 거의 죽은 상태로 올라왔다."라는 문장은 그들의 거래 내용을 암시한다. 신병 구속의 위협을 받았던 뤼시앵의 이야기는 이렇게 끝난다.

두 번째 일화는 뤼시앵이 다비드의 서명을 위조해 발행한 어음과 관련된다. 첫 번째 어음 사건 이후 뤼시앵은 절대적인 절망에 빠진다. 코랄리는 아파 몸져누웠는데 그에게는 별다른 수입이 없었다. 가구는 압류당했고 양장점과 양복점은 외상값을 재촉한다. 그에게는 돈이 필요했다. 그는 아무런 양심의 가책도 느끼지 않은 채, 고향에 있는 매제인 인쇄업자 다비드 세샤르의 서명을 위조해 자기 앞으로 각각 한 달, 두 달, 석 달 만기의 천 프랑짜리 어음 석 장을 발행한다. 매제에게는 편지 몇 줄로 어음 발행 사실을 알린다. 기한 안에 돈을 지불한다는 약속도 잊지 않는다. 그는 그 어음에 배서하여 메티비에 지물상에 가져갔고, 상인은 인쇄업자의 어음을 할인해 주었다.

물론 뤼시앵에게는 어음을 지불할 능력이 없다. 그의 지불 불능은

21 Adrien Peytel, 앞의 책, p. 263.

부당하게 채무자가 된 다비드의 구속이라는 결과를 초래한다. 발자크는 채무에 의한 신병 구속의 과정을 상세하게 묘사함으로써 상인이 어음을 상환하지 못할 경우 얼마나 혹독한 벌을 받는지 보여준다. 세자르 비로토와 달리 다비드 세샤르는 파산 신청을 하지 않는다. 뤼시앵이 자신의 서명을 위조하여 3천 프랑의 어음을 발행했음을 알았을 때, 다비드에게는 돈이 한푼도 없었다. 인쇄소는 수익을 내지 못했고, 그는 종이 제조법 발명에 몰두해 있었다. 새로운 종이 제조법은 종이 생산 단가를 대폭 떨어뜨릴 수 있을 것이며, 이는 인쇄 업계에 혁명을 가져올 것이다. 그는 종이 제조법 발명의 성공을 위해 시간을 벌고자 한다. 그러나 그로 인해 막대한 경제적 손실을 보게 된다. 구속도 피하지 못한다.

불행하게도 파리의 메티비에는 뤼시앵이 서명한 어음을 앙굴렘 거래처인 쿠앵테 형제에게 보냈다. 메티비에와 쿠앵테 형제는 각각 파리와 앙굴렘에서 종이 중개업과 제지업 그리고 인쇄업을 하면서 동시에 은행가 노릇도 해왔기 때문이다. 그것은 쿠앵테 형제에게 절호의 기회였다. 그들은 호시탐탐 다비드의 종이 제조법 비밀을 알아낼 기회를 엿보고 있었다. 쿠앵테 형제는 양도받은 그 어음을 이용해 다비드를 위험에 빠뜨림으로써 종이 제조법 발명의 이득을 가로채고자 음모를 꾸민다. 그 과정에서 그들은 소송대리인 프티 클로의 야심을 이용한다. 다비드의 변호를 맡아 엄청난 비용이 들게 함으로써 다비드가 종이 제조법 발명권을 포기하도록 하는 것이다. 지참금이 많은 신부와의 결혼을 약속받은 프티 클로는 쿠앵테 형제의 음모에 기꺼이 가담한다.

첫 번째 만기일이 지나자 쿠앵테 형제는 합법적인 절차에 따라 다비드에게 어음의 상환을 요구하고, 집행관은 천 프랑에 대한 상환계산서를 작성하여 발송한다. 하지만 다비드에게는 돈이 없다. 다음 날 쿠앵테 형제의 집행관은 앙굴렘에 다비드의 지급 거절 사실을 공포하고, 그 소식은 그날 저녁 앙굴렘 상업계 전체에 알려진다. 다비드가 지급을 거부함에 따라 메티비에의 집행관은 앙굴렘에서 작성한 상환계산서와 지불거절증서를 배서인인 뤼시앵에게 통보한다. 그리고 상인이 아님에도 상인과 마찬가지로 구속될 것임을 알리기 위해 뤼시앵을 상사법원에 소환한다. 그가 배서한 어음 발행인이 인쇄업자 다비드로 되어 있기 때문이다. 이에 대해 뤼시앵은 이의 신청을 한다. 상사법원은 상인들을 위한 법원이므로 상인이 아닌 뤼시앵은 소환에 응할 필요가 없다고 친구들이 조언해 주었기 때문이다. 그러나 5월 28일 민사법원에 소환된 그는 패소한다. 게다가 그 이의 신청으로 인해 불필요한 과정이 첨부됨으로써 다비드에게 부과되는 부채는 더 늘어난다.

두 달 후, 상사법원은 다비드를 소환했지만, 그는 출두하지 않았다. 다음 날 궐석재판의 판결이 통보되었다. 다비드의 소송대리인 프티 클로는 지불명령, 구속통보, 차압조서 등에 지속적으로 이의를 제기하였다. 그렇게 함으로써 프티 클로는 다비드에게 시간을 벌어주었다. 하지만 사실상 그것은 갖가지 수수료로 인해 결국 부채 액수가 기하급수적으로 늘어나게 하기 위한 술책이었다. 결국, 열흘 후에는 원금과 이자와 해당 비용을 지불하라는 명령이 내려졌고, 곧이어 차압조치가 뒤따랐다.

집행관은 체포 명령 서류를 발급했다. 그 명령은 24시간 후 다비드를 체포한다는 것을 의미했다. 집행관의 추격을 피하기 위해 다비드의 아내는 친구 집에 남편을 피신시켰다. 다비드는 그곳에서 안전하게 지낼 수 있었다. 그러나 불행히도 처남 뤼시앵이 앙굴렘에 돌아왔다. 쿠앵테 형제와 프티 클로는 다비드를 체포하기 위해 뤼시앵의 허영심과 둘 사이의 우정을 이용한다. 여기에서 발자크는 파리에서의 신병 구속과 지방에서의 신병 구속 사이의 차이를 설명한다.

> 지방에서 채무자의 체포는 결코 있을 수 없는 엄청나고 비정상적인 사건이다. 우선 각자가 서로를 너무나 잘 알고 있기에 그런 끔찍한 방법을 사용하는 사람은 아무도 없다. … 따라서 소도시에서 채무자를 체포하기 위해서는 극도로 어려운 절차가 필요하고, 또한 집행관과 채무자 사이의 술책 싸움이 되어 그런 술책이 파리의 신문 잡보란에 즐거운 가십거리를 제공하곤 한다.
>
> 『잃어버린 환상』

이렇듯 지방에서는 구속되는 경우가 거의 없음에도, 쿠앵테 형제의 음모에 따라 뤼시앵의 가짜 편지를 받고 은신처 밖으로 나온 다비드는 잠복하고 있던 집행관과 헌병에 의해 체포된다.

§ 소송 과정에서의 법의 남용: 과도한 소송 비용

『잃어버린 환상』의 일화는 순진한 인쇄업자 다비드가 교활한 상인들과 소송대리인의 음모로 구속되었을 뿐 아니라, 원금의 몇 배에 달하는 금액을 보상하게 되는 상황을 상세히 묘사한다. 그가 감옥에 가게 된 것도, 막대한 채무를 지게 된 것도 모두 상법을 잘 아는 쿠앵테 형제의 계획에 따른 것이다. 그러나 대부분 사람이 그러하듯 다비드는 법을 모른다. 발자크는 외친다. "모든 사람이 알아야 함에도 그것만큼 모르는 것이 있는데, 그것은 바로 법이다." 그러고는 어음 유통의 메커니즘을 설명한다.

> 어떤 상인이 상점 소재 도시에서 발행한 어음을 타 도시에 사는 사람에게 보

> 낼 때, … 같은 도시의 상인들 간에 주고받는 단순한 어음거래는 한 장소에서 다른 장소로 발행된 환어음과 유사한 것으로 바뀌게 된다. 따라서 메티비에가 뤼시앵에게서 어음 석 장을 받았을 때, 그 돈을 받기 위해서는 그것을 자기의 앙굴렘 거래처 대표인 쿠앵테 형제에게 보내야만 했다. 그로부터 뤼시앵에게는 첫 번째 손해가 생기는데, 그것은 장소 변경 수수료라 불리는 것으로서 할인 외에 각 어음당 몇 퍼센트로 공제된다. 『잃어버린 환상』

이 합법적인 절차에 따라 집행관은 첫 번째 만기일이 지나자 천 프랑에 대한 상환계산서를 작성해 발송한다. 그런데 거절 증서, 수수료, 중개 수수료, 반환 수표 및 계산서 인지대, 이자 및 우편 요금, 그리고 1.25%의 장소 변경 수수료가 더해져 1000프랑의 어음은 1037.45프랑이 된다. 그리고 마지막 만기일인 90일이 지난 후에는 3000프랑에 달하는 세 개의 어음과 소송 과정에서 든 수수료의 합계인 4018프랑 85상팀의 계산서가 발송된다. 여기에는 다비드의 지불거절에 대한 재판 비용과 통보 및 공고 비용, 그리고 우편 비용 등이 포함된다.

게다가 판결이 확정되는 순간 다비드의 채무액은 기하급수적으로 늘어난다. 우선 재판부의 판결에 따라 다비드는 메티비에에게 이자를 제외하고도 5275프랑 25상팀을 빚지고 있다. 소송대리인 프티 클로에게는 기본 수임료 1200프랑과 더불어 다비드의 관대함에 따라 값이 정해지는 사례금을 지불해야 한다. 세샤르 부인은 별도로 프티 클로에게 350프랑의 수임료와 사례금을 내야 한다. 소송 도중 부부간의 재산 분할을 신청했기 때문이다. 본인의 재산을 지키기 위해 소송을 제기했던 다비드의 아버지 세샤르 영감은 434프랑 65상팀의 소송 비용과 더불어 프티 클로에게 300프랑의 사례금을 지불해야 한다. 그리하여 부채의 총액은 만 프랑 가까이 된다. 원래 채무액 3천 프랑의 세 배가 넘는 액수다. 이는 쿠앵테 형제의 요청에 따라 임무를 수행한 프티 클로의 책략이 가져온 결과다. 발자크는 소송 과정에서의 법의 남용에 대해 다음과 같이 외친다. 독자들은 그 외침에서 채무자 발자크의 탄식을 듣는다.

> … 입법가는 소송 절차의 남용이 어느 정도에 이르고 있는지 공부할 필요가 있다. 경우에 따라, 소송대리인들에 대한 사례금이 소송의 이유였던 금액을 초과하지 못하도록 하는 작은 법률을 만들어야 하지 않을까? 1m²의 땅을 관리하는 데 100km²의 땅을 관리하는 법칙을 적용하는 것은 우습지 않은가! 논쟁이 지나온 모든 국면을 이처럼 건조하게 설명했지만, 여러분은 이 논쟁을 통해 대다수 프랑스 사람들이 믿어 의심치 않는 형식, 정의, 비용이라는 단어들의 가치를 알게 될 것이다.『잃어버린 환상』

복잡한 상업 관련 소송 과정은 이렇게 끝난다. 다비드는 부채를 해결하기 위해 쿠앵테 형제와 타협하고 자신의 종이 제조법 발명권을 모두 넘긴다. 작가는 이 소설을 통해 19세기 당시의 부채 관련 신병 구속의 메커니즘과 과다한 소송 비용의 사례를 그대로 보여주면서, 당시 상법의 문제점을 비판한다.

*

앞서 말했듯이, 상법과 관련된 소설의 시간적 배경은 모두 복고왕정 시절이고 당시 적용된 상법은 1807년 상법이다. 나폴레옹은 법제화 작업을 자신의 최대 업적 중 하나로 꼽았다. 그런데 1807년 만들어진 상법 3권의 파산법은 채무자에게 극도로 엄격했다. 파산에는 항상 사기의 요소가 있다고 판단한 나폴레옹은 특별히 파산자와 가족에게 엄격할 것을 강조했다고 한다.[22] 그리하여 법은 채무자의 처벌을 목적으로 제정되었다. 하지만 엄격한 법은 실제로 적용되기 어려웠기에 제대로 지켜지지 않았고 편법이 난무했다. 따라서 파산법의 개혁이 필요했다. 법률학자 이브 기용은 1807년 상법의 개정 과정을 소개한다. 그에 따르면 1826년부터 법무부 장관은 조사에 들어갔고, 그 결과가 1833년에 정리되고 분석되었으며, 1834년에는 개혁안이 국회에, 1836년에는 귀족원에 제출되었다. 그리고 논쟁을 거쳐 1838년 5월 28일에는 개정된 상법이 공표되었다.[23]

1826년부터 1829년까지 3년 동안 연이은 파산으로 채무자의 어려움을 몸소 겪었던 발자크는 1830년부터 파산에 관한 소설을 쓰고자 했다. 그 첫 작품이 1833년 출판된 『으제니 그랑데』다. 한편 같은 해에 계획 단계에 있던 『세자르 비로토』는 1837년에 썼으며, 『잃어버린 환상』은 1836년부터 1843년 사이에 집필되었다. 그런데 이미 말했듯이 1837년은 발자크에게 악몽의 시기였다. 경제적 어려움을 겪으면서 작가는 파산이라는 주제에 관심을 두게 되었을 것이다. 채권자들에게 시달리던 당시 작가의 고통은 파산 신청을 한 비로토와 채무로 인해 감옥 신세를 진 다비드에게서 생생하게 표현된다. 발자크는 소설을 통해 파산 과정을 거치며 절실하게 느꼈던 법의 폭력성을 토해내고 있는 것처럼 보인다.

22 Emile Gicquiaud, 앞의 책, p. 197.

23 Yves Guyon, 앞의 책, p. 378.

그런데 발자크가 이 소설을 쓸 당시에는 파산법에 대한 논쟁이 한창이었다. 어쩌면 그런 이유에서 작가는 소설을 통해 파산 과정을 상세히 기술하고 당시 파산법의 문제점을 지적함으로써, 법 개혁에 도움을 주고자 했는지도 모른다. 실제로 발자크가 지적한 파산법의 문제점이 법 개정에 영향을 주었는지는 알 수 없다. 하지만 법률가들에 따르면, 마치 작가의 제안이 법 개혁에 반영되기라도 한 듯, 1838년 개정된 법에는 그의 비판이 다수 반영되어 있다고 한다.[24]

파산에 관한 발자크의 소설을 보면 19세기 전반부의 상법이 어떠했고, 그것이 어떻게 적용되었고, 어떻게 비판받았는지 알 수 있다. 발자크는 다른 어디서도 찾아볼 수 없는 상법에 대한 정확하고도 완전한 정보를 제공한다. 그러나 그는 19세기 상법에 관한 정보를 제공하는 것에 그치지 않는다. 발자크는 19세기 당시 파산법의 엄격성과 실제에서의 느슨함, 채무자에 대한 신병 구속의 부당성, 그리고 소송 절차에서 벌어지는 편법과 법의 남용 등에 대해 비판의 수위를 높임으로써 인간 사회에 만연하는 부조리에 대한 근원적인 문제를 제기한다.

24 Adrien Peytel, 앞의 책, p. 154 ; p. 278.

형사 사건의 예

위조죄

살인 · 절도죄

형사 사건을 이해하기 위해서는 우선 프랑스의 검찰 제도에 대한 간략한 정보가 필요하다. 프랑스의 경우 검찰은 법원에 소속되어 있으며, 검찰청은 따로 없다. 판사와 검사 간의 인사이동도 가능하다. 지방법원에는 한 명의 검사장과 검사가, 항소법원에는 고등검사장과 고등검찰청 검사가 배치되어 있다. 검사들은 법원 소속 검사장의 지휘에 따라 업무를 처리한다. 우리나라와 달리 프랑스의 경우, 대법원 소속 검찰은 공소 유지를 담당하지 않고 재판에 있어 법률 적용에 대한 감시자의 역할을 한다. 따라서 대법원 소속 고등검사장은 항소법원 소속 고등검사장과 서로 상하 관계가 아니며 대등한 관계를 유지한다. 대법원 소속 검찰은 고등검사장과 고등 송무관으로 구성된다.

프랑스 사법 제도의 특징은 예심 판사가 존재한다는 점이다. 예심 판사는 우리에게는 낯선 명칭으로, 검사에 해당하는 법관이라 할 수 있다. 예심 판사 제도는 나폴레옹이 만든 후 200년 넘게 존속되었다.

나폴레옹 집권 당시 완성된 1808년 형사소송법은 형사 절차의 기능을 소추·수사·재판으로 구분한다. 소추는 형사 사건에 대하여 공소를 제기하는 일이다. 그 원칙에 따라 검찰은 소추에 대한 권한만을 행사하고, 수사와 판결은 법원의 권한에 속한다. 즉 수사는 예심 판사가, 재판은 법관이 담당한다. 다시 말해 사법적 수사의 주재자는 검사가 아니라 예심 판사다.[25] 그러나 검사의 예심 수사 청구가 있어야만 예심 판사의 수사가 가능하며, 예심이 종결되면 기소 결정 여부를 고등 검사장에게 보고해야 한다. 예심 조사는 독자적으로 행해지지만, 고등검사장의 감독을 받도록 함으로써 검찰을 공판 전 조사 단계의 최고 기관이 되게 한 것이다.[26]

『인간극』에는 형사 사건이 수없이 많다. 그중에서 『골동품 진열실』의 위조죄와 『매음 세계의 영욕』의 살인·절도죄를 중심으로 형법 관련 사건들을 살펴보려 한다. 형사 사건의 소송 과정이 상세히 묘사되었기 때문이다.

25 이완규, 『검사의 지위에 관한 연구 – 형사사법체계와의 관련성을 중심으로』, 서울대학교대학원 법학과 박사학위논문, 2005, p.74 ; 문준영, 「검찰제도의 연혁과 현대적 의미 – 프랑스와 독일에서의 검찰제도와 검찰개념의 형성을 중심으로」, in 『비교형사법연구』, 제8권 제1호, 한국비교형사법학회, 2006, p.681.

26 정웅석, 「프랑스 검찰제도에 관한 연구」, in 『법학연구』, 16권 4호, 연세대학교 법학연구원, 2006, p.69.

『골동품 진열실』과 위조죄

§ 『골동품 진열실』의 탄생

발자크는 1833년 11월 2일 한스카 부인에게 보낸 편지에서 처음으로 『골동품 진열실』의 집필 계획을 언급한다. 그러나 『골동품 진열실』의 첫 판본이 출판된 것은 그로부터 많은 시간이 지난 1839년 3월이다. 서문에서 발자크는 "끔찍한 실제 사건"과 "세부사항은 덜 극적이지만 지방의 풍속을 잘 보여주는" 또 하나의 사건이 『골동품 진열실』 집필에 영감을 주었음을 언급한다. 끔찍한 실제 사건은 무엇이고 덜 극적인 또 하나의 사건은 무엇일까?

발자크가 『골동품 진열실』의 집필을 중단한 채 수정된 후편을 예고했던 1836년 4월, 파리를 들썩거리게 한 형사 사건이 발생했다.[27] 아메데 드 생모르라는 젊은이가 서명 위조와 배서 위조, 그리고 살해 혐의로 기소되어 중죄재판소에 회부되었던 것이다. 범인이 지방의 유서 깊은 귀족 가문 후손이라는 사실이 여론의 관심을 끌었다. 소송에 관한 기사는 신문과 잡지, 그리고 판결 공보를 뒤덮었다. 하지만 정작 범인의 부모는 자식의 범죄 사실을 알지 못했다. 살해 혐의는 벗었지만 다른 범죄 사실은 인정되어, 그는 한 시간 동안 군중에 공개되었을 뿐 아니라 7년 간의 강제 노동형을 선고 받았다. 『골동품 진열실』의 에스그리뇽 백작 역시 지방 출신이고, 유서 깊은 귀족 가문의 후손이며, 애인을 위해 위조죄를 저질렀고, 아버지에게는 그 사실을 숨겼다. 실제 사건과 소설 사이에 유사점이 많은 걸 보면 발자크가 말한 끔찍한 사

27 Anne-Marie Meininger, "Sur *Adieu*, sur *Le Père Goriot*, sur *Le Cabinet des Antiques*", in *L'Année balzacienne*, 1973, pp. 384-385.

건은 아메데 드 생모르의 사건일 것이다.

그렇다면 또 하나의 다른 사건은 무엇일까? 그보다 훨씬 전인 1823년, 큰 반향을 일으킨 한 위조 사건이 있었다.[28] 들라세뉴라는 젊은이는 파리에서 귀족 명부 관련 서적을 출판하기 위해 앙굴렘의 뒤사블롱 씨와 동업을 했다. 그는 동업자라는 사실을 이용해 우표가 붙은 백지 밑부분에 뒤사블롱의 서명을 받아 놓은 후, 뒤사블롱의 신용을 가지고 제삼자를 위한 환어음 다섯 개를 작성했다. 범죄 사실이 밝혀졌고, 들라세뉴는 궐석재판을 통해 10년의 강제 노동을 구형 받았다. 『골동품 진열실』의 위조 사건이 발생한 시기 역시 1823년이다. 게다가 소설의 주인공도 들라세뉴처럼 서명을 위조한 것이 아니라 도용했다. 지방의 연고를 이용해 파리에서 어음을 발행한 것 역시 소설 내용과 일치한다. 사건의 배경이 앙굴렘이라는 사실도 주목할 만하다. 앙굴렘은 발자크와 오랜 우정을 나누며 서신을 주고받은 줄마 카로가 있는 도시이자 『잃어버린 환상』의 무대이다. 발자크는 소설을 쓰기 위해 많은 정보를 수집했으니, 그 사건을 알았을 개연성이 높다. 따라서 『골동품 진열실』의 위조 사건은 생모르와 들라세뉴의 두 사건으로부터 영감을 받았다고 볼 수 있다.

§ 두 진영으로 나뉜 지방 소도시

『골동품 진열실』은 구체제의 사유와 혁명 사상의 갈등을 첨예하게 보여주는 발자크의 대표작 중 하나이다. 왕정복고 시절, 노르망디 지방의 소도시 알랑송은 왕당파와 자유주의파, 두 진영으로 나뉘어 있

28 Pierre-Georges Castex, Introduction du *Cabinet des Antiques*, 2014, Classiques Garnier, pp. 22-23.

었다. 왕당파의 수장은 1300년 역사를 자랑하는 유서 깊은 가문의 후예 에스그리뇽 후작이다. 그는 자신이 얼마나 가난한지도, 얼마나 시대착오적인지도 모르는 채 과거에 머물러 살고 있었다. 나폴레옹제국 시대에도 그에게 군주는 루이 18세였고 황제는 그저 '부오나파르테'[29] 일 뿐이었다. 제도와 행정 구역의 개혁에도 불구하고 그에게 세금은 여전히 인두세였고, 도는 지방이었다. 그는 지방관청이 도청으로 바뀐 것도, 봉인장이 폐지된 것도 몰랐다. 그에게 대혁명은 폭동에 불과했다. 새로운 법에 무지한 그는 아들이 자신의 영지에서 사냥을 했다는 이유로 경찰에 잡혀갈 수 있다는 사실을 이해하지 못했다. 그러나 세상은 변했다. 대혁명은 피할 수 없는 흐름이었다.

반대파 진영에 속하는 인물들은 혁명과 나폴레옹제국을 거치면서 부자가 된 신흥 부르주아들이었다. 자유주의를 표방하는 그 집단의 우두머리는 뒤 크루아지에다. 그는 이 책의 5장에서 살펴본 『노처녀』의 뒤 부스키에와 동일인물이다. 에스그리뇽 가문의 아르망 양에게 청혼했다가 거절당한 그는 귀족 계급을 증오하면서 에스그리뇽 가문에 복수할 기회만 엿보고 있었다. 그의 목표는 젊은 에스그리뇽 백작의 행실로 인해 쉽게 달성된다.

가족의 숭배와 사랑을 받고 자란 젊은 빅튀르니앵 데스그리뇽 백작은 귀족의 특권을 당연시하는 천방지축 청년이다. 그의 방탕 때문에 충실한 집사였던 공증인 셰넬은 후작 몰래 얼마나 많은 돈을 퍼부었던가. 백작에게 법정은 민중을 협박하기 위한 도구에 불과했다. 평민에

29 나폴레옹의 고향 코르시카는 그가 태어나기 1년 전까지도 이탈리아의 제노바 공국에 속했었다. '나폴레옹 보나파르트'는 원래 이름이었던 '나폴레오네 부오나파르테'를 프랑스식으로 바꾼 것이다. 왕당파 귀족들은 그가 외국인임을 강조하기 위해 '부오나파르테'라 불렀다.

게 용납되지 않는 행동이 그에게는 허락되는 재미있는 놀이로 보이기도 했다. 이처럼 귀족의 관습을 따르면서 새로운 법을 무시하는 젊은 백작은 반대파 진영의 먹잇감이 되어 법의 심판을 받는다.

5장에서 이미 언급했듯이 백작은 공작부인과의 도피를 꿈꾸며 뒤 크루아지의 서명을 도용해 어음을 발행한다. 자신의 이름으로 발행된 어음을 받은 뒤 크루아지에는 회심의 미소를 짓는다. 위조죄를 저질렀으니, 뒤 크루아지에에게는 "복수의 기회가 저절로 굴러들어온 것"이다. 그는 기쁜 마음으로 백작을 고소했고, 다음 날 백작은 체포된다. 그가 원한 것은 에스그리뇽 가문의 "명예를 더럽히는 것"이었던 만큼 그의 목표는 달성되었다. "백작님이 누군가를 살해했다면 그것은 오히려 용서받을 수도 있어요. 그런데 위조, 위조라니요!"라고 셰넬이 탄식하듯, 귀족들에게 위조죄는 살인보다도 더 끔찍한 불명예이기 때문이다.

§ 위조죄 소송 과정과 지방 소도시의 법관들

뒤 크루아지에의 고소가 이루어진 다음 날, 왕당파 권력자인 검사장의 부재를 틈타 검사 소바제가 제출한 논고를 근거로 예심 판사 카뮈조가 체포영장을 발부했고, 빅튀르니앵은 바로 체포된다. 이는 1808년 형사소송법[30]에 명시된 내용으로, 25조와 26조에 따르면 범죄 발생 시 검찰이 공권력을 행사할 수 있으며, 검사장이 부재할 경우 검사가 그 권한을 행사할 수 있다. 또한, 91조와 94조에서 말하듯, 검찰이 청구한 구인영장이나 체포영장을 발부하는 권한은 예심 판사에 있다.

30 1808년 형사소송법

빅튀르니앵의 운명이 결정될 알랑송 지방법원에는 두 종류의 법관이 존재했다. 발자크는 복고왕정 당시 지방법원 법관들의 생리를 다음과 같이 묘사한다.

> 사법관으로서의 야심을 마음대로 펼칠 수 없는 지방에서 업무를 시작하는 판사나 검사들은 누구나 처음부터 파리만 바라본다. … 하지만 법관들의 천국인 파리는 약간의 선택된 자들에게만 허용되기에 사법관의 10분의 9는 영원히 지방에 정착할 수밖에 없다. 그리하여 모든 지방의 법원은 명확히 구분되는 두 집단으로 나뉜다. 하나는 희망에 지쳐버렸거나, 아니면 그곳에서 수행하는 사법관 직에 주민들이 보내는 과도한 존경에 만족하거나. 그것도 아니면 평온한 생활 속에서 무기력해진 집단이다. 다른 하나는 어떤 절망에도 굴하지 않는 출세욕이 줄기차게 그들의 성직에 대해 일종의 광신을 부여하는 젊은이들로 진정 재능있는 사람들의 집단이다. 『골동품 진열실』

롱스레 법원장과 블롱데 부법원장은 파리 진출을 포기하고 영원히 그 도시에 안주하는 법관의 전형이다. 젊고 야심 많은 법관으로는 예심 판사 카뮈조와 귀족 가문의 후원을 받아 대리 판사가 된 미슈가 있다. 그밖에, 정부를 지지하는 노예근성을 발휘하여 왕당파를 자처함으로써 검사가 된 소바제도 있다. 이렇게 법관 다섯 명이 빅튀르니앵의 위조 사건을 어떻게 처리하는지 살펴보려면 각각 법관들에 대한 이해가 선행되어야 한다.

우선 이 사건에서 가장 중요한 역할을 맡은 예심 판사 카뮈조를 살펴보자. 사실 카뮈조는 이 사건의 예심을 맡은 것이 여간 부담스럽지 않다. 단순한 위조 사건이 아니라 두 진영 간의 다툼을 유발하는 사건임을 잘 아는 그로서는, 자유주의자들과도 왕당파 구귀족들과도 불화를 만들고 싶지 않기 때문이다. 그에게는 공공이익이나 법의 원칙 같은 것은 중요하지 않다. 그에게는 빅튀르니앵에게 죄가 있느냐 없느냐가 아니라, 이 사건을 어떻게 처리해야 자신에게 이득인가가 중요하다. 따라서 파리에서 달려온 모프리네즈 공작부인이 그에게 승진을 약속하자, 그는 더 이상 망설일 필요가 없었다. 그가 에스그리뇽 가 편에 서게 됨으로써 백작의 운명은 결정된다. 소송 사건은 그에게 파리 진출의 기회를 제공한다.

롱스레 법원장은 어떠한가? 그는 "나라의 커다란 이해를 자신의 사소한 욕망으로 훼손시키는" 법관의 전형이다. 귀족들에게 받아들여지지 않음에 낙담한 그는 자신의 체념을 독립성이라는 말로 그럴듯하게 포장하면서 부르주아 편을 들어왔다. 그러나 지나치게 소극적인 태도로 인해 자유주의자들에게도 의심이 대상이 되면서, 어느 당에도 속하지 못한 채 어정쩡한 입장에 처해 있었다. 그에게 이 사건은 자신의 입장을 분명히 보여주는 좋은 기회가 될 터였다. 한편 그는 아들을 부유한 직물 상인 블랑뒤로의 딸과 결혼시키려는 계획을 은밀히 진행했다. 그리고 결혼 문제에 있어 법원장은 블롱데 부법원장과 경쟁 관계에 있었다.

67세인 부법원장 블롱데는 법 관련 지식이 풍부하고 공정한 판사로 알려져 있다. 그런 그의 유일한 소망은 아들을 블랑뒤로 양과 결혼시키는 것이었다. 블롱데가 사직할 때 아들 조제프가 대리 판사로 임명된다면 조제프와 블랑뒤로 양의 결혼은 성사될 터였다. 그런데 법원장은 부법원장의 이런 계획을 방해하면서 블랑뒤로 부부의 마음을 은밀히 움직였던 것이다. 결혼 문제에 관한 두 판사의 이러한 경쟁은 이 사건에 결정적인 영향을 미친다.

또 한 명의 법관인 미슈 대리 판사는 귀족의 든든한 후원을 받고 있었다. 그는 능력 있는 사법관의 역할을 훌륭히 수행했다. 하지만 지방의 소소한 사건보다는 사교계 여인들에게 더 관심이 많았다. 그는 기회가 되는대로 파리의 왕립법원으로 갈 것이 분명했다.

또 다른 인물인 검사장은 대단한 능력의 소유자로 정치에 입문했다. 왕당파 소속인 그는 법원장에게 성가신 존재였다. 뒤 크루아지에가 빅튀르니앵을 고소할 당시 검사장이 있었다면, 고귀한 가문의 장남에 대한 체포영장 발부를 요청하는 일은 없었을 것이다. 뒤 크루아지에와 법원장은 그가 파리 국회에 간 기회를 이용해 소바제 검사를 회유했다. 법원장 부인은 소바제에게 검사직이 얼마나 불안정한 직업인지 강조하면서 상당한 재산을 가진 뒤 크루아지에 조카딸과의 결혼 가능성을 암시했다. 한푼도 없는 그에게 그 결혼은 대단히 매력적인 미끼였다. 법관들의 정치적 성향을 한눈에 파악할 수 있도록 인물 관계를 도표화 해보자.

왕당파 편 법관	중립	자유주의파 편 법관
검사장 (부재중) 예심 판사 카뮈조 대리 판사 미슈	부법원장 블롱데	롱스레 법원장 검사 소바제

법원장과 소바제는 블롱데의 공정성을 확신했기에, 카뮈조와 미슈가 반대하더라도 과반수가 확보되었다고 자신했다. 어음 위조 사건임이 분명하기 때문이다. 그러나 셰넬의 활약과 모프리네즈 공작부인의 개입으로 사건은 그들의 기대와는 전혀 다르게 전개된다.

그렇다면 셰넬과 공작부인은 사건 해결을 위해 어떤 일을 한 것일까? 빅튀르니앵이 위조 어음을 발행한 사실을 알게 된 셰넬은 우선 파리로 달려가 모프리네즈 공작부인을 만난다. 그는 백작이 처한 상황을 설명한 후, 그녀의 서랍 속에 보관되어 있던 30만 프랑을 회수한다. 그러고는 빅튀르니앵의 숙소에서 그동안 뒤 크루아지에와 은행으로부터 받은 편지 등의 서류를 챙긴다. 그들이 주고받은 편지는 백작이 의도적으로 사기 어음을 발행한 것이 아님을 증명할 중요한 자료가 될 것이다. 서둘러 알랑송으로 돌아왔을 때, 체포영장을 받은 빅튀르니앵은 이미 경찰에 연행되고 있었다. 이후 백작을 살리기 위한 셰넬의 행보는 다음과 같다.

우선 그는 예심 판사 카뮈조에게 에스그리뇽 가 편을 들어달라고 요청한다. 1806년 민사소송법 378조 8항의 고소·고발인의 접대 금지 조항을 들어가며 협박도 서슴지 않는다. 그날 저녁만 해도 카뮈조는 뒤 크루아지에의 집에서 "법을 어기고" 술과 음식을 대접받았으니, 지방법원 판결의 공정성에 의혹을 제기하는 고소장을 제출할 수 있다는 것이었다. 두 번째로 그가 한 일은 뒤 크루아지에를 만나 고소 취하를 부탁한 것이다. 물론, 뒤 크루아지에는 이를 거절한다. 그러나 셰넬은 절망하지 않고 왕당파를 지지하는 그의 부인에게 30만 프랑을 돌려준다. 어음 발행일 닷새 전에 돈을 받았으나 남편이 부재중이라 자신이 보관해 왔다는 거짓 증언까지 부탁한다. 뒤 크루아지에 부인은 5장에서 언급한 바 있는 『노처녀』의 주인공이다. 귀족의 명예를 소중하게 생각하는 부인은 셰넬의 요청을 수락한다. 마지막으로, 파리에서 달려온 모프리네즈 공작부인과 함께 카뮈조를 찾아가 공작부인의 후원을 약속하며, 에스그리뇽 편에 설 것을 종용한다.

한편, 이 사건을 통해 남편이 출세할 수 있음을 확신한 카뮈조 부인은 모프리네즈 공작부인을 대동하고 블롱데 부법원장을 찾아간다.

그리고는 아들 결혼에 대한 법원장의 은밀한 계획을 폭로함으로써 블롱데를 분노케 한다. 더불어 모프리네즈 공작부인은 아들의 대리 판사로 임명을 약속한다. 그리하여 두 여인은 블롱데를 자기들 편으로 끌어들인다. 블롱데는 누구보다 공정한 판사임에도 자식의 미래를 위해 피고인의 무죄를 입증하려 노력할 것이다.

카뮈조는 형식적으로 법관의 독립성을 강조한다. 그런 그에게 명분을 주기 위해 공증인 셰넬은 빅튀르니앵이 무죄임을 증명할 수 있는 근거를 제공한다. 셰넬에 의하면, 뒤 크루아지에는 그동안 여러 차례에 걸친 편지들을 통해 얼마든지 자기 앞으로 어음을 발행하라 말해왔다는 것이다. 뒤 크루아지에와 은행이 2년 동안 백작에게 보낸 편지들은 증거물이 된다.

부법원장 블롱데, 예심 판사 카뮈조, 그리고 대리 판사 미슈는 공판 전 예심에 들어간다. 1808년 형사소송법 127조는 예심 판사를 포함해 적어도 판사 세 명이 예심에 참석해야 함을 명시한다. 왕당파인 대리 판사 미슈는 우선 검사 소바제가 검사장과의 상의도 없이 백작에 대한 영장을 청구했음을 문제 삼는다. 또한, 어음 발행 전에 이미 뒤 크루아지에 부인에게 30만 프랑이 건네졌음을 지적하면서, 이 사건이 사소한 실수에 불과하다고 주장한다. 그에 따르면 이 사건은 "지방 사람들 간의 복수극"에 불과하다. 카뮈조도 미슈의 의견에 동의한다. 그는 뒤 크루아지에가 언제든 자기 앞으로 어음을 발행하라고 백작에게 말한 사실을 환기시킨다. 이러한 뒤 크루아지에의 평상시 태도로 미루어 백작은 그의 서명을 사용할 권리가 자신에게 있다고 믿었을 것이라며 백작을 옹호한다. 게다가 어음 발행 전 이미 30만 프랑이 뒤 크루아지에 부인에게 지불되었던 만큼, 뒤 크루아지에게 손실이 있었던 것도 아니다.

부법원장 블롱데는 "그 어떤 집착도 법관으로서의 양심을 어둡게 할 수 없을"만큼 법의 원칙을 고집스럽게 지키는 공정한 법관이었기에 끝까지 위조가 아닌가를 의심한다. 그러나 셰넬이 이미 돈을 지급했기에 백작은 뒤 크루아지에의 서명을 사용할 권리가 있다고 믿었다는 카뮈조의 논리에서 블롱데는 백작의 무죄를 증명할 요소들을 발견해낸다. 그리고는 위조죄라는 형사 사건을 손실 여부를 가리는 민사 사건으로 바꾸어 버린다. 블롱데의 말을 들어보자.

> 그렇다면 이 사건 어디에 위조가 있지요? 노 판사는 말했다. 민사상 위조의 본질은 타인에게 손실을 입혔느냐에 있습니다. … 이 사건은 내가 볼 때 시시하고 하찮은 일처럼 보입니다. … 이 고소는 강한 집착과 복수의 소산이지요! 위조 범죄가 성립되려면 어떤 금액을 사취했거나, 자기에게 권리가 없는 어떤 이득을 취하려는 의도가 있어야 합니다. … 민사에서 위조란 사취의 의도가 보여야 하지요. 그런데 이 사건 어디에 사취가 있습니까?
>
> 『골동품 진열실』

판사 세 명은 뒤 크루아지에와 그의 부인, 그리고 셰넬을 소환해 그들을 신문했다. 어음 발행 닷새 전에 30만 프랑을 뒤 크루아지에에게 지불했다는 셰넬의 증언과 그 증언을 인정하는 뒤 크루아지에 부인의 진술은 백작의 무죄를 증명하기에 충분했다. 예상치 못한 결과에 뒤 크루아지에는 그저 경악할 뿐이었다. 다음날 사건은 '혐의없음'으로 결정되었고, 백작은 석방되었다.

이처럼 지방 소도시에서 발생한 하나의 어음 위조 사건은 철저히 정치적인 정쟁으로 변질되고, 판결은 법관들의 개인적 이해관계에 좌우된다. 블롱데는 공정한 판사임에도 아들의 혼사가 걸려있기에 귀족

편에 서고, 왕당파였던 소바제는 부유한 처녀와의 결혼을 위해 부르주아 편을 든다. 카뮈조는 처음부터 이 사건에서 출세의 기회를 엿보지 않았던가.

사건이 일어난 6개월 후, 카뮈조는 파리 지역 지방법원 대리 판사로 임명되었고, 그 후에 예심 판사가 되었다. 미슈는 검사가 되었다. 블롱데는 왕실법원의 대법관으로 임명되었으며, 아버지의 자리를 이어받아 대리 판사가 된 그의 아들은 블랑뒤로 양과 결혼했다.

§ 한 시대의 종말

『골동품 진열실』은 구시대의 관습과 새로운 법의 충돌을 보여준다. 새로운 법은 누구에게나 평등하게 적용된다. 뒤 크루아지에는 백작에 대한 고소가 구질서로 돌아가길 원하는 귀족에 대한 민중의 저항임을 강조한다. 그는 새로운 법에 따라 귀족의 부도덕성을 고발하고자 소송을 제기했음을 역설한다. 그것은 "민중을 계몽시키는 하나의 성스러운 사명"이라는 것이다.

> 뒤 크루아지에는 소리쳤다. "중죄재판을 받는 귀족들을 볼 때 민중은 귀족들의 부도덕성에 대해 눈을 뜰 것입니다. 사람들은 명예를 지키는 민중들이 스스로 명예를 더럽히는 귀족들보다 더 훌륭하다고 생각할 것입니다. … 나는 이제 민중의 옹호자이며 법의 친구입니다." 『골동품 진열실』

하지만 소설의 시간적 배경이 복고왕정 시대였던 만큼 권력은 귀족 편이었고, 빅튀르니앵의 위조 사건은 귀족의 승리로 끝난다. 백작은 무죄 판결을 받았고 에스그리뇽 가는 구제되었다. 백작은 이 사건의 승리자로 보인다. 그러나 복고왕정의 종말과 더불어 귀족의 시대가 저물 듯, 에스그리뇽 가의 영광도 서서히 막을 내린다. 무죄 판결로 불명예의 치욕은 면했지만 빚은 남아 있었다. 부채 청산을 위해서는 부유한 상속녀와의 결혼만이 해결책이었다.

결국, 1830년 후작이 죽자마자 빅튀르니앵은 뒤 크루아지에의 조카인 뒤발 양과 결혼한다. 따라서 뒤 크루아지에는 소송에서 한 번 졌을 뿐, 결코 패배한 것이 아니다. 오히려 그는 진정한 승리자다. 결국, 에스그리뇽 가와의 혼인이라는 오랜 꿈이 실현되었기 때문이다. 이렇듯 순수 혈통을 유지했던 에스그리뇽 가문은 종말을 고하게 된다. 후작의 죽음과 빅튀르니앵의 결혼이 복고왕정이 망하고 7월왕정이 들어선 1830년이라는 사실은 의미심장하다. 발자크는 이 결혼을 통해 순수 혈통의 귀족 계급은 그 수명을 다했음을, 이제 새로운 시대가 도래했음을 알린다. 공작부인이 말하듯, 새로운 시대란 돈이 지배하는 사회다. 역사의 한 페이지는 이렇게 끝난다.

『매음 세계의 영욕』과 살인 · 절도 혐의

『매음 세계의 영욕』은 『잃어버린 환상』의 속편이다. 뤼시앵은 자신이 발행한 위조 어음 때문에 매제인 다비드가 구속되었다는 소식을 듣고 절망에 빠진다. 죄책감에서 벗어나지 못한 뤼시앵이 자살하려는 순간, 스페인 신부 카를로스 에레라가 나타나 그를 구해준다. 하지만 스스로 스페인 국왕이 보낸 외교관이라 자처한 그는 사실 자크 콜랭이라는 탈옥수였다. 그는 『고리오 영감』에서 하숙집 사람들의 밀고로 체포되었던 보트랭과 동일인물이다. 반면 자살하려는 순간 신부의 도움으로 살아난 뤼시앵은 다시 파리로 가서 사교계의 총아가 된다. 그가 파리에서 성공할 수 있었던 것이 막강한 권력을 지닌 자크 콜랭 덕분임은 의심의 여지가 없다. 자크 콜랭은 그를 그랑리외 후작의 딸과 결혼시키기 위해 음모를 꾸민다. 결혼을 통해 뤼시앵은 후작이 될 것이며, 장관으로도 임명될 수 있을 것이다. 그런데 뤼시앵에게는 에스테르라는 애인이 있었다. 옛 화류계 여인인 그녀는 무척 아름다웠다. 자크 콜랭은 에스테르를 위협하여 뤼시앵을 단념하게 만든 후, 그녀를 수녀원에 보내 귀부인 교육을 받게 한다. 한편, 부유한 은행가 뉘싱겐 남작은 에스테르의 아름다운 모습에 반하고, 자크 콜랭은 그 상황을 이용해 남작으로부터 뤼시앵의 결혼에 필요한 백만 프랑을 뜯어낼 계획을 세운다. 뤼시앵을 진심으로 사랑하는 에스테르는 뤼시앵의 행복을 위해 자신을 희생하고, 자크 콜랭의 명령에 따라 뉘싱겐을 받아들인다. 하지만 뉘싱겐과의 결합을 축하하는 바로 그날 밤, 그녀는 자신의 재산을 뤼시앵에게 남긴다는 유서를 남긴 채 스스로 목숨을 끊는다. 자크 콜랭과 뤼시앵은 절도와 살인 혐의를 받고 체포된다. 소설의 결말은 비극적이다. 카뮈조 예심 판사의 유도신문에 넘어가 모든 비밀을 누설한 뤼시앵은 자신의 자백이 후견인에 대한 배신임을 깨닫고 감옥에서 자살하기 때문이다.

『매음 세계의 영욕』을 읽는 독자들은 발자크가 법에 정통한 법률가임을 다시 한번 확인하게 된다. 그는 당시 적용되던 형사소송법에 대한 이해를 바탕으로 이 소설을 썼다. 지방의 오랜 관습에 따른 법과 명문법 사이의 오랜 논쟁은 발자크 시대에도 여전히 유효했다. 발자크는 지방마다 다른 풍습을 국가 차원에서 통일시키고 투명하게 함으로써 "법원의 의식에 엄격성을 부여하는 흔들리지 않는 법칙을 세웠다."[31]는 점에서 나폴레옹에 찬사를 보낸다. 그중에서도 그는 특히 형법을 높게 평가한다. 발자크는 이 소설에서 법 지식이 부족한 독자들을 위해 형사소송 과정과 관련 용어들을 간략히 설명하는 친절을 베풀기도 한다.

§ 에스테르의 죽음과 살인·절도 사건

1830년 5월 13일, 요란한 파티가 끝나고 에스테르 반 곱섹은 뉘싱겐과 밤을 보낸 후 스스로 목숨을 끊는다. 그녀는 자신이 고리대금업자 곱섹이 남긴 7백만 프랑의 유일한 상속자라는 사실도 모른 채, 사랑하는 뤼시앵에게 자신의 전 재산 75만 프랑을 남기고 죽는다. 다음 날 오후, 뉘싱겐은 죽은 에스테르를 발견한다. 하인 유럽과 파카르는 그녀가 남긴 75만 프랑을 훔쳐 달아났다. 돈이 없어진 것을 확인한 뉘싱겐은 경찰청으로 달려가 범죄가 발생했음을 신고한다. 그날 저녁, 스페인 신부 카를로스 에레라로 가장한 뤼시앵의 후견인 자크 콜랭은 치안 판사, 헌병, 그리고 검사와 예심 판사에 의해 에스테르 곱섹 양을 살해하고 돈을 훔친 혐의를 받고 체포된다. 한편 약혼녀 그랑리외 양을 만나러 퐁텐블로로 갔던 뤼시앵은 다음 날 아침 구인영장을 가지고 온 헌병들과 검사에 의해 연행되어 라 포르스 유치장에 구금된다. 카를로스 에레라도 전날 저녁부터 그곳에 구금되어 있었다.

그들의 범죄에 대한 추정은 충분히 합리적이었다. 아름다운 청년 시인 뤼시앵은 두 번째 파리 체류 3년 동안 30만 프랑을 썼다. 그러나 그는 한 번도 돈을 번 적이 없었다. 게다가 최근에는 뤼방프레 영지를 매입하기 위해 백만 프랑 이상을 지불했다. 그것은 그랑리외 양과의 결혼조건을 충족시키기 위한 것이었다. 그는 그 돈이 누이와 매제로부터 받은 것이라 주장했지만, 그것이 거짓임은 곧 밝혀졌다. 그에게 에

31 Peytel, 앞의 책, p. 19.

스테르의 재산이 필요했으리라는 추정은 충분히 가능했다. 게다가 그녀 방에 마음대로 들어갈 수 있는 사람은 오직 뤼시앵뿐이었다. 카를로스 에레라의 경우, 그는 오래전부터 탈옥수라는 의심을 받아왔다.

다음 날 아침, 피의자가 된 뤼시앵과 자크 콜랭은 라 포르스 유치장을 나와 콩시에르주 구치소로 이송된다. 그들의 운명은 파리 일심 재판소의 예심 판사인 카뮈조의 손에 달려있었다.

§ 살인 · 절도 사건 수사: 예심 판사 카뮈조

발자크는 예심 판사의 독립성을 강조한다. 앞서 언급했듯이 수사와 기소의 권한은 예심 판사에 있지만, 예심 판사는 고등검사장의 지휘 아래 있다. 즉 조서를 작성해 고등검사장에게 보고한 후 기소 여부를 결정한다. 그러나 고등검사장은 예심 판사의 결정을 존중하고 그 독립성을 보장한다. 대법원의 고등검사장 그랑빌은 카뮈조가 뤼시앵의 무죄를 밝혀주기를 바라면서도, "판사의 양심에 영향을 주려는 생각이 없음"을 강조한다. 그뿐만 아니라 "왕이 그 왕국의 일개 예심 판사에게도 중죄재판소의 심리에도 아무런 영향력을 발휘할 수 없는" "새로운 법의 위대함"을 칭송한다. 예심 판사의 권위에 대한 발자크의 말을 들어보자.

> 왕이든 법무부 장관이든 수상이든 그 어떤 인간의 권력도 예심 판사의 권위를 침해할 수 없다. 그의 업무를 방해할 수도 명령할 수도 없다. 그는 오로지 자신의 양심과 법에만 복종하는 최고의 권력자다. … 법이 예심 판사에 부여한 권리는 그것이 법의 의해 정당화되는 만큼이나 … 비난의 대상이 된다. 그러나 누구든 분별 있는 사람일 경우, 그 권력은 침해받아서는 안 된다.
>
> 『매음 세계의 영욕』

그러나 불행히도 본 사건을 맡게 된 예심 판사 카뮈조는 사건을 승진의 기회로 삼는 출세주의자의 전형이었다. 앞서 보았듯이 알랑송의 예심 판사였던 카뮈조는 모프리네스 공작부인 덕분에 파리의 예심 판사가 되어 있었다. 이번 사건도 그에게 커다란 기회가 될 수 있을 터였다. 그런데 이번 사건은 알랑송에서와는 비교도 되지 않을 만큼 어려운 사건이다. 알랑송의 사건이 귀족과 부르주아 간의 싸움이었다면, 이 사건은 최고의 권력을 가진 귀족들 간의 다툼이기 때문이다. 왜 그런지 보자.

에스파르 후작부인이 먼저 접근한다. 후작부인은 카뮈조의 승진을 보장하며 뤼시앵을 중죄재판소로 보낼 것을 요구한다. 앞서 보았듯이 남편에 대해 금치산 선고를 청구했던 에스파르 후작부인은 뤼시앵 때문에 패소했고, 그녀는 이 기회에 뤼시앵을 파멸케 함으로써 그에게 복수하고자 했던 것이다. 그러나 곧이어 그의 후원자이자 은인인 모프리네즈 공작부인이 달려와 뤼시앵을 무죄 방면할 것을 요청한다. 뤼시앵이 그녀의 옛 애인이었던 것이다. 그녀는 더 높은 자리를 약속한다. 카뮈조는 "두 개의 불꽃 사이"에서 어찌할 바를 몰랐다. 그에게 중요한 것은 피의자가 유죄인가 무죄인가가 아니라, 두 부인 중 "누가 더 권력이 센가"다. 아내와 머리를 맞대고 어떤 결정이 승진에 유리할지에 대해 논의한 결과, 카뮈조는 모프리네즈 공작부인의 편을 드는 편이 낫다는 결론을 내린다. 그는 뤼시앵을 무죄로 만들 결심을 한다.

카뮈조는 먼저 카를로스 에레라 신부를 신문한다. 외교관의 임무를 부여받은 스페인 신부로 가장한 자크 콜랭은 외교관 연기를 기막히게 한다. 증인들의 증언에도, 탈옥수임을 증명하는 표시에도, 그는 꿈쩍하지 않는다. 그러나 뤼시앵에게는 자크 콜랭의 강인함도 노련함도 없다. 시인은 나약하기 그지없다. 창백하고 초췌한 모습으로 나타난 뤼시앵을 보는 순간 카뮈조는 그가 쉬운 먹잇감임을 간파한다. 그는 사냥감을 염탐하듯 피의자를 탐색했다. 사실 카뮈조는 이미 뤼시앵이 무죄임을 알고 있었다. 에스테르가 유서에서 뤼시앵에게 재산을 남긴다고 밝혔기 때문이다. 그러나 승진에 대한 목마름에도 불구하고 그는 법관으로서의 직업의식을 버리지 않는다. "진실을 밝히고자 하는 욕망"이 그를 사로잡는다.

카뮈조는 이 나약한 인간으로부터 카를로스 에레라에 대한 정보를 쉽게 얻을 수 있으리라는 사실을 직감한다. 그는 우선 뤼시앵의 무죄를 인정하고 석방을 보장함으로써 그를 안심시킨다. 그러고 나서 카를로스 에레라가 뤼시앵의 아버지임을 고백했다는 말로 뤼시앵을 분노케 한다. 이러한 판사의 함정에 빠진 뤼시앵은 모든 것을 자백한다. 그의 후견인이 스페인 신부 카를로스 에레라가 아닌 탈옥수 자크 콜랭이라는 사실도 인정한다. 신문 끝에 가서야 뤼시앵은 자신이 판사에게 걸려들었으며, 자신의 후견인을 배신함으로써 자기 자신도 배신했음을 깨닫는다.

> 그는 예심 판사가 … 밀어 넣은 절벽으로 떨어지는 자신을 보았다. 그는 자신의 보호자를 배신한 것이 아니라, 공범자를 배신했다. … 자크 콜랭이 용기를 가지고 지켜낸 것을 재기발랄한 뤼시앵은 우둔함과 신중치 못함으로 인해 다 망쳐버렸다. 그를 화나게 했던 그 비열한 거짓말은 더욱 비열한 진실을 가리기 위한 병풍이었던 것이다. 판사의 능란함에 혼란스러워지고, 잔인한 술책과 갑작스러운 타격에 정신이 나갔던 뤼시앵은 …
>
> 『매음 세계의 영욕』

카뮈조는 자신의 승리를 마음껏 즐겼다. 그는 죄인 두 명을 잡았다. 사교계의 총아를 쓰러뜨렸고, 절대 잡을 수 없었던 탈옥수 자크 콜랭을 찾아냈다. 그는 "가장 유능한 예심 판사 중 하나로 인정될 판이었다." 그러나 그는 자신의 승리를 오랫동안 즐길 수 없었다. 바로 그 순간 세리지 백작부인으로부터 뤼시앵을 신문하지 말고 당장 석방하라는 편지를 받았기 때문이다. 그는 자신이 뤼시앵을 함정에 빠지게 함으로써 엄청난 잘못을 저질렀음을 깨달았다. 그러나 이미 늦었다. 고등검사장 그랑빌과의 대화는 자신이 얼마나 바보짓을 했는지를 확인시켜주었다. 피의자 두 명에 대한 조서를 읽은 고등검사장은 예심 판사로서 과도할 정도의 능숙함을 보여준 카뮈조를 치하했다. 하지만 그것은 "당신은 평생 예심 판사로 남을 것이다"라는 말을 점잖게 한 것에 불과했다.

그러나 사랑에 빠진 여인은 용감하다. 때로는 무모하기까지 하다. 사랑하는 뤼시앵을 구하러 달려온 세리지 백작부인은 카뮈조가 들고 있는 조서를 빼앗아 불 속에 던져버림으로써 이제까지의 수사를 무효화시켜 버린다. 피의자 두 명의 신문 내용을 기록한 조서는 재로 변했다. 기소 여부와 중죄재판소로의 회부를 결정할 자료가 사라져 버린 것이다. 이는 분명 법을 기만한 엄청난 범죄다. 그러나 백작부인의 범죄 행위에 대해 그랑빌도 카뮈조도 저항하지 못한다. 오히려 그들은 웃으면서 그 상황을 희화화해 버린다. 그리하여 "이렇듯 심각한 범죄는 예쁜 여인의 웃음거리로 변해 버렸다." 법에 대한 조롱을 이보다 더 잘 표현할 수 있을까?

카뮈조는 스페인 신부를 다시 신문했고, 그 외교관은 탈옥수와는 아무런 관계도 없는 인물이 되었다. 이제 합법적으로 두 사람의 무죄를 입증할 수 있을 터였다. 그러나 고등검사장의 노력도 세리지 부인의 무모한 행동도 모두 쓸데없는 것이 되고 만다. 뤼시앵이 자신의 배신을 자책하면서 넥타이로 감방 창문에 목을 매 자살했기 때문이다.

§ 소송의 결과

돌이킬 수 없는 실수로 자신의 미래를 위험에 빠뜨린 카뮈조는 절망한다. 그러나 그를 알랑송에서 파리로 데려오는 데 성공한 그의 아내는 위기를 성공의 기회로 만들 묘책을 찾아낸다. 우선 뤼시앵의 자살은 에스파르 부인에게는 희소식일 터이니, 그녀를 통해 법무부 장관의 지지를 얻어낼 수 있을 것이다. 세리지 부인과 모프리네즈 부인의 보복을 두려워할 필요는 없다. 부인들이 뤼시앵에게 보낸 감미로운 편지들은 그들을 협박하기 위한 훌륭한 무기로 사용될 터, 결국 그들의 후원도 얻어낼 것이다. 아내의 교활함 덕분에 카뮈조는 그 사건 이후 항소법원의 판사 그리고 법원장이 된다. 이 사건은 개인의 형사 사건이 권력자들에 의해 정치적으로 변질되는 과정을 적나라하게 보여준다.

이 소설의 최대 아이러니는 뤼시앵 죽음 이후 자크 콜랭의 행적이다. 고등검사장 그랑빌은 위험 인물인 그를 감옥에 보내는 대신 경찰청에 근무케 한다. 위법의 상징적인 존재가 공공질서와 사회의 법을 구현하는 인물이 되는 것은 어처구니없는 모순이 아닐 수 없다. 이 사건이 1830년에 발생했음에 주목하자. 과거의 절대적인 가치가 무너지고 법이 상대화되는 것은 "원칙을 신뢰할 수 없고 모든 면에서 상대주의가 승리하는 1830년 사회의 특징"[32]이다. 발자크에게 왕정이 무너지고 부르주아가 승리한 1830년은 고귀한 가치가 상실되는 시점인 것이다.

32 Dominique Massonnaud, "Balzac romantique : De la loi aux cas", in *L'Année balzacienne*, 2014/1 n. 15, Presses universitaires de France, p. 298.

*

법의 기본 원칙은 공정성에 있으며, 법의 실현은 정의 구현을 목표로 한다. 그렇다면 실제로 법은 얼마나 공정하며, 정의는 얼마가 구현되고 있는가. 발자크 작품을 읽다 보면 법이 공정하지도 정의롭지도 않다는 느낌을 지울 수 없다. 『사촌 퐁스』의 주인공 퐁스가 순진한 친구 슈뮈크에게 "법정은 모든 도덕적 비열함이 가득한 시궁창"이라고 말하지 않았던가.

물론 법은 공정하고 정의롭다. 그러나 법을 만들고 집행하는 주체는 인간이다. 그리고 인간은 완벽하지 않다. 자신의 욕망을 희생하고 야망을 포기하는 법관은 얼마나 될까? 우리는 『인간극』에 등장한 법관 모두가 양심적이고 도덕적으로 완벽한 인간은 아님을 잘 알고 있다. 발자크는 법관이 타락하게 되는 이유 중 하나로 그들에 대한 열악한 처우를 든다. 법관들에 부여된 막중한 임무에 비해 그들이 받는 경제적 대가가 너무 빈약하다는 것이다. 발자크는 『고리오 영감』에서 보트랭, 즉 자크 콜랭의 말을 빌려 법률가들의 가난한 현실에 대해 날카롭게 지적한다. 그는 법학을 공부하는 라스티냑에게 다음과 같이 법률가라는 직업의 현실을 폭로한다.

> "변호사가 되고 또 후에는 중죄재판소장이 되어, 불쌍한 작가들 어깨에 도형수 낙인을 찍어 감옥에 보내겠지요. … 권태와 궁핍을 겪은 후에야 어떤 괴짜 녀석의 검사대리로 출발할 것이고, … 정부가 던져주는 1천 프랑의 봉급으로 살아가야 할거요. … 서른 살 경에 법복을 벗어 던지지 않는다면, 당신은 연봉 1,200프랑의 판사가 되겠지요. 마흔 살 정도에 이르면 약 6천 프랑의 연금을 가진 어떤 방앗간 집 딸과 결혼하게 될 테지요. 참으로 딱한 일이오. 그

> 러나 당신에게 후견인이 있다면 서른 살에 연봉 천 에퀴(3천 프랑)의 지방검사장이 될 것이고, 시장의 딸과 결혼하게 될게요. 만약 정치적으로 비열한 짓을 하면, … 당신은 마흔에 고등검사장이 되고 국회의원이 될 수도 있겠지요."
>
> 『고리오 영감』

열약한 처우는 결국 법관들로 하여금 출세 욕망을 품게 한다. 『골동품 진열실』의 카뮈조가 기회주의자가 되었다면, 그것은 지방법원 판사의 궁핍한 생활에서 벗어나고 싶었기 때문이다. 발자크가 볼 때 그것은 당시 법 제도의 폐해다.

발자크가 법에 대해 비관적인 태도를 보이는 것은 사실이다. "아무리 사소한 사건도 정치적이 된다."는 그랑빌의 자조 섞인 한탄은 법 집행에 대한 발자크의 불신을 드러낸다. 법에 대한 실망은 법을 냉소적으로 바라보게 한다. 범죄자 자크 콜랭이 공공질서를 상징하는 경찰에서 일하게 되는 것은 최대의 아이러니다. 그런가 하면 발자크는 조서를 태워버리는 세리지 부인의 범법 행위를 웃음거리로 만듦으로써 법을 조롱하기도 한다. 이렇듯 발자크는 당시 법체계의 허점을 드러내면서 사회에 대한 비판의 수위를 높인다. 그러나 발자크는 법관들을 존경한다. 그들을 이해할 뿐만 아니라 동정하기도 한다. "힘세고 건강하고 활력 넘치는, 신이 만든 피조물"에게 사형 선고를 내려야 하는 법관 그랑빌의 쓰라린 성찰은, 그가 매우 탁월한 법관이고 지위가 높은 법관으로서의 책임을 무겁게 느끼는 만큼, 더욱 감동적이다.

『인간극』을 통해 다양한 법률가들의 초상을 제시하면서 발자크는 법이라는 장치가 있기에 사회가 유지된다는 사실을 말하는 것처럼 보인다. 발자크는 법이 제대로 적용되지 못함을 안타까워할 뿐, 법의 정의를 믿는다. 인간 사회가 그래도 살 만하다면, 그것은 법이라는 장치가 있기 때문이요, 법률가들의 양심과 직업의식이 존재하기 때문이다. 여러 민사·상사·형사 사건의 사례를 들어 발자크가 말하고자 하는 것은 법의 공정성과 정의에 대한 최소한의, 그러나 확고한 믿음이리라. 발자크의 이러한 관찰은 지금도 여전히 유효하다. 현대 독자들에게 19세기 발자크 소설이 여전히 울림을 주는 이유다.

제7장

〈철학연구〉의 소설들

나의 어머니는 내 삶에서
모든 불행의 원인입니다.

〈한스카 부인에게 보낸 편지〉

처음 『루이 랑베르』를 접했을 때 나는 놀라움을 금치 못했다. 사실주의 작가로만 알았던 발자크가 존재론적 회의에 가득한 이런 책을 쓰다니! 그 후 〈철학연구〉에 속하는 소설들을 읽었다. 환상적인 요소가 가득했고, 죽고 죽이는 폭력도 많았다. 인간의 한계를 극복하려다 파멸하는 프로메테우스 같은 인간 이야기도 허다했다. 일반적으로 알려진 발자크가 아닌 새로 만난 작가 발자크의 세계는 놀랍고도 흥미로웠다. 당시 학문적 관심이 정신분석에 있었던 만큼 나는 발자크의 〈철학연구〉에 매료되었다.

흔히 발자크 작품의 진정한 가치를 〈풍속연구〉에 나타난 사회·역사적 요소에서 찾곤 한다. 그리고 〈철학연구〉의 소설들에는 부차적인 자리밖에 부여하지 않는다. 그러나 발자크가 처음 글쓰기를 시작하던 1830년 당시 철학 소설에 몰두했던 사실을 고려한다면 그 중요성을 부인할 수 없다. 청소년기 발자크의 관심은 온통 존재에 대한 형이상학적 질문에 있었다. 신비주의와 천상주의에 매료되기도 했다. 아마도 신부들이 운영하는 방돔 기숙학교 교육의 영향이 컸을 것이다. 작가가 되겠노라 결심한 후 처음 쓴 작품들이 『영혼 불멸에 관한 노트』, 『철학과 종교에 관한 노트』 등이라는 사실은 당시 발자크의 관심이 철학, 종교, 영혼 등에 쏠려있었음을 말해준다.

발자크의 가족 소설과 가족 내 폭력

⸰ 『엘 베르뒤고』, 『영생의 묘약』, 『바닷가의 비극』, 『저주받은 아이』

〈철학연구〉에 속하는 초기 소설이 흥미로운 이유는 이 작품을 통해 청년 작가 발자크의 심리 상태를 엿볼 수 있기 때문이다. 특히 발자크를 정신분석학적 관점에서 분석한 피에르 당제, 안 마리 바롱, 그리고 앙드레 모프라[1]등의 저서는 발자크라는 인간을 이해하는데 많은 도움을 준다. 그런데 나는 발자크의 초기 소설에서 폭력과 살해가 대단히 중요한 자리를 차지하고 있음에 주목했다. 게다가 그 폭력은 많은 경우 가족이라는 닫힌 범위 안에서 일어나고 있었다. 가족 내 폭력은 1834년 이후 발자크 소설에서 서서히 사라진다. 그렇다면 초기 소설에 존재하는 폭력에 대한 작가의 강박적 사고는 무엇 때문이었을까? 1834년 이후에는 어떻게 그 강박에서 벗어날 수 있었을까? 이런 질문을 던지면서 이 장을 시작하고자 한다.

프로이트는 『신경증 환자의 가족 소설』[2]이라는 논문에서 '가족 소설'을 언급한다. 그에 따르면 가족 소설은 어린아이가 가족에 대해 꾸

1 Pierre Danger, *L'Eros balzacien*, José Corti, 1989 ; Anne-Marie Baron, *Balzac ou l'auguste mensonge*, Nathan 1998 ; Anne-Marie Baron, *Le fils prodige, L'Inconscient de la Comédie humaine*, Nathan 1993 ; André Mauprat, *Honoré de Balzac, un cas*. La Manufacture, 1990.

2 Sigmund Freud, "Le roman familial des névrosés", in *Névrose, psychose et perversion*, Presses Universitaires de France, 1972.

며내는 이야기다. 부모의 사랑에 실망했거나 동생의 탄생으로 버림받았다고 느낄 때, 혹은 자신의 평범함에 상처받을 때, 아이는 거짓되고 허황된 이야기를 꾸며낸다. 이야기 속으로 도피함으로써 가족으로부터 받은 상처를 치유하는 것이다. 이야기는 흔히 출생의 거짓말로 엮어진다. 예를 들어 자신의 아버지가 친부가 아니며, 친부는 왕이나 귀족일 것이라는 등의 이야기다. 이렇게 이상적인 아버지를 상상하면서 현재의 아버지는 부정된다. 아버지의 부재로 인해 아버지의 권력을 획득한 아이는 스스로 생명 창조의 비밀에 관여해 자신의 세계를 만든다. 스스로 태어난 아이는 가족 소설을 통해 열등한 호적에 의한 수치심을 영광으로 바꾼다.

발자크는 태어나자마자 어느 근위병의 아내인 유모에게 맡겨졌고, 그곳에서 네 살이 될 때까지 살았다. 어린 오노레가 느꼈던 슬픔은 그의 소설 속에 고스란히 담겨 있다. 『골짜기의 백합』에 등장하는 펠릭스 드 방드네스의 고백을 들어보자.

> 난 의무적으로 낳은 아이였던가, 혹은 우연히 생긴 아이, 또는 존재 자체가 죄책감을 자극하는 아이였던가? 나는 곧바로 시골에 있는 유모한테 맡겨졌고, 3년 동안 가족들에게 잊혀졌다. 아버지의 집으로 돌아왔을 때 너무도 하찮은 대접을 받아서 하인들의 동정을 살 정도였다. 『골짜기의 백합』

살림이 넉넉해진 발자크 가족은 저택으로 이사했고 그는 집으로 돌아왔다. 하지만 그는 다시 투르의 기숙학교 통학생으로 보내졌다. 그곳에서 그는 매를 맞으며 읽고 쓰는 것을 배웠다. 어머니의 다정한 눈길도 따뜻한 손길도 없었다. 장난감도 선물도 없었다. 1807년 6월 22일, 읽고 쓰기를 터득한 여덟 살의 오노레는 오라토리오 수도사들이 경영하는 방돔 기숙학교에 들어간다. 그리고 1813년 4월 22일까지 그곳에서 6년을 보냈다. 그는 가장 힘들고 예민한 시기를 감옥과도 같은 수도원 학교에서 보내야 했다. 부모의 방문도 거의 없었고 방학도 없었다.

발자크 소설 중 자전적인 요소가 가장 많다고 평가되는 『루이 랑베르』에는 방돔 기숙학교 시절의 엄격한 교육과 사소한 일화가 담겨 있다. 이 작품에서 발자크는 천재성으로 인해 심하게 고통받는 소년의 내면적 아픔을 묘사한다. 루아르 강변에 위치한 이 기숙학교는 높고 두꺼운 담으로 둘러싸인 일종의 감옥이었다. 이삼백 명의 학생들은 입학 첫날부터 엄격한 수도원 교육을 받았다. 학비와 음식, 그리고 의복까지 포함된 기숙학교의 비용은 상당히 싼 편이었다. 따라서 학교는 학생들에게 과도할 정도로 인색했다. 음식은 형편없었고 겨울철 난방도 없었다. 겨울이면 아이들의 손과 발이 동상에 걸리기 일쑤였다. 규율은 가혹했고 교육은 억압적이었다. 신부들은 학생들을 회초리로 다스렸다. 발자크는 『루이 랑베르』에서 자신이 겪었음직한 육체적 체벌을 다음과 같이 묘사한다.

> 방돔 기숙학교에서 신부들이 가진 최고의 무기는 회초리였다. … 우리가 감내해야 했던 육체적 고통 중에서 가장 괴로웠던 것은 아마도 가죽 회초리로 맞는 것이었으리라. 잔뜩 화가 난 선생님은 손가락 두 개 정도 굵기의 가죽 회초리로 우리의 약해빠진 두 손을 힘껏 내리쳤다. 이 전통적인 체벌을 받기 위해 죄인은 자리에서 일어나 교실 한가운데 교단 가까이 가서 꿇어앉아야만 했다. 그리고는 호기심 가득하고 더러는 조롱 섞인 친구들의 시선을 감내해야 했다. …
>
> 『루이 랑베르』

민감하고 예민한 감성을 지닌 루이 랑베르, 즉 발자크는 아무 말 없이 고통을 견뎌냈다. 그를 구원한 것은 독서였다. 학교 도서관에는 마음대로 읽을 수 있는 책이 가득했다. 방돔 기숙학교 시절의 독서는 훗날 발자크 지식의 기반이 된다.

오노레는 불행한 어린 시절을 보내게 했던 어머니를 용서하지 않았다. 그는 어른이 되어서도 어머니의 냉대를 잊지 못한 것처럼 보인다. 1842년 10월 17일, 마흔이 넘은 발자크는 한스카 부인에게 보내는 편지에서 어머니에 대해 다음과 같은 고백을 쏟아낸다.

> 내 어머니가 어떤 여자인지 아신다면!... 잔인한 사람인 동시에 잔인성 그 자체인 인물입니다. … 어머니는 수천 가지 이유로 나를 미워했지요. 내가 태어나기 전부터 이미 나를 미워했어요. … 어머니와 인연을 끊을 뻔하기도 했습니다. 그랬어야 했겠지요. 하지만 나는 계속 고통을 당하는 편을 택했습니다. 그것은 무엇으로도 치유될 수 없는 상처입니다. … 나의 어머니는 내 삶에서 모든 불행의 원인입니다.
>
> 1842년 10월 17일, 한스카 부인에게 보낸 편지

1813년 4월 22일, 발자크는 신경증 악화로 코마 상태에 이를 지경이 되어서야 수도원 학교로부터 해방될 수 있었다.

그에게는 세 명의 동생이 있었다. 누이 로르와 로랑스 그리고 남동생 앙리였다. 여덟 살 아래인 앙리는 어머니와 사셰의 성주 장 드 마르곤 사이에서 나온 아이였다. 발자크는 그 출생의 비밀을 모르지 않았던 듯하다. 그것이 그에게 커다란 충격이었음은 의심의 여지가 없다. 게다가 자신에게 그토록 냉정했던 어머니는 사랑의 결실인 앙리에게는 과도한 애정을 퍼부었다. 이는 오노레에게 평생의 상처로 남는

다. 무엇보다 이 사실을 알고도 모른 척했던 아버지의 태도는 발자크에게 더 큰 상처가 아니었을까? 발자크가 글쓰기를 통해 얻고자 했던 것이 부와 명성이었음은 틀림없는 사실이다. 그러나 그에게 무엇보다 중요했던 건 가족 소설의 완수였다. 즉 부모를 부정함으로써 자신을 버린 어머니와 자신에게 무관심했던 아버지에게 복수하고자 했던 것이다. 따라서 그에게는 우선 "호적에의 경쟁"[3]이 중요했다.

유럽에는 가족 구성원 중 한 명의 이름을 아이에게 부여하는 전통이 있다. 그러나 발자크의 아버지는 큰아들의 작명을 위해 다른 가족들의 이름을 찾아보려는 노력조차 하지 않았다. 아무 고민 없이 그 날의 성인 이름을 붙여주었을 뿐이다.[4] 발자크는 부모가 준 이름을 거부한다. 1818년 공증인 사무실을 박차고 나와 글쓰기를 시작해 1829년 자신의 이름으로 서명하기 전까지 발자크는 룬 경(卿), 오라스 드 생토뱅 등의 가명을 사용하여 다수의 소설과 기사를 썼다. 발자크에게 가명은 어떤 의미를 지닐까? 1829년에 다시 아버지의 이름을 되찾은 것은 무엇을 의미할까?

가명 사용에는 이중의 의미가 있다. 우선 가명을 사용함으로써 아버지의 이름이 부여하는 모든 억압으로부터 해방되어 자유로이 글을 쓸 수 있다. 발자크가 돈을 벌기 위해 마음껏 삼류 소설을 쓸 수 있었던 것은 그가 가명 뒤에 숨어 있었기 때문일 것이다. 그런가 하면, 가명 사용은 아버지의 이름을 거부함으로써 아버지를 부정하는 행위이기도 하다. 라캉은 프랑스어에서 남성명사 '이름(nom)'과 남성명사 '부정(non)'의 발음이 같다는 사실을 이용한 언어유희를 통해 아들과 아버

3 이것은 프로이트의 가족 소설 이론을 발전시킨 마르트 로베르의 주장이다. Marthe Robert, *Roman des origines et origines du roman*, Gallimard, 1972, p. 266.

4 이는 발자크의 누이 로르의 증언에 따른 것이다. Laure Surville, 앞의 책, p. 3.

발자크의 어머니와 아버지

지의 갈등에 주목한 바 있다. 가명 사용은 '아버지 이름'의 '부정'이다. 한편 프랑스의 문학비평가 장 스타로뱅스키에 따르면 그것은 아버지에 대한 "반항"일 뿐 아니라 "친부 살해의 가상 널 산인한 형태"[5]다. 그렇다면 발자크 창작 초기의 가명 사용은 아버지의 이름을 거부하고 다른 이름을 사용함으로써 스스로 탄생하고자 하는 그의 의지를 보여주는 것이 아닐까? 흥미로운 것은 발자크가 가명을 쓸 때 늘 귀족 이름을 선택했다는 사실이다. 프랑스의 귀족을 의미하는 소사 '드', 영국의 귀족을 나타내는 '경' 등을 붙임으로써 그는 스스로 귀족이 되고자 했던 것이다.

가명으로 삼류 소설을 쓰면서 10년의 세월을 보냈다. 그리고 1829년 4월, 처음으로 발자크라는 이름으로 서명한 『올빼미당원들』을 세상에 내놓는다. 아버지 사망 두 달 전이다. 아버지의 죽음을 앞두고서야 그는 아버지 이름을 받아들인 것일까? 그는 더 이상 가짜 정체성 뒤에 숨지 않았다. 작가로서의 성공은 자신감을 부여했다. 그는 한 발짝 더 나아간다. 아버지 사망 이후 과감히 귀족을 상징하는 소사 '드'를 붙여 서명하기에 이른 것이다. 사실 드 발자크라는 이름 자체가 아버지가 보여준 대담성의 결과다. 발사라는 이름을 발자크로 바꾼 뒤 행정서류에 슬쩍 소사 '드'를 첨부한 사람은 바로 아버지 프랑수아 발자크였던 것이다. 따라서 발자크는 무죄다. 그렇지만 발자크의 귀족 놀이가 아버지 사망 후에야 가능했다는 사실은 매우 흥미롭다.

앞서 나는 발자크 초기 소설에 가족 내 폭력이라는 주제가 강박적으로 존재함을 언급한 바 있다. 그런데 아버지 사망 후 처음으로 오노레 드 발자크란 이름으로 발표한 『엘 베르뒤고』가 친부 살해의 테마를

5 Jean Starobinski, *L'Oeil vivant*, Gallimard, 1961, p. 192.

다룬 소설이라는 사실은 놀랍고도 의미심장하다. 엘 베르뒤고는 스페인어로 사형 집행인이란 뜻이다.

『엘 베르뒤고』는 아들의 손에 온 가족이 참수형을 당하는 끔찍한 이야기다. 나폴레옹의 스페인 원정 당시, 프랑스군의 한 부대는 스페인 북서쪽 갈리시아 지방의 작은 마을 멘다에 주둔한다. 마을은 평화롭기 그지없었다. 그러나 조용한 것처럼 보였던 마을에서는 나폴레옹 군대에 대한 공격이 준비되고 있었다. 공격을 받은 프랑스 지휘관 마르샹 소령은 마을 사람들에 의해 체포된다. 하지만 그는 마을 성주인 레가네스 후작의 딸 클라라의 도움으로 석방된다. 이후 반란은 잔인하게 진압되었고 레가네스 가문 사람들은 모두 처형당할 위기에 처했다. 클라라에게 마음이 끌리는 마르샹은 상관에게 레가네스 가문의 멸족을 피하게 해달라 사정한다. 상관은 레가네스 가문의 장자를 살려주겠다고 약속한다. 하지만 그러기 위해서는 장자가 직접 집안의 모든 사람을 참수해야만 했다. 큰아들 주아니토는 가문의 계승을 위해 아버지의 명령을 따르지 않을 수 없다. 클라라가 가장 먼저 오빠의 손에 죽임을 당하겠노라 나선다. 소령이 그녀의 목숨을 구하기 위해 그녀에게 청혼하지만, 그녀는 단호히 거절한다. 주아니토는 고통 속에서 가족 구성원 한 명, 한 명의 목을 친다. 마지막으로 어머니만 남았을 때 그는 도저히 임무를 수행하지 못한다. 아들이 망설이자 어머니는 스스로 바위에 머리를 부딪쳐 죽는다. 마침내 주아니토는 레가네스 가문을 지켜내지만 남은 인생을 회한 속에서 살아야만 했다.

이 소설의 주제는 〈철학연구〉의 다른 소설과 마찬가지로 하나의 사유에 의한 인간의 파멸이다. 이 작품에서의 사유는 가문의 계승이다. 그러나 사유에 의한 인간의 파멸이라는 주제 못지않게 친부 살해의 테마가 중요한 자리를 차지하고 있음을 간과할 수 없다. 비록 아버지의 뜻에 따른 영웅적 행위로 포장되었다 할지라도, 그것은 분명 아들에 의한 아버지 살해다. 발자크는 애써 이 살해 행위를 훌륭하고 명예로운 행위로 만든다. 아버지는 명령한다. "두려워하지 말고 내리쳐라. 그대는 비난받을 수 없다." 아들에게 축복을 내림으로써 살해 행위에 숭고함을 부여하기도 한다. 그러나 아들 주아니토는 평생 죄의식에서 벗어나지 못한다.

『영생의 묘약』은 호프만의 『악마의 묘약』을 연상시키는 환상 소설로서, 장수(長壽)에 대한 헛된 집념이 주제다. 그런데 우리는 이 작품에서 또다시 친부 살해 욕망을 만난다. 돈 후안 벨비데로는 백만장자 아버지 덕분에 온갖 사치와 쾌락을 즐기며 산다. 그런데도 그는 자신의 아버지가 장수하는 게 불만이다. 마침내 아버지 임종의 시간이 왔다. 죽음의 문턱에서 아버지는 새 생명을 주는 액체가 담긴 약병을 아들에게 건네고는 자신이 죽은 후 그 묘약을 시체 위에 뿌려달라 부탁한다. 하지만 돈 후안은 아버지의 명령에 복종할 생각이 없다. 그런데 아버지의 말이 진짜인지 알고 싶은 호기심을 억제할 수 없다. 그는 직접 실험해보기로 한다. 그리하여 묘약을 솜에 묻힌 후 오른쪽 눈꺼풀을 살짝 적셔본다. 그러자 아버지는 눈을 뜨고, 생명 가득한 눈에 비난의 시선을 담은 채 아들을 응시한다. 그 눈은 "생각하고 비난하고 위협하고 판단하고 말하는 것 같았고, 소리 지르고 물어뜯는 것 같았다."

> 이 생명의 한 조각 안에서 너무나 많은 생명이 번쩍였기 때문에, 돈 후안은 뒤로 물러났다. 그는 감히 그 눈을 쳐다보지 못한 채 방안을 서성거렸지만, 마루와 벽걸이 장식 융단에서도 그 눈이 번쩍이는 것을 보았다. … 사방에서 그

> 눈들이 번뜩였고 그를 쫓아다니면서 짖어댔다. 『영생의 묘약』

돈 후안은 자신의 행위가 분명한 친부 살해임을 인식하고 두려움에 떤다. 하지만 그는 눈을 짓이겨 마지막 남은 생명까지 끊어버림으로써 친부 살해를 완수한다.

돈 후안은 사람들의 의심을 피하고자 성대한 장례를 치른다. 아버지 무덤에 근사한 동상을 세우기도 한다. 그러고는 아무런 죄의식 없이 자신의 삶을 마음껏 즐긴다. 사교계에서 명성을 날렸으며 교황청의 인정도 받았다. 그는 자신의 영생을 위해 평생 약병을 소중히 간직했다. 그에게는 아들이 하나 있었다. 아버지와 달리 아들 펠리페 벨비데로는 선량하고 신앙심이 깊었다. 그는 아버지를 잘 돌보았다. 죽음이 다가옴을 느낀 돈 후안은 아들을 불러 아버지가 자신에게 부과했던 것과 똑같은 임무를 수행할 것을 명령한다. 물론 약병의 효능에 대해서는 함구한다. 아버지를 거역했던 돈 후안과 달리 아들 돈 펠리페는 아버지의 명령에 복종한다. 그는 천 위에 약을 적신 후 정성스레 아버지의 얼굴을 닦았다. 이상한 떨림의 소리가 들렸지만 바람 소리라 생각했다. 그런데 오른팔을 적시는 순간 죽은 팔이 살아나 자신의 목을 조르는 것이 아닌가! 혼비백산한 펠리페는 실수로 약병을 떨어뜨리고 만다. 약병은 깨졌고 액체는 다 증발해버렸다. 아버지 명령에 복종하고자 하는 의지에도 불구하고 아들은 본의 아니게 아버지를 살해하게 된다. 이는 무의식적인 친부 살해 욕망이 구현됨을 의미한다. 죽었음에도 돈 후안의 얼굴이 생생하게 살아있는 것을 본 신부와 증인들은 그를 성인으로 받들 것을 결정하고 신성한 예식을 거행한다. 그러나 예식이 집행되는 동안 살아 있는 머리는 죽은 몸으로부터 세차게 떨어져 나와 저주를 퍼붓는다. 그러고는 예식을 거행하는 수도원장 신부의 머리를 물어뜯어 죽게 만든다. 이는 또 하나의 친부 살해다. 신부는 하느님 아버지를 상징하지 않는가!

이 소설에서는 아들에 의한 아버지 살해와 더불어 아버지에 의한 아들 살해 욕망도 읽을 수 있다. 죽은 아버지의 팔이 살아나 아들 목을 감음으로써 아들을 기절시키는 것은 아이 살해 욕망에 다름 아니다. 친부 살해 행위는 자신도 공격받을 수 있다는 공포를 느끼게 한다. 따라서 이제 그는 자신의 존재를 위협하는 아들을 벌함으로써 아들의 공격에서 벗어나고자 한다. 이처럼 아버지 살해와 아이 살해는 밀접하게 연관되어 있다.

아버지와 아들 사이의 공격성은 『바닷가의 비극』에서 찾아볼 수 있다. 캉브르메르라는 어부는 아내와 함께 브르타뉴 지방의 조그만 외딴 섬에 살았다. 그들은 하나밖에 없는 아들을 애지중지 키웠다. 버릇없이 자란 아이는 나이가 들수록 아무짝에도 쓸모없는 인간이 되어갔다. 도박에 빠졌고, 술을 퍼마셨으며, 폭력을 일삼았다. 거짓말을 밥 먹듯 하고 툭하면 남의 것을 훔쳤다. 바다로 고기 잡으러 나가느라 집을 자주 비웠던 아버지는 아들의 비행을 잘 몰랐다. 아니 그런 현실을 받아들이고 싶지 않았다. 그러던 어느 날 그는 최악의 상황을 마주하게 된다. 망나니 아들이 금화를 빼앗기 위해 어머니에게 달려들어 팔을 비틀면서 폭력을 행사했다. 캉브르메르는 마침내 자신이 만들어낸 이 괴물을 자기 손으로 제거할 것을 결심하고 아들을 물에 빠뜨려 죽인다. 남편의 손에 아들을 잃은 어머니는 고통 속에서 죽는다. 그 후, 캉브르메르는 바위 위에서 대서양을 바라보면서 고행 속에서 여생을 보낸다. 스스로 재판관이 되어 아들을 죽음에 이르게 한 죄의 대가를 치르는 것이다. 아들을 죽인 아버지의 회한은 아버지를 죽인 아들의 죄의식과 다르지 않다.

아버지에 의한 아들 살해 테마는 『저주받은 아이』에도 존재한다. 이 소설 역시 『엘 베르뒤고』처럼 가문의 계승이라는 하나의 사유에 의한 인간의 파멸을 그린다. 여기에서 폭력은 아들에게 가해진다. 16세기 말 구교와 신교 사이의 종교전쟁 당시, 신교도 사촌을 사랑하는 잔 생사뱅은 사랑하는 사람과 그 가족을 구하기 위해 노르망디의 최고 귀족인 늙은 데루빌 백작과 결혼한다. 그는 잔인하고 냉혹한 사람이었다. 결혼 후 잔이 아들을 출산하자 백작은 그 아이를 친자로 인정하지 않고 성에서 쫓아 버린다. 결국 탄생부터 저주받은 아이 에티엔은 어부의 집에서 자란다.

몇 년 후, 아내도 죽고 후계자로 생각했던 차남도 죽자 백작은 자신이 추방한 아이를 불러들인다. 가문을 계승할 후손이 필요했기 때문이었다. 그는 에티엔을 그랑리외 가문의 딸과 결혼시키려 한다. 그러나 에티엔은 자신을 돌봐주던 의사의 딸 가브리엘을 사랑하고 있었다. 젊은이들의 사랑에도 불구하고 백작은 아들에게 그랑리외 양과 결혼할 것을 강요한다. 에티엔이 명령을 거부하자 백작은 불같이 화를 내고, 그의 분노는 연약한 에티엔과 가브리엘을 죽음으로 몰고 간다. 아들이 죽자 백작은 아들 대신 자신이 그랑리외 양과 결혼한다. 그리고는 여든의 나이에도 불구하고 가문 계승의 임무를 수행한다.

우리는 이 소설 여기저기에서 발자크 가족의 흔적을 찾아볼 수 있다. 결혼 당시 데르빌 백작의 나이는 50세, 잔 생사뱅의 나이는 18세였다. 발자크 부모가 결혼할 당시 그들 각각의 나이는 51세, 19세가 아니었던가! 이처럼 부부의 나이 차이가 똑같이 32세라는 사실이 그저 우연에 불과할까? 에티엔이 상상적 불륜의 아이라는 사실, 그리고 어머니의 지극한 사랑을 받았다는 사실 역시 발자크 동생 앙리를 떠올리게 한다. 병약하게 태어났던 에티엔이 어머니의 지나친 보살핌으로 인해 더욱 나약한 아이가 되었다면, 앙리 역시 어머니로부터 지나친 사랑을 받고 무능한 아이로 자랐기 때문이다. 사업을 한답시고 프랑스의 해외 영토인 모리셔스 섬으로 갔던 앙리는 부채만 산뜩 짊어진 채 인생의 패배자가 되어 오십의 나이에 마요트섬에서 죽지 않았던가. 발자크가 어머니에게 보낸 편지에서는 어머니에 대한 간접적인, 그러나 강한 원망이 느껴진다.

> 어머니는 내가 이 세상에 태어난 후 한 번도 다정하게 대해주지 않았어요, 참 잘하셨어요. 만일 앙리를 사랑했던 것처럼 나를 사랑하셨더라면 나도 아마 앙리처럼 되었을 테니까요. 1849년 3월 어머니에게 보낸 편지

그런데 초기 소설에 자주 등장하던 가족 내 폭력이라는 테마는 1834년 무렵부터 서서히 사라진다. 1834년은 『고리오 영감』을 쓰면서 인물재등장 기법을 고안하던 시기다. 작품 간의 유기적 관계를 생각하며 전체적 윤곽을 잡기 시작한 것도 바로 그 무렵이다. 글쓰기를 통해 유년기의 상처를 극복한 것일까? 바야흐로 자신감을 획득했음을 의미하는 것일까? 이제 그의 무대는 사회 전체가 된다. 글쓰기를 통해 가족 내 갈등을 극복하고 스스로 사회를 창조함으로써 '신적인 능력'을 획득한 발자크에게 이제 더 이상 가족은 『인간극』의 무대가 되지 않는다. 그런 의미에서 『고리오 영감』은 의미 있는 작품이다. 파리를 향해 던진 "이제 너와 나의 대결이다."라는 라스티냐의 외침은 바로 발자크 자신이 사회에 던진 도전장이기 때문이다.

인간의 한계 극복 의지

⸰ 『루이 랑베르』, 『미지의 걸작』, 『강비라』, 『절대 탐구』

〈철학연구〉에는 절대를 추구함으로써 인간의 한계를 극복하려는 인물들이 존재한다. 『미지의 걸작』의 프렌호퍼는 최고의 미술을, 『강바라』의 강바라는 절대적인 조화를 수놓는 음악을, 『절대 탐구』의 발타자르는 절대적인 과학을, 그리고 『루이 랑베르』의 루이는 시간과 공간의 한계를 넘어서는 철학을 추구한다. 그러나 '절대'라는 불가능을 추구했던 그들은 모두 파멸할 수밖에 없다. 그들은 감히 신의 경지에 이르려다 벌을 받은 프로메테우스 같은 존재다. 마법의 가죽을 소유함으로써 모든 것을 다 가질 수 있게 되었지만, 생명을 유지하기 위해서는 아무것도 욕망할 수 없었던 『나귀 가죽』의 라파엘 드 발랑탱도 그들과 같은 운명이다. 절대에 대한 욕망은 자기파괴를 초래한다는 것은 〈철학연구〉의 주된 테마 중 하나다.

우선 1832년에 처음 발표된 『루이 랑베르』를 보자. 작가는 서술자를 내세워 루이 랑베르를 묘사한다. 천재 소년 루이는 스탈 부인의 도움으로 오라토리오 수도사들이 운영하는 방돔 기숙학교에 들어간다. 그러나 신부들의 억압적인 교육을 못 견딘 그는 동료 학생들로부터 따돌림당하기 일쑤다. 선생님들도 그의 천재성을 이해하지 못한다. 루이가 집필 중이던 『의지론』 원고를 압수하기까지 한다. 18세가 되던 해, 루이는 방돔 기숙학교를 떠나 학문을 완성하고자 파리로 간다. 그러나 파리에서의 가난과 고독은 그의 삶을 더욱 비참하게 만든다. 파리의 사치와 쾌락 속에서 루이는 사막에 홀로 선 느낌이다. 돈 없이는 아무것도 할 수 없는 현실에 절망하며 파리에 환멸을 느낀 그는 블루아의 삼촌 댁으로 돌아온다. 그곳에서 루이는 부유한 유대인 상속녀 폴린을 만나 사랑에 빠진다. 하지만 결혼식을 며칠 앞두고 그는 미쳐버린다. "쉰아홉 시간 동안 시선을 한 곳에 붙박은 채 꼼짝 않고 먹지도 말하지도 않는" 상태, 즉 육체는 완전히 떠나고 정신만 남은 상태로 그는 나머지 삶을 영위한다. 그러나 폴린은 루이와 영적으로 결합되어 있음을 확신한다. 그녀의 눈에 루이는 결코 미친 게 아니다. 폴린의 말을 들어보자.

> 분명 루이가 미친 것처럼 보일테죠. 하지만 광인이라는 단어가 단지 알 수 없는 이유로 뇌가 손상되어 자신의 행동을 전혀 의식하지 못하는 사람을 지칭하는 것이라면, 그는 미치지 않았어요. 내 남편에겐 모든 것이 완벽하게 질서정연하답니다. … 다른 사람들에게는 그가 정신 나간 사람으로 보이겠지만, 그의 사유 속에서 살고 있는 저에게는 그의 모든 생각이 명쾌하기만 합니다. 저는 그의 정신이 만든 길을 따라갑니다. 『루이 랑베르』

그러나 폴린의 지극한 보살핌에도 불구하고 루이는 28세의 나이로 죽는다. 『루이 랑베르』는 과도한 지적 활동이 에너지를 탈진시켜 인간을 파멸에 이르게 하는 사례를 보여준다. 인간 조건을 넘어서는 절대적인 지식 추구가 루이를 광기와 죽음으로 몰고 간 것이다.

『루이 랑베르』에 발자크의 철학적 사유가 담겨 있다면, 『미지의 걸작』과 『강바라』는 예술에 대한 발자크의 생각을 엿볼 수 있는 작품들이다. 1831년에 발표된 『미지의 걸작』에서 발자크는 회화에 대한 자신의 이론을 전개한다. 프랑스의 누벨바그 영화 작가 자크 리베트는 이 소설에서 영감을 받아 1991년 〈누드모델〉이라는 영화를 만들기도 했다.

소설 속으로 들어가 보자.

노(老) 화가 프렌호퍼는 최고의 명성을 가진 위대한 예술가다. 그럼에도 그는 10년 동안 매달려 있는 〈카트린 레스코〉를 완성하지 못하고 있다. 완벽한 아름다움을 구현하는 이상적인 모델을 찾을 수 없기 때문이다. 거장의 비밀을 알고 싶었던 무명의 젊은 화가 푸생은 자신이 사랑하는 아름다운 여인 질레트를 모델로 쓸 것을 제안한다. 완벽한 미모의 질레트로부터 영감을 받은 프렌호퍼는 마침내 작품을 완성한다. 그러나 프렌호퍼가 완성한 그림은 더덕더덕 덧칠해서 쌓은 색채 덩어리에 불과하다. 혼란스럽게 뒤얽힌 색의 집적물 한구석에 벗은 발끝이 살짝 보일 뿐이다. 그림은 완벽한 실패작으로 보였다. 푸생은 그 자리에서 그림에 아무것도 없다고 단언한다. 프렌호퍼는 젊은 화가의 냉담한 반응에 분노하지만, 곧이어 자신의 무능력을 깨닫고 절망한다. 다음 날 그는 자신의 작업실에 불을 질러 모든 작품을 태워버린 후 스스로 목숨을 끊는다.

발자크는 프렌호퍼라는 허구 인물을 통해 자신의 회화론을 피력한다. 소설의 시간적 배경이 1612년이니 회화사적으로 볼 때 고전주의 시대다. 프렌호퍼는 당대 화가들이 사물의 완벽한 재현에만 집착하는 현실을 개탄한다. 그들은 "실물을 그대로 모사하는 것", 즉 "형상을 정확히 묘사하고 해부학 법칙에 따라 각각 제자리에 놓는 것"만이 훌륭한 기법이라고 생각한다는 것이다. 프렌호퍼가 볼 때 그런 그림은 그저 하나의 이미지에 불과하다. 거기에서는 인물 주변을 흐르는 공기도 인물 내면에서 우러나오는 생명력도 느낄 수 없다. 그러나 진정한 예술에는 영혼이 담겨 있어야 한다. 영혼이 담긴 그림을 위해서는 '선'이 그린 데생보다 '색채'가 만들어내는 '명암'이 중요하다. 그의 말을 들어보자.

> 엄격히 말해 데생은 중요하지 않네! … 선이란 대상에 대한 빛의 효과를 이해하기 위해 사용하는 수단일 뿐이야. 모든 것이 충만한 자연에는 선이 중요하지 않아.
>
> 『미지의 걸작』

프렌호퍼에 따르면 회화에서는 선으로 형체를 그리는 것보다 색을 통해 음영과 농담, 입체감을 만들어내는 작업이 더 중요하다. 그렇게 함으로써 "육체가 움직이고 형태는 도드라지며, 모든 것 주위로 공기가 순환하는 것"을 느끼게 할 수 있다. 이렇듯 중요한 것은 빛의 분배와 차이에 따라 자연스레 나타나는 조화로운 '면'이다. 이러한 발자크의 회화론은 17세기 고전주의를 넘어서는 데 그치지 않는다. 그것은 놀랍게도 발자크의 작품 활동 시기보다 훨씬 후인 19세기 말에 등장한 인상주의를 연상케 한다. 빛과 색채의 효과는 모네, 세잔, 고흐 등의 인상주의 화가들이 꾸준히 탐구했던 주제가 아니던가! 발자크는 이보다 더 앞서 나간다. 아름다운 여인의 초상이 색채 혼합체의 덩어리에 불과하다는 설정은 그야말로 미래의 비구상적 회화, 즉 추상화를 연상시킨다. 발자크는 미래에 등장할 새로운 예술 철학을 예견했던 것일까?

『미지의 걸작』과 짝을 이루는 『강바라』는 1837년 파리에서 발간되는 음악 잡지에 발표된 단편 소설이다. 『미지의 걸작』에 발자크의 회화론이 담겨 있다면, 『강바라』에서는 광인 취급을 받는 천재 음악가 강바라의 입을 통해 작가의 음악 이론이 펼쳐진다. 소설 내용은 다음과 같다.

1831년, 파리의 팔레 루아얄을 산책하던 마르코시니 백작은 형색은 초라하나 눈이 아름다운 여인을 발견한다. 마리아나라는 이름의 여인은 작곡가이자 연주가인 강바라의 아내다. 강바라는 절대적인 음악을 추구하는 천재 작곡가다. 하지만 그의 음악을 이해하는 사람은 아무도 없다. 남편의 천재성을 굳게 믿는 마리아나는 비참할 정도로 가난한 생활을 하면서도 모든 희생을 감수한다. 백작은 마리아나의 호감을 얻기 위해 강바라 부부에게 접근해 그들에게 도움을 준다. 백작은 강바라가 술에 취한 상태에서는 이성을 되찾는다는 사실을 알고 그에게 술을 권한다. 취기가 있는 동안은 모든 것이 잘 되는 듯하다. 감동적인 음악을 연주하기도 한다. 그러나 강바라는 이성을 거부하고 다시 광기의 세계로 돌아간다. 지친 마리아나는 결국 남편을 버리고 백작을 따라간다. 7년 후, 마리아나는 백작에게 버림받고 남편에게 돌아온다. 그리고 이전보다 더 비참한 생활을 하던 강바라와 함께 길거리에서 음악을 연주하며 구걸로 연명한다.

프렌호퍼가 선이나 데생보다 빛의 흐름과 색채의 조화를 중요시했다면, 강바라는 멜로디보다 음의 조화를 중시한다. 최고의 음악, 절대적인 음악은 오페라 작곡과 오케스트라의 음을 내는 악기의 발명을 통해 완성될 터였다. 그러나 프렌호퍼의 그림이 혼란스러운 색채 더미에 불과하듯이, 강바라의 오페라는 "하모니의 규칙을 위반하고 제각각의 음들을 모아 귀를 멍하게 하는 불협화음"에 불과하다. 그것은 "미완성의 창작물", "끔찍한 부조화", "불가능한 음악"이다. 독자들은 또 한 번 놀라움을 금치 못한다. 불협화음이야말로 현대음악의 특징 중 하나가 아닌가! 미술뿐만 아니라 음악에서도 한 세기를 앞선 작가의 통찰력을 어떻게 설명할 수 있을까!

『미지의 걸작』과 『강바라』를 통해 시대를 앞서는 예술을 예고했다면, 발자크는 1831년에 발표된 『절대 탐구』에서 시대를 넘어서는 과학을 논한다. 『절대 탐구』는 만물에 존재하는 공통 요소인 '절대'를 찾고자 했던 한 과학자의 열정과 좌절을 그린다.

이 책의 4장에서 19세기 과학과 발자크 소설에 담긴 화학적 성과를 살펴본 바 있다. 본 장에서는 과학적 절대를 추구했던 화학자의 파멸을 이야기하고자 한다. 현대 화학의 시조라 불리는 라부아지에의 제자임을 자처하는 발타자르는 19세기 초의 전형적인 과학자다. 그는 존재하는 모든 현상을 과학적으로 분석할 수 있다고 믿었으며, 그러한 논리를 밀고 나가 분석한 원소들을 결합함으로써 사물을 창조할 수 있다고 생각했다. 예를 들어 금강석이 탄소와 수소로 이루어졌다면, 같은 비율로 탄소와 수소를 결합해 금강석을 만들 수 있다는 추론이 가능하지 않은가! 이러한 추론에 따라 그는 실험을 통해 금강석을 만들고자 한다. 즉, 창조의 신비를 이해하는데 그치지 않고 스스로 창조자가 되고자 하는 것이다.

그러나 발타자르 실험의 결실은 그가 실험실을 비운 동안 이루어진다. 딸의 결혼 발표장에서 잠시 실험을 잊고 있던 순간, 실험실에서는 하얀 금강석이 만들어지고 있었다. 왜 하필 그때인가! 그는 절망적인 목소리로 다음과 같이 외친다.

> 나를 미치게 하는구나. 7년간의 우연이 내가 16년간 찾았던 것을 나 없이 생산했구나. 어떻게? 모른다. 나는 황화탄소를 볼타전지의 영향 아래 두었고, 그 현상은 매일매일의 관찰을 요구하는 것이었다. 그런데 내가 없는 동산 신의 힘이 … 내 실험실 안에서 행해졌다. 『절대 탐구』

결국, 소설의 주인공은 아무것도 생산하지 못한다. 절대적 철학을 추구하며 『의지론』을 집필하고자 했던 루이 랑베르는 미쳐버린 후 죽음을 맞이한다. 오케스트라를 대체할 수 있는 악기를 생산하고 최고의 오페라를 작곡하고자 했던 강바라는 아무것도 이루지 못한 채 비참한 생활을 한다. 최고로 아름다운 그림 속 여인과 사랑에 빠진 프렌호퍼는 그 그림이 아무것도 아닌 희미한 색채 더미에 불과하다는 사실을 깨닫는 순간 작품을 불태워버리고 자신도 함께 죽는다. 절대적 과학을 추구했던 과학자 발타자르는 동네 아이들의 조롱을 받으며 쓰러진다. 그들은 모두 인간의 한계를 부정한 대가로 파멸한다. 무엇이든 할 수 있는 마법 가죽을 소유하고 있음에도 아무것도 욕망할 수 없는 라파엘 드 발랑탱도 그들과 같은 운명에 처한 희생자다.

〈철학연구〉에서 〈풍속연구〉로

『나귀 가죽』

1831년에 발표된 『나귀 가죽』은 욕망에 사로잡혀 죽음에 이르는 인간의 모습을 그리고 있다. 무엇보다도 이 소설은 형이상학적이고 환상적인 〈철학연구〉와 현실에 뿌리를 둔 〈풍속연구〉 사이의 연결고리 역할을 한다는 점에서 의미가 있다.

1830년 10월 말, 7월혁명이 일어난 직후 불안정했던 시기의 어느 밤이었다. 한 젊은이가 도박장으로 들어간다. 그는 몰락한 귀족의 후예 라파엘 드 발랑탱이다. 도박장에서 마지막 금화 한 닢을 날린 그는 자살을 생각하며 센강을 걷는다. 그때 우연히 들어간 곳이 골동품 상점이다. 그곳에는 이집트, 헤브라이, 그리스, 이오니아, 로마, 인도 등의 과거가 동시에 존재하는 것처럼 보였다. 어리둥절한 라파엘 앞에 마치 무덤에서 나온 유령 같은 노인이 나타난다. 그리고는 라파엘에게 오톨도톨한 가죽을 내민다. 눈부신 빛을 발하는 그 가죽은 "입헌군주보다 더 부유하고 더 권위 있고 더 유명하게 만들 수 있는" 일종의 부적이란다. 가죽에는 불가사의한 말이 다음과 같이 배열되어 있었다.

> 만일 그대가 나를 소유하면 그대는 모든 것을 소유하게 될 것이다.
> 하지만 그 대신 그대의 목숨은 나에게 달려있게 될 것이다. 신이
> 그렇게 원하셨느니라. 원하라. 그러면 그대의 소원은
> 이루어질 것이다. 하지만 그대의 소망은
> 그대의 목숨으로 대가를 치러야 한다.
> 그대의 목숨이 여기 들어있다. 매번
> 그대가 원할 때마다 나도 줄어들고
> 그대가 살 날도 줄어들 것이다.
> 나를 가지길 원하는가?
> 가져라. 신이 그대의
> 소원을 들어주실
> 것이다.
> 아멘![6]

온갖 이상한 물건이 가득한 골동품 상점, 괴상한 노인의 출현과 믿기지 않는 제안, 절대 능력을 부여하는 마법의 가죽. 이 모든 것은 현실과는 거리가 먼 환상의 세계로 독자들을 이끈다. 가죽을 소유한 후 라파엘이 초대받은 대향연의 야단법석한 분위기 역시 환상적이다. 하지만 자세히 살펴보면 이러한 환상적 요소는 당시 현실을 드러내기 위한 하나의 메타포다. 팡파르를 불어대면서 정신없이 소리 지르고 휘

6 오노레 드 발자크, 이철 외 옮김, 『나귀가죽』, 문학동네, 2009.

파람 불며 노래하고 울부짖는 그 모임은 사실상 자본과 언론이 결탁한 결과이기 때문이다. 라파엘의 한 친구가 하는 말이다.

> 너도 알다시피 권력은 튈르리 궁에서 신문기자들에게로 이동했단 말이야. 돈줄이 포부르 생제르맹에서 쇼세 당탱으로 자리를 옮겼듯이 말이야.
>
> 『나귀 가죽』

19세기 당시 파리는 귀족과 부르주아, 그리고 평민들의 공간이 구분되어 있었다. 이 책의 1장에서 살펴보았듯이 센강 남쪽 좌안에 위치한 포부르 생제르맹은 귀족의 구역이었고, 센강 북쪽 우안의 쇼세 당탱은 은행가·자본가 등의 신흥 부르주아 구역이었다. 따라서 위 인용문은 귀족으로부터 부르주아로 실권이 넘어갔음을 말해준다. 실권자가 된 자본가들은 권력을 유지하기 위해 왕이 아닌 언론인들의 도움이 필요하다는 사실을 간과하지 않았다. 따라서 그들은 재빨리 언론인들과 손을 잡으며 그들을 타락시킨다. 대향연의 술과 음식, 그리고 화려한 의상을 입은 미모의 여자들이 제공하는 쾌락에 빠져듦으로써 언론인들은 돈과 쾌락의 늪에서 헤어나지 못한다.

마법의 가죽이자 일종의 부적인 나귀 가죽의 경우는 어떤가? 나귀 가죽은 골동품상이라는 중개자를 통해 라파엘에게 전해진다. 냉소적인 미소를 띠고 있는 그 노인은 파우스트의 메피스토펠레스를 연상케 한다. 나귀 가죽을 소유하는 것은 악마와 계약을 체결하는 것에 다름 아니다. 죽음의 문턱에 있던 젊은이는 노인의 마술적 힘에 끌려 그 계약을 받아들인다. 그리고는 절대적 능력을 부여받는다. 자살을 원했던 만큼 그는 잃을 것이 없지 않은가!

그런데 발자크는 나귀 가죽이라는 환상적 상징에 현실성을 부여한다. 즉, 가죽의 소유는 부의 소유를 의미하며, 절대 능력의 위력은 돈에 있다. 다음 문장을 읽어보자.

> 그는 가죽을 흔들면서 말했다. "… 나는 부자야. 나는 모든 미덕을 가졌단 말이야. 그 무엇도 내게 반항하지 못할 거야. 무엇이든지 다 할 수 있는데 훌륭하지 않을 사람이 어디 있나? 헤, 헤! 우에! 난 210만 리브르의 연금을 원했지. 그걸 갖게 될 거야. … 나는 부자야. 나는 너희들 모두 다 살 수 있어. 저기 코 골며 자는 국회의원까지도. 자, 상류사회의 놈팡이들이여, 나를 찬양하라! 나는 교황이다."
>
> 『나귀 가죽』

부는 권력과 명예를 부여할 뿐 아니라 심지어 성직마저도 가능케 한다. 위의 인용문은 절대적 화법(畫法)의 습득은 곧 황금을 의미한다는 『미지의 걸작』의 푸생 말을, 그리고 실험의 성공은 엄청난 부를 가져올 것이라는 『절대 탐구』의 발타자르 말을 연상시킨다. 이처럼 발자크에게 있어 절대에 대한 형이상학적 탐구는 결국 황금 추구로 귀결된다. 은행가 타이유페의 지적대로 재산이란 "무례함의 자격증" 같은 것이다. 백만장자가 된 라파엘은 모든 권력을 가진 왕과 다를 바 없다. 이제 "그가 법을 따르는 것이 아니라 법이 그를 따르게 될 것이다."

라파엘이 모든 소망을 이루게 하는 가죽을 가졌다는 말에 향연에 모였던 회식자들은 아우성치면서 각자의 소망을 이야기한다. 그런데 그들의 소망은 모두 돈에 의한 소비적 향락 추구라는 사실에서 우리는 다시 한번 7월왕정 시대의 황금만능주의를 확인한다. 그들에게 절대적인 의미의 선악은 존재하지 않는다. 악이란 지붕 밑 방에서의 가난이요, 미덕을 가져다주는 것은 돈이다.

가죽을 소유한 라파엘은 원하는 모든 것을 가질 수 있다. 그러나 소망이 실현되는 순간 줄어든 가죽을 보면서 그는 전율한다. 그는 진정 모든 능력을 소유했다. 그러나 그 능력은 “끔찍한”, “불길한”, “저주받은” 능력이다. 가죽에 쓰여있듯이 소망이 실현될 때마다 그와 비례하여 생명이 줄어들기 때문이다. 모든 것을 할 수 있음에도, 그는 아무것도 할 수 없다. 모든 욕망을 억압하는 라파엘의 시선은 도박장에서 마지막 동전을 잃었을 때, 그리고 자살을 결심한 후 센강을 배회할 때의 그의 시선과 다르지 않다. 그는 “살기 위해 삶을 포기”해야 한다.

의사들의 충고에 따라 라파엘은 자연에 의탁하고자 파리를 떠나 휴양지로 간다. 그는 “자연의 은밀한 움직임과 동화되고 자연의 수동적 복종에 완전히 일치된” “식물적인 삶”, 즉 인간의 욕망을 완전히 포기한 삶 속에서 생명을 유지하고자 한다. 생명 유지를 위해 그는 계속 수면 상태에 머물러 있다. 욕망의 파괴성 앞에서 살아남기 위해 최소한의 방어 태세를 취하는 것이다.

그러나 인간은 파멸의 길인 줄 알면서도 그 길을 걸어가도록 운명이 정해진 존재인가? 욕망의 저주성을 잘 아는 라파엘은 사랑하는 여인 폴린을 피하려고 안간힘을 쓴다. 그러나 몸부림치며 지키려 했던 생명에 대한 애착에도 불구하고, 사랑과 두려움으로 인해 더 아름다워진 폴린을 보자 그는 자신의 의지대로 행동할 수 없다. 정열이 그를 사로잡았고, 사랑에 취한 라파엘은 폴린을 끌어안는다. 폴린은 애인의 생명을 구하고자 스스로 목숨을 끊으려 한다. 하지만 라파엘의 생명은 이미 꺼져가고 있었다. 라파엘은 폴린의 젖가슴을 물어뜯으면서 그녀의 품에 안겨 죽고 만다.

라파엘이라는 당시의 전형적인 젊은이의 삶에 ‘나귀 가죽’이라는 환상적 요소를 개입시킴으로써 작가는 현실과 초월의 균형을 취함과 동시에 과도한 욕망에 의한 인간의 파멸이라는 철학적 주제를 다룬다.

그러나 라파엘의 파멸과 함께 작가가 진정으로 보여주고자 하는 것은 자본에 의해 모든 것이 움직이는, 정치도 언론도, 사랑마저도 돈에 의해 좌우되는 한 사회의 모습이다. 발자크 작품 전체를 관통하는 가장 큰 주제가 '돈'이라는 점을 고려할 때, 〈철학연구〉에 속하는 『나귀 가죽』은 후일 펼쳐질 〈풍속연구〉를 예고하고 있었던 것이다.

『인간극』 인물들

Louis Ed. Fournier.

『페라귀스』

페라귀스 비밀결사대 13인당의 수장으로 막대한 권력을 가진 자. 1807년 20년형을 선고받았으나 탈옥하여 신분을 숨기고 파리에 숨어 산다.

클레망스 데마레 페라귀스의 혼외자. 숨어 다니는 아버지를 만나기 위해 음침한 골목을 들락거린다. 아버지의 명령에 따라 남편에게도 아버지의 신분을 숨기던 그녀는 남편이 자신을 의심하자 고통 속에서 죽는다.

오귀스트 드 몰랭쿠르 왕실 근위대 장교. 남몰래 클레망스를 사랑한다. 예상치 못한 곳에서 클레망스를 발견한 그는 그녀를 염탐하지만, 비밀을 밝히지 못한 채 페라귀스에 의해 독살당한다. 죽기 전 그는 데마레에게 클레망스와 페라귀스의 수상한 관계를 고해바친다.

쥘 데마레 클레망스의 남편. 증권거래인. 아내를 사랑함에도 몰랭쿠르의 말을 듣고 아내를 의심하기 시작한다. 비밀을 캐기 위해 페라귀스가 숨어지내던 집의 노파를 매수하여 비밀을 밝혀내지만, 그 결과 모두 파멸한다.

그뤼제 부인 페라귀스가 숨어 지내던 집주인.

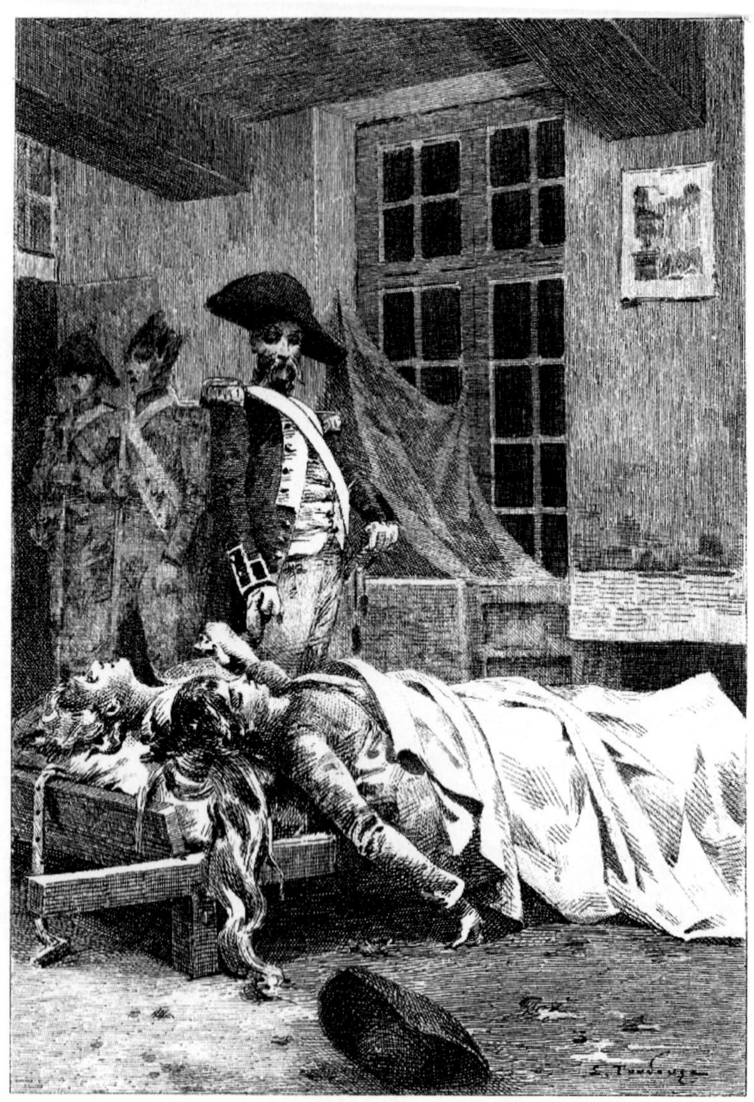

『올빼미당원들』

몽토랑 후작 대혁명 당시 영국으로 망명했던 브르타뉴의 귀족으로, 1799년 올빼미당 반란의 수장이 된다. 공화국 밀정인 마리 드 베르네유 양과 사랑에 빠져 결혼을 약속한다. 하지만 비밀 경찰 코랑탱의 음모로 두 사람은 결혼식을 올린 후 혁명군의 총에 맞아 죽는다.

마리 드 베르네유 귀족 가문의 사생아로 태어나 혁명가 당통과 결혼했었다. 푸셰 장관으로부터 30만 프랑을 받고 올빼미당의 지휘관 몽토랑 후작을 유혹하라는 명령을 받는다. 그러나 그녀는 첫 만남부터 후작을 사랑하게 된다. 공화주의 이념을 신봉하지만, 그녀에게는 이념보다 사랑이 더 중요하다.

윌로 장군 1766년 출생. 공화국과 제국에 헌신한 훌륭한 군인. 올빼미당을 공격하는 군대의 총사령관. 용감하고 신중하며, 부하들을 사랑한다. 적군의 명예도 지킬 줄 아는 고귀한 영혼의 소유자다.

귀아 부인 실존했던 올빼미당 지휘관 샤레트의 정부. 신념을 위해 헌신하며, 승리를 위해 비열한 짓도 마다하지 않는다. 몽토랑 후작의 어머니로 가장하지만, 후작을 사랑하여 끊임없이 마리를 위험에 빠뜨린다.

코랑탱 총재정부 시절부터 7월왕정까지 활동했던 비밀 경찰. 비열하고 교활하다. 경찰부 장관 푸셰의 명령에 따라 올빼미당의 지휘관 몽토랑 후작을 체포하기 위해 마리 드 베르네유를 이용한다.

귀댕 신부 예수회 신부. 성직자 민사기본법에 강하게 저항한 선서 거부 성직자. 종교를 이용해 순진한 농민들을 선동한다.

말쉬 아 테르와 피유 미쉬 미개하고 잔혹하고 광신적인 올빼미당원들.

올주몽 푸제르의 은행가이자 고리대금업자. 선서 서명 성직자인 올주몽 신부의 동생.

Louis Edouard Fournier

『랑제 공작부인』

랑제 공작부인 1794년생. 나바랭가의 후손으로 복고왕정 당시 사교계의 여왕이었다. 1819년 몽리보 장군을 보고 그의 영웅적인 면모에 끌리지만, 사교계의 평판이 두려운 그녀는 끝내 그의 구애를 거절한다. 장군에게 납치되어 위협을 당한 후에야 그를 위해 모든 것을 희생하려고 한다. 하지만 장군의 마음은 돌아서지 않는다. 절망한 공작부인은 파리를 떠나, 스페인의 수녀원으로 숨어버린다.

몽리보 장군 13인당의 일원. 아프리카 모험담으로 사교계에서 인기를 끈다. 공작부인의 총애를 받은 그는 그녀에게 푹 빠진다. 하지만 그녀의 이중적 태도에 모욕을 느끼고 그녀에게 협박을 가한 후, 그녀를 차갑게 대한다. 뒤늦게 공작부인의 진정한 사랑을 확인하고 공작부인을 찾기 위해 온 세상을 뒤지고 다닌다. 5년간의 수고 끝에 스페인 마요르카섬의 한 수녀원에서 그녀를 찾아낸다.

ADRIEN-MOREAU.

『절대 탐구』

발타자르 클라에스 1761년 출생. 플랑드르 지방 부르주아 가문의 후예. 1809년, 폴란드 장교의 방문 이후 실험실을 차려놓고 질소 분해와 금강석 제조에 몰두한다. 실험을 위해 막대한 재산을 탕진하고 아내를 죽음으로 몬다. 실험에 성공하지 못한 채 1831년 마비 증세로 쓰러져 침상에 누워 지내다 1년 후 사망한다.

클라에스 부인 스페인계의 유서 깊은 가문의 후손. 미모와 미덕을 갖춘 여인. 15년 동안 너무도 행복했던 가정은 1809년 폴란드 장교의 방문 이후 균열을 가져온다. 사랑하는 남편을 이해하기 위해 그녀는 직접 화학 연구에 몰두해보지만, 남편의 무관심과 파산을 막을 수 없음에 절망하여 1819년 사망한다.

비에르초브니아 폴란드 귀족. 가난 때문에 화학 연구를 포기한 후 군인이 되었다. 1809년 두에의 발타자르 클라에스 집에 유숙하게 된 그는 집주인에게 화학과 절대 탐구에 대한 열정을 불러일으킨다.

마가리트 발타자르의 딸. 어머니 사망 후 근검절약하면서 집안을 복구하려 노력한다. 집안의 파산을 막기 위해 아버지에게 실험을 중단할 것을 간청하면서, 브르타뉴의 징세관 자리를 얻어주기도 한다. 1825년 에마뉴엘 솔리스와 결혼한다.

『위르쉴 미루에』

미노레 박사 1746년 느무르 출생. 1805년 황제의 주치의가 되었으며, 파리 병원장을 역임했다. 의학 학술원 회원이면서 레지옹 도네르 훈장을 받았다. 은퇴 후 귀향을 결심한 그는 1815년 피후견인 위르쉴 미루에와 함께 느무르에 정착한다. 어느 날, 자기적 최면을 경험한 그는 자신의 유물론이 틀렸음을 인정하고 신비주의 기독교 신자가 된다. 재산을 교회에 기증할까 봐 두려웠던 상속인 세 명은 박사의 개종이 후견인 위르쉴 때문이라 생각하면서 그녀를 경계한다. 1835년, 위르쉴에게 남긴 유산과 유언장을 숨긴 장소를 그녀에게 알리고 사망한다.

미노레 부인(위르쉴 미루에) 클라브생 연주자인 발랑탱 미루에의 딸로 1778년 미노레 박사와 연애 결혼했다. 훌륭한 음악가였으나 1793년 혁명의 지도자 롤랑 부인이 단두대에 끌려가는 광경을 목격하고 그 충격으로 죽고 만다.

위르쉴 미루에 미노레 박사 장인의 혼외자 아들 조제프의 딸. 미노레 박사는 1814년 출생 직후 부모를 잃고 고아가 된 그녀를 거두어 그 아이에게 위르쉴 미루에라는 아내의 이름을 주었다. 창문을 통해 사비니엥 드 포르탕뒤에를 본 그녀는 그를 사랑하게 되고, 그 사실을 알게 된 박사는 피후견인이 그와 결혼할 수 있도록 조치를 취한다. 그러나 박사의 사망 후 상속인들은 그녀의 모든 것을 빼앗는다. 미노레 박사가 꿈에 나타나 위르쉴에게 남긴 돈과 국채의 존재를 알려줌으로써 재산을 되찾은 그녀는 1837년 사비니엥 드 포르탕뒤에르 자작과 결혼한다.

사비니엥 드 포르탕뒤에르 자작 1807년 느무르 출생. 느무르의 몰락한 귀족의 후손. 1828년 파리 사교계의 친구들과 어울리며 빈약한 재산을 탕진한 그는 11만 7천 프랑의 빚을 지고 생트펠라지 감옥에 수감된다. 미노레 박사 덕분에 감옥에서 풀려난 그는 위르쉴과의 결혼을 결심한 후 자신의 명예를 되찾고자 알제리 정복 전쟁에 참여한다.

미노레 르브로 미노레 박사 형의 아들로 미노레 박사의 주요 상속인. 1835년 삼촌이 사망하자 위르쉴의 지참금에 해당하는 3만 6천 리브르의 연금 증서와 은행 지폐를 훔친 후 유언장을 불태워 버린다. 그러고는 위르쉴을 느무르에서 쫓아버리기 위해 온갖 수단을 마다하지 않는다. 결국, 그는 아들의 죽음이라는 벌을 받고 나서 회개한다.

데지레 미노레 르브로 1805년 느무르 출생. 미노레 르브로의 외아들. 파리에서 법학 공부를 마친 후 퐁텐블로의 검사가 되지만, 1836년 마차 사고로 죽는다.

크레미에르 부인 미노레 박사 누의 딸로 그의 상속인.

마생 르브로 부인 미노레 박사 이모의 손녀로 그의 상속인.

샤프롱 신부 1803년 느무르의 주임 사제로 임명된 선서 거부 성직자. 미노레 박사 귀향 후 친분을 맺는다. 위르쉴 미루에의 신앙 교육을 담당한다.

봉그랑 판사 느무르의 치안 판사. 미노레 박사의 친구로서 박사의 죽음 후 위르쉴을 위해 미노레 르브로의 범죄 사실을 밝히는 데 공헌한다.

조르디 대위 은퇴한 퇴역 군인. 샤프롱 신부, 봉그랑 판사와 더불어 미노레 박사의 친구. 위르쉴의 교육을 담당했으며, 1824년 죽으면서 자신의 전 재산을 그녀에게 남긴다.

디오니스 느무르의 공증인

구피 느무르의 공증인 서기. 교활한 야심가. 미노레 르브로와 결탁하여 위르쉴 미루에를 내쫓으려는 음모를 꾸민다.

『루이 랑베르』

루이 랑베르 1797년생. 피혁제조인의 아들. 스탈 부인의 후원을 받아 방돔 기숙학교에 들어가지만, 신부들의 억압적인 교육을 견디지 못한다. 학문을 완성하기 위해 파리로 간 그는 사치와 쾌락의 도시에서 환멸을 느끼고 블루아의 삼촌 댁으로 돌아온다. 그곳에서 부유한 유대인 상속녀 폴린을 만나 사랑에 빠지고 결혼을 약속한다. 그러나 그는 결혼은 앞두고 미쳐버린다. 폴린의 지극한 간호를 받던 그는 28세의 나이로 사망한다.

폴린 드 빌누아 부유한 유대인의 상속녀. 결혼을 앞두고 미친 루이를 극진히 간호한다. 루이와의 영적인 결합을 확신하는 그녀는 루이가 미쳤다고 생각하지 않는다.

르페브르 신부 루이 랑베르의 삼촌. 선서 서명 성직자.

『으제니 그랑데』

펠릭스 그랑데 1749년 투렌 지방 소뮈르의 포도 재배자. 대혁명 이후 사회적 혼란을 이용하여 거부가 된다. 막대한 재산가임에도 그는 인색하기 짝이 없다. 1819년 동생 기욤이 파산하면서 아들을 그에게 부탁하지만, 그는 조카를 매몰차게 대한다. 1827년 막대한 재산을 남기고 죽는다.

기욤 그랑데 펠릭스 그랑데의 동생. 나폴레옹제국과 복고왕정 당시 파리의 포도주 거상으로 국회의원, 구청장을 지냈으며 상사재판소 판사로 임명되기도 했다. 1819년 파산 신청 후 400만 프랑의 부채를 남기고 자살한다. 죽기 전 아들 샤를을 돌봐달라는 편지와 함께 그를 형에게 보낸다.

으제니 그랑데 1796년 소뮈르 출생. 펠릭스 그랑데의 딸. 고귀한 영혼의 소유자. 1819년 파리에서 온 사촌 샤를을 보자마자 그를 사랑하게 된다. 그러나 돈을 벌기 위해 해외로 떠났던 샤를은 으제니의 존재는 까맣게 잊은 채 오브리옹 양과 결혼한다. 아버지 사망 후 거액을 상속받았음에도 여전히 과거의 궁색한 생활 방식을 유지한다. 사망 후 1700만 프랑으로 추정되는 재산을 자선 단체에 기부한다는 유언을 남긴다.

샤를 그랑데 1797년 파리 출생. 기욤 그랑데의 아들. 1819년 소뮈르의 삼촌 펠릭스 그랑데 집에 도착한다. 아버지의 파산과 자살 소식들 듣고 절망에 빠진다. 으제니의 위로에 감동하여 그녀에게 사랑을 느낀다. 돈을 벌기 위해 해외로 떠나 7년 동안 아무 소식도 없었던 그는 노예 매매로 큰돈을 번 후, 배에서 만난 오브리옹 후작의 딸과 결혼한다.

크뤼쇼 소뮈르의 공증인. 조카를 부유한 상속녀 으제니와 결혼시키고자 그랑데 영감을 위해 헌신한다.

그라생 소뮈르의 은행가. 아들을 부유한 상속녀 으제니와 결혼시키고자 그랑데 영감을 위해 헌신한다.

봉퐁 판사 크뤼쇼의 조카. 소뮈르의 1심 법원장. 1828년 으제니의 처녀성을 유지한다는 조건 하에 그녀와 결혼하지만 1829년 소뮈르의 국회의원이 된 지 8일 만에 죽는다.

『세자르 비로토』

세자르 비로토 1779년 쉬농 출생. 14세에 파리의 라공 향수 가게 점원으로 취직한다. 1800년 라공의 향수 가게를 인수한 그는 1810년 상사법원 판사로 선출될 만큼 파리에서 성공한 상인이 된다. 그러나 무도회 개최와 마들렌 토지 투기로 인해 파산하고, 1819년 1월 파산 신청을 한다. 온 가족의 부단한 노력으로 1822년 부채를 탕감하고 1823년에는 회생 신청을 한다. 그러나 회생 신청이 받아들여진 순간 그는 기쁨을 견디지 못하고 죽는다.

로갱 1768년 파리 출생. 파리의 공증인. 세자르 비로토는 그의 고객이었다. 미모의 네덜란드 여인 사라 곱섹에 빠져 파산의 위기에 처하자 비로토 등을 토지 투기에 끌어들인 후, 1818년 그들의 돈을 가지고 잠적한다. 그의 잠적은 비로토 파산의 직접적인 원인이 된다. 로갱의 고객이었던 『으제니 그랑데』의 기욤 그랑데 역시 그로 인해 파산한다.

뒤 티에 1793년 출생한 고아. 1813년 비로토의 향수 가게 점원으로 취직한다. 그는 비로토 부인을 유혹하는가 하면, 1814년에는 상점 금고에서 3천 프랑을 훔치기까지 한다. 이 사실을 알게 된 비로토는 아무 말 없이 그를 내보낸다. 그 후 큰돈을 벌어 은행가가 된 그는 자신의 치부를 알고 있는 비로토에게 원한을 품고 그에게 복수하기 위해 로갱과 공모하여 비로토를 부동산 투기에 끌어들인다.

클라파롱 뒤 티에의 꼭두각시 은행가. 뒤 티에와 로갱의 부동산 투기사업을 위해 이름을 빌려주고, 비로토 파산에 일조한다.

『결혼 계약』

폴 드 마네르빌 백작 1794년 보르도 출생. 엄격한 수전노 아버지의 억압 아래 궁핍한 생활을 영위하던 그는 아버지의 사망 후 막대한 재산을 물려받자 파리에서 6년 동안 79만 프랑을 날려버린다. 1821년 고향 보르도에 돌아와 부유한 스페인 사업가의 상속녀 나탈리 에방젤리스타 양에게 청혼한다. 폴의 파산을 막으려는 공증인 마티아스의 노력에도 불구하고 장모 에방젤리스타 부인의 술책에 넘어가 막대한 빚을 지고 돈을 벌기 위해 인도로 떠난다. 장모와 아내의 헌신을 믿고 있던 그는 인도로 가는 배 위에서 친구 마르세의 편지를 통해 자신이 장모의 사냥감이었음을 깨닫는다.

나탈리 에방젤리스타, 마네르빌 백작부인 1801년 보르도 출생. 폴의 청혼을 받고 어머니의 충고에 따라 그를 사랑하는 척하는 연기를 하여 결혼을 성사시킨다. 그러나 결혼 후 파리에 정착한지 얼마 되지 않아 펠릭스 드 방드네스의 연인이 된다. 파산 후 인도로 떠나는 남편에게 거짓으로 자신의 헌신과 임신 사실을 알린다.

에방젤리스타 부인 스페인 귀족의 후예로서 1781년 식민지 출생. 스페인의 부유한 사업가였던 그녀의 남편은 막대한 재산을 남기고 1813년 사망했다. 남편 사망 후에도 계속 호화스러운 생활을 계속했기에 사람들은 그녀를 엄청난 부자로 여겼지만, 사실상 부인에게는 딸에게 줄 지참금도 남아 있지 않았다. 그녀는 공증인 솔로네와 공모하여 폴과의 결혼을 성사시킨 후, 그를 파산에 이르게 한다.

마티아스 1753년생, 귀족의 가치를 존중하는 유능하면서도 정직한 마네르빌 가의 공증인. 에방젤리스타 부인의 사치와 재산 상태를 파악한 그는 폴의 파산과 마네르빌 가문의 몰락을 막기 위해 결혼 계약에 가문의 재산 '마조라' 설치를 제안함으로써 결혼을 성사시킨다. 1826년 은퇴한 그는 1827년 파산 후 인도로 떠나는 폴을 배웅한다.

숄로네 1795년생. 폴과 마틸드의 결혼 계약을 위해 에방젤리스타 부인이 고용한 보르도의 공증인. 가문이나 전통의 가치에 대해 무관심하며, 오로지 개인의 이해관계만 중시한다. 에방젤리스타 부인과의 공모하에 교활한 속임수를 써서 폴과 나탈리의 결혼을 성사시킨다.

앙리 드 마르세 1792년 출생. 더들리 경의 사생아. 그의 친부는 그에게 이름과 재산을 부여하기 위해 그의 모친을 늙고 가난한 마르세 백작과 결혼시켰다. 파리 사교계에서 이름을 날리는 최고 멋쟁이로 수많은 여인의 연인이었다. 13인당의 일원이기도 하다. 폴의 첫 번째 파리 체류 시절 그와 교류했던 마르세는 폴의 파산 후 그에게 재정적인 도움을 줄 뿐만 아니라 에방젤리스타 부인의 악행을 폭로한다.

『골동품 진열실』

에스그리뇽 후작 1749년생. 순수한 혈통을 유지해 온 유서 깊은 가문의 장손으로 노르망디 알랑송 구 귀족 사회의 수장이다. 대혁명의 소용돌이 속에서 재산을 잃고 몰락했음에도 현실을 인식하지 못하는 시대착오적 인물이다. 53세에 가난한 망명 귀족의 딸과 결혼하여, 아들을 하나 얻었으나 아내는 산욕열로 죽고 만다. 복고왕정이 도래하자 그는 부르봉 왕가에 충실했던 가문이 응당히 받아야 할 궁정의 한 자리를 기대하며 아들을 파리로 보낸다.

아르망드 데스그리뇽 양 에스그리뇽 후작의 이복 여동생. 가문의 마지막 자손인 조카 빅튀르니앵을 돌보기 위해 결혼을 포기하고 가문에 헌신한다.

빅튀르니앵 데스그리뇽 백작 에스그리뇽 후작의 아들. 1802년 알랑송 출생. 아버지의 명령에 따라 1822년 파리로 간 그는 무위도식하며 재산을 탕진한다. 에스그리뇽 가문에 복수할 기회를 노리던 뒤 크루아지에의 계략에 빠져 30만 프랑의 위조 어음을 발행함으로써 어음위조 죄로 체포되었으나, 공증인 세넬의 활약으로 풀려난다. 결국, 부채 청산을 위해 뒤 크루아지에의 조카인 부유한 뒤발 양과 결혼한다.

뒤 크루아지에 1760년 알랑송 출생. 대혁명 당시 돈을 번 벼락출세자로 에스그리뇽 양에게 청혼했다 거절당한 후, 에스그리뇽 가문에 적개심을 품는다. 알랑송의 부유한 상속녀인 코르몽 양과의 결혼으로 알랑송 유지가 된 그는 자유주의파의 우두머리가 된다. 에스그리뇽 가문의 명예를 더럽힐 목적으로 빅튀르니앵을 위조죄로 고소하였으나. 소송에서 패하게 된다.

세넬 1753년생, 알랑송의 공증인. 에스그리뇽 가문의 집사였던 그는 대혁명 당시 헌신적으로 후작의 재산을 관리한다. 빅튀르니앵에 대한 지극한 사랑으로 후작 몰래 그의 부채를 갚아주었고, 어음 사기죄로 위기에 처한 그를 구하기 위해 동분서주한다.

모프리네즈 공작부인 1796년 혹은 1797년 출생. 남성 편력이 많은 파리 사교계 여인이다. 세상 물정을 모르는 빅튀르니앵은 낭비벽이 심한 그녀와의 연애를 위해 재산을 탕진했고, 빚에 몰린 그는 그녀와 도피하고자 30만 프랑의 어음을 위조한다. 빅튀르니앵이 위기에 처하자 도움을 구하는 세넬의 요청에 따라 알랑송으로 달려가 예심 판사 카뮈조를 회유한다.

카뮈조 1794년 출생. 알랑송의 예심 판사였던 그는 에스그리뇽 백작의 소송 사건을 잘 처리한 덕분에 모프리네즈 공작부인의 후원을 받아 파리 지역 지방법원의 대리 판사로 임명되었고, 그 후 망트 법원의 법원장을 거쳐 1827년 파리의 예심 판사가 된다.

롱스레 알랑송의 법원장. 귀족들에게 받아들여지지 않자, 자유주의 부르주아들을 옹호한다. 에스그리뇽 백작의 소송에서 뒤 크루아지에 편을 든다.

블롱데 알랑송의 부법원장. 법 관련 지식이 풍부하고 공정한 판사로 알려져 있다. 그럼에도 아들의 결혼 문제에서 법원장과 경쟁 관계에 처하자, 백작의 소송에서 백작에 유리한 발언을 한다. 그 후 그는 왕실 법원의 대법관으로 임명되었고, 그의 아들은 대리 판사가 되어 부유한 상속녀와 결혼한다.

미슈 알랑송의 대리 판사. 귀족들의 든든한 후원을 받는 능력 있는 사법관.

소바제 알랑송의 젊은 검사. 왕당파임에도, 뒤 크루아지에 조카딸 뒤발 양과의 결혼 가능성을 암시하는 롱스레 법원장 부인의 말에 현혹되어 에스그리뇽 백작 소송에서 뒤 크루아지에 편을 든다. 사건이 마무리된 후 코르시카로 좌천된다.

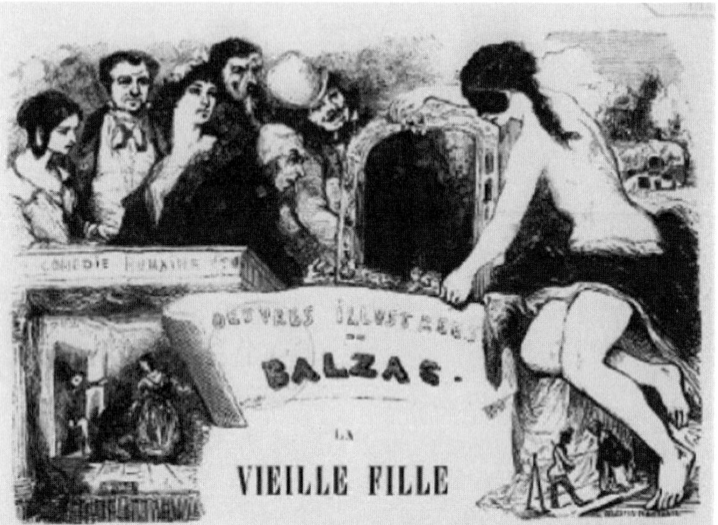
COMEDIE HUMAINE
OEUVRES ILLUSTRÉES
DE
BALZAC.
LA
VIEILLE FILLE

『노처녀』

뒤 부스키에 부인(코르몽 양) 1773년 알랑송 출생. 유서 깊은 부르주아 가문의 상속녀. 독실한 기독교 신자이자 왕당파인 코르몽 양은 우연한 사건을 계기로 귀족의 적인 뒤 부스키에와 결혼한다. 결혼 후 그녀는 자신에게 소중했던 가치들이 남편에 의해 파괴되는 것을 보면서 절망하지만, 체념한 채 불행을 받아들인다.

뒤 부스키에 『골동품 진열실』의 뒤 크루아지에와 동일인물.

발루아 기사 1759년생. 에스그리뇽 후작 살롱의 단골 손님. 몰락한 발루아 가문의 후예로서 부유한 코르몽 양과의 결혼만이 인생의 목표였으나. 꿈이 사라진 후 영락한 노인으로 전락한다.

아타나스 그랑송 1793년 알랑송 출생. 코르몽 양의 친척인 과부 그랑송 부인의 아들. 23세의 재능있지만 가난한 청년인 그는 남몰래 열정적으로 코르몽 양을 사랑했으나. 그녀의 결혼 후 절망하여 자살한다.

『금치산』

에스파르 후작 1786년 출생. 유서 깊은 에스파르 가문의 후손으로 1812년 블라몽 쇼브리가의 아테나이스 양과 결혼했다. 1816년 자신의 조상들이 루이 14세의 낭트 칙령 폐지 이후 청교도들의 토지를 몰수했던 사실을 알고는 그 후손들에게 조상이 약탈한 재산을 반환하고자 한다. 중국에 대한 학문적 관심으로 『중국의 생생한 역사』를 집필한다.

에스파르 후작부인 1795년생. 1816년 시골로 가자는 남편의 제안을 거부하고 혼자 파리 포부르 생토노레가의 저택에 살면서 파리 사교계의 여왕으로 군림한다. 앙굴렘에서 파리로 온 『잃어버린 환상』의 바르주통 부인을 돌봐주기도 한다. 1828년 호화로운 생활을 영위하느라 빚을 지게 된 그녀는 남편의 재산을 빼앗고자 그를 미친 사람으로 몰고 금치산 선고를 청구한다.

포피노 유능하고 정직한 판사의 전형. 에스파르 후작부인의 남편에 대한 금치산 선고 소송 판사로 임명된다. 후작부인은 소송에서 이기기 위해 그를 회유하지만, 정직한 판사는 진실을 파헤치고 후작에게 유리한 판결문을 작성한다. 그러나 서류 제출이 늦어진 것을 기회로 후작부인은 법무부 장관에게 압력을 넣어 판사를 교체한다.

비앙숑 1796년경 상세르 출생. 1819년 라스티냑과 함께 보케르 하숙집의 하숙생이었다. 에스파르 부인의 요청에 따라 삼촌인 포피노 판사를 찾아가 후작부인을 방문해 달라고 부탁한다. 7월왕정 당시 파리 의과대학 교수를 역임했다.

데로쉬 소송대리인 데르빌의 서기였다가 1823년에 소송대리인이 된다. 교활하여 법정에서 평판이 좋지 않았던 그는 1828년 에스파르 후작부인의 소송대리인으로서 후작의 금치산 선고 청원을 담당한다.

『샤베르 대령』

샤베르 대령 고아 출신으로 공화국 군대에 들어가 명성을 날렸다. 황제로부터 백작 작위를 받는다. 1807년 2월, 아일라우 전투에서 사망 처리되었으나 죽지 않고 살아남았다. 10년 만에 프랑스로 돌아와 아내와 재산을 찾고자 하지만, 그의 아내는 페로 백작과 결혼해 아이 두 명을 낳았다. 소송대리인 데르빌은 그가 신원을 회복할 수 있도록 노력하지만, 부인의 교활한 술책에 속아 넘어간 대령은 결국 모든 것을 포기하고 요양원에서 비참한 여생을 마친다.

페로 백작부인 샤베르 대령의 아내. 팔레 루아얄의 환락가에서 대령을 만나 결혼한다. 남편의 사망 소식 후, 그가 남긴 3만 프랑의 연금을 상속받은 그녀는 1808년 가난한 젊은 백작 페로와 결혼한다. 샤베르 대령을 알아보았음에도 그녀는 그의 존재를 부정한다. 소송대리인 데르빌은 두 사람을 화해시키려 노력하지만, 교활한 그녀는 자신을 사랑하는 대령을 이용하여 그가 모든 것을 희생하게 만든다.

데르빌 1794년 출신. 1819년부터 1840년까지 파리의 소송대리인. 유능하고 정직한 소송대리인의 전형이다. 1820년 샤베르 대령의 신원 확인을 위해 노력한다. 이미 결혼하여 아이들까지 있는 페로 부인의 결혼을 무효화하는 것은 어렵다는 생각에 두 사람의 화해를 시도하지만 실패한다. 1840년 요양소를 방문한 그는 비참한 상태의 대령을 발견하고는 인간사의 비정함을 탄식한다.

ADRIEN-MOREAU

『잃어버린 환상』

뤼시앵 드 뤼방프레 1800년 앙굴렘 출생. 작가. 약제사 샤르동의 아들로 태어났으나, 복고왕정 시절 출세를 위해 귀족 출신 어머니 이름 뤼방프레로 개명한다. 앙굴렘 사교계의 여왕 바르주통 부인의 사랑을 받고 그녀를 따라 파리로 가지만 도착하자마자 버림받는다. 절망과 가난 속에서 작가의 꿈을 버리고 언론에 투신한 후, 뛰어난 미모와 재능으로 파리에서 이름을 날린다. 기자의 권력을 이용하여 조소 어린 기사로 바르주통 부인에게 복수하기도 한다. 그러나 바르주통 부인과 그의 친구들, 그리고 그의 재능을 질투하는 기자들의 음모로 인해 파멸한다. 무일푼이 된 뤼시앵은 매제인 인쇄업자 다비드 세샤르의 이름을 도용하여 3천 프랑의 어음을 발행한다. 그 어음으로 인해 다비드는 신체 구금된다. 다비드의 구금이 자기 때문이라 생각한 뤼시앵은 자살하고자 샤랑트강을 배회하다가 스페인 신부 카를로스 에레라에 의해 구출된다.

바르주통 부인 1769년생. 몰락한 대귀족 네그르플리스 가문의 후손. 대혁명 이후 그녀의 집에 피신했던 신부 덕분에 음악, 문학, 자연과학, 이탈리아어, 독일어, 그리스어, 라틴어 등의 교육을 받았다. 1805년 58세의 귀족 바르주통 씨와 결혼한다. 문학을 좋아했던 그녀는 뤼시앵의 미모와 시적 재능에 반한다. 1821년 뤼시앵과의 관계에 대한 소문이 나자 먼 친척 에스파르 부인의 후원을 기대하며 파리로 간다.

샤틀레 남작 1776년생. 나폴레옹 시대의 귀족. 몽리보 장군을 따라 이집트로 갔던 그는 장군과 헤어진 후 아랍인들의 포로가 되어 2년간 고초를 겪기도 했다. 1821년 앙굴렘의 세무서장으로 임명된다. 앙굴렘 사교계의 여왕 바르주통 부인의 호감을 사기 위해 뤼시앵을 소개한다. 바르주통 씨의 죽음 후, 바르주통 부인과 결혼하고 앙굴렘 지사가 된다.

다비드 세샤르 앙굴렘의 인쇄업자 세샤르 영감의 아들. 수전노 아버지는 아들에게 비싼 값으로 인쇄소를 팔았다. 고등학교 친구 뤼시앵 느 뤼방프레의 여동생를 사랑하여 그녀와 결혼한다. 그는 종이 생산 단가를 떨어뜨릴 새로운 종이 제조법 연구에 몰두한다. 그의 경쟁업자 쿠앵테 형제는 그의 종이 제조법 비밀을 캐내려 노력하던 중, 뤼시앵이 발행한 위조 어음을 이용하여 다비드를 파산시킨다. 결국, 다비드는 쿠앵테 형제와 타협하여 자신의 발명권을 모두 넘기고 부채를 해결한다.

코랄리 1803년생. 파리 극장의 여배우. 뤼시앵을 보고 한눈에 반해 그의 애인이 된다. 그와의 사랑을 위해 늙고 부유한 비단 상인 카뮈조를 버린다.

쿠앵테 형제 앙굴렘의 인쇄업자 형제. 경쟁자 다비드 세샤르를 파멸시키기 위해 호시탐탐 기회를 노리던 그들은 뤼시앵이 발행한 위조 어음을 이용해 다비드를 위험에 빠뜨리고 그의 종이 제조법 발명권을 빼앗는다.

메티비에 파리의 지물상.

프티 클로 뤼시앵과 다비드의 고교 동창으로 앙굴렘의 소송대리인. 지참금이 많은 신부와의 결혼을 약속받고 쿠앵테 형제와 공모하여 다비드를 파산의 수렁에 빠뜨린다.

『매음 세계의 영욕』

뤼시앵 드 뤼방프레 『잃어버린 환상』의 마지막에 카를로스 에레라, 즉 자크 콜랭에 의해 구출된 뤼시앵은 파리에서 출세하고 사교계의 총아가 된다. 그에게는 옛 화류계 여인인 에스테르 곱섹이라는 애인이 있었다. 자크 콜랭은 뤼시앵의 결혼 자금을 마련하기 위해 그녀를 이용한다. 그러나 에스테르가 자살함으로써 그는 자크 콜랭과 함께 살인·절도 혐의를 받고 체포된다. 심문 과정에서 예심 판사 카뮈조의 함정에 빠진 그는 자크 콜랭의 신분을 폭로해 버린다. 자신의 자백이 자크 콜랭에 대한 배신이었음을 깨닫고 감옥에서 목을 매 자살한다.

카를로스 에레라 『고리오 영감』의 보트랭과 동일인물로 본명은 자크 콜랭이다. 1822년 앙굴렘에서 푸아티에로 가는 길에 자살하려는 뤼시앵을 만나 그를 구해준 후 그를 파리 사교계 최고의 명사로 만든다. 에스테르가 죽은 후 살인·절도죄로 체포된다. 뤼시앵의 자백으로 신원이 밝혀지지만, 감옥에 가는 대신 경찰청에 근무하게 된다.

에스테르 곱섹 1805년생. 공증인 로갱 파멸의 원인이었던 사라 반 곱섹의 딸. 뛰어난 미모로 일찍이 화류계에서 이름을 날린 인물로 1823년 뤼시앵의 연인이 된다. 그 사실을 알게 된 자크 콜랭은 뤼시앵 결혼에 필요한 자금 100만 프랑을 구하기 위해 그녀를 뉘싱겐 남작에게 판다. 에스테르는 뤼시앵을 위해 자신을 희생하지만, 뉘싱겐에게 몸을 허락한 날 밤 자신의 전 재산 75만 프랑을 뤼시앵에게 남긴다는 유서를 남기고 자살한다. 그녀의 죽음 후, 소송대리인 데르빌은 그녀가 7백만 프랑의 재산가인 고리대금업자 곱섹의 유일한 상속자임을 밝힌다.

뉘싱겐 남작 독일계 유대인. 알자스 지방에서 태어난 은행가. 그는 은행을 설립해 여러 차례의 파산과 청산을 통해 큰 부자가 되었다. 그의 부인 델핀 드 뉘싱겐은 라스티냐의 애인이다. 7월왕정 당시 국회의원을 거쳐 귀족원 의원이 된다.

카뮈조 모프리네즈 공작부인의 후원을 받아 파리 지방법원 판사로 임명되었다. 1830년 뤼시앵과 카를로스 에레라의 사건에 예심 판사로 임명되어 그들을 신문하였고, 그 결과 뤼시앵은 자살한다. 1834년 파리 왕실 법원의 법원장이 되었고 레지옹 도뇌르 훈장을 받는다. 1846년 국회의원이 된다. 그는 부유한 비단 상인 카뮈조 첫 부인의 아들이다. 아버지 카뮈조는 『잃어버린 환상』에서 뤼시앵의 애인인 코랄리의 스폰서였다.

그랑빌 백작 1779년생. 노르망디 법복귀족 후예. 1830년 뤼시앵과 자크 콜랭의 재판 당시 파리의 고등검사장. 훌륭한 법관의 전형.

세리지 백작부인 13인당 일원인 롱크롤 후작의 여동생. 재산과 신분과 뛰어난 미모로 사교계의 인기를 독차지한다. 수많은 염문을 뿌렸지만, 뤼시앵은 그녀에게 유일한 사랑이었다. 뤼시앵이 체포되자 예심 판사 카뮈조를 찾아가 그가 작성한 조서를 벽난로 불 속에 던져 버린다.

『엘 베르뒤고』

마르샹 소령 1809년 나폴레옹 군대의 스페인 원정 당시 멘다에 주둔했던 전투 부대의 지휘관. 멘다 주민들의 반란으로 위기에 처했을 때 레가네스 후작의 딸 클라라는 그를 구해준다. 그 후 그들의 반란은 나폴레옹 군대에 의해 잔혹하게 진압되고, 레가네스 가문은 모두 처형될 위기에 처한다. 그는 클라라를 구하기 위해 그녀에게 청혼하지만 클라라는 거절한다.

레가네스 가문 멘다의 대 귀족 가문. 멘다 반란을 주동했다는 이유로 온 가족에 대한 참수 명령이 내려진다. 가문의 멸족을 면하기 위해 프랑스 군대의 장군으로부터 장남은 살려준다는 허락을 받아내지만, 그러기 위해서는 장남이 직접 가족들의 사형 집행인이 되어야 한다.

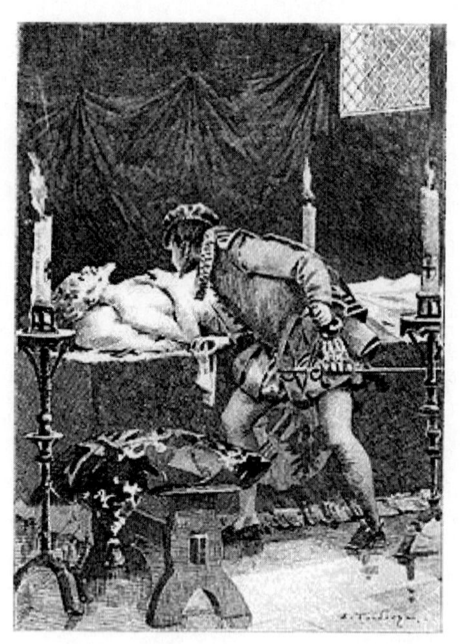

『영생의 묘약』

바르톨로메오 벨비데로 15세기, 이탈리아 북부 페라라의 부유한 성주. 90대의 노인인 그는 임종의 순간 그는 아들을 불러 영생의 묘약이 담긴 약병을 건네준다. 그러고는 자신의 마지막 숨이 끊어지면 그 약을 온몸에 뿌리라고 명령한다.

동 후안 벨비데로 바르톨로메오의 아들. 아버지가 임종의 순간 영생의 묘약을 뿌리라는 명령을 거절하고 심지어 아버지의 마지막 숨통까지 끊었던 그는 아무 죄의식 없이 삶을 향유한다. 아버지의 약병을 소중하게 간직했던 그는 죽음의 순간이 다가오자 아들을 불러 아버지가 자신에게 요구했던 것과 같은 임무 수행을 명령한다. 아버지에게 복종하려는 의지에도 불구하고 아들 펠리페는 약병을 떨어뜨린다.

『바닷가의 비극』

피에르 캉브르메르 브르타뉴 바닷가의 어부. 1823년 거짓말과 폭력을 일삼는 망나니 아들을 바닷물에 빠뜨려 죽인 후, 바위 위에서 대서양 바다를 바라보며 회한 속에서 여생을 보낸다.

자크 캉브르메르 피에르의 아들. 부모가 애지중지 키워 버릇없이 자랐으며 나이가 들수록 쓸모없는 인간이 되어갔다. 급기야 어머니에게 폭력을 가하며 금화를 훔치기에 이른다. 아버지에 의해 죽임을 당한다. 어머니는 고통 속에서 죽었다.

L'ENFANT MAUDIT

LES PROSCRITS

Dess. Tony Johannot, E. Lampsonius, Bertall, H. Monnier, etc.

Gravures par les meilleurs Artistes.

A MADAME

LA BARONNE JAMES ROTHSCHILD.

COMMENT VÉCUT LA MÈRE.

Par une nuit d'hiver, et sur les deux heures du matin, la comtesse Jeanne d'Hérouville éprouva de si vives douleurs, que, malgré son inexpérience, elle pressentit un prochain accouchement; et l'instinct, qui nous fait espérer le mieux dans un changement de position, lui conseilla de se mettre sur son séant, soit pour étudier la nature de souffrances toutes nouvelles, soit pour réfléchir à sa situation. Elle était en proie à de cruelles craintes causées moins par les risques d'un premier accouchement dont s'épouvantent la plupart des femmes, que par les dangers qui attendaient l'enfant. Pour ne pas éveiller son mari, couché près d'elle, la pauvre femme prit des précautions qu'une profonde terreur rendait aussi minutieuses que peuvent l'être celles d'un prisonnier qui s'évade. Quoique les douleurs devinssent de plus en plus intenses, elle cessa de les sentir, tant elle concentra ses forces dans la pénible entreprise d'appuyer sur l'oreiller ses deux mains humides, pour faire quitter à son corps endolori la posture où elle se trouvait sans énergie. Au moindre froissement de l'immense courtepointe en moire verte sous laquelle elle avait très-peu dormi depuis son mariage, elle s'arrêtait comme si elle eût tinté une cloche. Forcée d'épier le comte, elle partageait son attention entre les plis de la criarde étoffe et une large figure basanée dont la moustache frôlait son épaule. Si quelque respiration par trop bruyante s'exhalait des lèvres de son mari, elle lui inspirait des peurs soudaines qui ravivaient l'éclat du vermillon répandu sur ses joues par sa double angoisse. Le criminel parvenu nuitamment jusqu'à la porte de sa prison, et qui tâche de tourner sans bruit dans une impitoyable serrure la clef qu'il a trouvée, n'est pas plus timidement audacieux. Quand la comtesse se vit sur son séant sans avoir réveillé son gardien, elle laissa échapper un geste de joie enfantine où se révélait la touchante naïveté de son caractère; mais le sourire à demi formé sur ses lèvres enflammées fut promptement réprimé; une pensée vint

Ayez ce masque sur votre visage. — PAGE 5

89 Paris. — Imprimé [illegible] 1

『저주받은 아이』

에루빌 백작 1537년 출생. 노르망디 최고 귀족으로 권위적이고 난폭한 성격의 소유자. 50세가 된 그는 18세의 잔 생사뱅과 결혼한다. 결혼 후 잔은 아들 에티엔을 출산하지만, 백작은 그를 친자로 인정하지 않고 성에서 쫓아낸다. 후계자로 생각했던 둘째 아들도 죽고 아내도 사망하자, 그는 가문의 계승을 위해 에티엔을 불러들여 그랑리외 가문의 딸과 결혼시키려 한다. 아들의 죽음 이후 백작은 자신이 그랑리외 양과 결혼하여 가문의 계승 임무를 수행한다.

에루빌 백작부인(잔 생사뱅) 노르망디 귀족 가문의 후예. 사촌을 사랑했으나, 1591년 종교전쟁 시절 신교도였던 그를 구하기 위해 왕당파인 노르망디의 귀족 에루빌 백작과 결혼한다. 7달 후 아들을 출산하지만, 백작은 그를 친자로 인정하지 않고 성에서 쫓아낸다. 2년 후, 그녀는 둘째 아들을 출산한 후 죽는다.

에티엔 데루빌 에루빌 백작의 장남. 허약하고 연약한 아이. 백작에 의해 버림받은 그는 의사 보불루아르의 간호를 받으며 자랐다. 그리고 의사의 딸인 가브리엘을 사랑하게 된다. 동생의 죽음 후 집으로 돌아온 그는 그랑리외 양과 결혼하라는 아버지의 명령을 거부한다. 나약한 에티엔은 폭력적인 아버지의 분노를 견디지 못하고 죽는다.

『미지의 걸작』

프렌호퍼 천재적인 화가. 완벽한 모델이 없어 자신의 걸작 〈카트린 레스토〉를 완성하지 못하던 그는 완벽한 미모의 여인 질레트로부터 영감을 받고 작품을 완성한다. 그러나 그 그림은 더덕더덕 쌓은 색채 더미에 불과했다. 그림에 아무것도 없다는 푸생의 말을 듣고 절망한 노화가는 자신의 그림을 모두 불태우고 자신도 그림과 함께 죽는다.

푸생 무명의 젊은 화가. 포르뷔스의 화실에 갔다가 프렌호퍼를 만난 그는 거장의 비밀을 알고 싶은 욕심에 사랑하는 질레트를 모델로 쓸 것을 제안한다. 그러나 마침내 완성된 프렌호퍼의 그림을 본 푸생은 실망을 감추지 못한다.

『강바라』

강바라 1790년 이탈리아 북부의 크레모나 출생. 절대적인 음악을 추구하는 천재적인 음악가. 최고의 오케스트라 곡 작곡과 오케스트라 전체를 대체할 수 있는 새로운 악기 발명에 매달려 있다. 1831년 말, 그는 아내에게 버림받고 홀로 남아 비참한 생활을 영위한다. 1837년 아내가 돌아오자 함께 거리에서 음악을 연주하며 근근이 살아간다.

강바라 부인(마리아나) 남편의 천재성을 굳게 믿으며 궁핍한 생활을 잘 견디던 그녀는 마르코시니 백작의 유혹에 빠져 1831년 남편을 버리고 떠난다. 그러나 7년 후 백작에게 버림받은 그녀는 남편에게 돌아와, 이전보다 더 비참한 생활을 하는 그와 함께 거리에서 음악을 연주하며 구걸로 연명한다.

마르코시니 백작 1807년생. 20만 리브르의 연금을 가진 밀라노의 귀족으로 시인이자 음악 애호가. 오스트리아 정부로부터 추방되어 파리에 망명 중이던 1830년, 초라하지만 아름다운 마리아나에 반한 그는 강바라 부부에 접근하여 호의를 베푼다. 가난에 지친 마리아나는 결국 남편을 버리고 백작을 따라간다.

『나귀 가죽』

라파엘 드 발랑탱 후작 1804년 파리 출생. 몰락한 귀족의 후예. 1814년 부친의 사망 후 궁핍한 생활을 하면서 『의지론』 집필에 몰두한다. 1830년 팔레 루아얄의 도박장에서 마지막 남은 금화를 날린 그는 자살을 생각하며 센강을 걷다가 우연히 골동품 상점에 들어간다. 그곳에서 만난 노인은 그에게 모든 소망을 이루게 해주는 오톨도톨한 가죽을 내민다. 그러나 소망이 실현되는 순간 가죽은 줄어들고, 가죽이 줄어듦에 따라 가죽 소유자의 생명도 줄어든다. 생명을 유지하기 위해서는 수면 상태에 머물러 있어야 한다. 그러나 사랑하는 여인 폴린의 아름다운 모습에 취한 그는 그녀의 젖가슴을 물어뜯으면서 그녀의 품에 안겨 죽는다.

폴린 고댕 1812년생. 1827년부터 1830년 사이 라파엘이 묶었던 생캉탱 하숙집 여주인의 딸. 남몰래 라파엘을 사랑한다. 행방불명이었던 아버지가 부자가 되어 돌아옴으로써 그녀는 백만장자의 상속인이 된다. 1831년 극장에서 우연히 만난 두 사람은 서로의 사랑을 확인하고 행복해한다. 그러나 라파엘의 생명은 점점 꺼져가고 있었다.

책을 마치며

1850년 8월 21일, 파리에는 비가 내렸다. 파리 시민들은 발자크의 마지막 길을 배웅했다. 가랑비가 흩뿌리는 가운데 파리의 생필립뒤룰 교회에서 장례 미사를 마친 후, 발자크의 운구는 페르 라셰즈 묘지로 옮겨졌다. 『고리오 영감』의 라스티냑이 파리를 향해 도전장을 던졌던 바로 그곳이다. 빅토르 위고가 조사를 읽었다. 그는 문학적 동지에 대해 찬사와 경의를 표한다.

> 그가 원하든 원치 않든, 그가 동의하든 동의하지 않든 이 거대한 작품의 작가는 혁명 작가의 계열에 속합니다. … 발자크라는 이름은 우리 시대가 미래에 남길 찬란함 속에서 빛날 것입니다. … 그의 생애는 짧았으나 작품으로 인해 충만했습니다. … 아! 절대로 지치지 않는 강한 노동자, 철학자, 사상가, 시인이었던 이 천재는 모든 위대한 사람에게 주어진 운명대로 폭풍우와 투쟁과 싸움과 전쟁이 가득한 삶을 살았습니다. … 이제 그는 우리 머리를 지나가는 저 구름 위에서, 우리 조국의 별들 사이에서 계속 빛날 것입니다. … 아니오, 그것은 밤이 아니라 빛입니다. 그것은 끝이 아니라 시작입니다. 그것은 허무가 아니라 영원입니다. 그의 죽음은 불멸입니다. …

마침내 발자크는 휴식을 얻었다. 그토록 소망했던, 그러나 살아서는 결코 가질 수 없었던 휴식이었다. 19세기 프랑스의 가장 위대한 작가 중 하나, 근대소설의 아버지, 『인간극』이라는 거대한 세계를 창조한 천재 작가. 그러나 빚을 갚기 위해 하루 16시간 이상 글을 써야 했던 문학 노동자 오노레 드 발자크!

이제 나의 『인간극』 독서 여정을 마치려 한다. 물론 내가 이 책에서 말한 것은 발자크 작품의 일부에 불과하며 작가로서의 그의 위대함을 전하기에 턱없이 부족하다. 그럼에도 나는 발자크라는 작가를 통해 19세기의 프랑스를 그려 보임으로써 그의 문화사적 의미를 조명하고 싶었다. 그리고 200년 전 발자크가 그린 세계는 '지금 여기'의 우리가 사는 세상과 다르지 않음을 말하고 싶었다. 이제 내게 남은 일은 국내에 번역되지 않은 발자크 소설들을 하나하나 번역하는 일이다. 페이퍼로드 출판사가 뜻을 같이 하여 『인간극』 총서 번역 작업에 동참해 준다니 천군만마를 얻은 느낌이다.

이 책이 나오기까지 많은 분의 도움을 받았다. 무엇보다도 법과 경제와 과학의 이해에 도움을 준 친구와 동료들, 원고를 세심하게 읽고 조언을 아끼지 않은 나의 제자들에게 고마움을 표한다. 언제나 든든한 버팀목이 되어주는 가족에게도.

참고문헌
오노레 드 발자크 연보
『인간극』
찾아보기

참고문헌

발자크의 『인간극』

La Comédie humaine, Gallimard, Bibliothèque de la Pléiade tome I ~ tome XII.

발자크가 주고받은 편지

Correspondances, Gallimard, Bibliothèque de la Pléiade tome I ~ tome III.

Lettres à Madame Hanska (1832~1844), Robert Laffont, 1990.

국내에 번역된 『인간극』 소설들

『나귀가죽』 (1830), 이철의 옮김, 문학동네, 2009.

『곱세크』 (1830), 김인경 옮김, 꿈꾼문고, 2020.

『미지의 걸작』 (1831), 『영생의 묘약』 (1831), 김호영 옮김, 녹색광선, 2019.

『사라진』(1831). 『미지의 걸작』(1831), 『추방된 사람들』(1831), 이철 옮김, 문학과지성사, 1997.

『루이 랑베르』 (1832), 송기정 옮김, 문학동네, 2011.

『13인당 이야기』, 송기정 옮김, 문학동네, 2018.

- 『페라귀스』 (1834)
- 『랑제 공작부인』 (1834)
- 『황금 눈의 여인』 (1835)

『세라피타』 (1834), 김중현 옮김, 달섬, 2020.

『고리오 영감』(1835), 이동렬 옮김, 을유문화사, 2010.
『샤베르 대령』(1835), 김인경 옮김, 지식을만드는지식, 2017.
『골짜기의 백합』(1836), 정예영 옮김, 을유문화사, 2008.
『잃어버린 환상』(1836-1843), 이철 옮김, 서울대학교출판부, 2012.
『인생의 첫걸음』(1844), 선영아 옮김, 문학과지성사, 2008.
『사촌 퐁스』(1847), 정예영 옮김, 을유문화사, 2018.

발자크의 삶에 관한 저서

Gérard Gengembre, *Balzac, le forçat des lettres*, Perrin, 2013.
Gonzague Saint Bris, *Balzac, une vie de roman*, Edition Télémarque, 2011.
Laure Surville, *Balzac : sa vie et ses oeuvres d'après sa correspondance*, Librairie nouvelle, 1858.
슈테판 츠바이크, 『발자크 평전』, 안인희 옮김, 푸른숲, 1998.

제1장
발자크와 파리

Anne-Marie Baron, *Balzac occulte : Alchimie, Magnétisme, Sociétés secrètes*, L'Age d'Homme, 2012.
Gérard Gengembre, *Ferragus, Parcours de lecture*, Bertrand-Lacoste, 1994.
Jeannine Guichardet, *Balzac, Archéologue de Paris*, Slatkine, 1999.
Jean Ygaunin, *Paris à l'époque de Balzac et dans la Comédie humaine : la ville et la société*, Nizet, 1992.
Paule Petitier, "La Mélancolie de Ferragus", in *Romantisme*, 2002, n° 117.
Alfred Fierro, *Histoire et Dictionnaire de Paris*, Robert Lafont, 1996.
Patrice Higonnet, *Paris, Capitale du monde : Des Lumières au surréalisme*, Tallandier, 2005.
François Loyer, *Paris XIXe siècle, L'Immeuble et la rue*, Hazan, 1994.
Bernard Marchand, *Paris, histoire d'une ville XIXe-XXe siècle*, Editions du Seuil, 1993.
Louis-Sébastien Mercier, *Le Tableau de Paris*, Editions la Découverte, 1992, 1998.
http://www.paris-pittoresque.com/rues/298.htm
데이비드 하비, 『모더니티의 수도, 파리』, 김병화 옮김, 글항아리, 2019.

제2장
발자크와 프랑스 대혁명

Claudie Bernard, *Le Chouan romanesque : Balzac, Barbey d'Aurevilly, Hugo*, Presses Universitaires de France, 1989.

René Alexandre Courteix, *Balzac et la Révolution française*, Presses Universitaires de France, 1997.

Jean-Hervé Donnard, "Les intuitions révolutionnaires de Balzac", in *L'Année balzacienne*, Presses Universitaires de France, 1990

Lucienne Frappier-Mazur, Introduction des *Chouans ou la Bretagne en 1799*, Gallimard, Pléiade Tome VIII.

Bernard Guyon, *La Pensée politique et sociale de Balzac*, Armand Colin, 1967.

노명식, 『프랑스 혁명에서 파리 코뮌까지, 1789-1871』, 책과 함께, 2011.

민유기, 「국가기억 대 민간기억의 갈등과 대안적 기념문화의 모색 -프랑스 방데 퓌뒤푸의 경우」, 『사회와 역사』, 제78집, 한국사회 사학회, 2008, pp. 65-95.

오광호, 「방데전쟁 ; 배부른 전쟁인가? 배고픈 전쟁인가?」, 『프랑스사 연구』, 제12호, 한국프랑스사학회, 2005, pp. 149-180.

오광호 「방데전쟁과 집단학살」, 『역사와 담론』 제 53집, 호서사학회, 2009, pp. 535-562.

제3장
발자크의 정치관

Honoré de Balzac, "Essai sur la situation du parti royaliste I, II", in *Le Rénovateur*, Tome II, Paris, Au bureau du Rénovateur, 1832, pp. 106-117 ; pp. 153-163.

Honoré de Balzac, "Sur la destruction projetée du monument élevé au duc de Berry", in *Le Rénovateur*, Tome I, Paris, Au bureau du Rénovateur, 1832, pp. 26-30.

Honoré de Balzac, "La vie d'une Femme", in *Le Rénovateur*, Tome II, Paris, Au bureau du Rénovateur, 1832, pp. 66-72

Pierre Barbéris, *Une Mythologie réaliste*, Larousse, 1971.

Anne-Marie Baron, "*La Duchesse de Langeais* ou la coquetterie du narrateur", in *Le Courrier balzacien*, N.34, 1989, pages 5-17.

Roland Chollet, "De *Dezesperance d'amour à La Duchesse de Langeais*", *L'Année balzacienne*, 1965, pp. 93-120.

Bernard Guyon, *La Pensée politique et sociale de Balzac*, Armand Colin, 1967.

Michaël Tilby, "*La Duchesse de Langeais* en livraisons : Balzac et *L'Echo de la Jeune France*", in *L'Année balzacienne*, 2008, pp. 259-282.

이동렬, 「발자크 문학의 이념적 성격」, 『인문논총』, 제23집, 서울대학교 인문학연구원, 1990, pp. 45-63.

이철의, 「탈정치 혹은 작가의 권리청원 – 발자크의 '1830년의 전환'에 대한 한 해석」, 『어문학연구』 제8집, 상명대학교 어문학연구소, 1999, pp. 1-19.

이철의, 「역사에 대한 회의와 소설의 기다림 –『파리 동신』의 문제의식」, 『한국프랑스학논집』, 제29집, 한국프랑스학회, 2000, pp. 209-239.

제4장
19세기 과학과 발자크

Horace de Saint-Aubin (발자크의 가명), *Le Centenaire ou les deux Béringheld*, vol 1-4, Classic reprint, 2012, 2018.

Madeleine Ambrière-Fargeaud, *Balzac et la Recherche de l'Absolu*, Hachette, 1968.

Joseph Philippe François Deleuze, *Histoire critique du magnétisme animal*, 1813, deux volumes, réimprimée en 1819, Mame.

Henri Evans, *Louis Lambert et la Philosophie de Balzac*, José Corti, 1951.

Bernard Guyon, *La Pensée politique et sociale de Balzac*, Armand Colin, 1947.

Nicole Edelman, "Matérialisme et magnétisme animal: les limites du corps en question", in *Un Matérialisme balzacien*, publié en ligne sous la direction d'Eric Bordas, de Jacques-David Ebguy et de Nicole Mozet, 2011.

Claire Barel-Moisan, "Une science aux frontières de la matière de l'esprit : Enjeux épistémique et romanesque de l'inscription dans la fiction", in *L'Année balzacienne*, 2013, N° 14.

Bertrand Méheust, "Balzac et le magnétisme animal : *Louis Lambert, Ursule Mirouët, Séraphîta*," in *Traces du mesmérisme dans les littératures européennes du XIXe siècle*, Actes du colloque du 9-11 novembre 1999, Facultés universitaires Saint-Louis, édité par Ernest Leonardy, Bruxelles, 2001.

로버트 단톤, 『혁명전야의 최면술사』. 알마, 2016.

제5장
발자크와 돈

Hélène Gomart, *Les Opérations financières dans le roman réaliste : Lectures de Balzac et de Zola*, Honoré Champion, 2004.

Alexandre Péraud, *Le Crédit dans la poétique balzacienne*, Classique Garnier, 2012.

Alexandre Péraud (sous la direction de), *La Comédie (in)humaine de l'argent*, Le Bord de l'eau, 2013.

Eric Bordas, "Balzac et la lisibilité de l'argent romanesque", in *La Littérature au prisme de l'économie : Argent et roman en France au XIXe siècle*, Sous la direction de Francesco Spandri, Classique Garnier, 2014.

Carole Christen-Lécuyer, "Pédagogie de l'argent et lutte contre le paupérisme dans la littérature. L'exemple des Caisses d'épargne sous la Restauration et la Monarchie de Juillet", in *La Littérature au prisme de l'économie : Argent et roman en France au XIXe siècle*, Sous la direction de Francesco Spandri, Classique Garnier, 2014.

Daniel Dupuis, "*César Birotteau* : de la Publicité à la littérature", in *L'Année balzacienne*, Presses Universitaires de France, 2008/1, N° 9.

Jean-Joseph Goux, "Monnaie, Echange, Spéculations: La mise en représentation de l'économie dans le roman français au XIXe siècle", in *La Littérature au prisme de l'économie : Argent et roman en France au XIXe siècle*, Sous la direction de Francesco Spandri, Classique Garnier, 2014.

Pierre-Cyrille Hautcoeur, "Les transformations du crédit en France au XIXe siècle", in *Romantisme*, 2001, n° 24.

Sylvie Humbert, "A l'instar de *César Birotteau*, des juges honnêtes et de loyaux commerçants à Lille aux XVIIIe et XIXe siècles?", in *Histoire de la justice*, Association française pour l'histoire de la Justice, 2007/1, N° 17.

Isabelle Rabault-Mazière, "Discours et imaginaire du crédit dans la France du premier XIXe siècle", in *Histoire, économie et société*, Armand colin, 2015/1, 34e année.

토마 피케티, 『21세기 자본』, 장경덕 외 옮김, 글항아리, 2014.

제6장
발자크와 법

Michel Armand-Prévost, "Fonctionnement et enjeux des tribunaux de commerce au cours des XIXe et XXe siècles", in *Histoire de la justice*, Association française pour l'histoire de la Justice, 2007/1,

N. 17.

Henry Bréal, *Le Monde judiciaire dans Balzac, Discours*, Imprimé aux frais de l'Ordre, 2018.

Thomas Conrad, "Eviter les procès : Le Duel judiciaire balzacien, hors des tribunaux", in *L'Année balzacienne*, Presses universitaires de France, 2014.

Nicolas Dissaux, (sous la direction de), *Balzac, Romancier du droit*, LexisNexis, 2012.

Théophile Gautier, *Honoré de Balzac, édition présentée par Jean-Luc Steinmetz*, Le Castor Astral, 1999.

Gérard Gengembre, Introduction de *César Birotteau*, GF-Flammarion, 1995.

Yves Guyon, "Une faillite au début du XIXe siècle selon le roman de Balzac, *César Birotteau*", *Etudes offertes à Alfred Jauffret*, Faculté de droit et de science politique d'Aix-Marseille, 1974.

Michel Lichtlé, *Balzac, le texte et la loi*, Presses de l'université Paris-Sorbonne, 2012.

Dominique Massonnaud, "Balzac romantique : De la loi aux cas", in *L'Année balzacienne*, Presses universitaires de France, 2014.

Anne-Marie Meininger, "Sur *Adieu*, sur *Le Père Goriot*, sur *Le Cabinet des antiques*", in *L'Année balzacienne*, Presses universitaires de France, 1973,

François Mourier, *Balzac L'Injustice de la loi*, Edition Michalon, 1996.

Pierre Adrien Peytel, *Balzac, juriste romantique*, Edition M. Ponsot, 1950.

문준영, 「검찰제도의 연혁과 현대적 의미 – 프랑스와 독일에서의 검찰제도와 검찰개념의 형성을 중심으로」, in 『비교형사법연구』, 제8권 제1호, 한국비교형사법학회, 2006, p. 681.

이완규, 『검사의 지위에 관한 연구 –형사사법체계와의 관련성을 중심으로』, 서울대학교 대학원 법학과 박사학위논문, 2005.

정웅석, 「프랑스 검찰제도에 관한 연구」, in 『법학연구』, 16권 4호, 연세대학교법학연구원, 2006,

Le Code civile 1804:

http://fr.wikisource.org/wiki/code_civil_des_français_1804/texte_entier

Code de Procédure civile de 1806:

http://www.just-hist.be/esprits/Codeprocedurecivile

Code de commerce 1807:

http://www.koeblergerhard.de/Fontes/CodeDeCommerce1808.pdf

Code d'instruction criminelle 1808:

https://ledroitcriminel.fr/la_legislation_criminelle/anciens_textes/code_instruction_criminelle_1808/code_instruction_criminelle_1.htm

제7장
〈철학연구〉의 소설들

Anne-Marie Baron, *Le fils prodige, L'Inconscient de la Comédie humaine*, Nathan 1993.

Anne-Marie Baron, *Balzac ou l'auguste mensonge*, Nathan 1998.

Pierre Danger, *L'Eros balzacien*, José Corti, 1989.

Pierre Laforgue, *L'Eros romantique, Représentation de l'amour en 1830*, Presses universitaires de France, 1998.

Sigmund Freud, "Le roman familial des névrosés", in *Névrose, psychose et perversion*, Presses Universitaires de France, 1972.

André Mauprat, *Honoré de Balzac, un cas*, La Manufacture, 1990.

Marthe Robert, *Roman des origines et origines du roman*, Gallimard, 1972.

Jean Starobinski, *L'Oeil vivant*, Gallimard, 1961.

오노레 드 발자크 연보

1799년	5월 20일, 프랑스 중서부에 있는 루아르 강변 도시 투르, 라르메 디탈리가 25번지 (현 나시오날가 47번지)에서 오노레 출생. 아버지, 투르의 군량 공급 부서 책임자. 출생 직후 근위병의 아내인 유모에게 맡겨져 4년간 양육됨.
1800년	첫째 누이 로르, 1802년 둘째 누이 로랑스 출생.
1804년	발자크 가족 나시오날가 29번지(현 53번지)의 저택으로 이사. 지방 유지들이 모이는 살롱 운영.
1807년	아버지가 다른 남동생 앙리 출생. 앙리의 생부는 발자크 집안의 친구인 사셰 성의 성주 장 드 마르곤.
1804~1807년	투르의 르 게이 기숙학교 통학.
1807년	6월 22일, 방돔 기숙학교 입학.

1813년	4월 22일, 신경증 악화로 방돔 기숙학교를 그만두고 집으로 돌아와 요양.
1814년	9월, 투르 중등학교 입학. 파리로 이주할 때까지 두 달 간 집에서 통학. 11월, 발자크 가족 파리 탕플가 40번지(현 탕플 가 122번지)에 정착. 아버지가 파리의 군수품 조달 회사 책임자로 임명됨. 파리의 토리니가 50번지의 강세르 신부가 운영하는 기숙학교 입학. 튀랭가 37번지 르피트르가 운영하는 학교로 전학. 1815년 9월, 다시 강세르 신부가 운영하는 학교로 옮김. 동시에 샤를마뉴 고등학교에서 수학.
1816년	11월 4일, 소르본 대학의 법률학부 등록. 동시에 소송대리인 기요네 메르빌 사무실에서 16개월 동안 서기로 근무.
1818년	1818년 4월부터 1819년 초여름까지 공증인 빅토르 파세 사무실에서 서기로 근무.
1819년	1월 4일, 법과 대학 바칼로레아 획득. 7월 말에서 8월 초 사이, 발자크 가족, 경제적인 이유로 파리 근교 빌파리지로 이사. 발자크, 작가가 되기로 결심. 8월, 파리 레디기에르가 9번지 월세 5프랑의 다락방에 칩거하면서 집필에 몰두. 부모는 오노레에게 월 120프랑의 생활비 지급.
1820년	5월, 운문 비극 『크롬웰』 완성, 빌파리지 가족들 앞에서 낭독. 부정적인 평가. 가족들은 그에게 확고한 직업을 가지고 부수적으로 글을 쓰는 분별 있는 삶을 살 것을 권유. 9월, 누이동생 로르, 쉬르빌과 결혼.

1821년	1월, 부모의 재정 지원 중단으로 빌파리지의 본가에 들어감. 9월 동생 로랑스 결혼.
1822~1825년	오귀스트 르 푸아트뱅 드 레그르빌과 동업으로 삼류 소설 양산. 로르 룬, 오라스 드 생토뱅 등의 가명 사용.
1822년	8월, 빌파리지의 이웃인 로르 드 베르니 부인과의 내밀한 관계 시작. 스물두 살 연상인 베르니 부인은 연인이자 어머니로서 발자크에게 조언자이자 후원자 역할을 함.
1824년	문학 관련 신문에 글을 기고하며 저널리스트로서의 첫걸음을 내딛은 후, 저널리즘 활동. 투르농가 2번지 작은 아파트 얻음.
1825년	8월, 동생 로랑스 사망. 9월, 베르사유의 누이 집에 체류하던 중 만난 아브랑테스 공작부인과 사귀기 시작.
1825~1828년	인쇄업, 출판업, 활자주조업 등에 투신. 자본금은 가족과 베르니 부인에게서 충당. 3년간의 사업 실패로 6만 프랑의 빚을 짐.
1828년	문학으로 돌아와 역사물에 관심을 보임. 브르타뉴 지방에서 일어난 올빼미당의 반혁명 운동을 소재로 소설을 쓰기로 함. 9월 17일부터 두 달 동안 브르타뉴의 푸제르에 사는 집안의 친구 포므뢸 남작의 저택에 기거하면서 증인들의 이야기를 듣고 현지를 답사. 4월, 빚쟁이들을 피해 누이의 남편 쉬르빌의 이름으로 카시니가 1번지의 아파트 계약. 1836년까지 그곳에 머묾.
1829년	3월, 자신의 이름으로 출판한 최초의 소설 『마지막 올빼미 당원 혹은 1800년 브르타뉴』 출간. 이 제목은 1835년 『올빼미 당

	원들 혹은 1799년 브르타뉴』로 바뀜. 6월 19일, 아버지 베르나르 프랑수아 드 발자크 사망. 12월에는 익명으로 『결혼 생리학』 발표. 사교계 입성. 1809년 여동생 로르를 통해 알게 된 쥘마 카로 부인과의 친분이 두터워짐. 카로 부인은 발자크에게 진지한 문학적 조언자의 역할을 하며 상당한 영향을 끼침.
1830년	저널리즘을 통해 왕성하게 시사적인 논평을 발표하는 한편, 본격적인 문학 작품 생산에 돌입.
1831년	4월, 7월혁명 직후 현실 정치 참여 야심 표명. 이듬해에 국회의원 선거 출마를 계획하나 무위에 그침. 9월 말에서 10월 초 사이, 익명으로 보낸 카스트리 후작부인의 편지를 받음.
1832년	정통왕당파로 정치적 전향. 카스트리 공작부인과의 관계 시작. 8월에는 그녀와 함께 엑스 레 뱅, 제네바 등지에 체류. 10월, 제네바에서의 열렬한 구애에도 불구하고 거절당함. 몇몇 여자들과의 결혼을 모색하지만 모두 실패함. 2월 28일, 발신지가 우크라이나의 오데사이고 발신인은 '이국 여인'이라고만 서명된 한스카 부인의 편지를 받은 바 있음. 11월, 사랑의 좌절로 절망에 빠져있던 그는 이국 여인으로부터 두 번째 편지를 받음. 그 이후 한스카 부인과의 서신 왕래가 시작됨.
1833년	9월, 서신 교환만 하던 한스카 부인과 뇌샤텔에서 처음으로 만남.
1834년	자신의 작품들을 집대성하고자 하는 계획을 세움. 총서의 통일성을 위해 '인물재등장' 기법 고안. 1월 제네바에서 한스카 부인 만남. 1월 26일은 "잊지 못할 날"로 기억됨. 6월, 마리아 뒤

	프레네와의 사이에서 딸을 얻음. 그녀는 후손을 남기지 않은 채 1930년 사망. 쥘 상도를 문하생 겸 비서로 삼음. 10월 한스카 부인에게 보내는 편지에서 자신의 작품 세계 전체의 구상을 밝힘. 『19세기 프랑스 작가들에게 보내는 편지』를 통해 작가의 권리에 대한 각성 촉구.
1835년	오스트리아 여행, 빈에서 다시 부인을 만나지만 이후 8년 동안 둘은 서로 만나지 못한 채 서신만 주고받음. 메테르니히 공 접견. 평생 충실한 친구로 남을 기도보니 비스콘티 백작부인과 교제. 12월, 독자적인 발표 지면의 확보를 위해 정치 문예지 성격의 『크로니크 드 파리』 인수하나 일곱 달 만인 1837년 6월에 청산. 다시 한번 상당한 금전적 손실을 보게 됨.
1836년	1월, 『골짜기의 백합』 저작권과 관련하여 『르뷔 드 파리』 편집장 뷜로즈 고소. 국민군 복무 의무를 수행하지 않아 4월 27일에서 5월 4일까지 감옥에 구금됨. 7월 베르니 부인 사망. 7~8월, 기도보니 비스콘티 백작의 상속 문제를 해결하기 위해 이탈리아 토리노 여행. 남장한 마르부티 부인을 여행에 대동. 스위스를 거쳐 귀국. 9월, 빚쟁이들을 피해 카시니가의 집을 버리고 샤이오에 있는 상도의 다락방으로 피신.
1837년	2월, 빚쟁이들을 피해 또다시 기도보니 비스콩티 부인의 도움으로 이탈리아 여행. 5월, 거래하던 베르데 출판사 파산으로 경제적 위기 가중됨. 채권자의 고발로 인한 구속을 피하고자 피신. 9월, 파리 근교 세브르의 '레 자르디'에 땅을 매입하기 시작함. 1838년 정착, 그곳을 파인애플 농장으로 만드는 작업에 착수하지만 재정적으로 막대한 손해를 본 후 포기함.

1838년	사르데냐의 은광산 개발을 구상하고 이듬해 현지를 직접 방문하나 성공하지 못함. 후일 사르데냐의 은광산은 엄청난 매장량을 가진 것으로 판명됨. 2월 말~3월 초, 노앙에 있는 조르주 상드의 저택에 머물며 문학적 교분을 나눔.
1839년	8월, 작가협회 회장. 저작권 보호를 위한 맹렬한 활동을 펼침. 12월, 아카데미 프랑세즈에 처음으로 출마하나 고배를 마심. 이후 1842년 두 차례, 1848년 한 차례 등 세 차례에 걸쳐 다시 도전하나 모두 실패함.
1840년	연극 『보트랭』 실패. 『크로니크 드 파리』의 실패 이후 다시 월간지 『르뷔 파리지엔』을 발간하나 7월호를 시작으로 총 세 호를 출간한 후 종간함. 9월, 마침내 '레 자르디'를 압류당하고 파시 지구의 바스 가 19번지, 현재 파리의 레이누아르 가 47번지에 있는 언덕배기 집으로 도피하듯 이주. 이 집은 오늘날 발자크 기념관이 됨. 『인간극』이라는 총서 제목 결정. 12월, 작가의 권리 보장을 위해 저작권법 제안.
1841년 10월	『인간극』을 제목으로 하는 자신의 작품 전집 출판 계약 체결. 9월 작가협회 회장직 사임. 11월 한스카 부인의 남편인 한스키 백작 사망. 발자크는 이듬해 1월에야 그 소식을 들음.
1842년	한스키 백작의 사망 소식을 듣고 한스카 부인과 결혼을 성사시키는 데 몰두. 7월과 12월 아카데미 프랑세즈 회원이 되기 위해 출마하나 두 번 다 낙선. 『인간극』 서문 집필.
1843년 여름	상트페테르부르크를 방문하여 두 달간 체류하며 8년 만에 한스카 부인을 만남.

1845년	창작에 대한 부담을 토로, "참 딱한 일입니다. 나는 하루에 16시간을 일합니다만 아직도 빚이 10만 프랑이 넘습니다. 그리고 나이는 마흔다섯 살이고요! 슬프기 그지없는 일입니다." 한스카 부인과 프랑스, 독일, 네덜란드, 벨기에, 이탈리아 등 각지를 여행. 레지옹 도뇌르 훈장 서훈.
1846년	한스카 부인과 이탈리아, 스위스 등지에서 생활. 8월, 퓌른 출판사에서 『인간극』 초판본 출간. 한스카 부인의 임신을 알고 결혼을 앞당길 수 있다는 기대에 부풀었으나 11월 사산 소식을 접하고 낙담. 창작 능력의 고갈과 자신의 작품에 대한 대중의 무관심에 고뇌.
1847년	2~5월, 한스카 부인 비밀리에 파리 체류. 발자크는 6월에 자신의 유서 작성. 9월, 한스카 부인의 집이 있는 우크라이나의 비에르초브니아로 떠남.
1848년	우크라이나에 6개월 체류한 후 2월 파리로 귀환. 2월혁명을 접하고 국회의원 선거 출마를 고려하기도 하나, 9월 다시 우크라이나로 떠나 1850년 4월까지 그곳에 체류. 아카데미 프랑세즈에 네 번째 도전. 이듬해 1월 선거에서 빅토르 위고의 적극적인 지지에도 불구하고 실패.
1849년	1년 내내 우크라이나 비에르초브니아의 한스카 부인 집에 체류. 건강 악화. 한스카 부인은 러시아 황제에게 발자크와의 결혼 청원. 막대한 상속 재산을 포기하는 조건으로 허락을 받음.
1850년	3월 한스카 부인과 결혼. 5월 한스카 부인과 함께 파리로 돌아옴. 신혼살림을 위해 준비해 둔 포르튀네가 14번지 저택에 체

류. 내내 와병 중이던 발자크는 여러 날 의식불명 상태에 처해 있다가 8월 18일 밤 11시 30분 사망. 생필립뒤룰 교회에서 장례식을 치른 후 페르 라셰즈 묘지에 묻힘. 발자크의 부인이 된 한스카 부인은 1882년에 생을 마침.

『인간극』

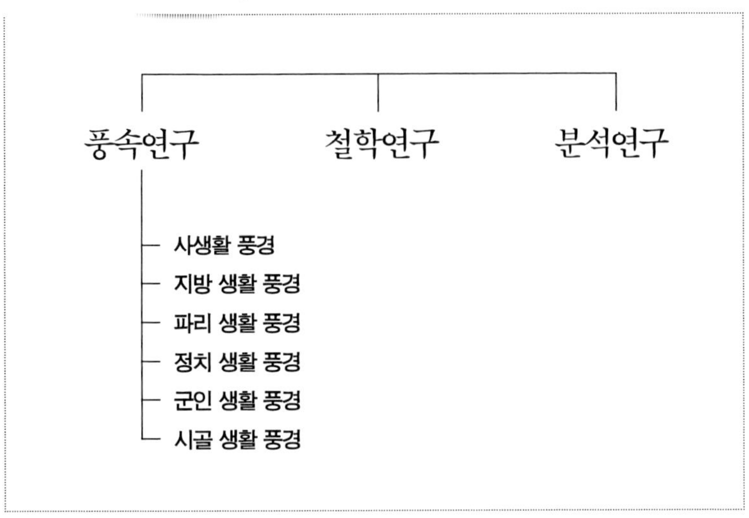

• 풍속연구

사생활 풍경

『실 감는 고양이 상회』, 1830.

『쏘의 무도회』, 1830.

『복수』, 1830.

『두 집 살림』, 1830.

『가정의 평화』, 1830.

『곱섹』, 1830.

『여인 연구』, 1831.

『돈주머니』, 1832.

『피르미아니 부인』, 1832.

『라 그르나디에르』, 1832.

『전언』, 1833.

『버림받은 여인』, 1833.

『서른 살의 여인』, 1834.

『고리오 영감』, 1835.

『샤베르 대령』, 1835.

『결혼 계약』, 1835.

『무신론자의 미사』, 1836.

『금치산』, 1836.

『이브의 딸』, 1839.

『베아트리스』, 1839

『속(續) 여인 연구』, 1842.

『두 젊은 부인의 서간』, 1842.
『가짜 애인』, 1842.
『알베르 사바뤼스』, 1842.
『모데스트 미뇽』, 1844.
『오노린』, 1843.
『인생의 첫걸음』, 1844.

지방 생활 풍경

『으제니 그랑데』, 1833.
〈지방의 파리지앵〉
- 『명사 고디사르』, 1833.
- 『지방의 뮤즈』, 1832.

〈독신자〉
- 『피에레트』, 1840
- 『투르의 사제』, 1832.
- 『가재 잡는 여인』, 1842.

『위르쉘 미루에』, 1842.
〈경쟁〉
- 『노처녀』, 1836
- 『골동품 진열실』, 1838.

『잃어버린 환상』, 1836~1843

파리 생활 풍경

『사라진』, 1831.
『13인당 이야기』
- 『페라귀스』, 1834.
- 『랑제 공작부인』, 1834.
- 『황금 눈의 여인』, 1835.

『세자르 비로토』, 1837.
『파시노 카네』, 1837
『뉘싱겐 은행』, 1838.
『관리들』, 1838.
『매음 세계의 영욕』, 1838~1847.
『카디냥 대공비의 비밀』, 1839.
『피에르 그라수』, 1840.
『떠돌이 왕자』, 1840.
『사업가』, 1844.
『코미디언인 줄 모르는 코미디언들』, 1846.
〈가난한 친척들〉
- 『사촌 베트』, 1846.
- 『사촌 퐁스』, 1847.

『현대사의 이면』, 1848.
- 1. 샹트리 부인
- 2. 입문자

『소시민들』 (미완성, 샤를 라부에 의해 1856년 출간)

정치 생활 풍경

『Z 마르카스』, 1840.
『미제(未濟) 사건』, 1843.
『공포정치 시대의 한 일화』, 1845.
『아르시의 국회의원』(미완성, 샤를 라부에 의해 1854년 출간)

군대 생활 풍경

『올빼미당원들 혹은 1799년의 브르타뉴』, 1829.
『사막에서의 열정』, 1830.

시골 생활 풍경

『시골 의사』, 1833
『골짜기의 백합』, 1836
『마을 사제』, 1841
『농부들』(미완성, 발자크 부인에 의해 1854년 출간)

• 철학연구

『나귀가죽』, 1830.
『플랑드르의 예수 그리스도』, 1846.
『회개한 멜모트』, 1835.
『미지의 걸작』, 1831.
『강바라』, 1837.
『마시밀라 도니』, 1837.
『절대 탐구』, 1834.
『저주받은 아이』, 1827.
『아듀』, 1830
『레 마라나』, 1834.
『징용군』, 1831.
『엘 베르뒤고』, 1830.
『바닷가의 비극』, 1834.
『왕실 재무관 코르넬리우스』, 1832.
『붉은 주막』, 1831.
『카트린 드 메디치에 대하여』, 1830-1844
『영생의 묘약』, 1831.
『추방자들』, 1831.
『루이 랑베르』, 1832.
『세라피타』, 1834.

• 분석연구

『결혼 생리학』, 1829.

『부부생활의 작은 불행』, 1846.

『사회생활의 병리학』, 1839.

– 1. 우아한 삶에 대하여

– 2. 발걸음의 이론

– 3. 현대적 자극에 대하여

발자크 사후 출판된 작품들

『농부들』, 발자크 부인에 의하여 1854년 출간.

『아르시의 국회의원』, 샤를 라부에 의하여 1854년 출간.

『파리의 소시민』, 샤를 라부에 의하여 1856년 출간.

찾아보기

ㄱ

가명 96, 107, 147, 161, 318, 320, 404, 411
갈, 프란츠 요세프Gall, Franz Joseph 142
『강바라』*Gambara* 327~328, 330~331, 393, 419
『결혼 계약』*Le Contrat du mariage* 175, 202~203, 210~211, 227, 361, 417
『결혼 생리학』*Physiologie du mariage* 72, 111~112, 412, 420
『고리오 영감』*Père Goriot* 14, 41, 43, 53, 60~61, 134, 260, 299, 307~308, 326, 379, 397, 402, 417
『고용인들』*Les Employés* 184
고티에, 테오필Gautier, Théophile 14, 158
『골동품 진열실』*Le Cabinet des antiques* 6, 175, 184, 212, 215~217, 220, 287~289, 292, 297~298, 308, 369, 418
『골짜기의 백합』*Le Lys dans la vallée* 187, 210, 227, 315, 402, 413, 419
공증인 13, 24, 178, 189~191, 194, 198, 203~207, 210~211, 213~215, 226~227, 237, 241~245, 247, 253, 261, 290, 296, 318, 350, 355, 359, 361~362, 365, 379, 410
국채 84, 175, 178~181, 188, 205~206, 209, 245~246, 248, 259, 349
귀족 6, 11, 14~15, 28, 39, 42~43,

46~47, 51, 57~60, 71, 74~75, 78~79, 82~86, 88, 91, 93~94, 108, 112, 114~115, 119, 124, 126~134, 143, 154~155, 174, 177, 183, 193~194, 197, 202~204, 210~213, 215~219, 236, 242, 245~246, 257~258, 275, 284, 288~293, 295, 297~299, 303, 315, 320, 325, 333, 335, 343, 347, 349, 361, 365~366, 369, 375, 380, 383, 389, 393, 395

금융 시스템 6, 11, 175, 182, 200~201

『금치산』*L'Interdiction* 6, 229~232, 234~235, 371, 417

ㄴ

『나귀 가죽』*La Peau de chagrin* 7, 41, 111~112, 142, 147, 327, 333, 335~336, 338, 395

나폴레옹Napoléon 26~28, 30, 38, 41, 44, 51, 54, 60, 66, 68~69, 76, 78~79, 81~83, 98, 104~105, 109~110, 129, 131, 133~134, 177, 183, 188~189, 193, 201, 212, 215, 217, 220, 228, 243, 252, 254~255, 283~284, 286~287, 290, 300, 321, 375, 383

네르발, 제라르 드Nerval, Gerard de 14

『노처녀』*La Vieille fille* 6, 175, 216, 220, 290, 295, 369, 418

농노 85

『뉘싱겐 은행』*La Maison de Nucingen* 184, 193~194, 199~200, 418

ㄷ

단턴, 로버트Darnton, Robert 139, 153

『도끼에 손대지 마시오』*Ne Touchez pas la hache* 122, 124~126

도시 근대화 27~28, 30, 49

동물자기Magnétisme animal 5, 13, 153~155, 157~164, 166~167

두에Douai 142, 347

드세뉴, 장 필리베르Dessaignes, Jean-Philibert 140, 153, 158

드카즈, 엘리Decazes, Elie 197

들뢰즈, 조제프 필립 프랑수아Deleuze, Joséph-Philippe-François 163~167

ㄹ

라두, 샤를Radou, Charles 147

라바터, 요한 카스파어Lavater, Johann Kaspar 142, 159, 168

라부아지에, 앙투안Lavoisier, Antoinne 142~144, 150, 332

『라 카리카튀르』*La Caricature* 107~108

『랑제 공작부인』*La Duchesse de Langeais* 5, 12, 42, 103, 109~111, 122, 124, 127~130, 132~134, 212, 345, 401, 418

로르, 쉬르빌 부인Laure, Madame Surville 147, 158, 261, 317~318, 409~410, 412

로지에, 에르네스트Rogier, Ernest 148~149

루브르 24, 36, 38~39

루소, 장 자크Rousseau, Jean-Jacques 50

『루이 랑베르』*Louis Lambert* 5, 7, 88, 139~140, 142, 164~167, 186, 313, 316, 327~328, 353, 401, 419

루이 16세Louis XVI 44, 78, 87, 106

루이 18세Louis XVIII 188, 208, 290

루이 필립Louis-Philippe 39, 41, 60, 107~108, 179

루카치, 게오르크Lukacs, Georg 14

『르 레노바테르』*Le Rénovateur* 106~108

『르뷔 드 파리』*Revue de Paris* 134, 187, 227, 413

ㅁ

마레Le Marais 12, 24~25, 33, 36, 42, 44, 46~49, 57

마르곤, 장 드Margonne, Jean de 111, 115, 317, 409

마르크스, 칼Marx, Karl 14, 173, 212

마조라Majora 208~209, 211, 362

『매음 세계의 영욕』*Splendeur et misère des courtisanes* 6, 184, 235, 287, 299~300, 302, 304, 379, 418

메르시에, 루이 세바스티앵Mercier, Louis-Sébastien 50

메스머, 프란츠 안톤Mesmer, Franz-Anton 153~158, 160~162, 164~165, 167~168

『미지의 걸작』*Le Chef d'oeuvre inconnu* 7, 186, 327~328, 330~331, 336, 391, 401, 419

민법 202, 215, 228~230, 232~233, 237, 240~241, 243, 247, 250~251, 255

민사기본법 78, 84, 87~88, 93, 343

민사소송법 228, 231~233, 295

ㅂ

『바닷가의 비극』*Un drame au bord de la mer* 7, 314, 324, 387, 419
방데미에르 13일 188
방데전쟁La Guerre de Vendée 71
방돔 기숙학교 140~142, 153, 158, 313, 316~317, 327, 353, 409~410
『백세 노인 혹은 두 명의 베랭겔드』*Le Centenaire ou les deux Beringheld* 161
베르니 부인, 로르Madame de Berny, Laure 71~72, 114, 119~121, 158, 411, 413
베르셀리우스, 옌스 아코브Berzelius, Jöns Jacob 149~152
보들레르, 샤를Baudelaire, Charles 14
복고왕정Restauration 12, 26, 28~29, 32, 42, 58, 66, 69, 75, 88, 91, 112, 124, 126, 128~130, 153, 177, 179, 187, 197~199, 203, 208, 212~213, 218, 228, 242~243, 252, 254, 275, 283, 292, 298~299, 345, 355, 365, 375
부르주아 6, 11, 30, 43, 57~60, 84, 86, 89~90, 104, 142~143, 174~175, 177, 187, 190, 210~213, 215~217, 219, 225, 227, 290, 293, 298, 303, 306, 335, 347, 366, 369
〈분석연구〉 11, 61
불리, 장 뱅상Bully, Jean-Vincent 184~186
뷜로즈, 프랑수아Buloz, François 187, 227, 413
브뤼메르 18일 76, 78~79, 81~82, 188
브르타뉴Bretagne 4, 12, 65~66, 68~69, 71, 74, 76~77, 79, 81~82, 84~88, 90~91, 94, 324, 343, 347, 387, 411~412, 419
비샤, 그자비에Bichat, Xavier 142

ㅅ

『사랑의 절망』 121~122
사바리, 펠릭스Savary, Félix 71, 147, 149
사셰Saché 111, 114~117, 317, 409
『사업가』*Un homme d'affaires* 184, 418

『사촌 베트』*Cousine Bette* 184, 199~200, 418
『사촌 퐁스』*Cousin Pons* 227, 307, 402, 418
상속 6, 14, 31, 161~162, 177~178, 181, 202~208, 211, 215, 226, 228~229, 236~247, 249~250, 253, 255~256, 299, 301, 328, 349~350, 353, 355, 361, 365~366, 369, 373, 379, 395, 413, 415
생마르셀Saint-Marcel 12, 33, 36, 49~51, 53~54
생시몽, 앙리 드Saint-Simon, Henri de 15, 110, 237~238, 249
생제르맹Saint-Germain 25, 29, 33, 36, 42~43, 47, 57, 59, 114, 124, 127~133, 257, 335
『샤베르 대령』*Colonel Chabert* 6, 41, 250~252, 254, 258, 260, 373, 402, 417
샤를 10세Charles X 106, 133
샤플랭 박사, 피에르 장Chapelain, Pierre-Jean 163
서부전쟁 74~75, 84, 87, 89, 92
성직지 민사기본법 78, 84, 87~88, 93, 343
『세라피타』*Séraphita* 134, 401, 419
『세자르 비로토』*César Birotteau* 6, 175, 184, 186~187, 190, 192~193, 195, 197, 261, 265, 267~269, 274~275, 284, 359, 418
소뮈르Saumur 176~177, 181~182, 355~356
『소시민』*Les Petits bourgeois* 184
소송대리인 13, 24, 215, 226~227, 230, 250, 252~254, 256~260, 269, 279~283, 371, 373, 376, 379, 410
쇼세 당탱Chaussée-d'Antin 29, 33, 36, 42~43, 57, 335
스베덴보리, 에마뉴엘Swedenborg, Emanuel 158, 162, 164, 168
스콧, 월터Scott, Walter 68
『시골 의사』*Le Médecin de campagne* 109~110, 121~122, 127~129, 419
신비주의Mysticisme 14, 157~162, 164, 167~169, 313, 349
신용 거래 6, 13, 175, 180, 182~184, 192, 194, 196, 200

ㅇ

아라고, 프랑수아Arago, François 144~145, 147~149
『아르시의 국회의원』*Le Député d'Arcis* 175, 201, 419~420
아브랑테스 공작부인Duchesse d'Abrantès 69~70, 72, 79, 111, 114, 411
아시냐Assignat 84, 182, 188
알랑송Alençon 76~77, 212~214, 216~220, 289, 292, 295, 303, 306, 365~366, 369
앙굴렘Angoulême 46, 106, 117, 275, 279~280, 282, 289, 371, 375~376, 379
『엘 베르뒤고』*El Verdugo* 314, 320~321, 325, 383, 419
엥겔스, 프레드리히Engels, Friedrich 14
연금술 50, 144, 152
『영생의 묘약』*L'Elixir de longue vie* 7, 238, 249, 314, 322~323, 385, 401, 419
예심 판사 227, 286~287, 291~292, 294~296, 298, 300~305, 366, 379~380
오를레앙 가Famille d'Orléans 39, 41
『올빼미당원들』*Les Chouans* 4, 66~68, 72, 78, 81, 83, 85~86, 88~91, 93, 95~98, 103, 111, 320, 343
왕당파 12, 15, 40, 44, 95~96, 98, 103~110, 112, 114, 126~129, 133, 188~189, 218~219, 237, 257, 289~292, 294~296, 298, 366, 369, 389, 412
위고, 빅토르Hugo, Victor 16, 46, 158, 397, 415
『위르쉴 미루에』*Ursule Mirouët* 5~6, 161~164, 236, 238, 243~245, 249, 260, 349, 418
『으제니 그랑데』*Eugénie Grandet* 6, 134, 173~176, 182, 184, 273, 284, 355, 359, 418
은행 6, 11, 28, 32, 43, 55, 59, 143, 173, 175, 178, 182~184, 191~194, 196~201, 214, 219, 247, 279, 295~296, 300, 335~336, 343, 350, 355, 359, 379, 418
『이브의 딸』*Une Fille d'Eve* 184, 210, 417
『익살스러운 이야기』*Les Contes drolatiques* 121
『잃어버린 환상』*Illusions perdues* 6, 9, 40~41, 88, 108, 183, 225, 227, 274~277, 281~284, 289,

299, 371, 375, 379~380, 402, 418
『입헌세』*Le Constitutionnel* 49

ㅈ

자유주의파 107~108, 218, 276, 289, 294, 365
저작권 15, 187, 227, 413~414, 431
『저주받은 아이』*L'Enfant maudit* 7, 314, 325, 389, 419
『절대 탐구』*La Recherche de l'absolu* 5, 7, 134, 142~145, 148~152, 186, 327, 331~332, 336, 347, 419
정통왕정주의 12, 103, 105, 107~108, 110, 128, 133~134, 212
제3공화국 65~66
증권거래소 36, 41, 173, 175, 190
지라르댕, 에밀 드Girardin, Emile de 104, 111, 158
지참금 6, 173~176, 189, 201~208, 226, 279, 350, 361, 376

ㅊ

〈천학연구〉 7, 11, 13~14, 61, 112, 186, 311, 313~314, 321, 327, 333, 338, 407

ㅋ

카로, 줄마Carraud, Julma 45~46, 117~118, 140, 163, 289, 366, 412
카스트리 후작부인Duchesse de Castries 105, 112~113, 115, 117, 122, 412
『카트린 드 메디치에 대하여』*Sur Catherine de Médicis* 152, 419
『크로니크 드 파리』*Chronique de Paris* 187, 229, 413~414

ㅌ

탈레랑, 샤를-모리스 드Talleyrand, Charles-Maurice de 87
투르Tours 24~25, 44, 46, 53, 104, 144, 176, 315, 409~411, 418
틸로리에, 아드리엥 장

피에르Thilorier, Adrien Jean-PIerre 145, 148

ㅍ

파리천문대 51, 145~146
팔레 루아얄Palais-Royal 12, 24~25, 33, 36, 38~42, 252, 257, 330, 373, 395
『페라귀스』*Ferragus* 4, 21, 29~33, 43, 48~49, 51~52, 54~55, 57~61, 134, 341, 401, 418
페르 라셰즈Père Lachaise 25, 33, 36, 54~56, 60, 397, 416
포므뢸 남작, 질베르 드Baron de Pommereul, Gilbert de 71~72, 104, 411
푸셰, 조제프Fouché, Joseph 95, 343
푸제르Fougères 71~73, 76~77, 90, 104, 343, 411
〈풍속연구〉 7, 11, 61, 313, 333, 338
프랑스 대혁명 4, 12, 63, 65, 67, 76, 84, 91, 103, 403
피세귀르 후작Marquis de Puységur 155
피츠 제임스 공작, 에두아르Duc de Fitz-James, Eduard 106, 108, 110, 112, 114, 117, 119
피케티, 토마Piketty, Thomas 14, 174, 202, 405

ㅎ

하비, 데이비드Harvey, David 25~26, 402
한스카 부인, 에벨리나Madame Hanska, Ewelina 7, 25, 61, 122, 124, 140, 149, 158~159, 288, 313, 317, 412~416
혁명정부 28, 74, 76, 84, 86, 88, 92~93, 176, 182~183, 212, 255
형사소송법 228, 287, 291, 296, 300
혼외자 237~239, 241~244, 254, 341, 349
혼인중의 자 237, 241, 243~244
『황금 눈의 여인』*La Fille aux yeux d'or* 134, 242, 401, 418

*

『13인당 이야기』*Histoire des Treize* 12, 30, 42, 401, 418
7월왕정Monarchie de Juillet 12, 29~30,

41, 60, 66, 104~105, 107,
179, 197~199, 212, 243, 299,
336, 343, 371, 380
7월혁명 41, 66, 104, 107~108, 179,
184, 219, 246, 333, 412

오노레 드 발자크

세기의 창조자

초판 1쇄 발행　2021년 11월 26일

지은이　송기정
펴낸이　최용범

편집·기획　윤소진, 박호진, 예진수
디자인　김태호
마케팅　김학래
관리　강은선
인쇄　(주)다온피앤피

펴낸곳　페이퍼로드 paperroad
출판등록　제10-2427호(2002년 8월 7일)
주소　서울시 동작구 보라매로5가길 7 1322호
이메일　book@paperroad.net
페이스북　www.facebook.com/paperroadbook
전화　(02)326-0328
팩스　(02)335-0334
ISBN　979-11-90475-93-8 (03860)

이 저서는 2018년 대한민국 교육부와 한국연구재단의 지원을 받아 수행된 연구임.
(NRF-2018S1A6A4A01037799)